Wenn der Esel singt,
tanzt das Kamel

یکی بود

نبود

Wenn der Esel singt, tanzt das Kamel

Persische Märchen und Schwänke

Erzählt von Maschdi Galin Chanom
Aufgezeichnet von L. P. Elwell-Sutton

Übersetzt und herausgegeben von
Ulrich Marzolph

Diederichs

Mit 23 Illustrationen aus persischen Volksbüchlein und einem
Frontispiz

Die Deutsche Bibliothek – CIP-Einheitsaufnahme
Galīn Hānum, Mašdī:
Wenn der Esel singt, tanzt das Kamel: persische Märchen und
Schwänke / erzählt von Maschdi Galin Chanom.
Niedergeschrieben von L. P. Elwell-Sutton. Übers. und hrsg.
von Ulrich Marzolph. – Sonderausg. – München: Diederichs,
1994
ISBN 3-424-01211-4
NE: Elwell-Sutton, Laurence P. [Bearb.]

Lektorat: Matthias Wolf
Umschlaggestaltung: Ute Dissmann, München
Produktion: Tillmann Roeder, München
Satz: Uhl + Massopust GmbH, Aalen
Druck und Bindung: Spiegel Buch, Ulm-Jungingen
Papier: Leicht holzhaltig ENVIRO, Schleipen
Printed in Germany

ISBN 3-424-01211-4

Inhalt

*Nicolai, André, Eva-Charlotte, Robin
und den Großeltern*

Einführung

Märchenhaftes Persien – wenn sich auch angesichts der politischen Ereignisse jüngerer Zeit andere Assoziationen in den Vordergrund drängen, war es doch lange Zeit dieses Wortpaar, das unser Bild von Persien prägte: Persien als Land einer prunkvollen Herrschaft mit jahrtausendealter Tradition, als Land eines sagenhaften, verschwenderischen Reichtums, kurz, als Land, in dem die Märchen spielten, die anderswo erzählt wurden.

Aber natürlich haben auch die Bewohner dieses »Märchenlandes« ihre eigenen Märchen. Sie werden nicht etwa nur dem Schah von seinem Hoferzähler vorgetragen, nein, es sind Märchen, die sich die einfachen Leute erzählen. Sie schauen ebenso scheu und staunend wie wir aus der Ferne empor zu den Helden und Märchenprinzen des eigenen Landes. Und einer alten Frau aus ihrer Mitte verdanken wir die hier vorgelegte Sammlung, deren Entstehungsgeschichte selbst märchenhaft klingt[1].

Laurence Paul Elwell-Sutton nämlich, der Sammler, kam im Jahre 1943 im offiziellen Auftrag seiner Regierung nach Iran; nicht um Märchen zu sammeln, sondern um im Kriegsnebenschauplatz Iran, seit 1941 von britischen und russischen Truppen okkupiert, eine »Stimme Großbritanniens« als Unterabteilung des Teheraner Rundfunks zu organisieren. Es bedurfte schon einer bemerkenswert aufgeschlossenen und vielseitigen Persönlichkeit, dieser Aufgabe gerecht zu werden und gleichzeitig noch Interesse zu bewahren für die Menschen des besetzten Landes und ihre volkstümlichen Erzählungen. Jedoch – der junge Mann, jetzt gerade Anfang Dreißig, sah Persien nicht zum ersten Mal. Mehrere Jahre zuvor hatte er das Land bereits, damals

als Angestellter einer der großen britischen Ölgesellschaften, kennengelernt – und mehr noch: Er hatte den Grundstein gelegt für eine liebevolle und enthusiastische Beschäftigung mit einer faszinierenden Kultur, die ihn den Rest seines Lebens fesseln sollte und ihm unter anderem sogar – damals sicherlich noch nicht vorausgeahnt – eine akademische Karriere als Orientalist bescherte.

Kurz nach seiner Ankunft schloß der junge Brite Bekanntschaft mit einem persischen Journalisten, der später zu seinen engen Freunden zählte, Ali Dschawaher Kalam. Bei einer Einladung in dessen Haus lernte er die alte Frau kennen, der wir unsere Märchen verdanken: Maschdi Galin Chanom. Er selbst schildert die erste Begegnung mit ihr so: »Als sie merkte, daß ich von Natur aus ziemlich wortkarg war, erzählte sie die persische Fassung des bekannten Märchens von der ›Schweige-Wette‹ (hier Nr. 18). Später stellte sich dann heraus, daß Maschdi Galin Chanom, obwohl sie weder lesen noch schreiben konnte, ein unerschöpfliches Reservoir an Volkserzählungen besaß, die zu jeder Stimmung oder Gelegenheit paßten.« Maschdi Galin Chanom war damals um die siebzig Jahre alt. Ganz genau kannte sie selber das Jahr ihrer Geburt nicht – durchaus nichts Außergewöhnliches, denn auch heute noch wird im islamischen Orient dem Geburtsjahr oft nur untergeordnete Wichtigkeit beigemessen. Sie stammte aus dem Teheraner Süden und lebte dort nach wie vor. Und wer Teheran kennt, der weiß, daß kaum eine andere Metropole ein so krasses und typisches Nord-Süd-Gefälle aufweist: Im höher gelegenen Norden der Stadt, dem Gipfel des mit ewigem Schnee bedeckten Damawand zu, liegen die Viertel der »besseren« Schichten; im Süden, der Ebene zu, wo es im Sommer drückend schwül und stickig ist, liegen die Marktquartiere der Kaufleute, und je weiter südlich man geht, desto ärmer werden die Wohnstätten. Hier, im Viertel der einfachen

Bevölkerung, hatte Maschdi Galin Chanom die meiste Zeit ihres Lebens verbracht, und hierher stammen ihre Geschichten: Märchen, wie jeder sie kennt und versteht.

Zeit ihres Lebens hatte Maschdi Galin Chanom Teheran nur selten verlassen. Besuche und Pilgerfahrten, wie sie zur Pflicht eines frommen Muslims gehören, hatten sie in Städte geführt wie Nadschaf, Kerbela, Maschhad und andere heilige Orte des schiitischen Islams in Iran oder im Irak. Sie hatte sich ihren Lebensunterhalt als Kindermädchen bei den wohlhabenden Familien der Nordstadt verdient, war jetzt aber zu alt, um weiter zu arbeiten. Nach wie vor war sie häufiger und gern gesehener Gast in den bekannten Familien, um so mehr, als sie der wohlverdiente Ruf umgab, eine vorzügliche und unterhaltsame Geschichtenerzählerin zu sein. Sie selbst behauptete einmal, sie könne ein ganzes Jahr lang Märchen erzählen, ohne sich zu wiederholen, und es gibt keinen Grund, daran zu zweifeln. Der junge Brite, der ihr enthusiastischer Zuhörer wurde, schätzte den Umfang ihres Märchenschatzes schließlich auf über eintausend Texte.

Der Sammler traf sich von nun an in regelmäßigen Abständen im Haus seiner Freunde mit Maschdi Galin Chanom, meist am Wochenende. Dort ließ er sich von ihr Märchen erzählen, die er aufzeichnete. Man muß dabei bedenken, daß ihm natürlich damals weder Tonbandgerät noch Kassettenrecorder hierfür zur Verfügung standen, so daß jedes Wort von Hand mitgeschrieben werden mußte. Und so sind die Texte der Märchen, wie sie heute dem Übersetzer vorliegen, Dokumente einer engagierten Sammlung persischer Volksliteratur. Der Sammler schrieb sie Wort für Wort nieder, wie er sie hörte, in der Maschdi Galin geläufigen Teheraner Umgangssprache. Zwar kommt die arabische Schrift, derer sich das Persische bedient, einem raschen Niederschreiben insofern entgegen, als kurze Vokale im Schriftbild nicht gekennzeichnet werden; dennoch zeugen die handschriftlichen Aufzeichnungen des Sammlers, die ganz erstaunlich korrekt und flüssig, ja von denen eines Einheimischen kaum zu unterscheiden sind, von einer bewundernswerten Beherrschung der Sprache für einen Ausländer, der sich Sprache und Schrift ja erst mühevoll aneignen mußte.

Schon das Schreibmaterial ist Dokument – wenn auch einer ganz unmärchenhaften Zeit: Meist wurde mit blassem, stumpfem Bleistift geschrieben, oft auf vergilbtem Papier, kaum mehr leserlich, auf säuberlich zusammengehefteten Stücken und Streifen Papier von unterschiedlichem Format und verschiedenartigster Herkunft. Schreibmaterial war knapp – es war Krieg –, und so mußte jemand, der viel Papier brauchte, jede Quelle nutzen. Meist stehen die Märchen auf der Rückseite von einseitig bedruckten Schriftstücken mehr oder minder politischen Inhalts: Telegrammformularen der iranischen Post, Programmankündigungen und Inhaltsübersichten einzelner Beiträge der British Broadcasting Corporation; seltener auf unbedrucktem Schreib- oder blauem Luftpostpapier, häufig auf den Rückseiten säuberlich zerschnittener Plakate, deren propagandistisch aufgemachten Illustrationen und Text man ihre ehemalige traurige Rolle entnehmen kann.

Vier Jahre lang, bis er 1947 das Land wieder verließ, schrieb der Sammler so die Märchen von Maschdi Galin Chanom, die 1948 starb, nieder – insgesamt 117 Stücke. Diese Aufzeichnungen sind neben den – inhaltlich anders gewichteten – Texten, die die beiden Iranisten Arthur Christensen und Henri Massé gut zwei Jahrzehnte früher veröffentlicht hatten[2], für Iran der einzige, wenn auch unvollständig gebliebene Versuch, das gesamte Repertoire eines Erzählers zu erfassen und in seiner Gesamtheit der Nachwelt als Dokument zu erhalten. Der Erzählerin und dem

Sammler schulden wir hierfür Dank, um so mehr, als auch in Iran direkt erlebtes Erzählen und die hierzu befähigten Personen immer mehr der Vergangenheit angehören und auch dort zu verschwinden drohen.

Von dieser großartigen Sammlung wird hier dem Liebhaber orientalischer Erzählungen, dem Märchenfreund überhaupt eine repräsentative Auswahl von 51 Texten vorgestellt. Die Übersetzung aus dem Persischen bemüht sich, den in seiner schlichten Ausdrucksweise anmutigen Stil der Erzählerin möglichst unverfälscht zu erhalten. Eingriffe jeglicher Art in die Textgestalt wurden daher auf ein Minimum beschränkt.

Persische Erzählungen sind es, die hier vorgetragen werden, erzählt von einer alten persischen Frau, die überraschend unberührt war von der westlichen Welt; deren gesamtes Wissen fast völlig auf unmittelbarer mündlicher Überlieferung beruhte, wenig beeinflußt von schriftlichen Quellen: Selbst Schah Abbas, der dem Harun ar-Raschid aus Tausendundeiner Nacht an Glanz ebenbürtige Safawidenkönig, schien ihr noch ganz gegenwärtig, war sie doch selbst zu einer Zeit geboren, in der das Königtum durch die Dynastie der Qadscharen noch machtvoll repräsentiert wurde.

Sicher, eindeutig persische Märchen und Schwänke sind es, die uns hier erzählt werden – und doch: Kommen sie uns nicht bekannt vor?

Es sind zum Großteil Erzählungen, die auf ihrer langen Wanderung über die Kontinente, sei es von Indien oder gar China nach Westen, sei es vom arabischen Raum in die Gebiete des islamischen Ostens, Station machten in Persien. Ebenso wie die Händler und Kaufleute auf ihrer langen Reise von Ost nach West und umgekehrt auf der Seidenstraße seit den Zeiten der Antike Persien durchquerten, verweilten die mit ihnen reisenden Erzählungen und Märchen im Lande, wo sie sich mit einheimischen, alten iranischen Vorstellungen vermischten. Von dort gelangten sie dann auch zu uns, so daß die Märchen der Perser uns heute seltsam vertraut sind in ihren Inhalten, fremdartig nur in dem orientalischen Gewand, das sie sich übergelegt haben. Und eben darin liegt ihr Reiz.

Der typische Held des persischen Märchens, sofern er nicht als Sohn des Königs geboren wurde, ist ein einfacher Bursche, Kind oft armer Leute. Mit den materiellen Gaben dieser Welt ist er nicht gesegnet, im Gegenteil: Oft ist er noch nicht einmal schön, hat er doch, durch eine Erkrankung der Kopfhaut bedingt, eine Glatze. Aber gerade aus dieser Unbill des Schicksals erwächst seine Kraft. Statt sich zu fügen und sein Los duldsam zu ertragen, setzt er seinen Verstand gerissen ein – wie in der Geschichte von den teuflischen Streichen des Kahlkopfes (hier Nr. 9). Und trotz aller List und Tücke, die er anwendet, bleibt er ein sympathischer Held, da er aus der Auseinandersetzung mit einem übermächtig erscheinenden Schicksalsgegner schließlich als Sieger hervorgeht.

Dem Held, sei es als Kahlkopf oder Prinz, steht oft ein Helfer zur Seite. Häufig ist dies ein Derwisch, ein Bettelmönch, wie sie gelegentlich auch heute noch in Iran von Stadt zu Stadt umherziehen in ihrem Flickengewand, mit einer Bettelschale in der Hand, und sich durch das Vortragen frommer Gesänge und Gebete notdürftig ihren Lebensunterhalt verdienen. Dieser Derwisch steht Gott durch seine Frömmigkeit und bedingungslose Ergebenheit so nahe, daß ihm erlaubt ist, Wunder zu vollbringen. Und am wichtigsten ist sicherlich das Wunder, dem kinderlosen alten König und seiner Frau durch einen schwängernden, da gesegneten Apfel zu einem (männlichen) Nachkommen zu verhelfen. Diese Tatsache war ja gerade in einer so alten monarchischen Tradition wie Iran für den Fortbestand der Dynastie von zentraler Bedeutung.

Der klassische Gegner des auf der Suche nach seiner Schönen ausgezogenen Helden ist der Div, die typisch iranische böse Dämonengestalt, wie ihn uns die volkstümlichen Illustrationen vor Augen führen. Dieser Div hat zwar übermenschliche Kräfte und ist anscheinend unbesiegbar, gleichzeitig aber wird ihm seine blinde Liebe zu einem Menschenmädchen zum Verhängnis: Ihr zuliebe verrät er sogar das Geheimnis seiner Seele, die sich außerhalb des Körpers in einer Flasche in einem raffinierten Versteck befindet. So kann der Held davon erfahren und den Div vernichten, indem er die Seelenflasche zerstört.

Div und Derwisch werden beim Lesen der Märchen ebenso rasch vertraut wie andere zunächst fremde Begriffe: die alten, heute teils immer noch als Zähleinheit geläufigen Münzbezeichnungen Tuman, Qeran und Schahi; die Längenmaße Farsach (in etwa: Meile) und Zar' (Elle); die Gewichte Man (schwer) und Sir (sehr leicht). Lassen wir diese fremden Begriffe einmal beiseite und übertragen sie in uns bekannte Termini – haben wir dann diese Märchen nicht schon einmal gehört, klingen sie unseren Ohren und unserem Gefühl nicht vertrauter, als wir es von »orientalischen« Märchen eigentlich erwartet hätten?

Aber Maschdi Galin Chanom kannte nicht nur Märchen. Ihr reicher Erzählschatz umfaßte auch eine Vielzahl kürzerer schwankhafter Geschichten, die gleichfalls in der hier vorliegenden Auswahl vertreten sind. Während die Märchen in einer Welt spielen, in der das Übernatürliche selbstverständlich und das Außergewöhnliche völlig normal ist, führt uns die Erzählerin hier in die von prallem Leben erfüllte Welt des täglichen Daseins. Mehr noch als in den Märchen scheinen in den Schwänken die kulturellen Eigenheiten des Landes und das von persönlicher Erfahrung geprägte soziale Umfeld der Erzählerin durch; und mehr noch als in den Märchen gießt sie hier das überquellende Füllhorn ihrer Freude am Erzählen aus, spielt mit Texten und Worten, wird auch schon einmal drastisch und anzüglich, scheut sich nicht davor, auch scheinbar Unaussprechbares beim Namen zu nennen. In den Schwänken gilt ihr Spott allen, die sich Vertrauen, Würde oder Amt anmaßen, ohne tatsächlich hierfür geeignet zu sein: Ärzten und Wahrsagern ebenso wie scheinheiligen Priestern und falschen Freunden. Und immer wieder kommt sie auf den Geiz zu sprechen, diese so elementare menschliche Charakterschwäche, die so bedrohlich für das harmonische Miteinander ist.

Das Verdienst, die hier in Übersetzung vorgelegten Geschichten aus dem Mund der Erzählerin für die Nachwelt bewahrt zu haben, gebührt dem Sammler. Ihm, der 1984 nur wenige Monate vor dem Erscheinen der ersten Auflage dieses Buches verstarb, sein Zustandekommen aber noch mit Sympathie verfolgt hatte, sei an dieser Stelle postum wiederholt aufrichtiger Dank ausgesprochen für die großzügige und selbstlose Art, in der er seine kostbaren Aufzeichnungen dem Übersetzer zur Verfügung stellte. Gleichfalls danke ich seiner Witwe Alison, die mir 1988 den gesamten volkskundlichen Nachlaß ihres verstorbenen Mannes überließ. Die vorliegende Übersetzung ist Teil des Dankes, zu dem ich mich ihnen beiden gegenüber freundschaftlich verpflichtet fühle. Doch nun genug der Einführung. Lassen wir die Erzählungen selbst sprechen, und lauschen wir den Märchen und Schwänken der Maschdi Galin Chanom...

1 Elwell-Sutton, L. P.: »A Narrator of Tales from Teheran.« In: Arv. Scandinavian Yearbook of Folklore 36 (1980), 201–208; ders.: »Collecting Folktales in Iran.« In: Folklore 93 (1982), 98–104.

2 Christensen, A.: Contes persans en langue populaire, publiés avec une traduction et des notes. Kopenhagen 1918; ders.: Persische Märchen. Düsseldorf/Köln 1958; Masse, H.: »Contes en persan populaire, recueillis et traduits.« In: Journal Asiatique 206 (1925), 71–125.

Die Suche nach dem stärksten Wesen

Es war einmal ein Spatz, der flog zum Eis, um etwas Wasser zu trinken. Das Eis aber schnitt in seinen Fuß, so daß es blutete. Da sagte der Spatz: »Wie stark bist du, Eis, doch, daß du mir in meinen Fuß schneiden kannst!« – »Wenn ich wirklich stark wäre«, erwiderte das Eis, »dann könnte mich die Sonne nicht schmelzen.« Da flog der Spatz zur Sonne und rief: »Du Sonne, wie stark bist du doch, daß du das Eis schmelzen kannst.« – »Wenn ich wirklich stark wäre«, erwiderte die Sonne, »dann könnte sich mir der Berg nicht in den Weg stellen.« Da flog der Spatz zum Berg und rief: »Du Berg, wie stark bist du doch, daß du dich der Sonne in den Weg stellen kannst!« – »Wenn ich wirklich stark wäre«, erwiderte der Berg, »dann könnte das Gras nicht auf meinem Kopf wachsen.« Da flog der Spatz zum Gras und rief: »Du Gras, wie stark bist du doch, daß du den steinigen Berg begrünen kannst!« – »Du Spatz«, erwiderte das Gras, »was habe ich denn schon für eine Kraft. Wenn ich wirklich stark wäre, dann könnte mich die Ziege nicht fressen.« Da flog der Spatz zur Ziege und rief: »Du Ziege, wie stark bist du doch, daß du das Gras, das auf dem Berg wächst, fressen kannst!« – »Du Spatz«, erwiderte die Ziege, »was ist denn schon meine Kraft. Wenn ich wirklich stark wäre, dann könnte der Fleischer mir nicht den Kopf abschlagen.« Da flog der Spatz zum Fleischer und rief: »Du Fleischer, wieviel Kraft hast du doch! Du bist der Stärkste von allen, daß du sogar der Ziege den Kopf abschlagen kannst!« – »Du Spatz«, erwiderte der Fleischer, »was ist denn schon meine Macht. Wenn ich wirklich mächtig wäre, dann könnte mir die Katze nicht das Fleisch stehlen.« Also flog der Spatz zur Katze und rief: »Du Katze, wie mächtig bist du doch!« Und die Katze antwortete: »Ich habe Kraft und ich habe kleine Kinder. Mit meinen Krallen fange ich die Mäuse. Ich esse und bringe ihnen das Essen. Sieben Mäuse für sieben Kinder!«

Wunderbare Fügung

Einer war, einer war nicht. Es war einmal ein Kaufmann, der besaß sieben Schatzkisten mit Gold. Bei ihm gab es aber immer nur Brot und Käse und Gemüse zu essen, und obwohl er bei einem Fest in den Häusern der anderen gut essen konnte, gab es in seinem eigenen Haus nur einmal im ganzen Jahr Reis. Wenn seine Frau ihn fragte: »Lieber Mann! Dürfen wir denn wirklich nur jedes Jahr einmal Reis essen?«, dann gab er zur Antwort: »Ja, Frau! Nur einmal von diesem Neujahr bis zum nächsten.« Die Frau aber klagte weiter: »Und wieso essen dann andere Leute zweimal oder doch wenigstens einmal in der Woche Reis? Selbst die Armen essen mindestens einmal in der Woche, in der Nacht zum Freitag, Reis!« – »Was gehen mich die anderen an«, erwiderte der Mann. Und die Frau rief weiter: »Wer soll dann dein ganzes Geld verbrauchen? Kinder hast du ja keine, und wenn du stirbst, wird die Regierung alles an sich nehmen. Dann verbrauche doch wenigstens ein bißchen für dich, solange du noch am Leben bist!« Er aber entgegnete nur: »Ich habe hier Brot, Käse und Gemüse. Einmal im Jahr habe ich Reis: Wenn du willst, dann bleib, wenn du nicht willst, dann geh!«

Einmal nun war der Mann ausgegangen, um etwas einzukaufen, aber er hatte nicht genug Geld. So ging er also in die Schatzkammer, um aus der ersten Schatztruhe etwas Geld zu entnehmen, als er plötzlich eine Stimme hörte: »Rühr mich nicht an! Ich gehöre Ali, dem Schreiner!« Er ging zur zweiten Schatztruhe, aber bis zur siebten Truhe hörte er jedesmal die gleiche Stimme: »Rühr mich nicht an! Ich gehöre Ali, dem Schreiner!« Da rief er: »Beim Grabe des Vaters von Ali, dem Schreiner! Wer ist denn dieser Schreiner Ali überhaupt? Hundert Jahre lang habe ich hart gearbeitet, habe nur Brot und Käse und Gemüse gegessen, um all dieses Geld zusammenzutragen. Und jetzt soll es Ali, dem Schreiner, gehören?«

Er machte seinen Einkauf nicht, sondern ließ seine Arbeit halbfertig liegen und kaufte einen dicken, starken Platanenstamm. Dann holte er einen Drechsler und sagte zu ihm: »Höhle das Innere dieses Baumstammes für mich aus!« – »Das macht viel Arbeit«, erwiderte der Drechsler, »dafür nehme ich hundert Tuman.« – »Das ist schon gut«, antwortete er, und als der Drechsler den Baumstamm ausgehöhlt hatte, holte er sein Gold und warf es alles dort hinein. Die beiden offenen Enden des Stammes versiegelte er mit Teer. Dann holte er einen Wagen und einen Träger. Er ließ den Stamm auf den Wagen heben und brachte ihn an den Strand. Dort gab er ihm einen Stoß, so daß er ins Wasser rollte. Dabei rief er: »Jetzt soll doch der Schreiner Ali kommen und sich sein Geld holen! Von mir aus kann er sich von meinem Hintern etwas holen!«

Als er aber wieder zu Hause war, setzte er sich und verfiel in Gedanken: »Alter, bist du denn verrückt geworden? Hat dich denn ganz dein Verstand verlassen? Gut und schön, du hast eine Stimme gehört, aber warum hast du nicht gesagt, daß dein eigener Anteil auch dabei sei? Niemand ist bisher gekommen, um es dir abzunehmen. Was war das nur für ein Benehmen, daß du das Geld genommen und es ins Meer geworfen hast?« Eine ganze Woche lang saß er so in seinem Haus und dachte nach. Dann plötzlich stand er auf und ging in die Wüste.

Aber lassen wir ihn einmal alleine und schauen nach dem Baumstamm. Weil der Stamm sehr schwer war, trieb er nicht oben auf dem Wasser. Nur ein Stückchen schaute oben aus dem Wasser heraus, der Rest war unter Wasser. So wurde er von den Wellen getrieben, bis er zu den Wassern des Nil gelangte. Dorthin war gerade ein Fischer gekommen, um sein Netz auszuwerfen und Fische zu fangen. Der Haken des Netzes blieb an dem Stamm hängen, und als der Fischer merkte, wie schwer das Netz war, rief er: »Gott, was hast du uns heute für einen Fang beschert?« Da der Stamm zum Teil im Wasser war, war er ein bißchen leichter, und so gelang es dem Fischer unter Aufbietung aller Kraft und Mühe, ihn an Land zu ziehen. Dort ließ er ihn dann liegen und ging in die Stadt zu einem Schreiner, zu dem er sagte: »Ich habe einen Baumstamm zu verkaufen.« Einige Schreiner kamen und betrachteten den Stamm. Aber auf die Frage, wie teuer er sei, antwortete der Fischer immer: »Einhundert Tuman.« So sagten alle: »Nein, dafür wollen wir ihn nicht.«

Schließlich kam der Schreiner Ali und sagte: »In Gottes Namen, nimm diese hundert Tuman.« Dann ließ er den Stamm von einem Träger fortschaffen. Er dachte bei sich: »Jetzt ist der Stamm noch feucht, und ich kann ihn nicht schneiden.« So stellte er den Stamm an die Wand im Hof. Ein ganzes Jahr verging nach diesen Ereignissen, da hatte der Schreiner eines Abends Gäste. Seine Frau kochte gerade das Abendessen, da ging ihr das Brennholz aus. Er sagte: »Das macht nichts, gleich werde ich dir Brennholz besorgen.« Er nahm die Säge und setzte sie an dem Baumstamm an, aber kaum hatte er zwei-, dreimal gesägt, da kam etwas von dem Geld zum Vorschein. »Gott habe meinen Vater selig!« rief er. »Woher kommt das denn?« Sogleich versteckte er das Geld, damit die Gäste es nicht sehen sollten, und brachte das Stück Holz, das er abgesägt hatte, zu seiner Frau. Die Frau sagte: »Gut! Jetzt schneide mir noch ein wenig mehr ab!«, und er ging und sägte vom anderen Ende des Stammes ein Stück ab, das er seiner Frau brachte.

Als die Gäste zu Abend gegessen hatten und gegangen waren, stand der Mann auf und ging zu dem Stamm. Er hob den Stamm auf die Seite, da fiel das ganze Geld heraus. Der arme Schreiner hatte aber noch nicht einmal einen Krug, in den er das Geld hätte füllen können. So nahm er einen Sack. Sieben Säcke füllte er voll mit Gold und versteckte sie im Keller. Von diesem Tag an ging es dem Schreiner Ali immer besser, bis er es schließlich so weit brachte, daß er ein Gasthaus eröffnete, in welchem jeder Gast die ersten drei Nächte umsonst wohnen konnte.

Aber lassen wir ihn jetzt wieder alleine und schauen, wie es dem Kaufmann erging. Dieser Arme war ja in die Wüste gelaufen, wo er drei Jahre lang Tag und Nacht umherirrte. Von seiner Frau und seiner Heimat hatte er keinerlei Nachricht, er ernährte sich von den Pflanzen der Wüste, und wenn er in ein Wäldchen kam, aß er von den Beeren dort. So kam er schließlich in die Stadt, in der der Laden des Schreiners Ali direkt hinter dem Stadttor lag. Und da sah er, der drei Jahre lang keine Pfeife, keine Zigarre, keine Wasserpfeife gesehen hatte, den Schreiner Ali an seiner Wasserpfeife ziehen. Er bat ihn: »Lieber Mann, laßt mich ein wenig von Eurer Wasserpfeife rauchen!« – »Herzlich gerne«, erwiderte der Schreiner Ali. So ließ er sich nieder und rauchte an der Wasserpfeife. Der Schreiner Ali fragte ihn: »Seid Ihr ein Fremder?« – »Ja«, antwortete er, »soeben bin ich in dieser Stadt angekommen.« – »Dann seid Ihr mein Gast!« erwiderte der Schreiner Ali. Dann geleitete er den Mann in das Haus. Zur Essenszeit sah der Mann, wie der Tisch von einem Ende des Zimmers bis zum anderen Ende voll war mit Köstlichkeiten. Er, der drei Jahre lang noch nicht einmal eine Suppe gesehen hatte, sah jetzt mit eigenen Augen Reis und Gemüse und vielerlei andere Köstlichkeiten.

Er setzte sich, um etwas zu essen, aber wie er etwas in seinen Mund tat, um es herunterzuschlucken, merkte er, daß es nicht ging. Er tat es auf diese Seite, er tat es auf die andere Seite, aber sosehr er auch darauf kaute, er konnte es nicht schlucken. Notgedrungen stand er auf und spuckte das Stück Fleisch in eine Ecke des Hofes. Der Hausherr fragte ihn: »Warum eßt Ihr denn nicht?« – »Könnt Ihr etwas für mich tun?« erwiderte er. »Was soll ich denn tun?« – »Geht nach draußen, borgt etwas Geld, und kauft von diesem geborgten Geld für mich etwas zu essen. Wenn Ihr das nicht tun wollt, dann ist es auch nicht weiter schlimm, wenn ich hungrig bin. Drei ganze Jahre habe ich kein anständiges Essen gesehen!« – »Nun gut«, erwiderte der andere, »warum eßt Ihr denn dieses Essen hier nicht, wo es doch so gut ist? Was ist der Grund dafür?« Aber der Mann antwortete: »Geht jetzt erst, und borgt etwas Essen, damit ich essen kann. Wenn ich satt bin, werde ich Euch den Grund hierfür sagen.« Und als der Hausherr aufstand, fügte er noch hinzu: »Kauft ja nichts von Eurem eigenen Geld. Denn wenn Ihr es von Eurem eigenen Geld kauft,wird es nicht meine Kehle hinuntergehen! Es muß unbedingt geborgt sein!« – »Schon gut«, erwiderte der Schreiner und ging zu einer Garküche hinter seinem Laden. Dort sagte er zu dem Koch: »Gib mir eine Portion gebratenes Fleisch. Das Geld dafür will ich dir später bringen!« Er nahm das Fleisch, kehrte zurück und stellte es vor seinen Gast. Dieser begann zu essen, und als er mit der Mahlzeit fertig war, räumte man den Tisch ab.

Dann fragte der Gastgeber: »Nun, mein Freund! Ihr habt dieses gute Essen nicht gegessen, warum eigentlich? Und warum habt Ihr dann dieses Bratfleisch vom Markt gegessen?« – »Mein Bruder«, antwortete der Mann, »zu der Zeit waren andere Leute bei Tisch, deshalb habe ich nichts dazu gesagt. Aber jetzt sind wir ja alleine: Diese Tafel war von meinem eigenen Geld zubereitet, deshalb ist das Essen nicht meine Kehle hinuntergegangen!« – »Euer Geld«, rief der

Schreiner Ali, »woher soll das denn zu uns gekommen
sein?« – »Von eurer Stadt bis zu unserer Stadt sind es
sicherlich sechs Monate Wegstrecke«, erwiderte der Mann.
»Aber jetzt sagt mir die Wahrheit: Habt Ihr nicht einen
Baumstamm gekauft, einen Zar' dick und drei Zar' lang?« –

»Ja, sicher!« – »Und war er nicht oben und unten mit Teer versiegelt?« – »Ja, sicher!« – »Und war darin nicht Geld aus sieben vollen Krügen? Einhundert Jahre meines Lebens lang habe ich nur Brot und Käse und Gemüse gegessen, bis ich all dieses Geld angesammelt hatte. Eines Tages ging ich hin, um etwas von dem Geld zu nehmen, da hörte ich eine Stimme, die mir das und das sagte. Also kaufte ich einen Baumstamm, versteckte das Geld darin und warf es ins Meer, damit es nicht dem Schreiner Ali in die Hände falle. Aber was als Schicksal bestimmt ist, kann vom Menschen nicht geplant werden. Da das Geld, von dem dieses Essen gekauft war, mein eigenes Geld war, ging das Essen nicht meine Kehle hinunter. So habe ich verstanden, daß es mein Eigentum war, da es meine Kehle nicht hinunter wollte. Mein Geld aber war für dich vorherbestimmt. Du sollst es verbrauchen!«

Da bedauerte der Schreiner Ali den Mann sehr und sprach: »Mein Bruder, wie lange bist du denn jetzt in der Wüste gewesen?« – »Drei Jahre lang«, antwortete er. – »Weißt du denn, wie es deiner Frau und deiner Familie geht?« – »Bei Gott«, rief er, »von dir weiß ich jetzt mehr als von meiner eigenen Familie.« – »Gut«, sagte da der Schreiner Ali, »dann werden wir jetzt etwas anderes für dich tun.« – »Was willst du denn tun?« – »Ich werde dir hunderttausend Tuman als Handelskapital leihen. Damit kehre in deine Stadt zurück und verdiene deinen Lebensunterhalt. Aber mache deiner Frau und deinen Kindern weiter keine Schwierigkeiten, solange du lebst. Vielmehr nimm die Segnungen Gottes, wie sie gerade kommen.« Der Kaufmann war einverstanden, und der Schreiner Ali ging zum Laden eines benachbarten Kaufmannes und bat ihn: »Ich benötige einhunderttausend Tuman. Gib sie mir jetzt, und morgen werde ich sie dir zurückgeben. Ich besitze nämlich einen Scheck, der morgen fällig ist.« Sogleich erhielt er das Geld und gab es an den Kaufmann mit den Worten: »So, nun nimm es, und ziehe fort!«

Der Kaufmann nahm das Geld an sich, sprach noch ein Dankgebet für den Gastgeber und reiste ab. So kam er nach drei Jahren wieder zurück zu seiner Frau, seinem Haus und seiner Familie. Er öffnete wieder die Tür seines Ladens und ließ sich dort nieder, um seinen Lebensunterhalt zu verdienen. Und als er eines Abends einmal Reis für seine Frau kochte, sagte er zu ihr: »Liebe Frau, ich habe Angst davor, noch einmal Geld zu horten. Der Schreiner Ali war sehr gerecht, er hat mir hunderttausend Tuman gegeben. Aber vielleicht wird das Geld das nächste Mal dem Schmied Husein zufallen, und er wird es mir nicht wiedergeben. So wollen wir also, wie der Schreiner Ali gesagt hat, unser Erworbenes selbst verzehren, solange wir leben!«

Das Mehl fanden wir oben, den Teig fanden wir unten, die Geschichte hat ihr Ende gefunden.

Der Engel des Todes

Es war einmal ein altes Ehepaar, das hatte einen Sohn. Der Vater war Schreiner, der Sohn war Schneider. Eines Tages bat der Sohn seinen Vater um die Erlaubnis, eine Reise nach einem weit entfernten Heiligtum zu unternehmen. Als er nun unterwegs war, traf er einen Derwisch, und die beiden wurden Reisegefährten. Eines Tages ließen sie sich zum Mittagessen nieder, und der Jüngling lud den Derwisch ein, sein Essen mit ihm zu teilen. Der Derwisch lehnte es ab, aber der Jüngling bestand nochmals darauf, so daß der Derwisch schließlich notgedrungen mitaß. Als der Derwisch nach einigen Tagen seinen Weg allein fortsetzen wollte, fragte ihn der Jüngling: »Wie heißt du? Woher kommst du, und wohin gehst du?« Der Derwisch erwiderte: »Mein Name ist schrecklich. Wenn ich ihn dir sage, wirst du Angst bekommen.« – »Nein«, entgegnete der Jüngling, »warum sollte ich mich fürchten. Ich werde keine Angst haben, denn ich habe das Salz mit dir geteilt, und ich weiß, daß mir von dir kein Unheil zustoßen wird.« Da sprach der Derwisch: »Mein Bruder! Ich bin Azra'il, der Todesengel.« – »Wenn du wirklich Azra'il bist«, meinte da der Jüngling, »sage mir, wann ich denn sterben werde.« – »Dein Tod«, sprach der Derwisch, »wird in deiner Hochzeitsnacht sein.« – »Gut«, meinte der Jüngling, und beide verabschiedeten sich voneinander. Vorher aber bat der Jüngling den Derwisch noch: »Mein Bruder! Bei dem Salz, welches wir zusammen gegessen haben! Wenn du kommst, um meine Seele zu holen, dann zeige dich mir in deiner jetzigen Gestalt.« Dem stimmte der Derwisch zu.

Der Jüngling setzte seine Reise fort. Als er wieder nach Hause kam, wollten seine Eltern ihn verheiraten. Er aber wehrte ab mit den Worten: »Ich will keine Frau.« So ging es eine Weile, bis der Sohn dreißig Jahre alt wurde. Da sprach sein Vater zu ihm: »Mein Söhnchen! Mittlerweile ist mein Bart weiß geworden. Ich würde dich gerne als Bräutigam sehen!« Der Sohn aber erwiderte: »Mein Vater! Wünsche dir nicht, mich als Bräutigam zu sehen; denn wenn ich heiraten sollte, werde ich in der Hochzeitsnacht sterben.« Hierauf erzählte er ihm sein Erlebnis mit Azra'il. Der Vater aber warf ein: »Was sind das für Worte! Was erzählst du mir denn da! Erstens einmal kann man Azra'il nicht sehen; und zweitens, wenn er vom Himmel herabsteigen sollte, um deine Seele zu holen, dann werde ich meine Seele statt dessen anbieten.« Und ebenfalls boten seine Mutter und seine Schwester an, ihre Seelen statt seiner zu geben.

Auf jeden Fall wurde die Hochzeit vorbereitet, und die Hochzeitsnacht fand statt. Aber gerade, als Braut und Bräutigam die Hände ineinanderlegten, öffnete sich die Tür, der Derwisch trat ein und sprach: »Habe ich dir nicht gesagt, Jüngling, du sollest nicht heiraten, denn deine Hochzeitsnacht werde die letzte Nacht deines Lebens sein?« – »Gewähre mir eine kurze Frist«, erwiderte der Jüngling, »damit ich meine Eltern rufen kann.« Er rief sie beide, und als sie gekommen waren, erinnerte er sie an ihr Versprechen: »Ihr habt doch versprochen, daß ihr zu dem Zeitpunkt, wenn Azra'il komme, bereit seid, eure Seele anstelle meiner zu geben. Hier nun ist Azra'il gekommen. Gebt ihm eure Seele!« Da bot der Vater sich an: »Komm, Azra'il, und nimm meine Seele!« Sogleich machte Azra'il sich daran, die Seele des Vaters aus seinem Körper zu ziehen. Er hatte sie schon bis zur Brust herausgezogen, da rief der Vater: »Azra'il! Es ist doch zu schwer, die Seele herzugeben. Nimm lieber seine eigene Seele!« Gerade als Azra'il den Sohn hinlegte, rief nun die Mutter: »Der Bräutigam ist doch noch so jung, nimm statt seiner lieber meine Seele!« Also machte sich Azra'il daran, die Seele der Mutter herauszuziehen. Aber als er sie schon bis zur Kehle herausgezogen hatte, rief die Mutter auch: »Es ist so schwer! Ich will lieber auf der Welt bleiben. Nimm doch seine eigene Seele!« Da lief aber sogleich die Braut herbei und sprach: »Wenn heute der Bräutigam stirbt, wird man morgen zu mir sagen, mein Schritt bringe Unheil. Also nimm gleich heute meine Seele, damit ich Ruhe finde vor den Anschuldigungen der Leute.«

So machte sich Azra'il nun daran, die Seele des Mädchens herauszuziehen. Aber gerade, als er sie schon bis zur Nase herausgezogen hatte, ertönte eine Stimme vom Himmel, die rief: »Laß sie beide in Frieden! Wegen der Opferbereitschaft der Braut schenke ich ihnen beiden dreißig Jahre Leben zusammen!«

So beendete Gott alles mit Wohlgefallen.

Der listige Sohn des Bruders

Einer war, einer war nicht. Es waren einmal zwei Brüder, die waren alle beide Kaufleute. Einer von ihnen war sehr reich, der andere besaß so gut wie gar nichts. Eines Tages wurde der arme Kaufmann krank, und da er drei Söhne hatte, trug er ihnen als einziges Vermächtnis auf: »Meine Kinder! Wenn ich gestorben bin, dann laßt euch nicht von eurem Onkel täuschen. Wenn ihr bei jemandem in die Lehre gehen wollt, dann tut das, aber geht nicht zu eurem Onkel!« Dann verschied der Kaufmann und starb. Von den drei Brüdern ging der jüngste zu einem Schmied, der mittlere zu einem Schneider, der älteste aber ging zu seinem Onkel.

Der Onkel sprach zu ihm: »Mein Kind! Wenn du ein ganzes Jahr bei mir bleibst und alles ausführst, was ich dir jemals auftrage, dann werde ich dir nach einem Jahr meine Tochter zur Frau geben, und du wirst dich in meinem Haus niederlassen. Wenn du aber nach diesem einen Jahr nicht alles ausgeführt hast, was ich dir aufgetragen habe, dann gehört dein Blut mir, und niemand soll ein Recht dazu haben zu fragen, aus welchem Grund ich dich getötet habe.«

Der junge Mann gab seinem Onkel ein Schreiben mit dem entsprechenden Inhalt und erhielt von ihm ein gleiches Schreiben desselben Inhalts: »Wenn ich nach einem Jahr alles, was du mir aufgetragen hast, ausgeführt habe, dann wirst du mir deine Tochter geben. Tust du dies nicht, dann stehen mir einhunderttausend Tuman von dir zu.« Hiermit war der Onkel einverstanden. So wurde der Jüngling Lehrling bei seinem Onkel. Den ganzen Tag, von morgens bis abends, hatte er nun nichts weiter zu tun, als Geld einzutreiben und Waren auf dem Markt anzupreisen. Dann auch wieder holte er Wasser, kümmerte sich um die Kinder oder trug die Kleinkinder beim Spazierengehen umher. Sonst gab es nichts zu tun, bis zehn Monate verstrichen waren.

Nach zehn Monaten sprach der Onkel zu ihm: »Mein Kind! Heute habe ich eine Aufgabe für dich, die ich dir bisher noch nicht aufgetragen habe, aber schließlich mußt du ja alle Arbeiten erledigen.« – »Sehr gut«, erwiderte der Jüngling. Dann holte der Onkel fünfzehn Schafe, die er ihm übergab. Außerdem gab er ihm einen Krug mit Joghurt, der mit einem Tuch verschlossen war. Am nächsten Morgen sagte er zu ihm: »Mein Kind! Hier hast du ein Brot als Mittagessen. Dieser Joghurt soll dir eine Beilage sein. Aber wenn du zurückkommst, darf das Brotrund und die Haut des Joghurts nicht zerstört sein. Wenn du am Nachmittag zurückkommst und das Brot zerbrochen oder die Haut des Joghurts zerstört hast, dann werde ich dir die Haut vom Kopf abziehen.« Hiermit erklärte sich der junge Mann einverstanden.

So nahm er also die Schafe, nahm Brot und Joghurt mit und ging auf die Weide. Als es Mittag wurde und er essen wollte, sprach er bei sich: »Wie soll ich denn dieses Brot essen, ohne das Rund zu zerstören; und wie soll ich von dem Joghurt essen, ohne vorher die Haut anzubrechen? Ich werde einfach den Joghurt beiseite lassen und das Brot aufessen. Was soll mir da schon passieren!« Am Nachmittag nahm er die Schüssel mit Joghurt und brachte die Schafe zurück. Als sein Onkel ihn fragte, wo das Brot sei, erwiderte er: »Lieber Onkel! Was ist denn schon ein Stück Brot! Ich habe es gegessen.« Der Onkel aber entgegnete: »Nun gut. Jetzt kommst du also zurück und hast einen Befehl, den ich dir gegeben habe, nicht ausgeführt. Dann werde ich dir jetzt die Haut vom Kopf abschneiden!« Er hatte schon das Messer ergriffen, da trat seine Frau hinzu und sagte: »Er hat doch den Joghurt nicht gegessen, so ist seine Schuld also nur halb so groß. Diese Hälfte der Schuld bitte ich dich, mir heute zu schenken.« – »Gut«, erwiderte der Mann, »heute will ich sie dir einmal schenken.«

Am nächsten Morgen nahm er wieder eine Schüssel mit Joghurt, einen Laib Brot und übergab dem jungen Mann die fünfzehn Schafe mit den Worten: »Wenn du am Nachmittag kommst, darf das Brot nicht angebrochen und die Haut des Joghurts nicht zerstört sein.« Als der Jüngling gegen Mittag wieder hungrig wurde, leerte er den ganzen Joghurt auf das Brot aus. Hierbei zerriß natürlich die Haut, und das ganze Brot war mit Joghurt bedeckt. So aß er beides zusammen. Als er dann am Nachmittag zurückkam und die Schafe seinem Onkel übergab, sagte dieser: »Nun gut. Heute brauchen wir nicht weiter zu streiten.« Und er nahm den Jüngling bei der Hand und tötete ihn.

Die Nachricht hiervon gelangte den Brüdern zu Ohren. Da sagte der mittlere Bursche: »Ich will gehen, um unseren Bruder zu rächen!« Er wurde unter den gleichen Bedingungen Lehrjunge bei seinem Onkel. Aber wenn er die Kinder zum Spazierengehen mitnahm, verprügelte er sie, nahm ihnen ihr Geld ab und zerbrach ihre Sachen.

Auf jeden Fall, zehn Monate lang geduldete sich der Onkel und sagte nichts, denn schließlich war er ja ein kostenloser Lehrjunge. Nach Ablauf der zehn Monate aber sprach er zu ihm: »Mein lieber Neffe. Jetzt rückt ja die Heirat schon näher. So mußt du noch das Viehhüten lernen!« Und genau wie vorher übergab er ihm eine Schüssel mit Joghurt, einen Laib Brot und fünfzehn Schafe. Und ebenso tötete er ihn gleichfalls am zweiten Tag.

Als die Nachricht hiervon zu dem jüngsten Bruder gelangte, rief dieser aus: »Bei Gott schwöre ich, daß ich entweder mich auch töten lassen werde oder aber Rache für meine Brüder nehme!« So ging er also zu seinem Onkel und sprach: »Lieber Onkel! Ich werde dir nicht einen solchen Vertrag unterzeichnen, wie es meine Brüder getan haben.

Vielmehr wollen wir eine Vereinbarung treffen, daß ich ein Jahr lang als kostenloser Lehrjunge bei dir bin. Wenn du dich in dieser Zeit über mich ärgerst, dann soll es mir erlaubt sein, dich zu töten; und wenn ich mich über dich ärgere, sollst du mich töten dürfen.« Einen Vertrag mit diesem Wortlaut erhielt er, und einen gleichlautenden Vertrag gab er ebenfalls seinem Onkel. Und einen Monat lang erfüllte er treu seinen Dienst.

Als er nach einem Monat einmal im Basar gewesen war und tausend Tuman in Papiergeld eingesammelt hatte, tat er das Geld in seine Jacke und zündete sie an. Darauf tat er so, als würde er beten. Am Abend kam er dann weinend nach Hause. Sein Onkel fragte ihn: »Lieber Neffe! Was ist denn mit dir, und warum weinst du?« Da antwortete er: »Lieber Onkel! In der Moschee hatte ich meine Jacke ausgezogen und beiseite gelegt. Dann bat ich noch jemanden, der in der Nähe war, er möge darauf aufpassen, daß man sie mir nicht stehle. Dann weiß ich nicht, ob jemand eine Zigarette geraucht hat oder eine Pfeife angezündet hat; auf jeden Fall, als ich das Gebet beendet hatte, sah ich, daß die Jacke wie eine Kerze in hellen Flammen stand. Und außerdem war ja das ganze Geld in der Jackentasche! Deshalb weine ich nicht um meine Jacke, sondern ich weine wegen des Geldes.« Der Onkel aber meinte hierzu nur: »Nun, das Ganze ist jetzt vorbei, und vom Weinen kommt die Jacke auch nicht zurück.« Dann schickte er ihn wieder an die Arbeit. Zwei, drei Tage später war eine Festbeleuchtung im Markt geplant. Der Onkel rief den Jüngling zu sich und sprach: »Nimm diese vierzig Lampen und bring sie dorthin!« Er nahm die Lampen, stellte sie auf ein spezielles Tablett und machte sich auf den Weg. Auf dem Weg trat er in ein Abflußgitter, wobei er sich absichtlich verletzte. Dann zog er sein Messer und brachte sich auf der Stirn einige Schnitte bei. Die Lampen warf er auf die Erde, wo sie zerbrachen. Dann verband er sich die Stirn mit seinem Taschentuch und lief weinend zurück zu seinem Onkel. Dieser fragte ihn: »Lieber Neffe. Was weinst du denn? Hast du die Lampen hingebracht oder nicht?« Er entgegnete: »Ja, lieber Onkel. Ich habe die Lampen auf einem Tablett auf dem Kopf getragen. Als ich hier ganz in der Nähe war, stolperte ich plötzlich über ein Abflußgitter und verletzte mich am Fuß. Die vierzig Lampen sind dabei hinuntergefallen. Jetzt habe ich eine Wunde am Kopf, mein Fuß ist verwundet, und die Lampen sind zerbrochen.« Da stand der Onkel auf und begann ihn zu beschimpfen. Er aber entgegnete nur: »Lieber Onkel, was hast du denn? Bist du etwa über mich ärgerlich geworden?« – »Du Verfluchter«, rief der Onkel, »was willst du mir denn jetzt als Schadensersatz für die zerbrochenen Lampen geben?« – »Nun«, antwortete der Jüngling, »ich will nicht, daß Ihr meinetwegen Schaden erleidet. Also will ich Euch fünf Tuman Schadensersatz leisten.« – »Wie«, rief da der Onkel. »Beim Geiste meines Vaters! Vierzig Lampen hast du mir zerbrochen und willst dafür nur fünf Tuman ersetzen? Zweitausend Tuman wären ja noch nicht genug!«

Ein, zwei Monate später ging er einmal mit einem der Kinder spazieren. Als er an einer Straßenecke sah, daß eine Pferdekutsche ankam, warf er sich mit dem Kind darunter. Er selbst verletzte sich den Fuß, aber das Kind war gleich tot. Da holte man einige Lastträger, die ihn aufhoben und zusammen mit dem toten Körper des Kindes in die Leichenhalle trugen. Der Leichenbestatter benachrichtigte den Onkel, der sogleich herkam. Dem Jüngling tat zwar auch sein eigener Fuß weh, aber trotzdem klagte er gespielt. Der Onkel trat an ihn heran und sprach: »Du Verfluchter! Was ist denn das für eine Art von Spazierengehen? Warum hast du mein Kind getötet? Warum hast du das nur getan – eher solltest du sterben!« Er aber erwiderte nur: »Lieber Onkel! Ich habe doch daran keine Schuld! Aber sagt mir, seid Ihr jetzt wegen mir zornig?« – »Nein«, entgegnete der Onkel, »ich meine nur, daß du mehr aufpassen mußt. So kann man doch kein Kind herumtragen!« Als er am Abend ein anderes Kind zur Toilette führen sollte, sagte er zu ihm: »Du darfst nicht pinkeln!« Aus Angst hielt das Kind inne, und er brachte es wieder zurück in das Zimmer. Dort rief es wieder: »Ich muß mal!« Wieder rief der Onkel den Jungen und sagte ihm: »Nimm das Kind an der Hand, und bring es zur Toilette!« Er nahm das Kind mit, sagte aber wieder: »Du darfst nicht pinkeln!« Als er es dann zurück ins Haus brachte, rief das Kind wieder: »Ich muß mal!« Zum dritten Mal rief der Onkel den Jungen und sagte ihm: »Nimm das Kind bei der Hand, und bring es zur Toilette!« – »Wenn es mit mir geht, pinkelt es nicht!« antwortete er. »Was soll ich denn nur machen?« – »Wenn es noch einmal nicht pinkeln will«, rief der Onkel unwillig, »dann heb es hoch in die Luft und wirf es auf den Boden!« So nahm er das Kind wieder mit hinaus, sagte ihm abermals, es dürfe nicht pinkeln, nahm es dann hoch in die Luft und warf es auf den Boden, wo es sogleich starb. Da rief der Onkel: »Um Himmels willen! Was hast du denn jetzt wieder gemacht!« Er aber erwiderte nur: »Haben wir denn nicht eine Vereinbarung getroffen, daß ich jeden deiner Befehle ausführen muß? Und hast du nicht gesagt, daß ich das Kind auf den Boden werfen solle? Nur das habe ich getan. Jetzt sag mir, lieber Onkel, ob du über mich zornig bist?« Und wieder überlegte sich der Onkel, wenn er jetzt »Ja« sagen würde, daß der andere ihn dann töten dürfe.

Auf diese Art und Weise verbrachten sie zehn Monate miteinander, und der Jüngling nahm einstweilen Rache für seine beiden Brüder. Schließlich nahm der Onkel wieder eine Schüssel voll Joghurt und einen Laib Brot und sprach zu ihm: »Nun denn, mein Neffe! Zehn Monate sind ja jetzt vorbei, und die Heirat ist nahe gerückt! Nimm diese fünfzehn Schafe auf die Weide, aber das Brot und den Joghurt darfst du nicht anbrechen.« So ging der Junge auf den Weg, kaufte sich aber zwischendurch noch selbst ein anderes Brot, das er mitnahm. Als er gerade die Schafe auf der Weide ausführte, sah er einen Jäger, der einen Wolf geschossen hatte und ihn in die Stadt bringen wollte. Er fragte ihn: »Verkaufst du diesen Wolf?« Und als der Jäger antwortete: »Ja«, da entgegnete er: »Gut, dann schlachte eines von diesen Schafen!« Zusammen schlachteten sie ein Schaf, zogen ihm das Fell ab und brieten es auf dem Feuer. Einen Teil davon aßen sie gleich, den Rest gab der Jüngling dem Jäger als Bezahlung für den toten Wolf. Dann nahm er einen Stein und zerschlug die Joghurtschüssel von unten. So floß der Joghurt aus, aber die Haut blieb unbeschädigt. Mit seinem Messer schnitt er aus dem Brot die Mitte heraus und aß es, der äußere Rand aber blieb ganz. Am Nachmittag nahm er die Sachen und ging nach Hause. Als er dann wieder zu seinem Onkel kam, zählte dieser die Schafe, worauf er fragte: »Warum sind es denn nur vierzehn Stück?« – »Ich will nicht lügen«, erwiderte er. »Ich war gerade einmal eine Weile von den Schafen weggegangen, da hat dieser Wolf eines von ihnen zerrissen.« – »Gut«, sagte der Onkel, »bring mir die Schüssel Joghurt und das Brot.« Da sah er, daß das Brot außen unversehrt war und daß auch die Oberfläche des Joghurt nicht beschädigt war. »Gut«, sagte er. »Aber warum hast du denn die Schüssel zerbrochen?« Hierauf erwiderte der Jüngling: »Wir hatten doch nicht vereinbart, daß die Schüssel nicht zerbrochen sein solle. Vielmehr hatten wir nur vereinbart, daß die Oberfläche des Joghurt nicht beschädigt sein dürfe.« Hiermit war der Onkel notgedrungen zufrieden.

Am nächsten Tag nahm er wieder das Brot und den Joghurt und brachte die Schafe auf die Weide. Nachdem er sie gemolken hate, aß er wieder das Innere des Brotes und schlürfte mit einem Strohhalm den Joghurt aus. Am Abend dann ging er nach Hause und übergab die Schafe.

Nun hatte er dem Jäger den Auftrag gegeben, wenn dieser einen lebenden Wolf fangen könne, daß er ihm diesen abkaufen werde. Am vierten Tag brachte der Jäger einen jungen Panther, den er ihm abkaufte. Als Bezahlung dafür gab er ihm ein ganzes Schaf, und ein anderes Schaf schlachteten sie zusammen. Von dem geschlachteten Schaf brieten sie die Keulen und aßen sie. Ein kleines Stück vom Schwanz legte der Junge beiseite als Köder für eine Falle für den Wolf. Als sie am Abend wieder zurückkamen, zählte der Onkel die Schafe. Als er sah, daß von vierzehn Schafen zwei fehlten, fragte er, wo diese beiden denn seien. Da erzählte der Junge: »Gott habe deinen Vater selig! Da hast du ja eine schöne Arbeit für uns ausgesucht! Bald hätte uns heute ein Panther zerrissen!« – »Schon gut«, erwiderte der Onkel, »aber was ist mit den Schafen passiert?« – »Nicht viel«, antwortete der Junge. »Der Panther hatte sich mitten zwischen die Schafe gestürzt, und ich rief laut um Hilfe. Da kam jemand mit einem Gewehr vorbei und tötete den Panther. Aber als das passierte, war ein Schaf schon tot und ein weiteres schwer verletzt. Das zweite habe ich geschlachtet und die beiden Keulen dem Jäger als Belohnung gegeben, den Rest des Fleisches habe ich hier mitgebracht.« – »Bravo«, rief da der Onkel, »du bist mir ja ein schöner Schafhirte. Ich glaube, wenn du meine Schafe einen Monat gehütet haben wirst, wirst du alle verschenkt haben! Jetzt hütest du sie erst acht Tage und hast schon drei von ihnen zugrunde gerichtet!« Der Junge aber fragte zurück: »Mein Onkel! Bist du denn etwa wegen mir zornig geworden? Du schickst mich doch schließlich jeden Tag zu den wilden Tieren, zu Wolf und Panther, und jedesmal schimpfst du mich nachher aus!« – »Nein«, entgegnete der Onkel, »ich ärgere mich nicht über dich, aber du bist ja wegen mir zornig!« – »Nein«, erwiderte auch der Junge, »ich bin nicht ärgerlich. Ich tue doch nur, was du mir aufträgst. Aber du kannst es mir ruhig sagen, wenn du dich meinetwegen ärgerst!«

Als sie am Abend gegessen hatten, legte der Junge sich schlafen. Der Onkel setzte sich mit der Frau und den Kindern zusammen und beriet, was man weiter tun solle: »Seit jener da ist, hat er mir großen Schaden zugefügt. Er hat seine Jacke und mit ihr zehntausend Tuman verbrannt; vielleicht hat er auch – Gott allein weiß es – das Geld für sich genommen und nur die Jacke verbrannt. Vierzig Lampen hat er zerbrochen, ein Kind hat er unter den Rädern der Pferdekutsche sterben lassen, ein anderes hat er auf den Boden geworfen und dabei getötet. Und jetzt hütet er auch noch so meine Schafe! Ich wage ja kaum mehr zu atmen. Liebe Frau, weißt du denn keinen Rat? Bald wird er kommen und deine Tochter zur Frau begehren. Soll ich ihm dann sagen: ›Nein, ich gebe sie dir nicht, das geht nicht‹? Selbst wenn ich sie ihm geben wollte, läßt das mein Herz nicht zu. Und wenn ich sage, daß ich wegen ihm zornig bin, dann wird er mich gleich töten. Dieser Verfluchte wird sicherlich keine Ruhe geben, bis er nicht endgültig an mir Rache für seine beiden Brüder genommen hat.« Da riet ihm seine Frau: »Wenn du auf mich hören willst, dann tue folgendes: Gehe zwei, drei Tage mit jenem zusammen aufs Feld. Wenn er dann am nächsten Tag wieder weggegangen ist, miete Maultiere. Dann werden wir unsere Sachen aufladen und aus dieser Stadt fortziehen. Das Haus soll ihm ruhig gehören.« – »Das ist keine schlechte Idee«, meinte ihr Mann, »und außerdem haben wir ja keine andere Wahl. Wir werden genau das tun.«

Nun hatte der Onkel eine Tochter, die dem Jungen das Essen gab. Die hatte er sich auserkoren und sagte immer zu ihr: »Du bist meine Verlobte.« So konnte er sie fragen, was denn ihr Vater und ihre Mutter über ihn beredeten. Am

Abend des nächsten Tages fragte er also das Mädchen: »Was haben denn dein Vater und deine Mutter über mich besprochen?« – »Nichts Besonderes«, antwortete das Mädchen. »Mein Vater ist wegen dir sehr ärgerlich. Er will, daß wir alle von hier fortziehen und vor dir fliehen.« – »Gut«, erwiderte er, »sag mir aber am Abend Bescheid, sobald du merkst, daß sie sich für die Reise vorbereiten.« In den nächsten Tagen holte der Junge aus der Falle, die er mit dem Schafsschwanz als Köder versehen hatte, immer einen toten Wolf heraus. Dafür schlachtete er entweder ein Schaf und aß es, oder er brachte es zum Fleischer, dem er es verkaufte. Das Mädchen sprach bei sich: »Nun gut! Von vierzehn Schafen sind jetzt noch sechs Schafe übrig. Auch sind noch sechs Tage geblieben, dann ist das Jahr vorbei.« Als der Junge dann am nächsten Tag wieder die Schafe zur Weide gebracht hatte, sah sie, wie ihre Eltern Maultiere geholt hatten und sie mit ihren Sachen beluden. Das Mädchen hatte dem Jungen aber schon am Abend vorher Bescheid gegeben. So brachte er die Tiere nun zu einem Schäfer und sagte ihm: »Die Milch soll dir gehören, paß nur auf die Schafe auf, bis ich wiederkomme.«

Dann lief er schnell wieder zurück ins Haus, versteckte sich in einer Kiste und sagte zu dem Mädchen: »Verschließe die Kiste wieder mit einem Schloß.« Sobald er in der Kiste war, bohrte er mit seinem Messer ein Loch in den Boden, durch das er atmen konnte. Die anderen packten ihre Sachen auf und reisten los, bis sie am Abend nach Qazvin kamen. Als sie sich dort zum Abendessen niederließen, sagte der Onkel: »Jetzt will ich mich endlich einmal ein wenig ausruhen. Nur noch sechs Tage waren geblieben, dann wäre dieser Verfluchte mein Erbe geworden. Ich habe mich wirklich sehr über ihn geärgert und habe absolut die Geduld verloren.« Da öffnete der Junge von innen das Schloß der Kiste, kam heraus und sagte: »Ein Versprechen muß man halten, lieber Onkel! Du warst so zornig über mich, daß du es sogar vorgezogen hast, vor mir zu fliehen. Aber du wußtest ja nicht, daß ich es nicht ertrage, von dir getrennt zu sein. Nach meinem Vater habe ich dich doch am liebsten. Aber jetzt sollten wir nicht weiter reden: Von der Stadt bis hierher bin ich in der Kiste gewesen, auf dem Rückweg sollst jetzt du von hier bis zur Stadt in der Kiste sein.« Dann fragte er die Frau: »Was habt ihr denn zu Abend gegessen? Gebt mir einen Teil davon ab.« Die Frau entgegnete: »Wir haben nur Tee getrunken, und dein Anteil ist noch da.« Der Junge aß, stand dann auf und rief den Karawanenführer zu sich, zu dem er sagte: »Mir ist eben eingefallen, daß wir wieder nach Esfahan zurückkehren müssen. Den Lohn, der mit dir ausgemacht war, will ich dir geben, nur mußt du mit uns zur Stadt zurückkehren.« Der Karawanenführer war es einverstanden, und zusammen machten sie sich auf den Weg. Der Onkel in der Kiste wußte aber nichts von dem Loch, und so kam er nach ein, zwei Stunden in Atemnot und begann, mit der Kiste hin und her zu schaukeln. Als der Karawanenführer sah, daß sich eine Kiste von selbst bewegte, ging er zu dem Jungen und sagte: »Dort hinten bewegt sich eine Kiste ganz von selbst. Ich glaube fast, ein Tier ist hineingekrochen, will jetzt wieder heraus und findet keinen Weg.« Da dachte der Junge an das Loch, ging zu der Kiste und sagte: »Lieber Onkel! In der Kiste ist ein Loch. An das mußt du deinen Mund halten, damit du nicht erstickst.«

Am Abend des nächsten Tages waren sie wieder zurück in der Stadt, und von den ursprünglich sechs Tagen bis zur Hochzeit waren jetzt nur noch zwei Tage übrig. An diesen zwei Tagen holte er den Onkel nicht aus dem Kasten heraus. Zum Essen durfte er auf der Kiste sitzen, danach aber wurde er wieder darin eingeschlossen. Zu den Händlern, die ihn nach dem Onkel fragten, wenn er jeden Tag auf den Markt ging, sagte er einmal: »Er ist etwas müde«, ein anderes Mal: »Er ist gerade mit den Hochzeitsvorbereitungen beschäftigt.« Als dann endlich der Tag der Hochzeit gekommen war, bereitete er selbst alles für die Zeremonie vor. Er lud die anderen Händler ein, holte seinen Onkel aus der Kiste, zog ihm neue Kleider an und sprach: »Lieber Onkel! Ich weiß, daß du dich über mich sehr geärgert hast. Durch den Vertrag und die Vereinbarung, die wir miteinander getroffen haben, könnte ich dich jetzt töten, genauso, wie du meine beiden Brüder getötet hast. Statt dessen werde ich dich aber als Vater anerkennen und dich nicht töten. Komm zu den versammelten Kaufleuten, und verheirate mich mit deiner Tochter.« Da hatte der Onkel keine andere Wahl mehr. Er betrat den Raum, in dem die anderen Kaufleute saßen, begrüßte sie und erteilte seine Erlaubnis, daß man dem Jungen seine Tochter zur Frau gab. So verheiratete man die beiden miteinander, und sie verbrachten ihre Hochzeitsnacht.

Am nächsten Morgen sprach der Junge seinen Onkel an: »Lieber Onkel!« – »Ja, was ist denn?« – »Jetzt bin ich also dein Schwiegersohn, und du bist mein Schwiegervater. Du bist nicht mehr mein Onkel, sondern du bist mir wie ein Vater. Deshalb habe ich auch davon abgesehen, dein Blut zu opfern, und begnüge mich als Rache für meine beiden Brüder mit dem Blut deiner beiden Kinder. Jetzt kannst du, wenn du willst, den ganzen Tag im Haus bleiben, und ich werde alle notwendigen Arbeiten im Markt beaufsichtigen!«

Wir gingen hoch, da war Mehl, wir kamen runter, da war Teig – das war unsere Geschichte gleich!

Der Zauberlehrling

Es wird erzählt, daß in alten Zeiten einst ein Dornen-sammler lebte, der hatte einen Sohn. Dieser Sohn kam eines Tages nach Hause und bat seine Mutter um Mittag-essen. Die Mutter erwiderte: »Heute haben wir nichts zum Mittagessen. Gestern abend hat dein Vater zu wenig Holz nach Hause gebracht, so daß nichts für heute übriggeblieben ist.« Da nahm der Sohn seinen Stock und verprügelte die Mutter, wobei er rief: »Das ist dafür, daß ich nichts zu essen bekomme.« So verprügelte er seine Mutter und legte sich dann schlafen. Als am Abend der Vater nach Hause kam und sah, wie seine Frau weinte, fragte er sie: »Was ist denn los? Warum weinst du denn?« – »Ach«, schluchzte sie, »das ist alles wegen deinem Sohn.« – »Was hat mein Sohn denn getan?« fragte der Mann. »Ach, nichts«, sagte die Frau. »Er wollte von mir sein Mittagessen, und als ich ihm sagte, daß kein Brot da sei, nahm er seinen Stock und schlug mich damit so lange, wie ich normalerweise essen würde.« Da rief der Vater: »Gut, wenn das so ist, dann werde ich jetzt auch einmal bei ihm nach dem Rechten gucken!« Als der Sohn wieder nach Hause kam, nahm der Vater seinen Stock und verprügelte den Sohn, wobei er rief: »Du bist noch so jung und schon so frech! Statt Brot nach Hause zu bringen, damit deine Mutter etwas zu essen hat, schlägst du sie, damit sie dir Brot geben solle.«

Am Morgen darauf bereute der Sohn seine Tat und sagte: »Gebt mir ein Beil und ein Stück Kordel! Ich will auch Holz sammeln gehen!« So nahm er wie der Vater Kordel und Beil, und zusammen gingen sie Holz sammeln. Am Abend dann verkauften sie das Brennholz. Wenn das Holz des Vaters auch einige Groschen wert war, das des Sohnes galt immer viel mehr. Zwei, drei Tage ging der Sohn so mit dem Vater. Nach einigen Tagen aber sprach er zu ihm: »Vater! Dort unten ist eine Stelle, wo es viel Brennholz gibt! Laß uns dort hinuntergehen!« Der Vater aber riet ihm ab: »Sohn, dort unten gibt es gefährliche wilde Tiere.« – »Macht nichts«, erwiderte der Sohn. »Dann bleib du hier, und ich gehe allein.« So ging er zwei, drei Tage, bis er eines Tages zum Schloß der Königstochter gelangte. Dort sah er Bäume, die bis in den Himmel ragten, und dachte bei sich: »Mein Vater ist doch verrückt! Hier stehen ganze Bäume, und er müht sich, mit dem Beil einige Äste zu schlagen.« Und ohne Wenn und Aber betrat er den Garten, setzte seine Axt am Fuße eines Baumes an, fällte ihn und zerkleinerte ihn in Scheite. Die Scheite band er dann in ein Tragebündel. Jetzt war er erst einmal müde geworden und legte sich am Fuß des Schlosses ein wenig schlafen.

Die Prinzessin ging gerade in ihren Gemächern spazieren und kam an ein Fenster, da sah sie den faulen Kahlkopf am Fuße des Schlosses schlafen. Seine Mütze war vom Kopf gerutscht, und die Fliegen schwirrten um sein Gesicht. Die Prinzessin ließ ein Steinchen auf ihn fallen, der Jüngling aber murmelte nur: »Ach, laß mich schlafen!« Wieder ließ sie ein Steinchen fallen, wieder murmelte er nur: »Du Hundesohn, laß mich doch schlafen.« Noch einmal warf die Prinzessin, diesmal ein größeres Steinchen, und plötzlich schreckte der Jüngling aus dem Schlaf empor. Seine Augen trafen sich mit den Augen der Prinzessin, und sogleich ließ der Pfeil der Liebe sich in seiner Brust nieder. Er rief ihr zu: »Mein Fräulein! Ich bin Ihr Diener! Wie kann ich zu Ihnen gelangen? Wie verrückt laufe ich hierhin und dorthin – werft mir doch ein Seil herab, das ich um meine Hüfte binden kann, damit Ihr mich hinaufzieht!«

Während er noch so sprach, kam der Wächter des Gartens, und die Prinzessin rief ihm tadelnd zu: »Hast du etwa das Tor aufgelassen? Haben wir denn hier einen Pferdestall, daß jeder hereinkommen kann und unsere Bäume fällt?«

Da packte der Gärtner den Jüngling und prügelte ihn durch, wobei er ihn ausschimpfte, warum er denn den Baum zerhackt habe. Als er ihn dann hinauswerfen wollte, hatte die Prinzessin doch Mitleid mit ihm und sagte dem Gärtner, er solle ihm wenigstens das Bündel Holz mit auf den Weg geben.

Als der Jüngling nach Hause kam, warf er das Bündel im Hof ab und fing an zu schluchzen: »Unreif war ich, jetzt bin ich gar. Ich verbrenne, seit ich die Liebe zu dir kennenlernte. Durch diese Liebe verbrenne ich.« Seine Mutter fragte ihn ganz besorgt: »Mein Kind, was ist los mit dir? Wieso benimmst du dich so verrückt?« – »Nichts«, rief er. »Ich habe mich nur in die Prinzessin verliebt!« Als der Vater nach Hause kam, sah er, daß sein Sohn richtig verrückt geworden war. Dauernd rief er: »Wenn ihr mir nicht die Prinzessin besorgt, werde ich mich selbst töten.« Der Vater versuchte ihn davon abzubringen: »Mein Sohn! Du bist der Sohn eines Holzfällers, was hast du mit der Prinzessin zu schaffen?« – »Was geht mich das an? Wenn ihr mir nicht die Prinzessin besorgt, werde ich mich töten!« – »Unser König ist gerecht«, versuchte die Frau den Mann zu überreden. »Morgen ist Freitag, da gibt er eine öffentliche Audienz. Geh hin, und trag ihm das Anliegen vor, ob er nun darauf eingeht oder nicht.« – »Frau«, erwiderte der Mann. »Ich schäme mich ja. Wie soll ich denn mit diesem dreckigen Kahlkopf vor den König treten?« – »Nimm ihn jetzt gleich mit ins Bad«, riet die Frau. »Danach zieh ihm saubere Kleider an. Da du selbst ein alter Mann bist, wird sich der König vielleicht deiner erbarmen.« Darauf ließ der Mann sich ein.

So nahm er am nächsten Morgen seinen Sohn mit ins öffentliche Bad, wusch ihn und behandelte seinen aussätzigen Kopf und lieh sich schließlich ein Gewand aus, das er ihm überzog. Dann nahm er ihn mit vor den König. Dort verneigte er sich ehrfürchtig und küßte den Boden. Der

König fragte ihn: »Alterchen, was willst du?« – »Zu Diensten, Majestät«, erwiderte der alte Holzfäller. »Mein Bart ist schon weiß, aber ich habe nur diesen einen Sohn. Er hat nun die Prinzessin gesehen und sich in sie verliebt. So komme ich als Brautwerber.« Darüber erzürnte der König und sprach leise zu seinem Wesir: »Was soll ich diesem alten Mann denn als Antwort geben?« – »Zu Diensten, Majestät«, antwortete der Wesir, »überlaßt den Alten nur mir. Ich werde ihm schon zu entgegnen wissen.« – »Gut«, meinte der König, »so soll es sein.« Also rief der Wesir den Alten vor sich und fragte ihn: »Alterchen! Hast du denn Besitz? Besitzt du etwas, womit du den Lebensunterhalt der Prinzessin bestreiten könntest?« – »Nein«, erwiderte der Alte. »Ich bin doch nur ein Holzfäller.« – »Besitzt vielleicht dein Sohn selbst etwas?« – »Nein, auch mein Sohn hat keinen Besitz.« – »Gut«, fuhr der Wesir fort, »so will ich dir eine Aufgabe stellen: Wir werden deinem Sohn vierzig Gänse übergeben, die soll er vierzig Tage lang auf die Weide führen. Stück für Stück werden wir sie ihm übergeben, und Stück für Stück werden wir sie wieder von ihm erhalten. Keine dieser Gänse soll auch nur ein Grämmchen zugenommen oder abgenommen haben, und natürlich darf keine verlorengegangen sein. Schafft er dies nicht, so ist sein Kopf dem König verfallen.« Da wandte der Vater sich dem Sohne zu und fragte ihn: »Was sagst du dazu?« – »Ich bin bereit«, erwiderte der Sohn. »Gänse gehen leicht verloren«, warnte ihn noch einmal der Vater, »dann wird der König dich töten.« – »Soll es doch sein«, entgegnete der Sohn. »Wenn ich es nicht schaffe, dann laß mich auf diese Art umkommen!« Der Wesir war es einverstanden und befahl, vierzig Gänse zu bringen.

Man brachte die Gänse, und Stück für Stück wurden sie dem Jüngling übergeben. Er nahm sie und trieb sie auf die Weide. Dort baute er sich eine kleine Hütte. Tagsüber ließ er nun die Gänse weiden, und abends trieb er sie in die

Hütte. Dort hielt er einen jungen Wolf versteckt, den er einmal in der Woche hervorholte und ihn den Gänsen zeigte. So kam es, daß die Gänse genau um das Gewicht, das sie in einer Woche angesetzt hatten, aus Angst vor dem jungen Wolf wieder magerer wurden.

Lassen wir aber nun den Jüngling und schauen nach der Prinzessin. Diese und der Wesirssohn waren heimlich ineinander verliebt. So stiftete sie den Wesirssohn an: »Geh, und versuche, diesem Dummkopf eine Gans abzulisten, damit wir von ihm erlöst werden.« Der Wesirssohn war es einverstanden und verließ unter dem Vorwand, auf die Jagd zu gehen, die Stadt. Der Jüngling sah, wie der Wesirssohn zu Pferd angeritten kam und die Gänse erschreckte. Da stellte er sich ihm in den Weg und rief: »Hier ist das Weideland des Königs. Wieso treibst du dein Pferd hierdurch?« Der Wesirssohn entgegnete: »Entschuldigt! Ich bin ein Gast in eurem Land!« Da lud ihn der Jüngling ein: »Der Gast ist der Liebling Gottes! Tretet näher!« – »Habt Ihr etwas zu essen?« bat der Wesirssohn. »Ich bin hungrig.« – »Brot und Buttermilch habe ich.« – »Brot und Buttermilch ist wenig zu essen. Ich werde dir etwas Geld geben, damit du mir eine von diesen Gänsen schlachtest und röstest.« – »Die Gänse darf ich nicht schlachten«, erwiderte der Jüngling, »sonst wird der König mich töten lassen.« Der Wesirssohn aber bedrängte ihn weiter: »Wegen einer einzigen Gans wird der König dich doch sicherlich nicht töten lassen. Komm, wir wollen eine Gans schlachten und sie zusammen essen!« Da schlug der Jüngling vor: »Wenn ich für dich eine Gans schlachten soll, mußt du mir einen Kuß geben!« – »Warum nicht«, rief der Wesirssohn und gab ihm den Kuß. »Und jetzt wirst du als Ausgleich dafür eine Gans schlachten!« – »Für einen einzigen Kuß schlachte ich doch keine Gans«, warf der Jüngling ein. »Wenn ich das wirklich tun soll, dann mußt du mir schon einmal zu Willen sein!« Da dachte der

Wesirssohn bei sich: »Was macht das schon, hier ist ja niemand, der mich sehen kann!« Also öffnete er seine Hosen, und als der Jüngling sein Geschäft beendet hatte, forderte er ihn wieder auf: »Steh auf, und schlachte die Gans!« – »Jetzt«, rief der Jüngling, »werde ich mich beschweren gehen, daß der Wesirssohn mir mit Gewalt eine Gans abnehmen wollte!« Da sah der Wesirssohn ein, daß es weiter keinen Zweck hatte und stieg geschlagen auf sein Pferd und ritt weg. Er berichtete der Prinzessin: »Ich selbst konnte diesem Verfluchten keine Gans abluchsen. Da er ja aber in dich verliebt ist, versuch du selbst es doch. Vielleicht kannst du eine Gans von ihm erhalten.«

Die Prinzessin war einverstanden und begab sich am nächsten Tag zu der Hütte. Auf die Frage des Jünglings, was sie denn wolle, sagte sie nur: »Ich möchte einmal nach dem Rechten schauen. Jetzt aber bin ich hungrig. Was hast du denn zu essen da?« – »Brot und Buttermilch«, bot der Jüngling an. – »Brot und Buttermilch? Kann man das denn auch essen?« fragte die Prinzessin ganz entsetzt. – »Mehr habe ich nicht da«, entgegnete der Jüngling, »das ist alles, was mein Vater mir täglich bringt.« – »Dann steh auf, schlachte eine von diesen Gänsen, und brate sie für mich, damit wir sie zusammen essen.« – »Sicher«, meinte der Jüngling. »Wenn du es willst, werde ich eine Gans schlachten. Aber du weißt, daß dein Vater mich dann töten lassen wird. Also gib mir wenigstens vorher einen kleinen Kuß. Einen Kuß von deinen Lippen, die wie Edelsteine und Perlen glänzen – was sollte ich da noch machen! Oder gibst du mir vielleicht sogar zwei oder drei oder vier?« Die Prinzessin war einverstanden und dachte bei sich: »Wenn ich auf diesem Weg an eine Gans gelange, dann soll er mich ruhig küssen dürfen.« Als der Jüngling sie aber küßte, sagte er zu ihr: »Du weißt, daß dein Vater mich töten lassen wird, wenn ich eine Gans schlachte. So sei du ein wenig bereit, mich mit dir mein Spiel treiben zu lassen. Wenn der König mich dann töten lassen wird, so ist wenigstens kein unerfüllter Wunsch in meinem Herzen zurückgeblieben.« Damit sie ihr Ziel erreiche, ihn töten zu lassen, gab die Prinzessin notgedrungen nach und ließ ihn mit sich das Liebesspiel treiben. Dann stand sie auf und ergriff eine Gans, um sie zu schlachten. Er aber rief ihr zu: »Du Verfluchte! Ich lasse nicht zu, daß du eine Gans schlachtest! Das eine, was du mir gegeben hast, war gerade genug!« Da erhob sich die Prinzessin und lief schnell wie ein angeschossener Bär davon.

Am nächsten Tag war der vierzigste Tag. Da trieb der Jüngling alle vierzig Gänse zusammen zum Wesir, um sie ihm wieder zu übergeben. Der Wesir mußte zugeben, daß weder die Anzahl der Gänse weniger geworden war, noch daß sie fetter oder magerer geworden waren. Da fragte ihn der König: »Was sollen wir denn jetzt machen?« – »Zu Diensten, Majestät!« erwiderte der Wesir. »Ich werde dem Jüngling eine neue Aufgabe stellen!« Zu dem Jüngling sprach er: »Ich werde dir einen Sack mit Walnüssen geben, die sollst du zählen und gleichzeitig deine Erlebnisse erzählen. Ist deine Lebensgeschichte zu Ende, wenn noch Walnüsse da sind, so werde ich dich töten lassen; sind aber die Walnüsse zu Ende, bevor du fertig bist, so erhältst du das Badegeld der Prinzessin.« Der Jüngling war einverstanden, und man brachte einen großen Sack mit Walnüssen. Sodann setzte sich der Jüngling säuberlich im Schneidersitz nieder und erzählte bei jeder Nuß einen Satz: »Ich bin der Sohn eines Holzfällers – He, Wesir, nimm dich in acht vor den Walnüssen! Einmal kam ich nach Hause und sagte, daß ich hungrig sei – He, Wesir, nimm dich in acht vor den Walnüssen! Meine Mutter sagte, es sei kein Brot da – He, Wesir, nimm dich in acht vor den Walnüssen! Da nahm ich den Stock und schlug meine Mutter – He, Wesir, nimm dich in acht vor den Walnüssen! Mein Vater kam und schlug mich –

He, Wesir, nimm dich in acht vor den Walnüssen! Am nächsten Tag ging ich mit zum Holzfällen – He, Wesir, nimm dich in acht vor den Walnüssen! Ich kam zum Schloß des Königs – He, Wesir, nimm dich in acht vor den Walnüssen! Ich verliebte mich in die Prinzessin – He, Wesir, nimm dich in acht vor den Walnüssen! Ich schickte meinen Vater als Brautwerber – He, Wesir, nimm dich in acht vor den Walnüssen! Der Wesir übrgab mir vierzig Gänse, die ich zur Weide führen sollte – He, Wesir, nimm dich in acht vor den Walnüssen! Als ich auf der Weide war, kam der Wesirssohn und sagte, ich solle eine Gans schlachten – He, Wesir, nimm dich in acht vor den Walnüssen! Ich sagte, er solle mir einen Kuß geben, damit ich sie schlachte – He, Wesir, nimm dich in acht vor den Walnüssen! Der Wesirssohn sagte, er sei einverstanden – He, Wesir, nimm dich in acht vor den Walnüssen! Er sagte, ein Kuß sei doch nicht weiter schlimm – He, Wesir, nimm dich in acht vor den Walnüssen! Ich sagte, wenn er wolle, daß ich die Gans schlachte, dann müsse er schon...«

Da merkte der Wesir, daß er gleich erzählen werde, wie er seinen Willen an dem Wesirssohn gehabt habe, und rief: »Die Walnüsse sind zu Ende!« Der Jüngling aber meinte: »Ich bin mit meinen Erlebnissen noch nicht fertig!« – »Das ist schon gut so«, erwiderte der Wesir. »Als Ausgleich hierfür erhältst du das Badegeld der Prinzessin. Als Gegenleistung für das Brautgeld der Prinzessin sollst du jetzt gehen und eine unterirdische Lehre machen.«

Der Jüngling akzeptierte diese Bedingung und ging hinaus. Sein Vater aber begann zu klagen: »Was soll ich denn jetzt wohl mit dir machen? Soll ich etwa ein Grab graben und dich da hineinlegen?« Sein Sohn aber meinte: »Das wirst du nicht tun. Der König verlangt so etwas sicherlich nicht ohne Grund. Es muß eine Möglichkeit geben, den Auftrag des Königs zu erfüllen.« Und wieder dachte er sich:

»Auf jeden Fall hat der König sich etwas dabei gedacht. Ich muß unbedingt gehen und die unterirdische Lehre machen.«

Als sie nach Hause gekommen waren, meinte die Mutter hierzu: »Ja, wißt ihr denn nicht, daß es einen Farsach von der Stadt entfernt eine Höhle gibt, in der ein Einsiedler lebt? Zu dem müßt ihr hingehen und ihn um Hilfe bitten. Er kann euch sicherlich einen Rat geben.« – »Sehr gut«, sagten Vater und Sohn, »so soll es sein.« Und zusammen verabschiedeten sie sich von der Mutter und verließen das Haus. Außerhalb der Stadt gingen sie ein Stück durch die Wüste, und nach einem Farsach kamen sie zu jener Höhle. Sie gingen näher und fanden den Einsiedler im Gebet vertieft. Nachdem sie sich gegenseitig begrüßt hatten, fragte der Einsiedler: »Alterchen, was wollt ihr denn von mir?« – »Wir bitten Euch inständig«, sagte der Vater. »Wir sind zu Euch gekommen, damit Ihr uns beraten mögt, was es mit der unterirdischen Lehre auf sich hat.« – »Gut«, sprach der Einsiedler. »Wenn

48

ihr von hier weitergeht, müßt ihr euch nach rechts halten, bis ihr an ein Meer kommt. Wenn ihr dort angelangt seid, müßt ihr rufen: ›Ouchasch!‹ Dann wird ein schwarzer Sklave aus dem Wasser auftauchen und euch fragen: ›Was wollt ihr von Ouchasch?‹ Darauf wirst du antworten: ›Nichts Besonderes! Meinen Sohn hier will ich ihm übergeben, damit er ihn mitnimmt und ihn in die unterirdische Lehre nimmt!‹«

So geschah es. Da erwiderte der Sklave: »Gut! Ich werde ihn zu Ouchasch bringen, damit er ihn in die Lehre nimmt.« Der Vater fragte noch: »Wann kann ich ihn denn wieder abholen kommen?« Hierauf entgegnete der Sklave: »Nach vierzig Tagen komm wieder hierher, und hole ihn ab!« Und mit den Worten: »So geh denn in Gottes Namen!« übergab der Vater seinen Sohn dem schwarzen Sklaven. Dieser nahm ihn bei der Hand und verschwand mit ihm unter der Meeresoberfläche. Da begann der Vater zu weinen und zu klagen: »Mein Sohn! Mein Kind! Er ist im Wasser ertrunken, die Fische haben ihn gefressen, ein Wal hat ihn verschluckt!« So saß er bis zum Sonnenuntergang am Strand, dann erst ging er wieder nach Hause, wo er zu seiner Frau sprach: »Frau! Mit meiner eigenen Hand habe ich unseren Sohn ins Meer geworfen.« Die Frau aber beruhigte ihn mit den Worten: »Mach dir keine Sorgen! Derjenige, der unser Kind mitgenommen hat, ist doch selbst ein Mensch. So wie er nicht ertrunken ist, wird auch unser Sohn nicht ertrunken sein.«

Nun aber lassen wir diese beiden und schauen, wie es dem Sohn erging. Ouchasch hatte ihn ja mitgenommen und war mit ihm zum Meeresboden hinabgetaucht. Ouchasch nun hatte eine Tochter, der er den Jüngling anvertraute. Diese sah, daß er kahlköpfig war, und sogleich rief sie ihn zu sich und sagte: »Komm her, ich will deine Krankheit heilen!« Zwei Tage lang rieb sie seinen Kopf mit dem Heilöl des Salomo ein, und die Krankheit heilte. So wuchsen die Haare wieder, und der Jüngling wurde sehr schön. Dann sprach sie zu ihm: »Was auch immer mein Vater dir in diesen Tagen beibringen wird, du mußt am Abend so tun, als habest du nichts verstanden. Denn wenn du es verstehen würdest, könntest du alles, und dann würde mein Vater dich nach Ablauf der vierzig Tage töten!« – »Gut«, sagte der Jüngling. So ging er tagsüber in die Lehre und lernte alles Mögliche. Wenn er aber abends danach gefragt wurde, antwortete er nur: »Das habe ich noch nicht gelernt!« Am vierzigsten Tag riet ihm das Mädchen: »Jetzt ist es gut! Geh wieder zu deinen Eltern!«

An eben diesem Tag sprach die Mutter zum Vater: »Mann! Geh, und hole unser Kind aus dem Meer ab!« Der Alte aber entgegnete: »Frau! Bist du denn ganz verrückt geworden? Ich habe doch unseren Sohn mit meiner eigenen Hand ins Meer geworfen. Soll ich jetzt etwa ins Wasser gehen, um ihn zu holen? Er ist doch sicherlich ertrunken, erstickt, getötet worden. Ich kann nur noch schauen, welches Tier ihn denn gefressen hat!« Die Frau aber sagte nur: »Jetzt geh schon! Du wirst einfach wieder rufen: ›Ouchasch!‹, und wenn Ouchasch dann kommt, wirst du sagen: ›Ich bin gekommen, damit du mir meinen Sohn wiedergibst.‹ Jetzt geh schon!« Da sprach der Alte: »So will ich denn in Gottes Namen gehen!« Er ging zum Meer und rief: »Ouchasch!« Da kam Ouchasch aus dem Meer und fragte ihn: »Was willst du von Ouchasch?« Der Alte begrüßte ihn und antwortete: »Ich komme, um meinen Sohn zu holen!« Da entgegnete Ouchasch: »Warte hier, bis ich ihn dir bringe!« Kopfüber verschwand er im Meer und blieb eine volle Stunde weg. Nach Ablauf der Stunde tauchte er wieder mit dem Jüngling auf und sagte: »Hier, nimm deinen völlig vertrottelten Sohn zurück!« Da nahm der Vater den Sohn bei der Hand und ging mit ihm wieder nach Hause. Als sie zu Hause ankamen, umarmte die Mutter ihn und küßte ihn vor Freude.

Dann wandte sich der Jüngling seinem Vater zu und
sagte: »Wenn wir heute geschlafen haben und du morgen
aufstehst, wirst du in der Ecke des Hofes ein Maultier stehen
sehen. Das nimm, und verkaufe es für hundert Tuman. Aber
verkauf auf keinen Fall das Zaumzeug.« So tat es der Vater:
Er verkaufte das Maultier und brachte das Zaumzeug wieder mit nach Hause. Am nächsten Abend sagte der Sohn:
»Vater! Wenn du am Morgen aufstehst, wirst du in der Ecke
des Hofes ein Fohlen stehen sehen. Nimm es, und verkaufe
es für hundert Tuman. Aber verkaufe auf keinen Fall das
Zaumzeug!« So nahm der Vater am Morgen das Fohlen und
verkaufte es. Am Abend sagte der Sohn wieder zu ihm:
»Jetzt brauchst du nie mehr Holz sammeln gehen und wirst
trotzdem jeden Tag hundert Tuman haben. Morgen, wenn
du aufstehst, wirst du in der Ecke des Hofes einen hübschen
ägyptischen Esel stehen sehen. Den verkaufst du für hundert Tuman, aber bring das Zaumzeug wieder mit.«

Kurzum, so machten sie es einen ganzen Monat lang.
Eines Tages aber dachte Ouchasch bei sich: »Wenn mich

dieser verfluchte Junge bloß nicht betrogen hat. Ich werde heute einmal auf die Erde gehen und ein wenig herumspazieren, um zu schauen, ob ich ihn vielleicht treffe oder was aus ihm geworden ist.« An diesem Tag hatte sich der Jüngling gerade in ein hübsches Fohlen verwandelt. Als Ouchasch nun auf die Erde kam, sah er sogleich, daß der Jüngling das Fohlen war, und nahm sich vor, es dem Vater abzukaufen. So verkleidete er sich als Kaufmann, ging hin und fragte: »Wie teuer soll das Fohlen sein?« – »Einhundert Tuman, mein Herr«, erwiderte der Vater. – »Billiger verkauft Ihr es nicht?« – »Nein!« – »Gut! Hier sind die hundert Tuman.« Und er überreichte ihm das Geld. Als der Vater aber das Zaumzeug abnahm, um es mitzunehmen, fragte er: »Was hast du denn mit dem Zaumzeug vor?« – »Das Fohlen habe ich verkauft«, erwiderte der Vater, »nicht das Zaumzeug!« – »Gut«, meinte Ouchasch. »Dann werde ich das Zaumzeug auch noch für zehn Tuman kaufen.« – »Ich verkaufe es nicht«, entgegnete der Vater. – »Dreißig Tuman.« – »Ich verkaufe es nicht.« – »Hundert Tuman.« – »Ich verkaufe es nicht.« Schließlich war der Preis bei eintausend Tuman angelangt, und als der Vater immer noch sagte: »Ich verkaufe es nicht«, versammelten sich die Leute um die beiden und sagten: »Was steckt denn da für ein Geheimnis dahinter. So ein schönes Fohlen verkaufst du für hundert Tuman und willst so ein altes schmutziges Zaumzeug für tausend Tuman nicht verkaufen?« Da blieb ihm nichts anderes übrig, als das Zaumzeug zu verkaufen. Dann ging er nach Hause. Ouchasch aber setzte sich rittlings auf das Fohlen, stieß ihm die Hacken in den Bauch und rief: »Du Miststück! Und du willst bei mir nichts gelernt haben?«

Als Ouchasch das Haus verlassen hatte, hatte sich seine Tochter schon gedacht, daß er den Jüngling sicherlich töten werde, wenn er ihn fände. So hatte sie alles, was es im Haus an Messern und Schneidewerkzeug gab, versteckt. Nun sah sie, wie ihr Vater mit dem Jüngling zusammen zurückkam, nur war der Jüngling ein Fohlen. Ouchasch sagte zu ihr: »Töchterchen! Hol mir meinen Dolch!« Sie ging, kam zurück und sagte: »Der Dolch ist nicht da.« – »Dann hol mir mein Schwert!« Wieder ging sie, kam zurück und sagte: »Es ist nicht da.« – »Dann hol mir ein Messer aus der Küche!« Noch einmal ging sie, kam zurück und sagte: »Es ist nicht da!« – »Hier, halte einmal das Zaumzeug fest«, sagte da ihr Vater, »ich werde selbst gehen und etwas holen!« Das Mädchen ergriff die Zügel, und ihr Vater ging, um ein Messer zu holen. Hastig rief sie da dem Jüngling zu: »Verschwinde schnell von hier! Wenn er jetzt wiederkommt, wird er dich sicherlich töten!« – »In was soll ich mich denn verwandeln?« fragte der Jüngling. »Verwandle dich in eine Taube, und flieg weg von hier«, riet ihm das Mädchen. Also verwandelte sich der Jüngling in eine Taube und flog weg. Das Mädchen aber zerkratzte sich mit den Fingern das Gesicht, und als ihr Vater zurückkam und fragte, wo das Fohlen sei, entgegnete sie: »Es hat mich im Gesicht gekratzt und ist geflohen.« – »Du verfluchtes Weib«, rief da ihr Vater, »in was hat er sich denn verwandelt?« – »In eine Taube hat er sich verwandelt und ist weggeflogen.« Da verwandelte sich Ouchasch in einen Falken und flog der Taube hinterher.

Als der Jüngling sah, daß Ouchasch ihn verfolgte und ihn bald einholen würde, verwandelte er sich in eine Gazelle und floh weiter. Ouchasch aber verwandelte sich in einen Wolf und verfolgte ihn weiter. Wieder sah der Jüngling, daß der Wolf ihn bald einholen würde, da verwandelte er sich in einen Panther und lief weiter. Ouchasch aber verwandelte sich in einen Löwen und setzte die Verfolgung fort. Die Menschen vor der Stadt flohen in Angst und Schrecken vor ihnen und schrien: »Die wilden Tiere kommen!« Die beiden aber liefen in der Gestalt, in der sie waren, in die Stadt hinein, während die Leute in heller Aufregung vor ihnen flohen und immer riefen: »Panther und Löwe sind in der Stadt!« Da plötzlich verwandelte sich der Panther in eine Krone und ließ sich auf dem Haupt des Königs nieder, der Löwe aber verwandelte sich in einen Derwisch. Dieser ließ sich vor dem König nieder, begann auf seiner Flöte zu spielen und spielte eine so schöne Melodie, daß es dem König sehr gut gefiel. So fragte er ihn. »Du, Derwisch! Was begehrst du von mir als Lohn für dein Lied?« – »O Mittelpunkt der Welt«, erwiderte der Derwisch, »ich begehre diese Krone, die sich auf deiner anderen Krone niedergelassen hat.« Hierauf aber entgegnete der König: »Diese Krone, die aus dem Nichts gekommen ist und sich auf meiner Krone niedergelassen hat, werde ich dir nicht geben. Alles andere, was du begehrst, sollst du erhalten.« Da begann der Derwisch ein zweites Mal, Flöte zu spielen, worauf der König sprach: »Derwisch! Du hast dir großes Verdienst erworben. Jetzt sage mir, was du von mir begehrst!« – »O Mittelpunkt der Welt, möget Ihr immer in Frieden leben«, erwiderte der Derwisch. »Außer dieser Krone, die sich auf Eurer Krone niedergelassen hat, verlange ich nichts.«

Da sah der König keine andere Möglichkeit und sprach: »Lieber wäre es mir, du würdest meine eigene Krone verlangen als diese, aber ich muß sie dir wohl geben.« So ergriff er die Krone mit den Händen, um sie ihm zu übergeben, da verwandelte sich die Krone plötzlich in einen Granatapfel, der dem König in den Schoß fiel. Da kniete der Derwisch ein weiteres Mal nieder und spielte eine weitere Melodie auf der Flöte. Als der König ihn wiederum fragte, was er sich von ihm wünsche, antwortete der Derwisch: »Diesen Granatapfel, der in Eurem Schoß liegt.« Als der König aber den Granatapfel aufheben wollte, um ihn zu überreichen, fiel er hin und zerplatzte. Sogleich verwandelte sich der Derwisch in einen Hahn und begann, die einzelnen Körner aufzupikken. Das eine Korn aber, welches der Jüngling war, verwandelte sich in einen Schakal, der den Hahn mit den Zähnen zerriß. Der König war über all dieses sehr verwundert und fragte sich, was das alles solle, was das für ein Leben sei: Zuerst kommen wilde Tiere, die die Leute in Angst und Schrecken versetzen; dann – was war das für eine Krone gewesen! Wer war der Derwisch? Warum hatte er sich in einen Hahn verwandelt? Warum war der Granatapfel geplatzt? Woher war der Schakal in den Palast gekommen? Und was waren das überhaupt für merkwürdige Vorkommnisse?

Als der Schakal weglaufen wollte, befahl er, ihn festzuhalten, und redete ihn an: »Bei dem Gott, den du verehrst! Bist du eine Fee, bist du ein Mensch, bist du ein Geist? Was auch immer du sein mögest, offenbare dich mir!« Da ging der Schakal etwas auf die Seite und verwandelte sich in den Jüngling. Dieser trat vor, verschränkte artig die Arme zum Gruß und sprach zum König: »Ich bin jener Jüngling, zu dem Ihr gesagt habt, er solle in die unterirdische Lehre gehen. Das, was Ihr soeben gesehen habt, war nur eine Probe davon. Jetzt steht Euch die Entscheidung frei, o Mittelpunkt der Welt! Wollt Ihr mir Eure Tochter geben oder wollt Ihr sie mir nicht geben – das ist Eure Entscheidung!« Der König sah, daß jener häßliche Kahlkopf, den er früher gesehen hatte, sich von diesem hübschen Jüngling im Gesicht und in der Figur sehr unterschied, und so willigte er in die Hochzeit ein. Er befahl, die Stadt zur Hochzeit zu schmücken, nahm dann die Hand seiner Tochter und legte sie in die Hand des Jünglings. Da sprach der Jüngling zur Prinzessin: »Nun, du hübscher Liebling! Gefällt dir diese Hochzeit besser als eine Hochzeit in der Hütte?« – »Du Schelm«, erwiderte sie, »so hast du deinen Willen doch erreicht.«

Und genauso, wie jene beiden zur Verwirklichung ihres Herzenswunsches gelangten, mögen alle ihren Herzenswunsch erfüllen können.

Das Basilikummädchen

Es war einmal ein Kaufmann, der hatte eine Tochter, die hieß Fateme. Fateme ging noch in die Schule. Das Haus ihrer Eltern lag direkt neben dem Schloß des Königs.

Eines Tages nun ging der Prinz einmal im Garten spazieren, da sah er nebenan ein sehr schönes und hübsches Mädchen, das im Garten die Blumen goß. Als die anderen Kinder nach ihr riefen, lernte er auch ihren Namen kennen. Der Prinz wollte ein wenig mit ihr scherzen, und da im Garten viel Basilienkraut angepflanzt war, rief er zu ihr: »Fateme, wie teuer ist denn ein Bund von dem Basilienkraut?« Das Mädchen hob den Kopf und rief zurück: »Prinz, wie teuer sind die Sterne am Himmel?«

Da ging der Prinz zum Lehrer des Mädchens und bat ihn: »Hilf mir, daß ich dem Mädchen einen Kuß geben kann, ohne daß es dies vorher merkt.« – »Das ist nicht weiter schwierig«, erwiderte der Lehrer. »Morgen kommst du und versteckst dich im Lagerraum in einer Kiste.« Der Prinz war einverstanden und versteckte sich am nächsten Tag in einer Kiste. Als das Mädchen am Morgen in die Schule kam, hatte der Lehrer gerade einen Topf mit Suppe aufgetragen und sagte zu ihr: »Fateme, lauf schnell in den Lagerraum, und hole mir von dem hintersten Regal die Suppenkelle.« Das Mädchen lief schnell und holte die Suppenkelle. Gerade wollte sie den Raum wieder verlassen, als plötzlich der Prinz hinter der Tür hervorsprang und ihr einen Kuß gab.

Am Nachmittag, als das Mädchen im Garten wieder das Basilienkraut begoß, rief der Prinz vom Dach seines Hauses hinunter: »Fateme, wie teuer ist ein Bund von dem Basilienkraut?« – »Und wie teuer sind die Sterne am Himmel, Prinz?« rief das Mädchen zurück. Der Prinz aber fuhr fort: »Wie teuer sind denn Küsse im Lagerraum?« Da senkte das Mädchen den Kopf und sagte nichts mehr.

Am nächsten Morgen stand sie auf, nahm zwei Milch-
schläuche und band einen davon um ihren Körper, den
anderen um den Kopf. Außerdem ergriff sie eine Mohrrübe
und einen Stößel. Dann band sie sich noch drei, vier Glöckchen um Hände und Füße und versteckte sich so in einer
Abstellkammer des öffentlichen Badehauses. Als der Prinz
kam und sich in den Umkleideraum begab, kam sie mit
Klingeln und Läuten aus der Abstellkammer hervor. Der
Prinz meinte, ein Dämon mit Hörnern und einem Schwanz
käme mit Klingeln und Läuten auf ihn zu, und rief aus lauter
Angst: »Wer bist du?« Das Mädchen antwortete: »Ich bin
Azra'il, der Todesengel. Ich bin gekommen, um deine Seele
zu holen.« – »Ich bin noch jung, o Azra'il«, rief da der
Prinz, »erbarme dich meiner!« – »Dein Leben ist zu Ende«,
rief das Mädchen. So bat der Prinz: »Dann gewähre mir
wenigstens etwas Frist, damit ich zurück in mein Haus
gehen kann.« – »Wenn du Frist haben willst«, sagte das
Mädchen, »dann mußt du es zulassen, daß ich dir die Spitze

von dieser Mohrrübe in den Hintern stecke.« Notgedrungen gab der Prinz nach: »Gut, tu dies. Das ist immer noch besser, als wenn du meine Seele nähmest.« Also steckte das Mädchen dem Prinzen die Mohrrübe in den Hintern und gab noch einen Schlag mit dem Stößel darauf. Dann verließ sie unter Klingeln und Läuten wieder das Badehaus.

Am nächsten Tag ging sie wieder in die Schule. Als der Prinz dann am Nachmittag wieder auf dem Dach des Hauses stand, sah er, wie Fateme das Basilienkraut mit Wasser begoß. Da rief er zu ihr hinunter: »Fateme, wie teuer ist denn ein Bund von dem Basilienkraut?« Sie erwiderte: »Prinz, und wie teuer sind die Sterne am Himmel?« Er rief weiter: »Fateme, wie teuer ist denn ein Kuß im Lagerhaus?« Worauf sie entgegnete: »Prinz, und wie teuer ist es' eigentlich, dir eine Mohrrübe in den Hintern zu stecken?« Da rief der Prinz aus: »Du Verfluchte! Das warst also du, die da Vergeltung geübt hat.«

Kurz darauf schickte der Prinz einen Brautwerber, der für ihn um die Hand des Mädchens anhielt, und seine Eltern waren es zufrieden. Das Mädchen aber ging zu einem Schreiner und sagte: »Ich brauche eine hölzerne Puppe, die genau wie ich aussehen soll. Sie soll Rollen unter den Füßen haben und sitzen und stehen können.« Dann ging sie zu einem Maler und trug ihm auf, ein Bild von sich zu malen. Weiter ging sie zum Schneider und sagte zu ihm: »Von jedem Kleid, das du für mich zur Hochzeit anfertigst, brauche ich zwei Stück, die genau gleich aussehen.« Dann nahm sie einen kleinen Schlauch voll Sirup und versteckte ihn in der Brust der Puppe.

Am Hochzeitsabend zog sie der Puppe ein Kleid an, das genauso aussah wie ihres. Sie versteckte die Puppe bis zu dem Augenblick, nachdem man die Hände von Braut und Bräutigam ineinandergelegt hatte. Darauf verließ der Bräutigam kurz das Zimmer, und das Mädchen versteckte sich.

An seine Stelle setzte es aber die hölzerne Puppe. Als der Prinz wieder in das Zimmer zurückkam, sah er, daß außer ihm und der Puppe niemand mehr da war. Da sagte er zu ihr: »Fateme, wie teuer ist ein Bund Basilienkraut?« Die Puppe bewegte den Kopf und antwortete: »Prinz, wie teuer sind die Sterne am Himmel?« – »Und wie teuer ist ein Kuß im Lagerhaus?« erwiderte der Prinz. Aber die Puppe entgegnete nochmals: »Wie teuer ist es denn, dir eine Mohrrübe in den Hintern zu stecken?« Da wurde der Prinz wütend und schrie: »Du Verfluchte! Du warst es, die mir die Mohrrübe in den Hintern gesteckt hat!« Darauf ergriff er ein Messer und stach es ihr in den Bauch, so daß der Sirupschlauch zerschnitten wurde und der ganze Sirup auf den Boden des Zimmers ausfloß. Weil er so wütend war, streckte er einen Finger aus und kostete von dem Blut, da schmeckte er, daß es ganz süß war. Da rief er aus: »Nein, so etwas, Fateme! Du bist so süß, und dein Blut ist so süß. Aber was soll ich denn jetzt deinem Vater und deiner Mutter zur Antwort geben. Es ist wohl das beste, wenn ich mich gleich selbst umbringe.« Gerade hatte er schon das Messer ergriffen, um es sich selbst in den Bauch zu stechen, da nahm Fateme von hinten seine Hand und sagte: »Tu es nicht, denn ich lebe ja!« Darüber war der Prinz so erfreut, daß er am Abend sogleich in der ganzen Stadt ein Fest feiern ließ.

Und genauso, wie diese beiden das Ziel ihrer Wünsche erlangten, mögen es alle Freunde erreichen!

Die Schöne aus Kristall

Einer war, einer war nicht – außer Gott war niemand. Es war einmal ein Mann, der war ein Kaufmann. Dieser Kaufmann hatte keine Kinder. Eines Tages nun war er

gerade auf einer Reise in Europa, da sah er beim Vorbeigehen in einem Geschäft, daß man dort eine Puppe aus Kristallglas gemacht hatte, die konnte sowohl sitzen als auch
stehen. Und unter den Füßen hatte man Rollen angebracht,
daß sie sogar laufen konnte. Der einzige Fehler der Puppe
war, daß sie keine Zunge zum Sprechen hatte.

Der Kaufmann dachte bei sich: »Ich habe doch keine
Kinder. So wäre es ganz gut, wenn ich diese Puppe kaufte
und sie anstelle eines Kindes meiner Frau als Reisegeschenk
brächte.« So kaufte er also die Puppe, und nachdem er auch
all die anderen Sachen gekauft hatte, die er besorgen wollte,
packte er alles zusammen in eine Kiste und fuhr zurück. Zu
Hause angekommen, sagte er zu seiner Frau: »Komm her,
ich habe dir eine Tochter mitgebracht!« Die Frau schaute
sich die Puppe an und fragte: »Woher hast du denn dieses
Mädchen?« – »Ich habe hundert Tuman dafür gezahlt und
es gekauft«, antwortete der Kaufmann. »Sehr schön«,
meinte die Frau. »Jetzt muß ich ihr aber ein eigenes Zimmer
zurechtmachen und sie mindestens einmal am Tag besuchen.« – »Gib ihr doch das Zimmer, das an der Straßenseite
liegt«, sagte der Kaufmann, »dann freuen wir uns beide
jedesmal, wenn wir sie oben sehen!«

Die Frau kehrte das Zimmer sauber, breitete einen Teppich aus und versah das Zimmer mit allem, was nötig war.
Dann setzte sie die gläserne Puppe auf ein Sofa an dem
Fenster, das zur Straßenseite hinausging. Jetzt meinte jeder,
der auf der Straße vorbeiging, daß dort ein junges Mädchen
sitze; und jeder junge Mann, der vorbeikam, verliebte sich
sofort in sie und achtete nicht mehr darauf, daß sie aus
Kristallglas war. So wurde die Tochter des Kaufmannes so
berühmt, daß man sagte, sie habe auf der ganzen Erde kein
Ebenbild.

Dies kam dem Königssohn zu Ohren. Der Sohn des
Wesirs hatte ihm erzählt, daß er an dem und dem Platz ein

Mädchen gesehen habe, welches auf der Welt ohne Ebenbild sei. So ließ der Prinz sich genau den Ort beschreiben, um selbst hinzugehen und sie sich anzuschauen. Der Wesirssohn beschrieb ihm, wo das Haus des Kaufmanns lag, und der Prinz erbat von seinem Vater die Erlaubnis, auf die Jagd gehen zu dürfen. Auf dem Rückweg von der Jagd kehrte er auf dem Weg zurück, den ihm der Wesirssohn beschrieben hatte, und kam so am Haus des Kaufmannes vorbei. Dort sah er die Puppe am Fenster sitzen. Nicht mit einem – nein, mit hundert Herzen verliebte er sich in sie und zog einen Ring vom Finger, den er ihr zuwarf. Zufällig fiel dieser Ring genau auf den Ringfinger des Mädchens.

Nachdem der Prinz den Ring geworfen hatte, kehrte er nach Hause zurück. In der Nacht aber konnte er nicht schlafen, sondern sprach immer laut Liebesverse vor sich hin: »Ich verbrenne, ich verbrenne in Liebe nach dir. Ich war roh, jetzt bin ich reif und gar – ich verbrenne. Du sitzt ganz ruhig da, und ich verbrenne in Liebe nach dir.« Bald danach wurde er krank. So viele Ärzte man auch holte, die ihn mit Arzneimitteln behandelten, seine Krankheit wurde immer schlimmer. Nur einer der Diener am Hofe des Königs sprach zu diesem: »Majestät! Ich sehe in den Augen dieses Jünglings die Liebe. Er ist nicht wirklich krank, seine Krankheit ist vielmehr die Liebe.« – »Was ist denn schon dabei!« rief der König. »Dann frag ihn, wer es ist, die er liebt. Ich werde sie für ihn herbeiholen, sei es auch die Tochter eines anderen Königs. Und wenn ich sie nicht auf friedlichem Wege holen kann, dann werde ich sie eben mit Gewalt holen. Schließlich habe ich nur diesen einen Sohn.«

So schickte man den Ratgeber zur linken Seite des Königs zu dem Jüngling. Unter dem Vorwand, sich nach seiner Gesundheit zu erkundigen, gewann er nach und nach das Vertrauen des Prinzen. »Mein Sohn«, sagte er, »ich glaube nicht, daß Ihr wirklich krank seid. Möge Gott es nicht zulassen, daß Ihr je krank werdet. Ich selbst war auch einmal jung, und mir ging es ebenso wie Euch. Ich selbst wurde auch von diesem Schmerz geplagt. Ich selbst war auch einmal jung und weiß, wie es um diese Dinge steht. Ich war auch verliebt und geplagt, und es war sehr schwer für mich, ans Ziel meiner Wünsche zu gelangen. Ihr aber seid der Prinz und der Sohn des Königs. Warum plagt Ihr Euch? Welche Königstochter im Osten oder Westen würde man Euch denn nicht zur Frau geben wollen? Warum plagt Ihr Euch und seid so krank, daß Ihr schwach und blaß werdet? Eröffnet mir das Geheimnis Eures Herzens, und ich werde für Euch tun, was ich kann!« Da packte der Prinz den Wesir an seinem Gewand und rief: »Was sagst du da, Wesir! Nicht ich allein bin diesem Schmerz verfallen. Tausende und Abertausende leiden so wie ich!« Aber der Wesir entgegnete nur: »Was kümmert es Euch denn. Erzählt mir nur, wessen Tochter sie ist und wo sich ihr Haus befindet.« So beschrieb ihm der Prinz genau die Lage des Hauses, und sogleich erhob sich der Wesir mit den Worten: »Ich gehe gleich, um alles für Euch in Ordnung zu bringen. Sorgt Euch nicht weiter, und macht Euch keine Gedanken!« – »Wenn du wirklich gehst und alles für mich in die Wege leitest«, erwiderte der Prinz, »dann stehe ich auch vom Krankenlager auf.«

Nun begab sich der Wesir zum König und berichtete ihm: »Majestät! Euer Sohn ist wirklich verliebt.« – »Sehr gut«, erwiderte der König, »hast du ihn denn auch gefragt, welches Mädchen er begehrt?« – »Sicherlich, Majestät!« antwortete der Wesir. »Es ist eine Kaufmannsfamilie, mit der er sich verbinden will.« – »Sehr gut«, sagte der König, »dann geht direkt heute zur Brautwerbung dorthin!« So ging der Wesir nach Hause und vereinbarte mit seiner Frau, daß sie zusammen mit ihrer Schwester zur Brautwerbung gehen sollte.

Als die Frau des Kaufmannes verstanden hatte, daß sie beide als Brautwerber gekommen waren, sagte sie: »Ach, leider haben wir keine Kinder! Wenn wir Kinder hätten, welche Ehre könnte größer für uns sein, als den Sohn des Königs zum Schwiegersohn zu haben. Aber leider hat Gott uns keine Kinder geschenkt!« Da gingen die beiden zurück zum König und berichteten ihm, daß die Frau des Kaufmanns ihnen erzählt habe, sie hätten keine Kinder, denn Gott habe ihnen keine geschenkt. Sogleich begab sich der Wesir zum Prinzen und sprach: »Mein Kind! Dieser Händler, den du beschrieben hast, behauptet, daß er keine Kinder habe.« Der Prinz aber rief: »Er lügt! Der Beweis ist doch, daß ich dem Mädchen meinen Ring zugeworfen habe und sie ihn an ihren Finger gesteckt hat. Der Kaufmann aber sagt zu jedem, der als Brautwerber zu ihm kommt, daß er keine Kinder habe. Er gibt jedem die gleiche Antwort, aber er lügt. Wie sonst hätte ich dem Mädchen meinen Ring zuwerfen können, und wie sonst hätte sie ihn an ihren Finger stecken können?« – »Sehr gut«, entgegnete der Wesir, »ich werde jetzt selbst gehen und alles in Ordnung bringen. Du aber mach dir keine Sorgen. Wenn sie das Mädchen nicht freiwillig hergeben wollen, dann werden wir sie mit Gewalt nehmen!«

So ging der Wesir abermals zu dem Kaufmann und sprach: »Vorsteher der Kaufleute!« – »Ja, Exzellenz!« erwiderte der Kaufmann. – »Wir gehören nicht zu denjenigen«, fuhr der Wesir fort, »die daran glauben, wenn du sagst, daß du keine Tochter hättest, und ohne ein weiteres Wort weggehen. Vielmehr ist es doch so, daß deine Tochter am Fenster saß und der Prinz, als er dort vorbeikam, ihr seinen Ring zugeworfen hat, den das Mädchen sogleich an seine Hand gesteckt hat.« Da überlegte der Kaufmann eine Weile und sprach bei sich: »Sicherlich ist eine von unseren Bediensteten am Fenster gewesen, und die hat der Königssohn gesehen.« Und zum Wesir sagte er: »So geduldet Euch eine Weile. Ich will nach Hause gehen und die Angelegenheit erforschen.« – »Soviel sollt Ihr wissen«, entgegnete der Wesir, »wer auch immer den Ring des Königssohnes an seinem Finger hat, gehört ihm!« – »Selbstverständlich«, erwiderte der Kaufmann und ging nach Hause.

Zu Hause fragte er seine Frau: »Ist irgendeine von den Bediensteten des Hauses oben gewesen?« – »Nein«, antwortete die Frau. »Gib mir den Schlüssel«, sagte der Kaufmann, »ich will selbst gehen und mich überzeugen.« Er ging nach oben und öffnete die Tür. Als er eintrat, sah er, daß der Ring des Königssohnes am Finger der Kristallpuppe steckte. Da ging er wieder nach unten und sagte zu seiner Frau: »Uns hat ein Unglück befallen!« – »Das ist alles deine Schuld«, antwortete seine Frau. »An dem Tag, an dem du ihren Stuhl neben das Fenster gestellt hast, habe ich dir da nicht gesagt, du sollest ihn auf die andere Seite des Zimmers stellen!« – »Nun können wir nichts mehr machen«, erwiderte der Kaufmann, »nun gibt es keinen anderen Ausweg, als daß wir ihm die Puppe geben und er sie mitnimmt.«

Als der Wesir am nächsten Tag zum Laden des Kaufmannes kam, um seine Antwort zu hören, sagte er zu ihm: »Bei Gott, dieses Mädchen, das den Ring an seinem Finger hat, ist nur eine Puppe. Sie hat keine Zunge, um zu sprechen, und keine Ohren, um zu hören.« Der Wesir aber entgegnete: »Was geht dich das an? Trotz all dieser Fehler, die du beschreibst, will der Königssohn sie haben!« – »Nun denn«, sagte der Kaufmann, »dann wollen wir den Hochzeitsvertrag aufsetzen.« Und sie handelten um die Brautgabe, wie das üblich ist.

Nun hatte die Schwester der Frau des Kaufmanns eine sehr hübsche Tochter. Diese brachte man hinzu als Zeugin für die Unterzeichnung des Heiratsvertrages. Auch am Hochzeitstag begleitete sie den Brautzug, mit dem Vater

und Mutter die Braut zum Hause des Bräutigams brachten. Dort sagte der Kaufmann zum Wesir: »Dieses Zimmer, in dem wir jetzt sind, soll niemand betreten, bis der Königssohn selbst kommt. Hätte ich es so gewollt, dann hätte ich tausend und abertausend Männer finden können, die um meine Tochter geworben hätten. Nun aber will ich nicht, daß irgend jemand sie sieht.«

So teilte man dem König mit, daß er es nicht erlaubte, daß irgend jemand die Braut sehe. »Nun gut«, erwiderte der König, »wenn er es nicht zuläßt, dann soll der Bräutigam allein zu ihr gehen.« So nahm der Wesir den Königssohn bei der Hand und geleitete ihn zu dem Zimmer, wo er ihn dem Kaufmann übergab mit den Worten: »Lege du selbst ihrer beider Hände ineinander.« So ergriff der Kaufmann die Hand des Königssohnes und betrat mit ihm das Zimmer, wo er zu ihm sagte: »Mein Sohn! Wir wollten vor den Leuten nicht beschämt dastehen. Diese Puppe hier ist das Mädchen, welches deinen Ring am Finger trug!«

Nun hatte das Schicksal es so in die Wege geleitet, daß in eben diesem Augenblick der Königssohn die Nichte des Kaufmannes erblickte. Sie gefiel ihm so, daß er sich sogleich in sie verliebte, und sprach: »Nun denn, ich bin einverstanden! Eine Zeitlang war diese Puppe deine Tochter, dann war sie meine Verlobte. Aber wenn mich jetzt jemand fragen wird, wer denn meine Frau sei, dann werde ich sagen: ›Dieses Mädchen ist meine Frau!‹, und die Puppe soll ihr gehören!«

So wurde die Tochter der Schwester des Kaufmanns die Frau des Prinzen, und das Mädchen aus Kristallglas wurde ihre Puppe.

Prinz Dschamschids Abenteuer in der Unterwelt

Es war einmal ein König, der hatte drei Söhne: Prinz Dschamschid, Prinz Mahmud und Prinz Ebrahim. Im Garten dieses Königs stand ein Apfelbaum, der jedes Jahr drei Äpfel trug. Wenn nun die Äpfel im Herbst rot wurden, kam mitten in der Nacht jedesmal ein Dämon aus den Lüften, drehte sich im Kreise, pflückte die Äpfel und trug sie fort. Da rief der König einmal seinen ältesten Sohn, Prinz Ebrahim, zu sich und sprach zu ihm: »Heute nacht wirst du im Garten Wache halten. Wenn dann der Dämon kommt, um den Apfel mitzunehmen, wirst du dein Schwert zücken und ihm die Hand abschlagen!« Prinz Ebrahim verließ den König und ging zu dem Apfelbaum. Bis nach Mitternacht hielt er dort Wache, aber gegen Morgen wurden durch die

lange Anstrengung seine Schritte schwer, so daß er zu Boden sank und einschlief. Als der Morgen gekommen war und die Sonne aufging, wachte er aus dem Schlaf auf. Da sah er, daß der Div dagewesen war, den ersten Apfel gepflückt und mitgenommen hatte. Aus Scham wagte er es nicht, zum König zu gehen, sondern begab sich sogleich zu seinem eigenen Haus.

Der König rief den zweitältesten Sohn, Prinz Mahmud, zu sich und sprach: »Dein Bruder hat es nicht vermocht, den ersten Apfel für mich zu bringen. Heute abend geh du, und laß es nicht zu, daß der Div den zweiten Apfel mitnimmt!« Da pries der Prinz Mahmud seinen Vater und ging in den Garten. Dort ging er bis zur Mitte der Nacht unter dem Apfelbaum umher. Gegen Morgen aber wurde er wegen der langen Schlaflosigkeit bewußtlos und fiel auf den Boden. Sogleich kam der Div, pflückte ungehindert den Apfel und trug ihn fort.

Hierauf wurde der König sehr ärgerlich, ließ den dritten Sohn, Prinz Dschamschid, zu sich rufen, und sagte zu ihm:

»Heute abend wirst du Wache halten. Du darfst es nicht zulassen, daß der Div auch den dritten Apfel stiehlt.« Prinz Dschamschid folgte seinem Befehl und begab sich zu dem Baum, wo er sogleich mit seinem Wachgang begann. Als er in der Mitte der Nacht merkte, daß seine Augen vor Schlaflosigkeit zu brennen anfingen, zog er sogleich seinen Dolch und ritzte sich damit in die rechte Hand. In die Wunde streute er Pfeffer und Salz und ging weiter seine Wachrunde. Das Brennen der Wunde ließ ihn nicht in Schlaf fallen. Kurz vor Tagesanbruch kam auf einmal ein heftiger Windstoß, und mit ihm kam ein schwarzer Div. Der stieß einen Schrei aus und flog auf den Baum zu, um auch den letzten Apfel zu pflücken. Da zog Prinz Dschamschid sein Schwert aus der Scheide und schlug dem Div die Hand ab, worauf dieser aufheulte und unverrichteter Dinge und mit schmerzender Hand wieder durch die Luft abzog. Als es Morgen geworden war, schickte der Prinz Dschamschid die abgehauene Klaue des Div zusammen mit dem roten Apfel auf einem goldenen Tablett zum König.

Der König war hierüber hoch erfreut und gab Befehl, die ganze Stadt zu schmücken. Die Freudentrommeln wurden geschlagen, und die öffentlichen Ausrufer verkündeten: »Nach soundsoviel Jahren hat endlich der Prinz Dschamschid den roten Apfel für seinen Vater gebracht. Dieser hat ihn dafür als Kronprinzen eingesetzt.«

Nach diesen Vorfällen vergingen einige Tage, da begaben sich die drei Brüder einmal auf die Jagd. Sie entfernten sich sehr weit von der Stadt, bis sie zu einem Brunnen kamen. Da sie sehr durstig waren, beschlossen sie: »Wir wollen bei einem von uns ein Seil am Gürtel befestigen, um ihn hinunterzulassen. Dann wollen wir sehen, ob es dort unten Wasser gibt, das er heraufgeben könnte.« Zuerst banden sie das Seil an Prinz Ebrahim und ließen ihn in den Brunnen hinunter. Als er aber in der Mitte des Brunnens angekommen war, rief er: »Ich verbrenne! Ich verbrenne!« Sie zogen ihn herauf und befestigten das Seil am Gürtel von Prinz Mahmud. Aber auch ihn hatten sie erst bis zur Mitte des Brunnens hinuntergelassen, als er rief: »Ich verbrenne, ich verbrenne!« Da zogen sie ihn wieder hoch. Darauf sagten die beiden Älteren zu Prinz Dschamschid: »Bruder! Du bist der Nachfolger des Königs. Du hast ihm den roten Apfel gebracht und die Klaue des Div abgehauen. Jetzt steige du also in den Brunnen hinab!« Sie befestigte das Seil an seinem Gürtel und ließen ihn in den Brunnen hinunter. Sosehr er auch schrie: »Ich verbrenne, ich verbrenne!«, sie achteten nicht darauf. Vielmehr sagte Prinz Mahmud zu seinem Bruder Prinz Ibrahim: »Schneid das Seil durch, und wirf es auf den Grund des Brunnens, damit wir endlich vor diesem üblen Bruder unsere Ruhe haben!« Also schnitten sie das Seil ab, und Prinz Dschamschid fiel auf den Grund des Brunnens. Dann zerrissen sich die zwei lügnerischen Brüder die Kleidung, streuten sich aus heuchlerischer Trauer Sand auf den Kopf und gingen so vor den König, wo sie sagten: »Hoheit, unser Vater! Wir haben Prinz Dschamschid in der Wüste verloren. Jetzt wissen wir nicht, ob ein Löwe ihn zerrissen oder ein Wolf ihn gefressen hat oder was überhaupt mit ihm passiert ist – wir haben keine Nachricht davon.« Hierüber wurde der König sehr traurig, begann zu weinen und gab Befehl, die ganze Stadt in Schwarz zu kleiden.

Jetzt aber hört zwei Worte von Prinz Dschamschid: Als dieser auf den Grund des Brunnens gefallen war, sah er dort einen schwarzen Div mit abgehauener Hand liegen. Sein Kopf lag im Schoß eines Mädchens, das hübsch wie die helle Sonne war. Sobald das Mädchen den Prinzen Dschamschid erblickte, sprach es: »Du unglückliches Menschenkind! Wie kommt es nur, daß du auf den Grund des Div-Brunnens gefallen bist! Ich bin die Tochter des Königs von Indien.

Dieser Div hat mich vor sieben Jahren entführt und mich zu diesem Brunnen gebracht, wo er mich gefangenhält. Sieben Tage und Nächte lang schläft er, dann wieder ist er sieben Tage und Nächte lang wach. Vor einigen Tagen war er in den Garten des Königs von China und Indochina geflogen, um von dort einen Apfel zu holen, aber er wurde verwundet, und seine Hand wurde abgeschlagen. Wenn er wach wird und dich hier sieht, wird er dich in Stücke zerreißen!« Prinz Dschamschid aber erwiderte ruhig: »Du schönes Mädchen! Du kannst ja nicht wissen, daß ich der Sohn des Königs von China und Indochina bin. Ich bin es, der die Hand des Div abgeschlagen hat. Jetzt erzähle mir einmal, wieviel Tage lang dieser Div noch schlafen wird.« – »Jetzt ist der fünfte Tag, seit er eingeschlafen ist«, antwortete das Mädchen. »Nach zwei weiteren Tagen wird er wieder aufwachen. In diesen zwei Tagen kannst du zu jenem alten Gebäude dort gehen und dich darin verstecken.« Das Mädchen griff mit der Hand unter den Fuß des Div und zog von dort einen eisernen Schlüssel hervor, den sie dem Prinzen Dschamschid gab, wobei sie ihm erklärte: »Nimm diesen Schlüssel, und geh mit ihm sieben Schritte in der Gebetsrichtung. Beim siebten Schritt sprich laut: ›O Prophet Salomo!‹, dann wird sich vor deinen Augen ein Tor auftun. Wenn du hineingehst, kommst du in einen Hof. Dort ist alles, was du wünschst, für dich vorbereitet.« So wie sie ihm geraten hatte, tat Prinz Dschamschid. Er trat in den Hof und sah, daß dort einige Zimmer bereitet waren. Essen und Trinken war aufgetragen, und auch einige Betten waren hergerichtet. Prinz Dschamschid war sehr hungrig und durstig und auch erschöpft. Also aß und trank er zuerst reichlich, dann ließ er sich auf einem dieser Betten nieder und schlief vierundzwanzig Stunden an einem Stück. Da kam es ihm plötzlich in Erinnerung, daß ja der Div am nächsten Tag wieder erwachen würde. Schnell wie ein Funke sprang er auf, lief zu dem Mädchen hin und bat sie: »Wenn der Div aus seinem Schlaf erwacht, wird er mich vernichten. Hilf mir!« Das Mädchen erwiderte ihm: »Geh zurück in den Hof, in dem du eben warst, verstecke dich dort hinter der Tür, und sei aufmerksam. Dann werden wir sehen, was passiert.« Prinz Dschamschid folgte ihrem Rat.

Am Morgen des siebten Tages ließ der Div ein lautes Gebrüll los und erhob seinen Kopf vom Schoß des Mädchens. Als er es anschaute, sprach er: »Du Niederträchtige! Ich rieche an dir den Geruch eines Menschen. Sag mir gleich, wo du ihn versteckt hast!« Das Mädchen erwiderte ruhig: »Seit dem Tag, an dem du deine Hand abgeschlagen bekamst, bist du etwas verwirrt. Hast du denn nicht mehr daran gedacht, daß ein Mensch von hier bis zur Erdoberfläche ein ganzes Jahr lang braucht?« Der Div, der sehr in die Tochter des Königs von Indien verliebt war, glaubte ihren Worten und sprach: »Ja, du hast recht, ich bin wirklich etwas verwirrt. Aber jetzt werde ich zur Insel Ceylon fliegen, um meinen Bruder dort zu besuchen und zu schauen, wie es ihm geht. Ich werde dir von dort einen frischen Kokospalmenzweig mitbringen!« So sprach er und stieg darauf wie eine Rauchwolke nach oben.

Sobald das Mädchen dies sah, ging sie zu dem Gebäude, in welchem Prinz Dschamschid sich versteckt hatte. Sie ließ ihn wissen, daß der Div jetzt drei Tage und Nächte nicht wiederkommen werde und daß sie sich vergnügen könnten. So ließen Prinz Dschamschid und das Mädchen es sich drei Tage und Nächte lang gutgehen. Am dritten Tag aber sprach Prinz Dschamschid: »Wenn heute der Div zurückkommt und du willst, daß wir beide vor ihm Ruhe haben, dann mußt du ihn fragen, wo er seine Lebensflasche aufbewahrt. Denn wenn wir seine Lebensflasche finden können, brauchen wir uns weiter keine Sorgen zu machen.« Das Mädchen antwortete: »Das kann ich ihn fragen. Aber ich

fürchte, daß der Div Verdacht schöpft und mich schlägt!« –
»Keine Angst«, erwiderte Prinz Dschamschid, »der Div hat
dich sehr gerne und wird so etwas gewiß nicht tun.«

Früh am nächsten Morgen verdunkelte sich der Himmel,
und ein stürmischer Regen kam auf. Inmitten von Wind und
Regen kam der schwarze Div mit einem frischen Kokospalmenzweig von der Insel Ceylon zurück. Das Mädchen warf
sich ihm zu Füßen und sagte schmeichlerisch: »Mein Liebling! Aus Sehnsucht nach dir wäre ich fast gestorben! Wie
schön ist es, daß du wieder da bist. Wo warst du? Ich habe
mir schon Sorgen um dich gemacht!« Der Div, dem diese
Worte gefielen, legte seinen Kopf in den Schoß des Mädchens und sagte: »Jetzt will ich mich ein Weilchen ausruhen.
Erzähle mir doch eine Geschichte, damit meine Müdigkeit
verfliege.« So erzählte ihm das Mädchen eine Geschichte
und streichelte seinen Kopf, und zwischendurch fügte sie
ein: »Mein Liebling, mein Leben, mein Einziger! Ich habe
eine Bitte an dich. Wenn ich sie dir sage, wirst du dann böse
werden?« – »Sag mir nur alles, was du willst«, entgegnete
der Div, »und ich werde es für dich besorgen, sei es die Seele
eines Menschen oder auch Milch von einem Vogel. Ich habe
doch in meinem ganzen Leben nichts außer dir, was mir das
Herz erfrischt.« – »Dann sag mir doch«, fuhr das Mädchen
fort, »wo sich deine Lebensflasche befindet.«

Als der Div diese Worte hörte, hob er seinen Kopf hoch
und versetzte dem Mädchen eine schallende Ohrfeige. Hierbei rief er: »Du Niederträchtige! Wer hat dir denn das
beigebracht, danach zu fragen?« Das Mädchen wurde vor
lauter Schmerz ohnmächtig und fiel auf die Erde. Sogleich
hatte der Div Mitleid mit ihr, fächelte ihr Luft zu, hob sie
wieder auf die Beine und sagte: »Wenn du versprichst, das
nicht noch einmal zu fragen, werde ich dir weiter nichts tun.
Wenn aber nicht, dann werde ich dir gleich hier den Kopf
abschlagen!« Das Mädchen, das gerade wieder zu Bewußt-

sein gekommen war, fing an zu weinen: »Also jetzt ist endlich klargeworden, daß du mich gar nicht lieb hast. Alles, was du bisher gesagt hast, war Lüge. Warum willst du mir denn nicht diese kleine Bitte erfüllen?« – »Was willst du denn machen, wenn du weißt, wo meine Lebensflasche ist«, fragte der Div. – »Ich bin doch weit entfernt von Mutter und Vater«, rief das Mädchen, »und alles muß ich hier entbehren. Solange ich lebe, werde ich deine Dienerin sein. Warum verweigerst du mir denn diesen einen Wunsch?« Als der Div diese Worte hörte, hatte er Mitleid mit dem Mädchen und sprach zu ihr: »Aber du darfst das, was ich dir jetzt sage, auf keinen Fall einem Menschen mitteilen.« – »In diesem Brunnen ist doch kein Mensch, dem ich dies mitteilen könnte«, erwiderte das Mädchen. Darauf erklärte ihr der Div: »Unter meinem Fuß ist eine kleine Tür aus Stein. Diesen Stein muß man hochheben, dann sieht man 7 Treppenstufen, die zu einem eisernen Tor führen. Vor diesem Tor steht ein schwarzer Sklave, zu dem muß man sagen: ›Der Prophet Chadir verlangt nach dir!‹, dann wird er zur Seite treten. Das Tor wird sich öffnen, und wenn man hineingeht, kommt man zu einem mit Blut gefüllten Becken. An der Seite dieses Beckens sitzen ein paar Tauben, die Wasser trinken. Unter ihnen ist eine Taube, die mit dem linken Fuß hinkt. Wenn man diese Taube fängt und ihr den Kopf abschneidet, dann findet man in ihr meine Lebensflasche.« Aus lauter Freude hierüber umarmte das Mädchen den Div und küßte ihn über und über, wobei sie rief: »Mein Liebling! Solange ich lebe, bin ich deine Dienerin!« Der Div fragte sie: »Wirst du mir denn jetzt dein Herz schenken? Jetzt, da du zufrieden bist, wirst du mich heiraten?« – »Sicher, sicher«, beruhigte ihn das Mädchen, »aber jetzt bist du doch erst einmal müde. Du bist ja gerade erst von einer Reise gekommen, und morgen, übermorgen beginnt schon wieder deine Schlafenszeit. Schlaf doch diese sieben Tage wieder mit deinem Kopf in meinem Schoß. Wenn du dann wieder aufwachst, wollen wir Mann und Frau werden.« Hierüber freute sich der Div sehr, da das Mädchen ihm solches bis zu diesem Moment noch nie versprochen hatte. An den zwei Tagen, an denen der Div noch wach war, ging er hinaus und kam zurück mit Ketten von Perlen, Diamanten und Edelsteinen, die er dem Mädchen brachte, damit sie sich erfreue und ihn nach einer Woche heirate.

Kurzum, am Anfang der Woche begann die Schlafenszeit des Div, und er legte seinen Kopf in den Schoß des Mädchens und begann laut zu schnarchen. Als das Mädchen sicher war, daß er schlief, rief sie den Prinzen Dschamschid und teilte ihm alle Einzelheiten mit. Prinz Dschamschid holte der Anleitung gemäß die Lebensflasche des Div aus dem Kropf der hinkenden Taube. Am Tag, als der Div wieder aufwachen sollte, ging Prinz Dschamschid abends ganz langsam zu seinem Fuß, zog seinen Dolch und stach ihn in den Fuß. Der Div sagte nur: »Mädchen, schlag doch diese Fliege tot.« Sie aber achtete nicht darauf. Ein zweites Mal stach Prinz Dschamschid den Div in die Fußsohle, worauf dieser sogleich aufsprang und schrie: »Du Hinterhältige! Habe ich dir nicht gesagt, daß es nach einem Menschen roch? Jetzt werde ich euch beiden zusammen den Bauch aufreißen!« Prinz Dschamschid aber zog unter seiner Achselhöhle die Lebensflasche des Div hervor und zeigte sie ihm: »Du Dämon! Bewege dich nicht weiter, denn sonst werde ich dich gleich vernichten!« Als der Div die Lebensflasche sah, begann er zu betteln: »Gebt mir meine Lebensflasche wieder zurück, dann werde ich euch sieben große Krüge voll mit Juwelen geben und euch beide freilassen.« Prinz Dschamschid aber lachte nur und sprach: »Du Dämon. Dein Leben geht zu Ende. Jetzt gleich werde ich deine Lebensflasche auf einem Stein zerbrechen und die Welt von deinem Übel erlösen.« Noch einmal bettelte und flehte der

Div, aber Prinz Dschamschid achtete gar nicht darauf, sondern hob die Flasche hoch über seinen Kopf, und nachdem
er siebenmal den Propheten Salomo angerufen hatte, warf er
die Flasche zur Erde, wo sie zerbrach. Da begann es plötzlich zu donnern und zu blitzen, und ein stürmischer Regen
tobte im Brunnen. Aus Angst wurden Prinz Dschamschid
und das Mädchen ohnmächtig. Als sie wieder zu Sinnen
kamen, sahen sie, daß der Div zu einem Häuflein Asche
verbrannt war. Der schwarze Sklave des Dämonen aber
stand vor ihnen und sagte: »Solange ich lebe, werde ich nur
euch gehorchen!«

Da sagte Prinz Dschamschid: »Dann bring uns sogleich
mit neuen Kleidern zum Königreich meines Vaters.« Als das
Mädchen zu weinen und zu jammern begann, beruhigte er
sie: »Dich werde ich ja auch mitnehmen, aber nur mit neuer
Kleidung.« Der schwarze Sklave nahm das Mädchen und
Prinz Dschamschid auf seine Schulter und flog mit ihnen
schnell wie der Wind bis zum Tor des Palastes des Vaters
von Prinz Dschamschid. Als sie ankamen, saß der König
gerade in seinem königlichen Zelt und schaute einem Pfer-
derennen zu. Prinz Dschamschid sah, daß seine Brüder auf
zwei weißen arabischen Rennpferden ritten. Da sagte er zu
dem schwarzen Sklaven: »Beschaffe mir sogleich ein ara-
bisches Pferd, das schneller als all die anderen Pferde ist!«
Im gleichen Augenblick hatte der Sklave bereits ein ara-
bisches Pferd herbeigeschafft, das mit Schmuck und Juwelen behängt war. Prinz Dschamschid sprang auf das Pferd
und rief dem schwarzen Sklaven zu: »Paß auf, daß meine
Brüder nicht schneller sind als ich!« – »Zu Befehl«, antwortete dieser. Als Prinz Dschamschid in der ersten und auch in
der zweiten und dritten Runde schneller als alle anderen
war, sagte der König: »Bringt diesen furchtlosen Jüngling
zu mir, damit ich sehe, wer das ist, der schneller als meine
eigenen Söhne reitet.« Man brachte Prinz Dschamschid vor

den König, und da dieser ihn zuerst nicht erkannte, fragte er ihn: »Wessen Sohn bist du?« Prinz Dschamschid gab zur Antwort: »Ich bin doch Prinz Dschamschid!« Als der König seinen Namen hörte, wurde er vor lauter Freude bewußtlos. Sobald er wieder zu Sinnen kam, fragte er, ob er ein Erkennungszeichen habe. Prinz Dschamschid zog den Siegelring seines Vaters hervor und gab ihn ihm. Dann erzählte er ihm von seinen Abenteuern. Sogleich befahl der König, den beiden verräterischen Söhnen die Augen auszustechen und sie in der Wüste auszusetzen, Prinz Dschamschid aber bat für sie um Gnade.

Darauf befahl Prinz Dschamschid dem schwarzen Sklaven, aus dem Brunnen alle Edelsteine und Kostbarkeiten des Div herbeizuschaffen, und in einem Augenblick hatte dieser alles geholt. Sodann ließ der König sieben Tage und Nächte lang in der Stadt feiern, und man verheiratete Prinz Dschamschid mit der Tochter des Königs von Indien, die im Brunnen des Div gewesen war. Außerdem ließ Prinz Dschamschid den schwarzen Sklaven frei, damit dieser für sie bete.

Oben fanden wir Mehl, und Teig fanden wir unten – die Geschichte hat ihr Ende gefunden.

Die teuflischen Streiche des Kahlkopfes

Es war einmal ein Kahlkopf, der war ein rechter Schelm und spielte den Leuten immer nur Streiche. So lief er auf die Weide und stahl die Schafe, oder er kletterte auf die Dächer der Häuser und stahl dort Hühner und Hähne. Die Leute ärgerten sich sehr über ihn und beschwerten sich beim Bürgermeister, er solle ihn bestrafen. Seine eigene Mutter beklagte sich Tag und Nacht über ihn, bis die Leute des

Dorfes schließlich untereinander sagten: »Wir müssen jetzt etwas unternehmen, daß er das Haus nicht mehr verlassen kann!« So packten sie ihn und sperrten ihn in ein Zimmer, die Tür des Zimmers aber verriegelten sie fest. Brot und Wasser gab man ihm durch ein Loch in der Zimmerdecke. Außerdem hatten die Dorfbewohner vereinbart, all ihren Abfall und Kot durch dieses Loch zu werfen, damit der Kahlkopf durch den Gestank des Unrates umkomme.

Zwei volle Monate lebte er so, bis er schließlich sagte: »Ich bereue meine Taten. Laßt mich frei, und ich werde euch nicht weiter Streiche spielen.« So öffnete man die Tür, und der Kahlkopf kam heraus. Er nahm den ganzen Unrat und Kot der vergangenen zwei Monate, trug ihn aus dem Zimmer und ließ ihn in der Sonne trocknen. Dann mietete er fünf Esel und packte alles in Säcken darauf. Als man ihn fragte, wohin er denn damit wolle, antwortete er: »Nach Esfahan!« Dann machte er sich mit den fünf Eseln auf den Weg und verließ das Dorf.

Am Abend traf er auf einen Händler, der gerade von einer Reise zur Stadt zurückkehrte. Dort, wo der Kahlkopf sich niedergelassen hatte, ließ sich auch der Händler nieder. Da wandte sich der Kahlkopf zu ihm hin und rief: »Guter Mann! Stellt doch Euer Gepäck ein wenig mehr auf die andere Seite, damit es nicht mit meinen Sachen durcheinanderkommt!« Da dachte der Händler bei sich: »Meine Ladung besteht nur aus guter Ware und Stoffen. Was mag der Kahlkopf denn nur für eine Ladung haben, daß er mich darum bittet aufzupassen, daß sie nicht mit meiner durcheinanderkommt.« So packte ihn die Habgier, und mitten in der Nacht, als der Kahlkopf schlief, tat er sieben von seinen Säcken an die Stelle von den sieben Säcken des Kahlkopfes, nahm dessen Säcke an sich und reiste ab. Als der Kahlkopf am Morgen aufwachte, sah er, daß der Kaufmann sieben von seinen Säcken mitgenommen hatte und dachte: »Da habe ich ja ein gutes Geschäft gemacht!« Er lud die Säcke auf und kehrte in das Dorf zurück.

Als er wieder in das Dorf zurückkam, fragten ihn die Leute: »Du bist doch mit sieben Säcken voll Dreck abgereist. Was bringst du denn jetzt statt dessen zurück?« – »Erinnert ihr euch nicht«, erwiderte der Kahlkopf, »daß ihr mich in ein Zimmer gesperrt hattet und euren Dreck auf mich geworfen hattet? Das habe ich alles in Säcke getan und statt dessen jetzt dies hier mitgebracht.« – »Und in welcher Gegend hast du diesen Tausch gemacht?« fragten sie ihn. – »Dort am Rande der Salzwüste«, erwiderte er. Als die Leute das hörten, hatten sie nichts anderes mehr zu tun, als ihren Dreck zu sammeln, um ihn auch gegen Stoffe einzutauschen.

Jetzt laßt einmal diese hier, und hört etwas von dem Händler! Der Händler hatte ja die sieben Säcke des Kahlkopfes an sich genommen. Als er zu Hause sah, daß in ihnen nur Dreck war, beklagte er sich vor Gericht. Das Urteil besagte, daß er, wenn er jemanden mit solch einer Ladung noch einmal treffe, sich bei diesem schadlos halten dürfe. Der Kahlkopf aber hatte inzwischen die ganze Ware verkauft, sich davon Land und ein Haus erworben und sich schön eingerichtet. Als nun die anderen Leute des Dorfes mit ihren acht, neun Säcken voll Dreck auszogen, um sie in der Wüste gegen Stoffe einzutauschen, trafen sie auf dem Weg den betrogenen Händler, der mit einigen Polizeibeamten unterwegs war. Als sie zusammen lagerten, sagte der Sohn des Bürgermeisters zu ihnen: »Stellt eure Waren ein wenig nach hinten, damit sie nicht mit unserer Ware durcheinander kommt!« Da fragte der Händler sie: »Was ist denn eure Ware?« – »Unsere Ware«, antworteten sie, »bringen wir in die Wüste!« – »Gut, ihr Hinterhältigen!« rief da der Händler, »vor kurzer Zeit hat man schon einmal so etwas zu mir gesagt. Jetzt wollen wir doch einmal sehen, was ihr denn für Ware bei euch habt.« Als er es sah, sagte er es dem Beamten, und dieser ging mit seinen Leuten und den Dorfbewohnern zurück in das Dorf, wo man ihren Besitz beschlagnahmte. Gerade soviel von ihrem Besitz wurde beschlagnahmt, wie die sieben Säcke des Händlers wert gewesen waren.

Da versammelten sich die Dorfbewohner und sprachen untereinander: »Was sollen wir denn jetzt tun? Das hätten wir ja nicht für möglich gehalten, daß er sich so an unserem Gut schadlos hält.« Sie kamen zum Bürgermeister und fragten, was man denn jetzt unternehmen solle. Der Bürgermeister antwortete: »Nichts. Packt den Kahlkopf, und werft ihn ins Meer!« Da stürmten die Dorfbewohner nachts in das Haus des Kahlkopfes, banden ihm die Hände, hoben ihn auf und trugen ihn zum Meer. Dort warfen sie ihn ins Wasser. Der Kahlkopf aber konnte nicht schwimmen, und so ging er die ganze Nacht lang mal unter Wasser, mal tauchte er wieder auf. Einige Fischer, die nachts auf Fischfang ausgefahren waren, kamen an dieser Stelle vorbei und sahen, wie dort jemand mal untertauchte, mal wieder hochkam. Da warfen sie ihr Netz aus und holten den Kahlkopf ein. Sie zogen ihn heraus und fragten ihn: »Bist du denn von einem schiffbrüchigen Boot ins Wasser gefallen?« – »Nein«, erwiderte der Kahlkopf, »die Leute meines Dorfes haben mich ins Wasser geworfen.« – »Nun gut«, erwiderten die Fischer, »wir werden dich eine Weile bei uns aufnehmen, vielleicht kannst du später wieder in dein Dorf zurückkehren. Wir kommen jede Nacht zum Fischfang hierher. Wenn du die Fische alle aufsammelst, dann wollen wir dich schon versorgen.«

Hiermit war der Kahlkopf einverstanden. So blieb er einen Monat lang am Ufer des Meeres. Eines Tages saß er wieder am Strand, da sah er einen Schäfer mit fünfzig, sechzig Schafen ankommen. Als der Schäfer den Kahlkopf dort sitzen sah, der gerade nichts zu tun hatte, fragte er ihn: »Ich möchte ein klein wenig schlafen. Willst du nicht solange auf die Schafe aufpassen, damit niemand sie stiehlt?« – »Sei nur beruhigt«, antwortete der Kahlkopf, »ich bin selbst einmal eine Zeitlang Schäfer gewesen und kenne mich mit dem Schafehüten aus!« So schlief der Schäfer beruhigt ein. Der Kahlkopf aber schlich sich an ihn heran, und als der Schäfer tief in Schlaf versunken war, stieß er ihn an und warf ihn ins Meer. Die Schafe trieb er zusammen und nahm sie mit fort. Einen Tag und eine Nacht war er unterwegs, bis er wieder zu seinem Dorf kam.

Als die Leute des Dorfes sahen, wie der Kahlkopf wiederkam zusammen mit fünfzig, sechzig Schafen und Ziegen, die so groß wie Wildesel waren, umringten sie ihn und riefen: »Woher hast du denn diese?« Der Kahlkopf erwiderte: »Dies sind alles Meeresziegen. Ich habe sie aus dem Meer geholt. Ihr habt wohl geglaubt, ihr hättet mich ins Meer geworfen, und ich wäre gestorben? Mich hat ein Fisch hochgetragen, und ich habe diese Schafe hier mitgebracht.« Die Leute des Dorfes entgegneten: »Warum lügst du denn? Gibt es etwa im Meer Schafe?« – »Kommt doch selbst einmal am Abend zum Strand«, sagte der Kahlkopf. »Wenn ihr euch dort hinsetzt, werdet ihr schon sehen, ob es im Meer Schafe gibt oder nicht.« So berieten die Leute des Dorfes sich untereinander: »Wir wollen auch gehen und Schafe aus dem Meer holen; wir sind doch nicht weniger wert als der Kahlkopf.« Und als der Bürgermeister gerade gehen wollte, trug ihm seine Mutter noch auf: »Bring mir ja eine Ziege mit dicken Zitzen mit!«

Nun versammelten sich alle Dorfbewohner und gingen zum Strand. Dort sagte der Bürgermeister: »Wir wollen nicht alle zusammen ins Wasser gehen. Einer von uns wird zuerst hineingehen. Wenn er sieht, daß dort wirklich Schafe sind, dann soll er mit der Hand ein Zeichen geben, und wir werden alle nachkommen!« Zuerst stieg einer von ihnen ins Wasser, der schwimmen konnte. Er tauchte gleich unter und kam an einer anderen Stelle wieder hoch. Als er dann umherschwamm und dabei die Hände bewegte, meinten die Leute, er wolle ihnen damit zu verstehen geben, daß es dort voller Schafe sei. Da warfen sich der Bürgermeister und mit ihm alle Dorfbewohner ins Wasser. Und von der ganzen Versammlung, die sich ins Wasser warf, blieben nur drei übrig, der Rest wurde eine Beute der Fische und ertrank.

Der Kahlkopf aber ergriff Besitz von dem ganzen Dorf. Er verkaufte alle seine Schafe, heiratete die Tochter des Bürgermeisters und eröffnete einen Laden in Teheran. Dann holte er die Tochter des Bürgermeisters nach und lebte dort mit ihr. Seine Mutter hatte er inzwischen als Oberhaupt des Dorfes eingesetzt. So lebte er nun im Winter in der Stadt, und im Sommer lebten sie alle zusammen im Dorf.

Wir gingen nach oben, dort war Mehl, wir kamen nach unten, dort war Teig – das war unsere Geschichte gleich.

Die zweigeteilte Braut

Es war einmal ein König, der hatte keine Kinder. Als er eines Tages einmal den Spiegel zur Hand nahm und sich darin betrachtete, begann er zu weinen. Der Wesir fragte ihn, warum er denn weine, und er antwortete: »Wie soll ich denn nicht weinen, wo doch schon fünfzig Jahre meines Lebens verstrichen sind, aber Gott mir noch immer kein Kind geschenkt hat!« In diesem Moment kam eben ein Derwisch vorbei, der fragte: »Möge es Euch wohlergehen, o Mittelpunkt der Welt! Warum weint denn der König?« Die Wesire erklärten ihm: »Weil er keine Kinder hat!« Da erwi-

derte der Derwisch: »Das ist doch weiter nicht schlimm. Ich
werde dem König etwas geben, daß er ein Kind bekommen
wird. Aber ich verlange dafür von ihm ein Schriftstück.
Darin soll stehen: Wenn das Kind ein Mädchen wird, soll er
es mir ganz überlassen; und wenn es ein Junge ist, soll er ihn
mir im Alter von vierzehn Jahren für ein Jahr überlassen.«
Der König entgegnete: »Das ist ja ganz gut. Aber wenn es
jetzt ein Mädchen ist – wie kann ich denn meine Tochter
einem Derwisch überlassen?« – »Möge es Euch wohlergehen, o Mittelpunkt der Welt«, beruhigten ihn die Wesire. »Bis jetzt ist es ja noch kein Mädchen geworden. Gebt
ihm ruhig das Schreiben. Wenn es dann ein Mädchen wird,
werden wir es nicht zulassen, daß es mit diesem Derwisch
als Bettler umherzieht. Wir werden ihm entweder Geld
geben und ihn zu einem Kaufmann machen, oder wir überlassen ihm ein Amt und machen ihn zu einem Beamten
Eures Staates. Laßt nur zu, daß Ihr durch diesen Derwisch
ein Kind bekommt, dann werden wir schon weitersehen!«

Der König war einverstanden und gab ihm ein Schreiben mit dem Inhalt: »Wenn Gott mir eine Tochter schenkt, soll sie dir ganz gehören; wenn er mir einen Sohn schenkt, soll er ein Jahr lang dein sein.« Darauf griff der Derwisch mit seiner Hand in die Tasche und holte einen Apfel hervor. Diesen besprach er mit einem Gebet und übergab ihn dem König mit den Worten: »Heute nacht teile diesen Apfel mit derjenigen unter deinen Frauen, die du am liebsten hast. Iß du selbst eine Hälfte davon, und gib die andere Hälfte der Frau.«

So nahm der König den Apfel und teilte ihn. Eine Hälfte gab er seiner Frau, die andere Hälfte aß er selbst. Die Frau wurde schwanger und gebar nach neun Monaten, neun Tagen, neun Stunden und neun Minuten einen Sohn. Sogleich berichtete man dem König: »Deine Lieblingsfrau hat einen Sohn geboren!« Zur gleichen Zeit kam auch der Derwisch, der ja einen Anspruch hatte, und sprach: »Möge es dem König wohlergehen! Was für ein Kind hat Gott euch denn geschenkt?« – »Einen Sohn«, antwortete der König. – »Sehr schön«, erwiderte der Derwisch, »haltet nun Euer Versprechen. Ein Jahr wird der Junge mir gehören.« Und er fuhr fort: »Ich gehe jetzt und werde nach vierzehn Jahren wiederkommen. Wenn der Junge dann noch am Leben ist, werde ich ihn mitnehmen.«

Der König übergab seinen Sohn zuerst einer Amme. Als die Zeit der Amme vorüber war, übergab er ihn einem Erzieher, und im Alter von sieben Jahren kam er zur Schule. Sieben Jahre blieb er auf der Schule und lernte, und im Alter von vierzehn Jahren hatte er alles Wissen vollständig erlernt.

Eines Tages waren einmal alle im Thronsaal versammelt. Die Wesire und Berater waren vollständig anwesend, und der Sohn des Königs saß neben seinem Vater auf einem Stuhl. Da erschien auf einmal der Derwisch, grüßte den König und fiel vor ihm auf den Boden. Als der König den

Derwisch erblickte, begannen die Haare an seinem Körper zu zittern. Ihn ergriff ein derartig starkes Zittern, daß es alle seine Staatsbeamten bemerkten, und er begann sogar mit den Zähnen zu klappern. Da erhob sich sein Sohn und sprach: »Lieber Vater! Was habt Ihr denn? Was ist denn passiert? Was hat Euch ergriffen, seit dieser Derwisch gekommen ist?« – »Mein lieber Sohn«, antwortete der König. »Ich zittere aus Angst um dich. Denn wir haben eine Abmachung mit diesem Derwisch getroffen.« Und er erzählte ihm die ganze Geschichte. Da meinte der Sohn: »Nun gut. Mit Gewalt kann mich der Derwisch ja nicht mitnehmen. Ich muß schon freiwillig mit ihm gehen.« – »Das ist richtig«, erwiderte der Derwisch, »ohne dein Einverständnis kann ich dich keine zwei Schritte weit mit mir nehmen. Ich werde dich vielmehr nur unter der Bedingung mitnehmen, daß du weinend hinter mir hergehen sollst.« Da freute sich der König und sprach: »Sehr gut. Wenn der Derwisch solch eine Bedingung stellt, wird mein Sohn sicherlich nicht freiwillig mitgehen, Krone, Thron und Herrschaft im Stich lassen und mit einem Derwisch wegziehen.« Der Derwisch aber antwortete: »Möge es dem König wohlergehen! Ich werde drei Tage als Gast hierbleiben. Nach drei Tagen werde ich fortgehen. Wenn der Prinz dann mit mir kommen will, soll er mitkommen, wenn er nicht mitgehen will, dann ziehe ich alleine fort.« Hiermit war der König einverstanden.

Als es Abend wurde, bereitete man dem Derwisch ein Zimmer. Dann saß der Junge bei dem Derwisch und sprach: »Nun gut, Derwisch. Du hast ja auch ein väterliches Anrecht auf mich. So erzähle mir nun eine Geschichte.« Da begann der Derwisch zu erzählen von den Eigenschaften und der vollendeten Schönheit der Tochter des Königs von China, um deren Hand sich schon sieben Königssöhne beworben hatten. »Aber ach«, sagte er, »leider ist dieses Mädchen zur Zeit sehr krank, und niemand außer mir kann sie heilen.« – »Lieber Vater«, sprach der Prinz, »dieses Gesicht, das du beschreibst: Hast du davon kein Bild?« – »Mein lieber Sohn«, erwiderte der Derwisch, »ich habe ein Bild davon. Aber ich fürchte, wenn ich es dir zeige, wirst du nicht mehr schlafen können und nichts mehr essen wollen.« Der Jüngling aber bedrängte ihn: »Lieber Vater, zeig es mir!« So griff der Derwisch in seinen Sack, zog daraus ein Bild hervor und zeigte es dem Prinzen.

Sobald der Blick des Prinzen darauf fiel, wurde er ohnmächtig. Der Derwisch massierte ihn und benetzte sein Gesicht mit Wasser, bis er wieder zu Bewußtsein kam. Dann sprach er: »Lieber Sohn, du hast jetzt nur das Bild gesehen und bist schon bewußtlos geworden. Was soll es erst geben, wenn du das Mädchen selbst siehst?« Der Prinz aber bedrängte ihn: »Lieber Vater! Du mußt mich unbedingt mit der Gestalt dieses Bildes zusammenbringen!« – »Sicher, mein lieber Sohn«, erwiderte der Derwisch. »Und um deinetwillen wird das Mädchen auch geheilt werden.« – »Was soll ich jetzt tun?« fragte der Prinz. Und der Derwisch entgegnete: »Nichts Besonderes. Morgen, wenn ich im Thronsaal zu deinem Vater gehe, dann sprich zu ihm, und sage: ›Ich will mit dem Derwisch gehen!‹ Wie sehr er dich auch daran hindern will zu gehen, sag: ›Nein, ich muß unbedingt gehen. Wenn Ihr mich nicht gehen laßt, so werde ich mich selbst töten!‹« Als der Derwisch am nächsten Tag zum Thronsaal gekommen war, um sich vom König zu verabschieden, ergriff Prinz Ebrahim einen Zipfel seines Rockes und rief: »Ich schwöre bei Gott! Ich werde mich nicht von Euch trennen!« Und sosehr ihn auch der König und die Wesire bedrängten, wohin er denn gehen wolle, und wenn er mit diesem Derwisch gehe, müsse er betteln gehen, er sprach nur: »Wenn ich mit dem Derwisch gehen kann, bin ich selbst für das Betteln noch dankbar.« Da sahen sie ein, daß es zwecklos war und daß er sich eher selbst töten werde, als nicht zu gehen. So bat der König den Derwisch mit den Worten: »Wenn du schon meinen Sohn jetzt mitnimmst, dann bitte achte auf ihn, daß ihm nichts zustößt.« Und der Derwisch antwortete: »Seid ganz beruhigt. Wenn Ihr selbst auch der Vater des Jungen seid, so habe ich doch auch ein väterliches Anrecht auf ihn. Und ich würde mich mehr als Ihr um ihn grämen.«

Damit ergriff er die Hand des Prinzen, sie verabschiedeten sich vom König und gingen hinaus. Der König rief noch: »Derwisch! Wenn du irgend etwas benötigst, sei es Geld, Juwelen oder Gold, dann sag es mir, damit ich es dir geben kann.« Der Derwisch antwortete: »Jetzt brauche ich nichts. Und wenn ich es nötig haben werde, dann schreibe ich Euch einen Brief. Dann könnt Ihr mir geben, was ich brauche.« Und der König war einverstanden.

So verließ der Prinz zusammen mit dem Derwisch den Palast. Sie gingen hinaus, und der Derwisch kam mit dem Prinzen auf den Basar. Dort kaufte er ihm Derwischkleidung, setzte ihm eine Kappe auf den Kopf und gab ihm eine Bettelschale in die Hand. Außerdem lehrte er ihn ein, zwei Bettelgesänge. Dann sprach er: »Jetzt steh auf! Wir wollen zuerst einmal am Eingang des Basars in deinem eigenen Reich sehen, ob wir unseren Lebensunterhalt verdienen können oder nicht.« Der Derwisch erhob sich und begann zu singen. Als danach der Jüngling an der Reihe war, sang er seine zwei Bettelverse. Da warfen die Leute soviel Geld in seine Bettelschale, daß sie davon überfloß. Der Derwisch sprach: »Gut! Das war das Geld vom Eingang des Basars. Jetzt wollen wir zum Ausgang des Basars gehen.« Da der Prinz hübsch aussah und auch nette Kleidung anhatte, folgten ihnen die ganzen Leute bis an das andere Ende des Basars. Als sie dort angekommen waren, sangen sie ebenfalls, und wiederum füllte die Bettelschale sich mit Geld. Und selbst nachdem sie sie einmal geleert hatten, füllte sie sich wieder. Am Nachmittag dann sprach der Derwisch: »Komm, mein Sohn, gehen wir. Ich wollte ja nur sehen, ob wir unseren Lebensunterhalt verdienen können oder nicht.«

Am Abend verließen sie die Stadt und wanderten durch die Wildnis. Und in jeder Stadt, zu der sie kamen, blieben sie ein, zwei Tage, zogen umher von Haus zu Haus und reisten dann weiter. So kamen sie von einer Stadt zu einer anderen, bis in die Nähe der Stadt China. Dort sprach der Derwisch: »Mein Sohn?« – »Ja«, antwortete der Prinz. »Mein Sohn«, fuhr der Derwisch fort, »wir wollen eine Vereinbarung treffen. Wenn wir diese Stadt wieder verlassen haben, wollen wir bis zu dem Augenblick, in dem wir wieder die Stadt deines Vaters betreten, alles, was wir erlangen, teilen. Eine Hälfte davon soll dann dir gehören, die andere Hälfte mir.« Der Jüngling war einverstanden, und sie händigten sich gegenseitig einen solchen Vertrag aus und steckten ihn in ihren Beutel.

So betraten sie die Stadt China, und sechs Tage lang streiften sie in der Stadt auf dem Basar umher. Schließlich gelangte die Nachricht von ihnen auch dem König zu Ohren, und er befahl, sie zu ihm zu bringen. Zwei Tage lang war der Derwisch bei dem König, und während dieser zwei Tage und Nächte ging der König nicht zu seinen Frauen. Am zweiten Tag aber bat der Derwisch um die Erlaubnis, gehen zu dürfen. Der König wandte sich ihm zu und fragte: »Mein Kind, wohin willst du denn gehen? Was verdienst du denn jeden Tag?« – »Diese Bettelschale«, erwiderte der Derwisch, »muß morgens zweimal voll werden, und auch am Nachmittag muß sie zweimal voll sein.« Der König entgegnete: »Sehr gut. Ich nehme an, daß ihr beide hier Fremde seid und in einem Gasthaus wohnen müßt. Mein Palast ist doch sicher nicht schlechter als ein Gasthaus. Am Morgen, wenn ihr umhergehen wollt, geht hinaus. Kommt dann zur Mittagszeit zum Essen wieder und geht am Nachmittag nicht weiter hinaus. Nachmittags will ich euch die Bettelschale füllen.« Der Derwisch hörte, was der König sagte und sprach: »Eine von den Bettelschalen am Nachmittag wollen wir Euch erlassen. Ihr mögt uns dann nur eine füllen.« Hiermit war der König einverstanden.

Zwei, drei Tage lang gingen der Derwisch und der Prinz am Morgen nach draußen, zum Mittagessen kamen sie dann wieder und blieben bis zum Abend. Am Abend ließen sie sich beim König nieder und sangen ihm Klagelieder vor oder erzählten Geschichten. Da der König überhaupt nicht mehr zu seinen Frauen kam, fragten sich diese am Abend: »Was ist denn los, daß der König nicht mehr zu uns kommt?« So gingen die Frauen zusammen mit der Tochter des Königs und schauten hinter einem Vorhang hervor ebenfalls zu. Da flog ein schneller Pfeil ab von der Brust des Jünglings, ließ sich nieder in der Brust des Mädchens, und sie verliebte sich – nicht mit einem, nein, mit hundert Herzen in den jungen Derwisch. Dieser eine Abend ging vorbei, und am nächsten Abend kamen sie wieder. Das Mädchen aber schrieb dem jungen Derwisch einen Brief: »Ich verbrenne, ich verbrenne! Durch die Liebe zu dir ist mein Leben bald zu Ende. Ich war roh und bin jetzt reif geworden. Ich verbrenne, du junger Derwisch, erbarme dich meines Zustandes!« Diesen Brief übergab sie dem Haushofmeister mit der Bitte, ihn an den jungen Derwisch weiterzuleiten.

Zwei Monate blieben der Derwisch und der Prinz dort. Als dann aber die Rede auf ihre Abreise kam, wurde die Tochter des Königs von einer Krankheit befallen, und sie benahm sich wie verrückt. Man holte alle Ärzte der Stadt, aber sie sagten nur: »Es gibt kein Heilmittel für die Prinzessin, wir können sie nicht heilen.« Als der Derwisch am nächsten Tag im Thronsaal sah, daß der König ganz niedergeschlagen war, fragte er ihn: »Möge dem König Wohlergehen beschieden sein! Was ist Euch denn widerfahren?« Der König erzählte ihm, was mit seiner Tochter geschehen war, worauf der Derwisch sprach: »Erlaubt mir, Eure Tochter zu sehen!« – »Ohne weiteres!« erwiderte der König und schloß die Versammlung. Dann ergriff der Derwisch die Hand des Jünglings, und zusammen betraten sie die Frauengemächer. Dort sahen sie, daß man das Mädchen mit schweren Ketten an den Füßen gefesselt hatte, ihre Hände waren gebunden, und ein Schloß lag um ihren Hals. Als der Blick des Mädchens auf den Derwisch fiel, zerrte sie so stark an den Ketten, daß sie ihre Handfesseln zerriß. Die Dienerinnen fürchteten sich schon und riefen: »Jetzt wird sie gleich den Derwisch in Stücke reißen!«, aber sie ging zu ihm hin und ergriff einen Zipfel seines Rockes. Der Derwisch fragte sie: »Was ist mit dir? Was ist deine Krankheit?« – »Meine Krankheit«, erwiderte sie, »ist euer Gehen. Wenn ihr diese Stadt verlaßt und ich diesen jungen Derwisch nur drei Tage lang nicht sehe, werde ich mich, sollte ich noch nicht gestorben sein, selbst töten.« – »Gut«, entgegnete der Derwisch, »ich gehe jetzt und werde mit deinem Vater etwas vereinbaren. Wenn er damit einverstanden ist, mußt du alles tun, was ich dir sage.« Das Mädchen willigte ein und fragte: »Wenn mein Vater deinen Vorschlag aber nicht annimmt, was sollen wir dann tun?« – »Dann«, meinte der Derwisch, »werde ich auf jeden Fall noch einmal zu dir kommen und dir sagen, wie du dich verhalten sollst.«

So ging der Derwisch zum König und sprach ihn an: »Möge Euch, o Mittelpunkt der Welt, Wohlergehen beschieden sein! Ich kann Eure Tochter heilen. Aber nur unter der Bedingung, daß Ihr sie, wenn ich sie heile, dem jungen Derwisch zur Frau gebt.« Der König erwiderte: »Von der Gestalt, dem Aussehen, der Vollendung und der Schönheit des Jünglings her gesehen, wünschte ich nichts lieber, als daß er mein Schwiegersohn werde. Aber wohin bringe ich denn meinen Namen, wenn man bis zum Jüngsten Tag sagen wird: Der König hat seine eigene Tochter an einen Derwisch verheiratet!« Als er dies sagte, errötete der Prinz und rief: »Täuscht Euch nicht, denn ich bin selbst der Sohn eines Königs! Ich habe mich nur zu einem bestimmten Zweck in dieser Gestalt verkleidet.« – »Und wenn es so sei«, erwiderte der König, »welchen Beweis soll ich dafür nehmen?« – »Das ist nicht weiter schwer«, entgegnete der Prinz. »Ich werde jetzt meinem Vater einen Brief schreiben. Dann werdet Ihr schon sehen, ob ich der Sohn von König Resa bin oder nicht.« Sogleich nahm er ein Blatt Papier und schrieb seinem Vater einen Brief: »Lieber Vater! Ich bin zur Zeit in der Stadt China. Schicke mir einen von deinen Leuten mit hundert Säcken voll Geld hierher!«

Der Jüngling blieb dort, und der Brief wurde zu seinem Vater gebracht. Als der ihn erhielt, freute er sich sehr und befahl sogleich einem seiner Wesire, sich mit hundert Säkken Geld auf den Weg zu machen. So saßen sie alle eines Tages im Thronsaal, als die Nachricht gebracht wurde, daß aus dem Lande Iran ein Wesir mit hundert Säcken voll Geld angekommen sei. Der König freute sich sehr darüber und ließ den Wesir gleich in seinen Thronsaal rufen. Als der Wesir eintrat, sah er den Prinzen dort in seiner Derwischkleidung sitzen. Sogleich fiel er auf den Boden und rief: »Prinz, warum seid Ihr nur in solch einer Kleidung?« Der Prinz aber antwortete: »Man muß sich bemühen, jedem Vater, den man hat, ähnlich zu sein.«

Der König freute sich sehr und sprach: »Jetzt gebe ich dir natürlich meine Tochter mit der größten Freude. Aber sie hat noch eine andere Krankheit! Bis jetzt hatten sie schon zwei Königssöhne geheiratet, aber jedesmal, wenn sie zusammensaßen und ihr Atem aufeinanderstieß, starben sie. Jetzt habe ich deswegen Sorgen um den Jüngling.« Der Derwisch erwiderte hierauf: »Laßt das nur meine Sorge sein. Darum braucht Ihr Euch nicht zu kümmern. Ich werde mich ihrer Krankheit schon annehmen.« Dann gab der Derwisch den Befehl, dem Mädchen die Ketten von den Füßen zu nehmen und ihm auch die Fesseln vom Hals abzunehmen. Darauf bat er, ein zweites Mal alleine mit dem Mädchen reden zu dürfen, und sprach zu ihm: »Freue dich, denn ich habe deinen Wunsch erfüllt. Jetzt wirf diese eingebildete Verrücktheit ab von dir!« Das Mädchen erwiderte: »Derwisch! Ich bin ja nur verrückt geworden, weil ihr weggehen wolltet. Wenn dem nicht so ist, bin ich auch nicht verrückt.« – »Sehr gut«, entgegnete der Derwisch, »dann werde ich dir morgen gestatten, ins Bad zu gehen.«

Dann kam der Derwisch wieder zum König und sprach: »Ich habe Eurer Tochter ein Heilmittel gegeben, damit sie gesund wird. Morgen bringt sie ins Bad, und danach laßt die Hochzeitszeremonie vollziehen, denn wir wollen abreisen.« Sogleich ließ der König die ganze Stadt schmücken, und man schloß den Bund zwischen seiner Tochter und dem Prinzen und verheiratete die beiden miteinander. Der Derwisch aber sagte zu dem Jüngling: »Wenn du zu dem Mädchen gehst, hüte dich davor, daß dein Gesicht neben dem Gesicht der Braut liege. Auch wenn du sie sehr lieb hast und sie küssen willst, dann küsse höchstens ihre Hand. Denn wenn ihr Atem deinen Atem berührt, dann wird er dich vernichten!« – »Lieber Vater«, fragte der Prinz, »was sollen wir denn da machen?« – »Dafür gibt es auch ein Heilmittel«, erwiderte der Derwisch. »Und wenn die Zeit gekommen ist, werde ich sie auch von dieser zweiten Krankheit heilen.«

So wurden die beiden also miteinander verheiratet, und nach drei Tagen reisten sie ab. Der König gab ihnen zwei Meilen weit das Abschiedsgeleit, und der Wesir ließ dem Vater des Prinzen die Nachricht überbringen, daß sie abgereist seien. Auf halbem Wege kamen sie an einen Ort, an dem es viel Wasser und grüne, saftige Pflanzen gab. Dort gab der Derwisch die Anweisung, die Zelte aufzuschlagen, und nachdem dies geschehen war, rief er den Jüngling: »Lieber Sohn!« – »Ja«, gab der zur Antwort. Und der Derwisch zog das Schreiben hervor, das sie beide unterzeichnet hatten, in dem stand, daß sie alles, was sie erlangten, teilen wollten. Dieses legte er dem Jüngling vor, der erwiderte: »Ich bin bereit. Ich werde doch nicht von meinem Versprechen zurücktreten. Angefangen von der Bettelschale, die wir im Markt gefüllt haben, bis hin zur ganzen Mitgift des Mädchens wollen wir alles teilen. Das einzige, was zwischen uns bleiben wird, ist das Mädchen selbst.« Der Derwisch aber entgegnete: »Jetzt wollen wir das Mädchen teilen. Die Hälfte soll dir gehören, die andere Hälfte mir.« – »Lieber Vater«, rief der Jüngling, »was hat denn eine Hälfte noch für einen Nutzen, das Mädchen wird doch dabei sterben. Nein, das hat keinen Sinn. Ich werde dir die ganze Hälfte meines Besitzes schenken, schenke du mir dafür deine Hälfte des Mädchens.« – »Nein«, erwiderte der Derwisch, »das geht nicht. Wir haben vereinbart, daß wir von unserem Versprechen nicht zurücktreten wollen.« – »Dann will ich von meiner Hälfte des Mädchens ablassen«, rief der Jüngling, »damit sie wenigstens nicht getötet wird.« – »Nein, das geht nicht«, sagte der Derwisch wieder, »sie muß in zwei Hälften geteilt werden.« – »Gut, und wie soll sie geteilt werden?« gab schließlich der Jüngling nach. »Bleib du hier sitzen«, sagte der Derwisch, »und schau zu.«

Er holte ein Seil und band damit zwei junge Bäume, die nebeneinanderstanden, an die Füße des Mädchens. Dann hob er ein Fleischerbeil hoch in die Luft. Jetzt stand er so da, um das Mädchen zu zerteilen, dann schlug er das Hackmesser plötzlich mit Wucht auf den Boden, gerade zwischen die Beine des Mädchens, und plötzlich kroch eine Schlange aus ihrem Mund hervor. Sogleich schlug er der Schlange mit dem Beil den Kopf ab. Dann hob er es ein zweites Mal empor und rief: »Das erste Mal hatte ich Erbarmen mit dir und habe nicht richtig zugeschlagen. Dieses Mal aber werde ich dich in zwei Hälften zerteilen!« Wieder hob er das Beil hoch und ließ es mit voller Wucht niederfahren, da krochen zwei junge Schlangen aus dem Mund des Mädchens hervor. Dann hob er es ein drittes Mal hoch und rief: »Diese zwei Mal habe ich mich wegen des Jünglings erbarmt, der dort verwundert und erstaunt sitzt. Dieses dritte Mal aber bereite dich darauf vor, daß ich dich zerteile!« Und wieder hob er mit ganzer Kraft das Hackbeil hoch und ließ es niederfahren. Da sah er, wie das Mädchen nieste, aber diesmal kam nichts mehr aus ihr heraus.

Nun ordnete er an, ein Ruhebett bereitzustellen, band die Prinzessin von den Bäumen los und legte sie zum Schlafen auf das Bett, wo sie sich drei Tage lang ausruhte. Nach drei Tagen dann rief der Derwisch den Prinzen zu sich. Das Mädchen hob er von dem Ruhelager auf, küßte ihm die Stirn und sprach: »Meine Tochter! Anstelle meiner Hälfte genügt mir dieser eine Kuß. Der Grund, weshalb ich bis heute die Erlaubnis nicht gegeben hatte, daß ihr euch küßt, war eben diese Schlange in deinem Bauch. Ihr Atem tötete jeden, mit dem er zusammentraf. Und es gab keine andere Möglichkeit, sie aus dem Bauch hervorzulocken, als diejenige, wie ich es gemacht habe. Hätte ich die Schlange vergiften wollen, dann wäre das Mädchen auch gestorben. Jetzt aber reist ab in euer Vaterland!«

Als sie dort angekommen waren, ließ der König die Stadt schmücken zur Ankunft seines Sohnes, und sie feierten sieben Tage und sieben Nächte lang Hochzeit. Man gab die Hand des Mädchens in die Hand des Jünglings, und am Morgen nach der Hochzeit kam der Derwisch zum König und sprach: »An dem einen Jahr, welches ich deinen Sohn mitnehmen wollte, fehlen noch zwei Tage. Für diese zwei

Tage werde ich nach zwei Jahren noch einmal kommen und den Jüngling dann mitnehmen.« Und mit diesen Worten verabschiedete er sich vom König und ging weg.

Unglaubliche Hochzeitsnacht

Einer war, einer war nicht – außer Gott war niemand. Es waren einmal zwei Brüder, von denen war der eine ein Kaufmann und der andere ein Kupferschmied. Der Kaufmann hatte eine Tochter, und der Kupferschmied hatte einen Sohn. Diese beiden wollten heiraten, aber der Kaufmann ließ das nicht zu. Er sagte immer: »Ich bin ein Kaufmann und habe schließlich Namen und Ansehen. Ich kann doch meine Tochter nicht meinem Bruder, der nur ein Kupferschmied ist, geben. Nein, ich kann meine Tochter nicht dem Kupferschmied geben.« Nun war das Mädchen äußerst hübsch und hatte viele Verehrer. So hielt auch der Sohn vom Wesir des Königs um ihre Hand an. Da kam der junge Mann zu seiner Kusine und sprach zu ihr unter Weinen und Klagen: »Dein Vater hat vor, dich dem Sohn des Wesirs zur Frau zu geben, und ich – mein Kopf wird ohne Hut bleiben!« Das Mädchen aber tröstete ihn mit den Worten: »Weine nicht! Ich werde von meinem Bräutigam das schriftliche Versprechen verlangen, daß ich in der Hochzeitsnacht zuallererst zu dir kommen kann. Dann können wir beide zusammen fliehen.« – »Sehr gut«, erwiderte der junge Mann.

Der Sohn des Wesirs bezahlte das Brautgeld und hielt um die Hand des Mädchens an, und es wurde zur Hochzeit gerüstet. Als dann die junge Frau ihr Jawort geben sollte, erwiderte sie: »Ich habe eine Bitte. Und zwar möchte ich ein schriftliches Versprechen von meinem Bräutigam. Wenn er sich verpflichtet, dieses Versprechen in der Hochzeitsnacht einzuhalten, dann werde ich mein Jawort geben, ansonsten aber nicht.« Der junge Mann, der nicht wußte, von was für einer Angelegenheit sie redete, sagte: »Ich werde dir dein Versprechen geben«, und er gab ihr einen Zettel, auf dem er dies schrieb. Hierauf gab auch das Mädchen sein Jawort.

Bei Anbruch der Hochzeitsnacht führte man das Mädchen dem Bräutigam zu. Als man ihnen aber die Hände ineinanderlegte, zog das Mädchen das Schreiben des Wesirssohnes hervor und sagte: »Gut! Jetzt müßt Ihr mein Verlangen erfüllen.« – »Was ist denn dein Wunsch?« fragte er. Worauf sie antwortete: »Mein Cousin war in mich verliebt. Mein Vater hat mich aber ihm nicht zur Frau gegeben, weil sein Vater nur ein Kupferschmied ist. Weil mein Cousin nun vorhatte, sich am Tage meiner Hochzeit selbst zu töten, habe ich ihm versprochen, in der Hochzeitsnacht zu ihm zu kommen, damit er sich nicht selbst auslösche. Meine Bitte ist jetzt die, daß du mir gestattest, in der Hochzeitsnacht eine Stunde lang zu ihm zu gehen.« – »Gut«, erwiderte der Wesirssohn. »Hiermit gebe ich dir die Erlaubnis, für eine Stunde zu ihm zu gehen. Vielleicht aber wird er dir die Jungfernschaft nehmen!« – »Nun«, meinte das Mädchen, »das hängt davon ab, wie gewissenhaft er sich verhalten wird.« Und der Wesirssohn sagte noch: »Jetzt geh! Aber es soll nicht mehr als eine Stunde verstreichen, bis du wieder zurückkommst!«

Da stand das Mädchen auf und verließ in ihrem Hochzeitskleid das Haus. Nun lag draußen ein Räuber im Hinterhalt, um vielleicht in das Haus einzubrechen. Als er das Mädchen sah, dachte er bei sich: »Gott sei gelobt! Diese da hat ja Edelsteine im Wert von mindestens 10 000 Tuman bei sich!« Sodann trat er vor und redete sie an: »Wessen Tochter bist du?« Hierauf erzählte das Mädchen dem Räuber seine Geschichte, worauf er sprach: »Nun, ich bin schließlich ein

Räuber! Jetzt gib mir deine Juwelen, und dann geh weiter!«
Das Mädchen aber erwiderte: »Nun schau einmal! Gerade
so, wie sich der Wesirssohn mir gegenüber großzügig ver-
hielt, indem er mich nicht anrührte, so rühre auch du meine
Juwelen nicht an! Wenn ich zurückkomme, sollen alle diese
Edelsteine dir gehören!«

So kam sie an dem Räuber vorbei. Da stand plötzlich ein
Löwe vor ihr. Das Mädchen ging anmutig auf ihn zu, legte
die Hand auf seine Mähne und sprach ihn an: »Du König
der Tiere! Ich verstehe deine Sprache nicht, aber du verstehst die meine. Mit mir verhält es sich nämlich soundso.
Nun sei auch du mir gegenüber großzügig, und lasse mich
zu meinem Cousin gehen. Wenn ich zurückkomme, dann
will ich dir freiwillig ein Leckerbissen sein!« Da gab der
Löwe ihr durch ein Zeichen zu verstehen, daß sie gehen
solle.

So kam das Mädchen zu seinem Cousin. Es fand ihn, wie
er neben der Wand saß, den Kopf auf die Knie gelegt hatte
und klagte, daß er nie mehr Heilung finden werde. Da trat
das Mädchen bei ihm ein und sprach: »Mein Cousin! Was
weinst du denn?« – »Was soll ich nicht weinen«, erwiderte
er, »wo doch ein anderer meine Kusine nach Hause trägt!« –
»Nun«, entgegnete sie, »ich bin meinem Versprechen treu
geblieben. Jetzt tu du mit mir alles, was du mit mir tun
möchtest!« Der junge Mann fragte: »Und wie hast du das
deinem armen Bräutigam beigebracht?« Sie gab zur Antwort: »Jenes Schreiben, das ich am Hochzeitstag von ihm
erhalten habe, habe ich ihm heute vorgehalten und ihm
meinen Wunsch mitgeteilt. Da hat der Arme etwas nachge-
dacht und mir dann gesagt, ich solle gehen, aber nicht länger
als eine Stunde ausbleiben. Auf dem Weg nun bin ich auf
einen Räuber und einen Löwen getroffen. Was schlägst du
jetzt vor zu tun? Auf jeden Fall möchte ich nach einer
Stunde wieder gehen.« Da überlegte der junge Mann ein

wenig und sprach dann zu ihr: »Nein, es wäre nicht gerecht gegenüber deinem Bräutigam, wenn ich seinen Krug zerbräche. Schließlich hat er sich dir gegenüber wirklich großzügig verhalten.« Also schickte er das Mädchen wieder auf den Weg mit den Worten: »Geh zu ihm zurück!«

So ging das Mädchen nach Hause zurück. Als es ankam, sah es, daß der Bräutigam noch genau wie vorher dasaß. Als sein Blick auf das Mädchen fiel, begann er zu weinen. Sie fragte ihn: »Warum weinst du denn?« – »Was soll ich nicht weinen«, erwiderte er, »wo doch nach all diesen Ausgaben, die ich hatte, und nach all diesen Mühen ein anderer den Krug zerbrach, der mir zustand!« Da erwiderte sie ihm: »Du junger Mann! Sorge dich nicht, denn seine Großzügigkeit war noch größer als deine.«

Nun laßt einmal diese beiden dort, und kommt mit zum König des Landes. In der Krone dieses Königs befand sich ein unermeßlich wertvoller Edelstein. Nun hatten sich vier Diebe zusammengetan und diesen Edelstein mit List und Tücke und nach Befragung des Schicksals gestohlen. Der König hatte aber eine Tochter mit einem Liebhaber. Dieser hatte ihr aufgetragen, nicht zu sprechen und nie Antwort zu geben, selbst wenn die ganze Welt zu ihr spräche. So sollte man meinen, sie sei stumm. Jetzt ließ der König ausrufen, daß er seine Tochter demjenigen zur Frau geben werde, der sie zum Reden bringen könne.

Der Cousin der Kaufmannstochter aber hatte von diesem Ausruf gehört. So ließ er eine Versammlung einberaumen, zu der man alle Diebe und Räuber der Stadt brachte und sie sich setzen hieß. Außerdem spannte man einen Vorhang, hinter dem der Prinzessin ein Platz zugewiesen wurde. Dann erzählte der junge Mann die Erlebnisse seiner Kusine mit ihm. Zum Schluß sagte er: »Jetzt frage ich die hier versammelte Gesellschaft und auch die Prinzessin: Wer hat sich denn am großzügigsten verhalten?« Da rief jener, der das Juwel gestohlen hatte: »Der Dieb war am großzügigsten! Denn sicherlich ist doch derjenige am großzügigsten, der in dunkler Nacht auf den Straßen auf eine junge Frau trifft, die 10 000 Tuman Wert an Juwelen bei sich trägt, und sie gehen läßt!« Jemand anderes sagte: »Nein, der Löwe ist am großzügigsten gewesen. Denn wann sagt schon ein hungriger Löwe, dem eine Beute zwischen die Hände fällt, daß sie wieder gehen solle?« Noch ein anderer meinte: »Nein! Großzügig war nur der Bräutigam. Denn er hat doch all diese Ausgaben gehabt, bis er das Mädchen nach Hause brachte, und dann hat er es gehen lassen, selbst auf die Gefahr hin, daß ein anderer als er den Krug zerbreche!« – Sonst sagte niemand mehr etwas.

Da konnte die Prinzessin nicht weiter schweigen und rief: »Der wirklich Großzügige war der Cousin des Mädchens. Sie war doch mit Juwelen und Schmuck zu ihm gekommen und hatte sich ihm anvertraut. Er hat aber nicht Hand an sie gelegt, sondern vielmehr gesagt, sie solle wieder gehen! Unter euch aber ist jener, der gesagt hat, der Räuber habe am edelsten gehandelt, selbst der Dieb der Juwelen; und derjenige, der den Löwen am edelsten fand, ist ein ganz gieriger und gefräßiger Mensch. Nichts, was ihm an Essen zwischen die Hände fällt, läßt er liegen, er ißt es gleich auf. Und der gesagt hat, der Bräutigam habe sich am edelsten verhalten, ist ein feiger Mensch. Wenn seine eigene Frau Ehebruch begehen will, läßt er sie gehen! Wahrhaft edel war nur der Jüngling, in dessen Gewalt sie sich befand und der dennoch zu dem Mädchen sagte, es solle zu seinem Mann zurückgehen.«

Man benachrichtigte den König mit den Worten: »Deine Tochter hat geredet, nicht nur ein Wort, nein, zehn Worte! Und außerdem ist auch der Dieb deines Edelsteines gefunden worden.« Aus lauter Freude ließ der König sogleich die Kesselpauke schlagen. Man ließ die ganzen Diebe laufen, nur den einen Juwelendieb behielt man da. Den jungen Mann aber brachte man vor den König, der ihn fragte: »Du, Jüngling, was für einen Beruf hat denn dein Vater?« Er antwortete: »O Mittelpunkt der Welt, möge Euch Wohlergehen beschieden sein! Mein Vater ist ein Kupferschmied. Als ich Eure Bekanntmachung las, wurde mir klar, daß jemand, der meine Geschichte hört und nicht stumm ist, sich dabei nicht einer Bemerkung enthalten kann. So hat ja auch Eure Tochter, die in Wirklichkeit gar nicht stumm ist, zu sprechen begonnen. Außerdem wollte mir mein Onkel seine Tochter nicht zur Frau geben, weil mein Vater nur ein Kupferschmied ist. So hoffte ich, daß Gott es vielleicht so wolle, daß ich der Schwiegersohn des Königs werde.« Da rief der König ihn zu sich und küßte ihn auf die Stirn mit den Worten: »Gepriesen seien Menschen wie du! Ursprünglich hatte ich diese Angelegenheit ja nur angefangen, damit ein jeder seine Eigenschaften aufdecken müsse und so mein Kronjuwel wiedergefunden werde.«

So ließ der König sieben Tage und Nächte in der Stadt feiern und verheiratete seine Tochter mit dem jungen Mann. Dieser holte einen seiner Verwandten zu sich, und in der Hochzeitsnacht legte man ihre Hände ineinander. Da wandte sich der Jüngling an seine Braut und sprach zu ihr: »Meine Frau! Ich habe dich einmal zum Sprechen gebracht. Das ist nun vorbei. Jetzt bin ich dein Mann geworden, und du bist meine Frau. Ob du jetzt reden willst oder nicht, es wird doch zum guten Ende kommen. Du selbst hast ja gefunden, daß meine Handlungsweise am edelsten war. Und jetzt verspreche ich dir, daß ich, solange ich lebe, keine andere Frau als dich anschauen werde!« Da begann das Mädchen, mit ihm zu reden. Hierauf fragte der Jüngling sie: »Nun gut! Da wir jetzt Mann und Frau sind – mit wem hattest du ursprünglich einen Bund geschlossen?« Da erzählte sie: »Als ich in der Schule war, verliebte sich der Sohn

des Gemüsehändlers in mich. Er weinte den ganzen Tag und rief immerzu: ›Ich begehre dich! Aber du bist ja die Tochter des Königs. Was soll ich nur machen?‹ Da sagte ich zu ihm. ›Gut denn. So zeige mir einen Weg, wie ich zu dir gelangen kann.‹ Darauf riet er mir: ›Stelle dich so, als ob du stumm wärest. Ich werde mich als Arzt verkleiden. Wenn dann dein Vater schließlich für dich einen Arzt rufen läßt, wird er auch zu mir kommen. Ich werde von ihm die schriftliche Bestätigung geben lassen, daß er dich mir zur Frau geben wird, wenn du wieder zu sprechen beginnst.‹ So habe ich jetzt bereits einige Jahre lang nicht gesprochen, und immer habe ich darauf gewartet, daß mein Vater endlich die Erlaubnis gebe, nach einem Arzt zu senden. Aber noch immer hat er sie nicht gegeben. Nun wußte ich aber nichts vom Aufruf meines Vaters. Bei der Beurteilung der Vorfälle fiel mir auf, daß jeder seine eigene Verhaltensweise hervorhob und denjenigen, der sich wirklich edel verhalten hat, mit Füßen trat. Das war der Grund dafür, daß ich mich nicht mehr beherrschen konnte. So sprach ich und sagte die Wahrheit. Nun hat sich also mein Schicksal für dich erfüllt. Auf jeden Fall sollte ich die Frau eines Untertanen werden. Jener war ein Gemüsehändler, und du bist ein Kupferschmied!«

Oben, da war das Mehl, und der Teig, der war unten – so hat die Geschichte ein Ende gefunden!

Wie einer gerecht zu teilen verstand

Es war einmal ein reicher Gutsherr, der hatte ein Dorf, eine Frau und vier Kinder: zwei Söhne und zwei Töchter. Eines Tages nahm der Bürgermeister des Dorfes fünf Gänse mit sich und brachte sie zum Gutsherrn. Dieser sprach: »Jetzt, da du die fünf Gänse mitgebracht hast, mußt du sie auch so verteilen, daß es keinen Streit gibt: Du darfst den Söhnen nicht mehr geben, damit die Töchter nicht neidisch werden; und du darfst ebensowenig den Töchtern mehr geben, damit die Söhne nicht neidisch werden.« Hierzu erwiderte der Bürgermeister: »Ich werde sie so verteilen, daß niemand zuviel oder zuwenig erhält!« So forderte ihn der Gutsherr denn auf: »Bitte, fang an! Wir wollen sehen, wie du teilst!«

Der Bürgermeister begann: »Nun gut! Ihr, Gutsherr, und Eure Frau, ihr seid zwei Personen: Eine Gans soll euch gehören, so seid ihr drei. Eure zwei Söhne sind auch zwei Personen: Eine Gans soll ihnen gehören, so sind sie auch drei. Eure zwei Töchter sind ebenfalls zwei Personen: Zusammen mit einer Gans sind es drei. Ich selbst aber bin nur eine Person. So sollen mir zwei Gänse gehören, dann sind wir auch drei. Darauf werden wir alle in Gruppen zu dritt sein.«

Hierauf lachte der Gutsherr und forderte ihn weiter auf: »Wenn wir jetzt eine Gans schlachten: Wie wirst du ihr

Fleisch verteilen, daß es keinen Streit zwischen uns gibt?«
Der Bürgermeister erwiderte: »Gut! Schlachtet Ihr nur
Eure Gans. Am Abend ladet mich dann ein, so werde ich
kommen und die Gans aufteilen.« Am Abend kam er also
wieder, gerade als man die gebratene Gans auftrug. Auf die
Aufforderung, jetzt zu teilen, sprach er: »Herr Gutsbesit-
zer! Ihr seid der Kopf der Familie, also soll Euch auch der
Kopf der Gans gehören.« So reichte er ihm also den Kopf.
Zu den beiden Töchtern sprach er: »Wie lange wollt ihr
noch im Hause eures Vaters sitzen? Ihr werdet ja doch eines
Tages ausfliegen in die Häuser eurer Männer und Vater und
Mutter allein lassen.« So nahm er die zwei Flügel der Gans
und gab sie ihnen. Die zwei Söhne redete er an: »Nehmt hier
die Füße der Gans, denn ihr sollt eines Tages den Weg
gehen, den euer Vater gegangen ist.« Als letztes nun nahm er
das Herz der Gans und reichte es der Frau des Gutsherrn
mit den Worten: »Dies ist der Sitz der Liebe! Iß du das Herz
der Gans, so wird sich deine Liebe und Zuneigung zu deinem Gatten verstärken!«

Darauf ergriff er für sich selbst den übriggebliebenen
Rumpf der Gans und sprach: »Dies hier soll für mich sein
und für die Mühe, die ich damit hatte, so gerecht unter euch
aufzuteilen!«

Von den schlechten Freunden

Es war einmal ein Kaufmann, der hatte einen Sohn. Diesen ermahnte er regelmäßig mit den Worten: »Mein
Sohn! Verbring doch deine Zeit nicht mit diesen Freunden,
und vergeude dein Geld nicht mit ihnen! Mach dir doch eher
anständige Gedanken um dich selbst!« Aber der Sohn hörte
nicht auf ihn.

Da ging der Vater zur Braut des Sohnes und sprach zu ihr: »Liebe Schwiegertochter! Ich weiß, daß die Jünglinge von Esfahan es nach meinem Tode auf das Geld meines Sohnes abgesehen haben. Wenn er dann eines Tages ein Bettler sein und keinen anderen Ausweg mehr sehen wird, als sich selbst zu töten, dann rate ihm, er solle durch diesen Ring an der Zimmerdecke ein Seil werfen und sich daran erhängen.« Und die junge Frau erklärte sich hierzu bereit.

Als der Vater gestorben war, hefteten sich alle jungen Männer von Esfahan an die Fersen des Sohnes. Nach der Trauerfeier begleiteten sie ihn nicht zum Laden seines Vaters, um ihn dort an dessen Stelle einzusetzen, vielmehr sprachen sie zu ihm: »Jetzt wirst du doch nicht etwa in den Laden gehen wollen. Jetzt ist eher die Zeit, sich zu amüsieren!« Sie ergriffen den Sohn bei der Hand und betraten mit ihm einen Park. Dort hatten sie alles zu einem Trinkgelage bereitgestellt und bedrängten nun den Jüngling, er solle auch trinken. »Nein«, erwiderte er, »ich habe bis jetzt noch nie etwas Alkoholisches getrunken.« – »Trink«, riefen sie, »wenn du bis jetzt noch nie etwas Alkoholisches getrunken hast, dann war es nur aus Angst vor deinem Vater.« In diesem Moment kam sein Diener und richtete ihm aus, seine Frau lasse fragen, ob er denn nicht komme? Er entgegnete: »Geh, und sag ihr, daß ich nicht komme. Dann geh zum Laden, und bring mir jeden Tag von dort zwanzig Tuman. Du aber setze dich an meiner Statt in den Laden!« Sechs Monate lang feierten sie so zusammen in dem Park, und der Diener brachte immer wieder neues Geld, welches sie ausgaben. Einmal aber sagte er: »Es ist kein Geld mehr da!« Da trug der Jüngling ihm auf: »Geh, und verkaufe die Einrichtungsgegenstände des Hauses!« – »Das habe ich schon getan«, erwiderte der Diener, »bevor du es mir aufgetragen hast.« – »Dann geh, und hole irgend etwas aus dem Laden!« – »Im Laden ist doch auch nichts mehr!« Da wandte sich der

Jüngling an seine Trinkgenossen und bat: »Heute müßt ihr euch einmal um unsere Verpflegung kümmern.« Sogleich stand einer auf und ging weg, um Wein zu besorgen, ein anderer erhob sich, um Brot zu holen, ein dritter versprach, Fleisch zu bringen, und ein vierter ging weg, um die Beilagen zu besorgen. Nachdem bereits eine Stunde verstrichen war und jene noch nicht wieder zurückgekommen waren, erhob sich der nächste, um zu schauen, wo denn derjenige geblieben sei, der Brot holen wollte; ein anderer erhob sich, um sich zu erkundigen, wo denn derjenige geblieben sei, der den Wein besorgen wollte; ein weiterer ging weg, um zu schauen, wo denn derjenige geblieben sei, der das Fleisch bringen wollte; und ein letzterer stand auf mit den Worten: »Ich will doch einmal sehen, was denn dieser Schurke so lange macht, der Joghurt und Gurken besorgen wollte!«

So waren schon acht von ihnen gegangen und nur noch zwei übriggeblieben. Diese zwei nun meinten: »Kommt, wir wollen uns ein wenig lang hinstrecken. Diejenigen, die gegangen sind, werden uns wohl noch etwas warten lassen.« So legten sie sich zusammen hin. Sobald der Jüngling eingeschlafen war, schlichen sich diese beiden auch heimlich weg. Der Jüngling schlief ein klein wenig, und als er dann wieder aufstand, sah er, daß alle weg waren. Da sagte er bei sich: »Ich will einmal nach Hause gehen und sehen, ob meine Frau etwas zu essen hat.« Als er zum Tor des Parkes kam, verstellte ihm der Parkwächter den Weg und verlangte von ihm die Miete. »Schon gut«, entgegnete er, »jetzt gehe ich sogleich und werde sie dir bringen lassen.« Der Wächter aber erwiderte: »Ich kenne dich und deine Genossen nicht. Laß mir als Sicherheit deinen Anzug hier.« Also zog der Jüngling Jacke und Hose aus und gab sie dem Wächter.

Mit Hemd und Unterhose bekleidet kam er nach Hause zu seiner Frau. Zuerst schlich er sich um das Haus herum und sah, daß seine Frau sehr über ihn schimpfte. Da ging er gleich wieder weg. Auf dem Weg traf er einen von den Kaufleuten aus dem Basar, den er bat, ihm einen Tuman zu leihen. Er erhielt ihn und kaufte damit Brot und Fleisch und ging wieder zu seinen Genossen in den Park. Aber so sehr er dort auch am Tor klopfte, niemand achtete auf ihn, und niemand öffnete ihm. Da legte er Brot und Fleisch auf den Boden und zwängte sich durch ein Loch in der Mauer hindurch. Dann streckte er wieder seine Hand aus, um das Tuch mit Brot und Fleisch nachzuholen, aber das hatte mittlerweile ein Hund weggeschleppt.

Dann ging er in den Park hinein, wo er seine Genossen versammelt fand. Sie fragten ihn: »Wo bist du denn gewesen, und warum kommst du mit leeren Händen?« – »Bei Gott«, erwiderte er, »ich war zuerst nach Hause gegangen, aber dort wollte meine Frau nur mit mir streiten. Dann habe ich im Markt von einem Bekannten einen Tuman geliehen und davon etwas Brot und Fleisch gekauft.« – »Und wo ist dann das Brot und das Fleisch?« – »Das hatte ich auf den Boden gelegt, um durch ein Loch in der Mauer zu kriechen, da hat es so ein verfluchter Hund weggeschleppt.« Da rief der andere: »Du meinst wohl, du kannst uns zum Narren halten mit deiner Geschichte von dem Tuch mit Brot und Fleisch und dem Hund. Geh weg, und laß dich hier nicht mehr blicken!«

Da erhob sich der Jüngling, verließ den Park und ging wieder nach Hause. Dort fragte ihn seine Frau, was denn nun los sei. »Was soll ich denn nur machen«, erwiderte er. »Entweder«, entgegnete sie, »läßt du dich von mir scheiden. Oder du fängst endlich an, ständig zu arbeiten. Dieses Haus habe ich auf jeden Fall schon verpfändet.« Da sprach er: »So ist also jetzt der Augenblick gekommen, um meinem Leben ein Ende zu bereiten.« Und hiermit ergriff er ein Messer, um sich zu töten. Seine Frau aber hielt ihn zurück: »Nein! Für den heutigen Tag hat dein Vater dir aufgetragen, du sollst durch den Ring an der Decke ein Seil werfen und dich daran erhängen.« So erhob sich der Jüngling und warf ein Seil durch den Ring. Dann stellte er sich auf einen Hocker und wollte sich erhängen. Da löste sich der Ring und fiel nach unten und mit ihm fiel ein riesiges Vermögen an Goldmünzen auf den Boden. Da stand der Sohn wieder auf, küßte den Boden und rief: »Mein Vater! Mein Leben gehört dir. Du hast für mich soviel Geld gespart und mich heute vor dem Tod gerettet!«

Am nächsten Morgen machte er seinen Laden wieder auf. Er kaufte alles, was er zum Betreiben des Ladens benötigte, und richtete ihn ein; außerdem brachte er auch alle Angelegenheiten seines Hauses in Ordnung. Als am nächsten Tag einige von seinen Trinkgenossen vorbeikamen, sahen sie, daß sein Laden wieder ordentlich eingerichtet war, und auch ein Diener stand an der Tür. Da sprachen sie untereinander: »Seht ihr! Er hat doch noch Geld gehabt, was er nicht ausgab!« So hielten sie sich zurück und ließen sich aus Scham eine Weile nicht mehr bei ihm sehen. Nach einer Weile aber begannen sie, vor seinem Laden vorbeizugehen, und nach zwei, drei Monaten ging einer von ihnen direkt zu ihm hin, grüßte ihn und fragte ihn nach seinem Befinden. Der Jüngling antwortete ihm freundlich, und danach tauschten sie einige Höflichkeiten aus. Der Trinkgenosse bedrängte ihn: »Komm doch einmal, dann wollen wir den und den Freund besuchen, oder wir gehen ein wenig spazieren.« – »Gut«, erwiderte der Jüngling, »kommt am Freitag zu mir nach Hause, dann wollen wir von da aus etwas spazierengehen.« Dann aber trug er seinem Diener auf: »Am Freitag bringe uns die Wasserpfeifen. Wenn wir sie dann zu Ende geraucht haben, nimm sie wieder weg.« Und der Diener erwiderte: »Zu Diensten.«

Am Freitag kamen dann die alten Trinkgenossen zu ihm, und alle freuten sich, daß sie ihn bald zu einem Spaziergang

mitnehmen würden. Der Jüngling ließ sich eine Wasserpfeife bringen, und als er sie zu Ende geraucht hatte, nahm
der Diener sie wieder weg. Die ganze Zeit aber saß er
niedergeschlagen und in Gedanken versunken da. Schließlich sprachen ihn seine Genossen an: »Freund, was hast du
denn? Warum bist du heute so betrübt und nachdenklich?«
Da erzählte er: »Heute morgen hatten wir auf dem großen
Tablett, das dort drüben auf dem Wasserbehälter steht,
Fleisch kleingehackt. Da kam eine Katze und trug das ganze
Tablett mit ihren Zähnen über die Leiter fort.« – »Sicher«,
meinte da einer von ihnen, »das ist doch nicht weiter ver-
wunderlich. Katzen mögen Fleisch sehr gerne. Warum soll
sie es nicht zwischen die Zähne genommen und weggetragen haben?« Der Jüngling aber saß nachdenklich mit seinem
Kopf aufgestützt da und sagte schließlich: »Ihr Huren-
söhne! So ein großes Tablett soll also eine kleine Katze
wegtragen können, aber ein Tuch, in dem bloß etwas Brot
und ein paar Stückchen Fleisch sind, kann angeblich ein
Hund nicht wegschleppen? Geht hinweg, ihr habt selbst
über euch gerichtet!«

Der dankbare Fisch

Es war einmal ein Mann, der hatte eine Frau und eine
Tochter. Er war ein Fischer. Jeden Morgen ging er zum
Meer und fing Fische, die er bis zum Abend verkaufte. So
lebte er vom Verkauf der Fische.

Seine Tochter ging in die Schule. Die Lehrerin, eine
Witwe mit Tochter, wollte unbedingt den Vater des Mädchens heiraten und bedrängte es immer, es solle doch etwas
tun, damit der Vater sie heirate. Am Abend dann kam das
Mädchen nach Hause und bedrängte den Vater: »Heirate

doch meine Lehrerin!« Aber der Vater erwiderte nur: »Ich habe doch nicht das Auskommen, um zwei Frauen zu ernähren!« Als das Mädchen dies der Lehrerin erzählte, trug sie ihm auf: »Geh mit diesem Krug zu deiner Mutter, und sage, sie möchte dir etwas Essig geben. Wenn sie dann den Deckel vom Essigfaß nimmt, stoße sie in das Faß hinein, und komm wieder zurück.« So ging das Mädchen zu seiner Mutter und sagte: »Die Lehrerin hat mir aufgetragen, ich solle etwas Essig für sie holen.« Als die Mutter am Faß stand, um Essig daraus zu entnehmen, stieß das Mädchen sie in das Faß hinein. Dann lief sie wieder in die Schule. Als sie am Nachmittag nach Hause kam, fragte ihr Vater sie: »Meine Liebe, wo ist denn deine Mutter?« – »Ich weiß nicht«, antwortete sie. Da standen sie auf und gingen durch das Haus, um sie zu suchen. Sie fanden sie, wie nur noch ihre Füße oben aus dem Essigfaß herausschauten und sie keinen Atemzug mehr von sich gab. Da trugen sie sie hinaus und legten sie zur Ruhe.

Bald darauf überbrachte die Lehrerin dem Mann eine Nachricht: »Du kannst doch das Mädchen nicht so lange ohne Mutter lassen. Nimm mich doch als deine Frau, ich werde schon gut für sie sorgen.« So heiratete der Fischer also die Lehrerin. Sie behandelte das Mädchen zehn, fünfzehn Tage ganz gut, dann aber gab sie ihm immer, wenn der Vater Fischen gegangen war, die Fische und sagte: »Geh zum Strand, und wasche sie.«

Eines Tages wusch das Mädchen gerade wieder die Fische, da rutschte ihr einer aus der Hand und fiel ins Wasser. Da begann das Mädchen zu weinen und klagte: »Wenn ich jetzt so nach Hause komme, wird mich die Frau meines Vaters sicher töten.« Da sah sie, wie ein großer Fisch aus dem Wasser an die Oberfläche kam, der einen anderen Fisch im Maul hatte. Den warf er an Land und sprach zu ihr: »Liebes Mädchen, weine nicht! Dieser Fisch soll Ersatz sein für den Fisch, der dir ins Wasser fiel. Ich werde anstatt deiner Mutter für dich sorgen. Setz dich ruhig hin, bis ich dir dein Mittagessen bringe.« Er tauchte unter und brachte dem Mädchen eine Schüssel mit Reis. Das Mädchen setzte sich hin und aß sich rund herum satt. Dann sprach der Fisch zu ihr: »Jedesmal, wenn du kommst, um hier Fische zu waschen, rufe: ›Mutter Fisch!‹ Dann werde ich kommen und dir alles, was du brauchst, besorgen.« So kam das Mädchen jeden Tag und ließ sich von dem Fisch Essen bringen.

Einmal wollte die Stiefmutter zu einer Hochzeit gehen. Zuerst ging sie in die Schule, sammelte dort alle dreckigen Kleider von den Kindern ein, nahm sie mit nach Hause und gab sie dem Mädchen mit den Worten: »Bis zum Nachmittag, wenn ich wiederkomme, mußt du diese gewaschen und getrocknet haben. Außerdem mach das Zimmer sauber, bis ich wiederkomme.« Das Mädchen nahm weinend die ganzen Kleider auf und lief zum Meer, wo sie rief: »Mutter Fisch!« Der große Fisch kam hervor und fragte: »Was ist denn, mein Kind?« – »Meine Stiefmutter«, antwortete das Mädchen, »hat mir alle diese Kleider gegeben, die ich bis zum Abend waschen soll. Außerdem muß ich noch das Zimmer putzen.« – »Mach dir keine Sorgen«, erwiderte der Fisch. Er nahm die Kleider, tauchte mit ihnen unter und brachte dem Mädchen ein Kleid zurück. »Dieses Kleid«, sagte er, »wirst du selbst anziehen und dann auch zu der Hochzeit gehen. Aber hüte dich davor, dich zu erkennen zu geben.«

So zog das Mädchen das hübsche Kleid an. Als sie auf dem Fest ankam, staunten alle Leute über ihre Schönheit. Die Familie der Braut dachte, sie sei von den Verwandten des Bräutigams, und dessen Familie wiederum meinte, sie gehöre zu den Verwandten der Braut. Alle waren von ihrer Schönheit bezaubert, und das Mädchen tat so, als sei es aus der Familie eines Kaufmannes. Als es Nachmittag wurde, erhob sie sich früher als die anderen und sagte: »Ich muß jetzt nach Hause gehen.« Auf dem Heimweg mußte sie über einen Graben springen, da fiel einer ihrer Schuhe ins Wasser. Zurück am Strand rief sie: »Mutter Fisch! Einer meiner Schuhe ist im Wasser fortgeschwommen!« – »Mach dir keine Sorgen, mein Kind«, erwiderte der Fisch. »Die Schuhe gehören ja dir!«

Jetzt laßt aber einmal diese beiden. Den Schuh nämlich trug das Wasser fort bis nach Esfahan. Dort fand man den Schuh und brachte ihn vor den Schah Abbas. Als dort der Blick des Königssohnes auf den Schuh fiel, verliebte er sich sogleich in seine Eigentümerin, obwohl er sie noch gar nicht gesehen hatte. Und auf der Stelle schickte er eine Nachricht zu seinem Vater, daß er ihm die Eigentümerin des Schuhes bringen solle. Der König befahl, den Wasserlauf zu verfolgen und zu sehen, woher das Wasser komme. Bald erhielt er zur Antwort, daß der Bach seine Quelle in einer nahe gelegenen Stadt, wie zum Beispiel Qom oder Kashan, habe. Nun befahl er, eine alte Heiratsvermittlerin mit dem Schuh in die Stadt zu schicken; sie solle umhergehen und die Eigentümerin des Schuhes ausfindig machen. So ging die alte Frau von Haus zu Haus, bis sie zum Haus des Fischers kam. Zuerst rief die Lehrerin ihre eigene Tochter, aber ihr Fuß war viel zu groß. Sie drückte ihn, damit er in den Schuh hineingehe, aber so scheuerte er die Ferse auf. Die alte Frau rief: »Ja, wollt Ihr denn, daß er mit Gewalt passen soll?« Dann rief die Lehrerin ihre Stieftochter, damit sie den Schuh anziehen solle, und als sie es tat, sah die alte Frau, daß der Schuh genau für ihren Fuß genäht worden war. Die alte Frau schaute dem Mädchen ins Gesicht und sah, daß sie so schön war wie ein Diamant in der Asche.

Man benachrichtigte den Königssohn, daß man die Eigentümerin des Schuhes gefunden habe, und sogleich ließ er Brautwerber schicken. Die Stiefmutter aber wollte verhindern, daß der Prinz das Mädchen wirklich nehme, und so gab sie ihm überhaupt nichts als Brautgabe mit, sondern sagte: »Die Tochter eines Fischers besitzt nichts.« So nahmen die Brautwerber das Mädchen ohne irgend etwas mit auf den Weg nach Esfahan. Als das Mädchen sich aber einmal umdrehte, da sah es hinter sich sieben Maultiere und sieben Kamele, voll beladen mit Brautgaben, und auf jedem Kamel saß ein Sklave. Da dachte es bei sich: »Der Besitzer dieser Kamele ist auch nur ein Sklave von dir, mein Gott, genauso, wie ich ein Sklave von dir bin.« Denn sie hatte noch nicht verstanden, daß diese Kamele ihr selbst gehörten. Als man die Braut dann in das königliche Schloß führte, sah man, daß die Kamele auch hinterher kamen. Da fragte man die Sklaven: »Zu wem gehört ihr?« – »Dies ist die Mitgift der Braut«, antworteten die Sklaven, »und wir sind ihre Bewacher.« So überbrachte man dem König die Nachricht: »Als wir das Haus des Mädchens verließen, war sie noch alleine. Als wir dann außerhalb der Stadt waren, sahen wir, daß ihr diese Kamele folgten.« Da sprach der König: »Wie dem auch immer sei, dahinter steckt ein Geheimnis.« Dann gab er den Befehl, die Mitgift zu bringen und die Pakete zu öffnen. Man fand lauter Dinge, wie sie eine Königstochter benötigt, und auch der zweite Brautschuh war dabei.

Da rief der König das Mädchen zu sich, und es erzählte ihm seine ganze Geschichte. »Sehr gut«, erwiderte der König, und zu seinem Sohn fuhr er fort: »Heute wirst du dieses Mädchen noch nicht berühren.« Am nächsten Tag bereitete man sich auf die Reise vor, holte die Braut und reiste zusammen zum Meeresstrand. Dort sagte er, sie solle die Fischmutter rufen, und das Mädchen rief: »Mutter Fisch!« – »Ja, mein liebes Kind«, antwortete der Fisch, als er emporkam, »was möchtest du?« Das Mädchen antwortete: »Ich habe den König mitgebracht, damit er Wahrheit und Lüge voneinander unterscheiden lernt.«

Da erzählte der Fisch: »Ja, ich bin die Tochter des Feenkönigs. Ich war einmal in einen Fisch verwandelt, als der Vater des Mädchens mich mit seinem Netz fing. Weil ich durch das Mädchen wieder erlöst wurde, habe ich geschworen, ihm, was auch immer passiere, zur Seite zu stehen.« Da nahm der König das Mädchen wieder mit zurück. Sodann ließ er nach der Stiefmutter schicken und tadelte sie: »Das Mädchen war ja noch ein Kind und wußte nicht, was es tat. Aber du, was soll ich mit dir machen? Soll ich dich ins Gefängnis stecken, oder soll ich dich aufhängen lassen?«

Das Lächeln der Schwester

Einer war, einer war nicht. Es war einmal ein König, der hatte drei, vier Söhne. Denn jedesmal, wenn eine seiner Frauen eine Tochter zur Welt brachte, ließ er dieser den Kopf abschlagen. Eines Tages wollte er einmal auf die Jagd gehen. Da seine Frau kurz vor der Geburt stand, trug er einem seiner Söhne auf: »Mein Kind! Wenn deine Mutter ein Mädchen zur Welt bringt, dann schlage diesem Mädchen den Kopf ab und tränke sein Hemd mit seinem Blut. Dies hänge dann oben am Stadttor auf, damit ich bei meiner Rückkehr gleich weiß, daß sie ein Mädchen geboren hatte und du es getötet hast. Wenn sie aber einen Jungen zur Welt bringt, dann erfülle ihm jeden Wunsch.«

Als der König noch weg war, gebar die Frau ein Mädchen. Sogleich rief der Prinz seinen Diener, der ein hartherziger und grausamer Mensch war, und sprach zu ihm: »Nimm dieses Kind, und trage es in eine Ecke des Gartens. Dort schneide ihm den Kopf ab, und bring ihn mir sogleich!« Der Diener nahm das Kind bei den Windeln und trug es in eine Ecke des Gartens, wo er es hinlegte. Dort zog er sein Messer, um es ihm an den Hals zu setzen, als das Kind ihn anlächelte. Da nahm er das Kind wieder hoch und brachte es zurück mit den Worten: »Ich kann es nicht töten!« Der Prinz aber schalt ihn aus: »Gleich gehst du wieder mit dem Kind, schlägst ihm den Kopf ab und bringst ihn mir!« So ging der Diener ein zweites Mal, aber als er dem Kind wieder den Kopf abschlagen wollte, lächelte es wieder. Kurzum, dreimal versuchte dieser Diener, dem Kind den Kopf abzuschlagen, aber dreimal lächelte es. Dann ging er wieder zum Prinzen zurück und sprach: »Ich schwöre bei Gott! Selbst wenn der König mich töten läßt, ich kann diesem Kind nicht den Kopf abschlagen!«

Da entgegnete der Prinz notgedrungen: »Also werde ich es selbst nehmen und ihm den Kopf abschlagen!« So nahm er also das Kind, aber auch als er selbst es hinlegte, um ihm den Kopf abzuschlagen, lächelte es. Da nahm er es mit Tränen in den Augen wieder hoch und sprach: »Bei Gott! Ich bin ja noch schlimmer als dieser hartherzige Diener!« Nun wußte der Prinz von einem Kellergewölbe, in dem er das Kind versteckte. Dann fing er eine Taube, tötete sie und beschmierte mit ihrem Blut das Hemd des Kindes. Dieses Gewölbe hatte einen Ausgang zum Schloß hin und einen zweiten zu einem draußen gelegenen Hof.

So wuchs das Mädchen in diesem Kellergewölbe vierzehn Jahre lang auf. Sie sah niemanden außer ihrer Mutter und ihrem Bruder und lebte bei Nacht und bei Tag im Kerzenlicht. Eines Tages war einmal ein Fest, von dem der Bruder für sie einige Süßigkeiten mitbrachte. Da nahm das Mädchen ihn am Rockzipfel und bat: »Lieber Bruder, du gehst immer hinaus und bringst mir Nachrichten von jener anderen Welt! Ach, nimm mich doch einmal mit in jene Welt, damit ich sie selbst sehen kann. Meine Mutter erzählt mir immer, daß es in der Welt eine Sonne gibt und Pflanzen, Sterne, Blumen und eine mondhelle Nacht! Ach, nimm mich doch einmal mit in jene Welt!« Ihr Bruder aber weinte: »Ach, liebe Schwester! Wie soll ich dich denn mitnehmen, jene Welt anzuschauen, wenn der König mich dann töten würde?«

Als er ging, lief sie weinend hinter ihm her. Da fiel auf einmal Licht auf ihre Augen, und das Mädchen sah, daß dies nicht wie das Licht der Kerze war. Da rief sie: »Bei Gott! Jetzt bin ich an den Anfang der Welt gelangt!« So kam sie an der Seite, die zum Schloß des Königs hin gelegen war, aus dem Kellergewölbe heraus. Als sie den Garten betrat, begann sie, wie verrückt hin und her zu laufen, da sie so etwas ja noch nie gesehen hatte. Der König betrachtete sie von seinem Schloß aus und sah, daß dort unten im Garten ein Mädchen umherlief, schön wie die strahlende Sonne. Sogleich stand er auf, lief hinter ihr her und fing sie ein. Dann fragte er sie: »Du Nahrung meines Herzens, woher kommst du denn, daß du so wie wild hier herumläufst?« Dann legte er sie auf den Boden, um mit ihr zu schlafen, als plötzlich der Prinz rief: »Vater! Was tust du da?« – »Du Tollkopf«, erwiderte der König, »was hast du zu so einer Zeit hier zu tun?« – »Ich bin gekommen, damit du so etwas nicht tust«, entgegnete der Prinz, »es ist dir verboten.« – »Ich habe doch die Heiratsformel ausgesprochen, so daß es mir gestattet ist!« – »Nein Vater, sie ist dir grundsätzlich verboten. Du kannst dich nicht mit ihr zum Beischlaf legen!« – »Und wieso nicht?« fragte der König. Da erwiderte der Prinz: »Sie ist deine Tochter!« Und als der König meinte, er habe doch gar keine Tochter, erzählte der Prinz die ganze Geschichte von Anfang bis Ende und schloß mit den Worten: »So habe ich sie also bis jetzt in diesem Kellergewölbe großgezogen.«

Da wurde der König wütend und rief nach dem Scharfrichter. Zwar hatte er von dieser einen Frau, die seine Lieblingsfrau war, nur diese beiden Kinder, trotzdem sagte er zu dem Scharfrichter: »Nimm diesen Bruder und diese Schwester, und schlage ihnen beiden den Kopf ab!« Seine Berater aber fielen vor ihm auf den Boden und baten: »Morgen wird der König erzürnen und sagen: ›Warum habt ihr gestern, als ich wütend war, zugelassen, daß mein Sohn getötet wurde?‹ Möge Euch, o Mittelpunkt der Welt, Wohlergehen beschieden sein! Tötet diese beiden nicht, sondern verweist sie vielmehr des Landes. Warum wollt Ihr denn eigentlich keine Mädchen als Nachkommen?« – »Der Sterndeuter hat in meinen Sternen gesehen, daß es mein Tod wäre, wenn ich eine Tochter hätte«, entgegnete der König. »Also habe ich bisher immer alle Mädchen töten lassen.« Trotzdem nahm der König den Vorschlag seiner Berater an, und nachdem der eine ihnen noch tausend Tuman und der andere ihnen ein Pferd gegeben hatte, befahl er: »Bringt diese beiden aus meinem Land fort!«

Zusammen mit einigen Wächtern machten sie sich auf den Weg. Vorher verabschiedete der Prinz sich zusammen mit seiner Schwester noch von der Mutter, die zu ihm sagte: »Mein Sohn: Vor deinem Vater bist du jetzt schuldig geworden. Aber Gott soll dich beschützen. Werde du nur nicht vor Gott schuldig!« Dann reisten sie ab, und die Wächter brachten sie über die Grenzen des Reiches.

Der Prinz war mit einem dieser Wächter eng befreundet und sprach zu ihm: »Mein Freund, meine Mutter wird von sich aus alleine nicht nachkommen wollen! Wenn ich dir später einmal einen Brief schreibe, dann bring ihn zu meiner Mutter, und bringe mir auch ihre Antwort. Bleibe weiter mein Freund. Wir aber wollen sehen, was Gott für uns bereithält!« So verabschiedeten sie sich, die Wächter reisten zurück, und der Prinz und seine Schwester setzten sich hintereinander auf ein Pferd und zogen in die Wüste. Wann immer sie zu einem grünen Fleck kamen, ging der Prinz auf die Jagd, und seine Schwester sammelte etwas Brennholz. So zogen sie einen Monat umher, bis sie einmal in eine

Wüste kamen, wo es nicht das geringste Pflänzchen gab. So waren sie gezwungen, ihr Pferd zu schlachten. Sie ernährten sich Tag und Nacht von seinem Fleisch, bis sie eines Tages an einen riesigen Berg kamen, an dessen Fuß Wasser floß und wo es Pflanzen und große Bäume gab. Da sagte der Prinz zu seiner Schwester: »Liebe Schwester! Laß du dich hier ein wenig nieder, damit ich inzwischen gehe und sehe, was ich auf der Jagd auftreiben kann.« Das Mädchen aber entgegnete: »Ich fürchte mich vor diesem Berg. Sicherlich gibt es dort viele Höhlen, und ich habe Angst, daß vielleicht ein wildes Tier von dort kommt und mich fressen will. So werde ich mich hier hinlegen, und du deckst mich mit einem Fell zu. Wenn dann ein wildes Tier kommt, wird es glauben, ich sei auch ein Tier, das dort schlafe.« So legte sich also das Mädchen hin und schlief, und der Prinz ging auf die Jagd. Er erlegte eine Gazelle, die brieten sie zusammen und aßen sich satt. Dann sagte der Prinz zu seiner Schwester: »Ruh du dich jetzt hier aus. Ich werde ein wenig auf dem Berg dort oben umhergehen und dann wieder zurückkommen.« Als er oben auf dem Berg angekommen war, sah er, daß dort ein Gebäude mit zwei, drei Zimmern stand. Aber das Gebäude sah nicht so aus, als sei es von Menschenhand erbaut. Auch war nichts in den Zimmern, und kein Mensch war zu sehen. Da ging er wieder zurück, aber gerade als er unten am Berg angekommen war, stand ihm ein großer Div gegenüber, der ihn anschrie: »Du Menschlein! Was tust du denn hier? Willst du denn das Herz deiner Mutter bekümmern? Laß uns miteinander ringen!« Sie umschlangen sich gegenseitig, aber Mohammed, so hieß der Prinz, rief Gott an, hob den Div hoch in die Luft und warf ihn nieder auf den Boden. Dann zog er seinen Dolch, um den Kopf abzutrennen, der Div aber legte seine Hand auf seine Schulter und rief: »Jüngling, töte mich nicht! Ich bekenne mich zu diesem Gott, den du als deinen erkoren hast. Bis jetzt hat mich noch nicht einmal ein anderer Div niederwerfen können. So will ich jetzt auch Muslim werden und deinen Gott verehren.«

Da erhob sich Mohammed von seiner Brust, stand auf und ging zurück zu der Quelle. Dort sagte er zu seiner Schwester: »Liebe Schwester! Steh auf, und komm! Dort oben auf dem Berg hat Gott für uns gesorgt. Dort sind zwei, drei schöne Zimmer. Wir wollen jetzt am Tag hier herunter zu der Quelle kommen, die Nacht aber verbringen wir in den Zimmern!« So ergriff er die Hand des Mädchens und ging mit ihm hinauf. Ihr Reisegepäck nahmen sie mit nach oben, das Pferd aber banden sie dort unten an einem Baum an. Dann legten sie sich nieder und schliefen.

Am nächsten Morgen stand der Prinz auf und sagte: »Ich werde jetzt auf die Jagd gehen. Liebe Schwester, gehe nicht nach unten, damit dich ja nicht ein wildes Tier packt!« Als der Jüngling gegangen war, setzte sich das Mädchen nieder. Da sah sie plötzlich, wie ein Div auf sie zukam. Sie wollte gerade weglaufen, um zu fliehen, aber der Div verstellte ihr den Weg und sprach: »Du Hübsche! Wohin willst du denn? Ich tue dir doch nichts!« Sie aber erwiderte: »Bist du denn nicht vom Geschlecht der Dämonen? Ich aber bin doch ein Mensch.« – »Sicher«, entgegnete der Div, »aber wenn du bereit bist, daß ich dein Gatte werde, dann will ich dir alle möglichen Wohltaten erweisen!« Das Mädchen, das ja vollkommen unerfahren war, willigte ein, und sogleich legte sich der Div zu ihr. Als es dann Nachmittag wurde, erhob er sich, um zu gehen. Das Mädchen aber erkundigte sich besorgt: »Wohin willst du gehen?« – »Ich gehe«, antwortete der Div, »damit dein Bruder mich nicht hier sieht, wenn er zurückkommt.« Das Mädchen fragte: »Kannst du denn nicht mit ihm ringen und ihm sagen, daß hier dein Haus und dein Heim sei?« – »Nein«, entgegnete der Div, »wenn es der gleiche Jüngling ist, den du beschrieben hast, dann habe ich schon mit ihm gerungen und bin ihm nicht ebenbürtig.

Dann ist es besser, daß er mich nicht sieht.« Das Mädchen war einverstanden und rief noch: »Gut, dann komm morgen früh wieder!«

Auf der einen Seite des Berges ging der Div hinunter, auf der anderen Seite kam der Bruder des Mädchens wieder hoch. Er hatte eine Gazelle gefangen, die sie brieten und zur Hälfte als Mittagessen, zur Hälfte als Abendessen aßen. Als der Jüngling dann am folgenden Morgen auf die Jagd gegangen war, kam der Div wieder. Das Mädchen sagte zu ihm: »Kannst du nicht etwas tun, daß du nicht immer wieder fortgehen mußt?« – »Ich habe keine andere Möglichkeit«, erwiderte der Div, »aber ich will dir alles bringen, was du begehrst. Ich werde alles in dem hintersten Zimmer zusammentragen. Dann mußt du deinem Bruder sagen, daß ihr ja das letzte Zimmer noch gar nicht betrachtet hättet.« – »Das ist kein schlechter Gedanke«, entgegnete das Mädchen. So schrieb sie eine Liste mit den Sachen und gab sie dem Div. Der Div besorgte alles sogleich und trug es in dem hintersten Zimmer zusammen. Als dann ihr Bruder nach Hause kam, sah er, daß sich etwas in dem Zimmer verändert hatte, und fragte: »Liebe Schwester! Woher hast du denn diesen Teppich?« – »Lieber Bruder«, antwortete sie, »heute war mir etwas langweilig. Da bin ich in den Zimmern umhergegangen und sah, daß alle diese Sachen in einer Ecke des Zimmers zusammengeknüllt dalagen. Da dachte ich bei mir, wo wir doch jetzt schon einmal die Zimmer in Besitz genommen haben, können wir doch auch die Sachen benutzen, bis sich der Eigentümer wiederfindet!« – »Schade nur, daß wir sie nicht gleich am ersten Tag gefunden haben«, erwiderte der Bruder. »Jetzt aber brate du diese Gazelle, und bereite eine Mahlzeit zu, damit wir zusammen etwas essen!«

Inzwischen war das Mädchen schwanger geworden, und ihr Bauch wurde von Tag zu Tag dicker. Einmal sagte ihr

Bruder zu ihr: »Ich verstehe das nicht! Wieso wird denn dein Bauch so dick? Sicherlich fällt dir das Alleinsein so schwer, und aus Kummer darüber bläht sich dein Bauch auf!« Das Mädchen erwiderte: »Mein Bruder! Das hat nichts damit zu tun, daß ich alleine bin. Ich esse nur zuviel, und davon werde ich dick. Aber es ist doch immer noch das beste, daß du jeden Tag auf die Jagd gehst und etwas mitbringst, damit wir etwas zu essen haben und hier weiter leben können.«

Eines Tages, als der Bruder gerade auf der Jagd war, kam das Mädchen nieder, und der Div selbst half bei der Geburt. Sie brachte einen Jungen zur Welt, der oberhalb des Gürtels wie ein Mensch aussah, unterhalb des Gürtels aber wie ein Div. Als es kurz vor der Zeit war, zu der ihr Bruder zurückkommen würde, sagte sie zu dem Div: »Geh in das hintere Zimmer, und verstecke dich dort.« Diese Nacht ging vorbei, und am nächsten Morgen, als der Bruder wieder zur Jagd gegangen war, sagte das Mädchen zu dem Div: »Nimm das Kind, und lege es neben die Quelle.« Als der Jüngling am Nachmittag zu der Quelle kam, sah er, daß neben der Quelle etwas lag. Er sah näher hin und bemerkte, daß es ein Kind war, dessen Körper zur Hälfte der eines Menschen, zur anderen Hälfte der eines Div war. Er ging hoch auf den Berg und sagte zu seiner Schwester: »Neben der Quelle liegt etwas, dessen Körper ist zur Hälfte der eines Menschen, zur Hälfte aber der eines Div.« Sie erwiderte: »Lieber Bruder! Willst du nicht so nett sein und es mir holen, damit ich es betrachten kann?« – »Sicher, ich gehe und hole es dir, das ist nicht weiter schlimm!« – »Dann geh, und hole es mir!« Also ging der Bruder und holte das Kind. Das Mädchen tat so, als ob es ihr gleich gefiel, und rief: »Mein lieber Bruder! Ich bitte dich, laß es bei mir! Wenn du dann am Tag auf die Jagd gehst, habe ich etwas, womit ich spielen kann!« – »Gut«, entgegnete der Jüngling, »nur fürchte ich, daß seine Eltern es suchen werden!« – »Und wenn schon«, meinte das Mädchen. »Laß es bei mir, damit ich tagsüber mit ihm spielen und mir die Zeit vertreiben kann.« – »Aber Schwester«, warf der Bruder ein. »Dieses Kind braucht doch Milch, es kann doch noch nicht richtig essen!« Sie aber entgegnete: »Ich werde meine Brust in seinen Mund legen. Und wenn Gott dieses Kind lieb hat, dann wird aus meinen Brüsten Milch kommen!« – »Gut, tue du deine Brust in seinen Mund. Gottes Macht ist groß!« – Zwei Tage lang gab sie dem Kind versteckt Milch, am dritten Tag aber sagte sie zu ihrem Bruder: »Schau, lieber Bruder, es ist unglaublich! Drei Tage lang hat das Kind an meinen Brüsten gesaugt und jetzt geben sie Milch!«

Kurzum, das Kind wurde sieben Jahre alt. Zu dem Prinzen sagte es Onkel, und seine Mutter redete es als Mutter an. Die Mutter aber hatte dem Kind aufgetragen: »Wenn du deinem Onkel sagst, daß dein Vater hier ist, dann wird er mich töten. Sag deinem Onkel nie, daß du hier einen Vater hast!« Der Prinz nannte den Jungen Hormoz. Jeden Tag nahm er ihn mit auf die Jagd und lehrte ihn das Bogenschießen und den Schwertkampf. Und da Hormoz ein halber Div war, war er im Alter von sieben, acht Jahren schon so kräftig, daß er beim Ringkampf bald seinen Onkel niederwerfen konnte. Und der Prinz hatte ihn so lieb, daß er ihm sogar lieber war als seine eigene Schwester.

Eines Tages sagte das Mädchen zu ihrem Mann, dem Div: »Wollen wir wirklich unser ganzes Leben so verbringen? Gib dich doch meinem Bruder gegenüber zu erkennen!« – »Nein«, sagte der Div, »ich bin ihm nicht ebenbürtig. Gott hat ihm solch eine Kraft verliehen, daß er mich tötet, wenn ich Streit mit ihm anfange.« – »Dann denk dir doch irgendeine List aus, mit der wir ihn töten können, um endlich unsere Ruhe zu haben«, stachelte das Mädchen ihn an. – »Ich werde ein Haar von den Haaren des Salomo holen«, sagte der Div. »Dann werde ich dir sagen, was du tun mußt.« – »Gut, dann geh«, entgegnete das Mädchen. – »Aber es wird zwei Tage dauern, bis ich wieder da bin«, erwiderte der Div. »Nein, dann geh nicht«, rief das Mädchen, »ich halte es nicht aus, so lange von dir getrennt zu sein.« – »Was sind denn das für Worte«, entgegnete der Div, »wenn ich eine Stunde von dir weg bin, sind es für mich doch wie tausend Jahre!« So ging der Div also weg. Nach zwei Tagen kam er wieder und hatte ein Haar dabei, das war so dick wie das Haar vom Schwanz einer Kuh. Dies gab er dem Mädchen, wobei er ihr erklärte: »Heute abend wirst du mit deinem Bruder im Spaß ringen. Dabei sprich zu ihm: ›Wenn du gewinnst, dann sollst du mich mit einem Haar von deinem Kopf fesseln, das will ich dann zerreißen. Wenn ich aber gewinne, dann will ich dich mit einem Haar von meinem Kopf fesseln, damit du es zerreißt.‹« Das Mädchen erwiderte: »Sehr gut!«, und da sie jetzt die besondere Eigenschaft des Haares verstanden hatte, versteckte sie es unter ihrem Kopfhaar. Dann fuhr sie fort: »Gut, aber solange Hormoz hier ist, können wir nichts unternehmen.« – »Gut«, erwiderte der Div, »dann sage du dem Hormoz morgen, er solle allein auf die Jagd gehen, damit sein Onkel sich einmal ausruhen könne.«

Die Nacht ging vorbei, und am nächsten Morgen sagte das Mädchen zu Hormoz: »Jeden Tag geht dein Onkel mit dir zusammen auf die Jagd. Heute geh du einmal allein auf die Jagd, damit ich sehe, wie weit deine Fähigkeiten und dein Talent gediehen sind!« – »Sicher«, erwiderte Hormoz. »Heute gehe ich allein, und mein Onkel soll sich ruhig ausruhen.« So ging er weg. Da wandte sich das Mädchen dem Bruder zu und sprach: »Lieber Bruder, laß uns ein wenig miteinander raufen und uns so die Zeit vertreiben.« – »Wie du willst«, erwiderte der Bruder. Und so rangen sie hin und her. Zwei-, dreimal gewann der Bruder, da fing seine Schwester an, zu weinen und sprach: »Immer gewinnst du!« Darauf gab der Bruder beim nächsten Mal ein wenig nach, so daß diesmal die Schwester gewann. Da nahm sie von ihrem Kopf das Haar und band ihrem Bruder die Handgelenke. Dann sprach sie: »Jetzt reiße es entzwei!« Er zerrte daran, sah aber, daß es nicht zerriß. Da wunderte sich der Prinz und dachte: »Was ist das nur für ein merkwürdiges Haar!« Ein zweites Mal riß er heftig daran, da schnitt sich das Haar in die Haut ein, und als er ein drittes Mal daran zerrte, schnitt es sich durch das Fleisch bis auf den Knochen. Da sagte er zu seiner Schwester: »Liebe Schwester! Was ist denn das für ein Haar, mit dem du mich da gefesselt hast? Ist es eine Säge, ist es eine Kette, ist es ein Messer, das in meine Hand schneidet? Wenn ich noch einmal daran zerre, dann wird es meine Hand abreißen!« Da rief das Mädchen den Div mit den Worten: »Jetzt tu mit ihm, was du tun willst!« Sogleich kam der Div mit einem Messer, packte den Prinzen am Hals und begann, ihm die Kehle durchzuschneiden. Als er sie halb durchgeschnitten hatte, sagte er zu dem Mädchen: »Jetzt ist es genug!« – »Gut«, erwiderte sie, »dann nimm ihn jetzt mit gebundenen Händen, wie er ist, und wirf ihn in einen tiefen Brunnen.« Der Div packte den Prinzen und schleppte ihn in ein Tal, in welchem sich gewöhnlich die wilden Tiere versammelten. Dort warf er ihn hin.

Doch lassen wir diese und schauen nach dem Jüngling Hormoz. Dieser hatte bereits einen großen Wildesel erjagt, aber er dachte bei sich: »Meine Mutter hat gesagt, daß sie sehen wolle, wie weit meine Fähigkeiten und mein Talent gediehen seien. Also will ich aus dem Tal der wilden Tiere einen Panther, einen Löwen oder einen Leoparden fangen und ihn zusammen mit diesem Wildesel zurückbringen.« Als er an den Anfang des Tales kam, hörte er von weitem ein Ächzen und Stöhnen. Er ging den Geräuschen nach und fand den Prinzen, wie er mit schwacher Stimme rief. Sein

Kopf war halb abgeschnitten, aber nicht ganz vom Körper abgetrennt. Die Laute kamen aus seiner halb aufgeschnittenen Kehle. Sogleich hob Hormoz seinen Onkel auf und trug ihn aus dem Tal der wilden Tiere hinaus. Er legte ihn an der Quelle am Fuß des Berges nieder, ging selbst oben auf den Berg und holte aus dem Zimmer seines Vaters das heilende Öl des Salomo und brachte es zurück. Damit rieb er den Nacken seines Onkels ein, setzte den Kopf richtig auf den Hals und fügte es so wieder zusammen. Dann sprach er zu ihm: »Lieber Onkel! Wäre ich doch für dich gestorben! Wer hat dich denn so zugerichtet?« Der Onkel erwiderte: »Zuerst einmal löse meine Hände, dann werde ich es dir erzählen.« Hormoz schaute und sah, daß seine Hände mit dem magischen Haar gebunden waren. Wieder fragte er: »Lieber Onkel! Woher ist denn dieses Haar, und wer hat deine Hände damit gebunden?« – »Mein liebes Kind«, erwiderte der Prinz, »jetzt habe ich begriffen, warum mein Vater keine Tochter unter seinen Nachkommen haben wollte und was dabei sein Ziel war. Dieses Haar hat deine eigene Mutter um meine Hände gebunden, und offensichtlich war es dein Vater, der mir danach den Kopf abgeschnitten hat.« – »Sehr gut«, entgegnete Hormoz. Und sogleich warf er den gefangenen Wildesel auf den Boden, schnitt ihm den Kopf ab und briet ihn. Ein wenig von dem Fleisch gab er seinem Onkel und sprach: »Bleib du ruhig hier sitzen, bis ich wiederkomme!« – »Was willst du denn tun?« fragte der Prinz. – »Bei demjenigen, der dich erschaffen hat, und bei demjenigen, den zu verehren du mich gelehrt hast! Ich will nichts von diesem Fleisch essen, bis ich nicht meinen Vater und meine Mutter getötet habe!« rief Hormoz aus. Der Onkel aber entgegnete: »Laß doch ab von diesen beiden! Wenn du bei mir bleiben willst, dann laß uns zusammen in mein Vaterland zurückkehren. Zehn Jahre lang habe ich mit dieser Schwester oben auf dem Berg verbracht, und das ist nun

die Vergeltung dafür!« Hormoz aber rief: »Ich habe es
geschworen, jetzt kann ich nicht einfach so weggehen! Bleib
du hier, bis ich wiederkomme.«

Weinend ging Hormoz den Berg hinauf, bis er zu seiner
Mutter kam. Sie fragte ihn. »Wo ist denn deine Jagdbeute?«
– »Gleich zeige ich dir meine Jagdbeute«, rief Hormoz, und
mit diesen Worten sprang er auf den Div zu und packte ihn
am Hals. »Du Verfluchter!« rief er, »du wolltest meinen
Onkel töten!« Und mit einem Schlag trennte er seinen Kopf
von einem Ohr bis zum anderen vom Körper ab. Die Mutter
rief voll Entsetzen: »Mein Sohn! Bist du denn verrückt
geworden? Was tust du denn da!« Er aber erwiderte: »Mach
dir keine Sorgen! Gleich werde ich deinen Kopf auch auf
seine Brust legen!« Hiermit warf er seine Mutter auf den
Boden und schlug ihr den Kopf ab. Dann packte er beide
Köpfe zusammen, nahm sie mit und brachte sie zu seinem
Onkel. Der Prinz begann um seine Schwester zu weinen
und klagte: »Hormoz, da hast du schlecht gehandelt!« Hor-

moz aber verteidigte sich: »Nein, lieber Onkel, ich habe ganz richtig gehandelt! Ich würde ja die ganze Welt für ein Haar von dir geben. Und eine Schwester, die ihren eigenen Bruder fesselt und ihn so dem Tod überliefert, eine solche Schwester ist tot besser als lebendig!« Der Prinz erwiderte: »Jetzt müssen wir aber wenigstens ihren Leichnam herunterholen und beerdigen.« Da der Prinz selbst keine Kraft besaß, nahm Hormoz ihn auf die Schultern und trug ihn nach oben. Oben angelangt trug der Prinz dem Hormoz auf, eine Grube zu graben und seine Mutter darin zu begraben. Weiter sagte er: »Was deinen Vater angeht, so war er ja ein Div, und ich weiß nicht, wie man mit einem toten Div verfahren sollte. Was du auch immer mit ihm tun willst, das tu!« Hormoz erwiderte: »Da er meinen Onkel in das Tal der wilden Tiere getragen hatte, will ich meinen Vater selbst ebenfalls in das Tal der wilden Tiere bringen, damit sie ihn dort zerfleischen.«

Einen ganzen Monat lang ließ Hormoz seinen Onkel ruhen. Tagsüber ging er auf die Jagd und pflegte seinen Onkel, bis er wieder gesund war. Da sprach der Prinz: »Nun, Hormoz! Wenn ich jetzt nach meiner Vaterstadt zurückkehren will, wirst du dann mit mir kommen?« – »Lieber Onkel«, gab Hormoz zur Antwort, »was für eine Frage stellst du mir denn da! Ich habe doch meinen eigenen Vater und meine Mutter für dich getötet, wie soll ich mich da von dir trennen können?« – »Mein Sohn«, fuhr der Prinz fort, »wenn wir jetzt von hier fort wollen, habe ich doch kein Pferd. Und wir können doch nicht alle diese Sachen auf unseren Köpfen tragen! Was sollen wir da tun?« – »Mach dir keine Sorgen«, erwiderte Hormoz. »Ich werde einen Wildesel fangen und ihm das Zaumzeug und die Zügel deines Pferdes anlegen. Dann können wir ihn mit Last beladen und ihm alle Sachen aufladen.« Hiermit war der Prinz einverstanden.

So ging Hormoz fort und jagte eine Gazelle und einen Wildesel, die er zurückbrachte. Den Esel banden sie zuerst fest, die Gazelle aber brieten sie und aßen sie auf. Dann warfen sie dem Esel das Zaumzeug über und beluden ihn mit ihren Sachen. Da der Prinz ja aber erst kurz von der Krankheit genesen war, konnte er nicht auf dem Esel reiten, und so trug ihn Hormoz auf seinen eigenen Schultern, bis sie zwei Kilometer vor der Stadt angelangt waren. Tagsüber jagten sie und reisten weiter, bis sie zu der Stadt gelangten. Dort angekommen, schrieb der Prinz seinem Vater alles, was vorgefallen war, und schloß mit den Worten: »Jetzt lagere ich zwei Kilometer vor der Stadt. Wenn es Euch genehm ist, daß ich zu Euch komme, dann empfangt mich; wenn es Euch aber nicht gefällt, dann benachrichtigt mich davon, dann werde ich wieder abreisen und mein Leben auf eben jenem Berg weiterführen.«

Als der König den Brief seines Sohnes in den Händen hielt, freute er sich sehr. Sogleich ließ er einen Ausrufer bekanntgeben: »Jeder, der den König gern hat, soll kommen und seinen Sohn mit ihm in Empfang nehmen!« Da strömten die Leute nach draußen und führten den Prinzen unter feierlichem Geleit in die Stadt mit großem Jubel darüber, daß endlich nach zehn Jahren der Sohn des Königs wieder da war. Dann sprach der König zu ihm: »Mein Sohn! jetzt weißt du, warum ich, wenn mir eine Tochter als Nachkomme geboren wurde, sie immer töten ließ. Wenn dieses Mädchen hier aufgewachsen wäre und hier gelebt hätte, dann hätte sie mich und dich zu Tode gebracht!« Weiter sagte er: »Gut, und was sollen wir jetzt mit diesem Sohn des Div anfangen?« – »Lieber Vater«, erwiderte der Prinz, »er hat für mich seine eigenen Eltern getötet. So will ich mich, solange ich lebe, von ihm nicht trennen.«

»Jetzt, wo du wieder da bist«, sagte der König, »möchte ich dich auch verheiraten.« – »Gut«, meinte der Prinz, »aber wenn du für mich eine Braut findest, dann mußt du auch für Hormoz eine Braut besorgen, damit wir beide in derselben Nacht heiraten können.« – »Er ist doch erst zehn Jahre alt«, entgegnete der König, »er ist doch noch ein Kind!« – »Schau dir doch einmal seine Gestalt an«, erwiderte der Prinz, »er hat mich auf dem ganzen Weg auf seinen Schultern getragen bis hierher!« Da rief der König den Wesir zu seiner Rechten und sprach zu ihm: »Ich habe gehört, daß du zwei hübsche Töchter besitzt. Die eine von ihnen gebe ich dem Hormoz zur Frau, die andere meinem Sohn. Hormoz aber ist für mich wie ein Sohn geworden. Zwischen ihnen ist kein Unterschied mehr, denn er hat schließlich meinen eigenen Sohn gerettet!« Notgedrungen erklärte der Wesir sein Einverständnis. So feierte man sieben Tage und Nächte lang in der ganzen Stadt und gab schließlich diese beiden Mädchen mit ihren beiden Männern zusammen.

Oben, da war das Mehl, und der Teig, der war unten – so hat die Geschichte ein Ende gefunden.

Wer ist der größte Dummkopf?

In alter Zeit gingen einmal die Bauern eines Dorfes in ein anderes Dorf, um dort eine Hochzeit zu feiern. Ja, ein Mädchen wurde mit seinem Bräutigam verheiratet, und man brachte die Braut zu ihm nach Hause. Eines Tages nun, als ihre Schwiegermutter nicht zu Hause war, zog sich die Braut aus und wusch sich. Dann zog sie ihre Kleidung wieder an. Nun war in einer Ecke des Hofes ein Kalb angebunden, und als das Kalb die Braut nackt sah, begann es zu blöken. Die arme Braut dachte, das Kalb wolle damit sagen, es werde dies der Schwiegermutter erzählen, wenn sie wiederkomme. Da zog sie ihr Hemd aus und warf es dem

Kalb zu. Das Kalb aber blökte noch einmal. Da warf sie ihm ihr Kopftuch zu mit den Worten: »Komm, nimm dieses auch noch; aber – bei meiner Seele – erzähle nichts davon weiter!« Dann zog sie ihre Unterhosen aus und warf sie auf das Kalb. Von der ganzen Kleidung wurde der Kopf des Kalbes schwer, so daß es immer lauter blökte. Da ging die dumme Frau ins Haus und holte ihre Kleider, die sie in einer Kiste aufbewahrte und schüttete sie alle über das Kalb aus, wobei sie rief: »Auch das soll alles dir gehören, aber erzähl bloß nichts davon meinem lieben Mann!«

In diesem Moment kam die Schwiegermutter hinzu und fragte: »Warum hast du denn das getan? Was soll denn das? Warum bist du denn ganz nackt?« Die junge Frau begann zu weinen, die Schwiegermutter aber nahm einen Stock und rief: »Jetzt sag mir sofort die Wahrheit! Tust du es nicht, dann schlage ich dich tot! Warum hast du dich ausgezogen, und warum hast du die Kleider über das Kalb geworfen?« Als nun das Mädchen notgedrungen die Wahrheit gestand, ergriff die Schwiegermutter wieder den Stock und verprügelte sie, wobei sie rief: »Warum hast du dich auch vor dem Kalb ausgezogen, daß du Angst haben mußtest, es würde davon erzählen? Was hast du auch nackt vor dem Kalb gestanden? Es war schlecht von dir, etwas zu tun, was es nicht erzählen soll.«

In diesem Moment kam der Mann hinzu. Er sah, daß die Frau derartig verprügelt worden war, daß ihr ganzer Körper blaue Flecken hatte, und sie war auch ganz ohne Kleider und nackt. Da trat er hinzu und fragte: »Was ist denn los mit dir, und wer hat dich so verprügelt?« Die Frau antwortete: »Das ist alles deine Schuld. Hättest du das gestern nacht nicht mit mir getan, dann hätte ich mich nicht auszuziehen brauchen, um mich im Wasserbecken zu waschen!« Der Mann antwortete: »Das ist doch nicht weiter schlimm gewesen. Aber so, wie du bist, können wir nicht weiter zusammenleben und in dieser Stadt bleiben.« Bei sich dachte er: »Wenn dieses Mädchen jetzt zurück zu seinen Eltern geht und ihnen all die blauen Flecken zeigt, was soll ich dann als Antwort sagen? Sie ist einfach dumm. Wenn sie nicht völlig dumm wäre, warum hätte sie sonst ihre Kleider über das Kalb ausschütten sollen, um es zum Schweigen zu bringen. Und zweitens ist meine eigene Mutter noch viel dümmer, daß sie meine Frau einfach so verprügelt hat. Jetzt wird mir meine Frau jedesmal, wenn ich mit ihr sprechen will, sagen, daß meine eigene Mutter sie verprügelt hat. Es ist wohl das beste, ich gehe weg von hier!«

So ging er also fort. Am Abend kam er in die Nähe eines Dorfes, da sah er eine Frau mit einer Kerze in der einen und einem Stück Holz in der anderen Hand. Er fragte sie: »Mädchen, wie heißt denn dieses Dorf?« – »Hoseinabad«, antwortete sie. »Gut«, entgegnete er, »und wohin gehst du gerade?« Das Mädchen erwiderte: »Ich gehe dort oben hin zum Haus des Nachbarn, um von dort Feuer zu holen.« – »Und wozu brauchst du das Feuer?« – »Ich will dieses Stück Holz daran entzünden, um Feuer damit anzufachen.« Da sagte der Mann: »Wenn du mir das Holz gibst, werde ich dir den Weg abkürzen!« Er nahm das Holz, griff mit der anderen Hand nach der Kerze und entzündete das Holz an der Flamme. Dann gab er es ihr zurück mit den Worten: »Da nimm, und geh nach Hause!« Das Mädchen rief aus: »Du kannst ja Wunder vollbringen! Komm mit zu uns nach Hause!« Ganz freudig erregt brachte sie den Mann nach Hause und stellte ihn ihren Eltern vor: »Kommt einmal her, und schaut. Dieser hier hat mir den Weg abgekürzt, indem er das Holz entzündet und es mir wiedergegeben hat.« Die Eltern nahmen ihn sehr freundlich auf und waren glücklich, daß ein so bedeutender Mann, der so großartige Taten vollbringen kann, in ihr Dorf gekommen war. Der Mann aber dachte bei sich: »Wirklich, die Frau hier, die mit einer Kerze

in der einen und dem Feuerholz in der anderen Hand Feuer
holen geht, ist ja noch dümmer als meine eigene Frau und
meine Mutter daheim in meinem Dorf!«

So blieb er die Nacht in diesem Dorf. Am nächsten Morgen aber ging er wieder fort von dort. Er wanderte bis zum
Nachmittag. Am Nachmittag wurde er hungrig und durstig.
Er kam zu einem Haus am Anfang eines Dorfes. Dort
klopfte er an die Tür, und als die Hausfrau hinter der Tür
fragte, wer er sei, antwortete er: »Gute Frau, ich bin ein
Fremder! Gebt mir erst ein Schlückchen Wasser zu trinken,
dann werde ich es Euch sagen!« Die Frau ging ins Haus,
füllte einen Krug voll Wasser und brachte ihn ihm. Als er
aber den Krug ergriff, um daraus zu trinken, sah er, daß der
Krug ganz dreckig vor lauter Essensresten war. So fragte er:
»Warum sieht denn euer Krug so dreckig aus? Wascht ihr
ihn denn nicht ab?« – »Waschen? Was ist das?« fragte die
Frau. »Wir machen das mit unseren Krügen immer so. Wir
lassen die angebratenen Essensreste darin, bis er ganz voll
ist. Dann werfen wir ihn weg und nehmen einen neuen
Krug.« – »Und wohin werft ihr eure Krüge?« fragte er. –
»Dort hinten hin!« – »Gut! Dann gebt mir ein Stück Brot.
Ich werde jetzt hingehen und deinen Krug für dich wieder
neu machen und ihn dir zurückbringen.« Er ging hinter das
Dorf, da sah er einen Berg von Krügen und Töpfen, Näpfen
und Schüsseln, die alle so voll waren, daß in ihnen kein Platz
mehr war. Er ging ein wenig umher und fand einen kleinen
Bach. Er nahm einen Armvoll von diesen Krügen und Töp-
fen und warf sie in den Bach. Dann stellte er sich unterhalb
hin, damit das Wasser die Krüge nicht forttrage. Bis zum
Abend hatte er alle diese Töpfe gewaschen und gesäubert.
Dann nahm er sie auf und trug sie zu ebenjenem Haus, bei
dem er Wasser getrunken hatte, und mietete ein Zimmer.

So ging er jetzt jeden Tag, nahm einige von den Gefäßen,
wusch sie in dem Bach und brachte sie dann zu jenem

Zimmer, das er gemietet hatte, und stapelte sie dort. Dies tat er so lange, bis das Zimmer bis unter das Dach voll geworden war. Dann machte er es zu einem Lagerraum für Krüge und Töpfe und Schüsseln und mietete für sich selber ein anderes Zimmer. Jeden Tag wusch er immer mehr Gefäße und brachte sie alle in den Lagerraum. Dies war zwei Monate lang seine Arbeit. Eines Tages sah ihn einer von den Bauern des Dorfes bei seiner Arbeit, lief sogleich in das Dorf zurück und rief: »Ihr Leute! Kommt, der Topföffner ist angekommen!« Da versammelten sich die Leute des Dorfes um ihn und sagten zu ihm: »Komm, wir wollen dir Geld geben, damit du unsere Töpfe auch wieder öffnest!« So blieb der Mann also zwei weitere Monate in diesem Dorf. Nachts weichte er die Töpfe im Wasser ein, und am nächsten Morgen wusch er sie dann. So erlangte er durch den Verkauf der sauberen Töpfe einigen Reichtum. Nach Ablauf von weiteren zwei Monaten, als er die Töpfe von allen Dorfbewohnern gewaschen hatte, mietete er sich eine Karawane von fünfzig, sechzig Maultieren und belud sie mit den Gefäßen, die er im Lagerraum angesammelt hatte. Dann sprach er bei sich: »Nun ist der Verdienst, den ich in diesen vier Monaten erworben habe, wirklich genug. Ich will wieder zurückgehen zu meiner dummen Frau und meiner dummen Mutter, denn es gibt ja genug in der Welt, die dümmer sind als sie!«

So kam er also zurück zu seinem Dorf. Als er seine Mutter wieder traf, fragte sie ihn: »Mein Sohn, wo bist du gewesen?« Er erwiderte: »Ich war ausgezogen, um einen Ort zu finden, an welchem die Menschen klüger wären als ihr. Aber wohin ich auch kam, fand ich viel dümmere! So bin ich also wieder zu euch zurückgekommen, denn ich habe eingesehen, daß ihr verständig und vernünftig seid.« – »Und woher hast du alle diese Töpfe«, fragte die Mutter, »bist du etwa im Laden eines Kupferschmiedes gewesen?« – »Nein, Mütterchen«, erwiderte er. »Ich war im Lande der Dummköpfe. Dort lag soviel von diesen Töpfen auf den Feldern herum, daß man es nicht hätte zählen können. Ich habe dort vier Monate gearbeitet: zwei Monate für die Leute und zwei Monate für mich selbst.« – »Und wenn das so war«, fragte die Mutter weiter, »warum bist du denn dann so schnell wieder zurückgekommen?« Hierauf antwortete er: »Bei Gott, die Leute des Dorfes waren so große Dummköpfe, daß ich richtig Heimweh nach meinen eigenen Dummköpfen hatte!«

Die Brüder »Recht« und »Unrecht«

Einer war, einer war nicht. Außer Gott war niemand. Zu Zeiten des Schah Abbas lebte einmal ein Kaufmann, dessen Nachbar war ein Dieb und Räuber. So sehr dieser auch versuchte, in das Haus des Kaufmanns einzudringen, er vermochte es doch nicht. Denn der Kaufmann hatte einen Wachhund, den er tagsüber in einer Hütte hielt, der aber nachts das Haus so gut bewachte, daß noch nicht einmal ein Spatz ungestört im Hof herumfliegen durfte.

Der Kaufmann nun ging einmal auf Reisen. Sogleich kaufte der Dieb sich ein Pferd und machte sich einen Tag später ebenfalls auf den Weg. Station um Station verfolgte er ihn, bis sie zu einem verfallenen Gasthaus gelangten. Als der Kaufmann sich nachts dort niederließ, gesellte sich der Räuber zu ihm. Kaum sah der Kaufmann ihn, da dachte er bei sich: »Möge Gott mich vor diesem Verbrecher beschützen!« Laut sprach er ihn an: »Wohin geht Euer Weg?« Der Räuber entgegnete: »Meine Familie lebt in Ahwaz. Dort ist eine Hochzeit, zu der man mich eingeladen hat. Und Ihr – wohin wollt Ihr reisen?« – »Ich komme aus Schiraz«, sagte der Kaufmann, »und ich bin auf dem Weg nach Kerman, um

dort Handel zu treiben.« – »Sehr gut«, erwiderte der Räuber, »dann können wir ja zusammen reisen.« – »Ich habe Gepäck«, wandte der Kaufmann ein, »und Lastkamele. Ihr aber seid allein und wollt doch sicher nicht mit einem Lastzug unterwegs sein.« Der Räuber aber entgegnete: »Mein Herr! Das Pferd ist mein eigener Besitz. Ich treibe das Tier nicht zu sehr an und reite nicht in Eile.« Also stimmte der Kaufmann notgedrungen zu.

Nachdem sie am Abend zusammen gegessen hatten, stand der Räuber mitten in der Nacht auf, zog sein Messer und setzte es dem Kaufmann auf die Brust. Als der Kaufmann die Augen öffnete, sah er, daß es der Räuber war, und sagte: »Gleich am Nachmittag, als ich dich zum ersten Mal sah, wußte ich, was du willst. Nun aber töte mich nicht, mein Besitz soll dir so gehören!« – »Das ist unmöglich«, entgegnete der Räuber. »Sonst wirst du später zu Schah Abbas nach Esfahan gehen und dich dort beschweren. Dieser wird dann alles Gut wieder von mir nehmen und es dir zurückgeben, so daß mir nichts bleiben wird.« – »Bei meinem Wort!« rief der Kaufmann. »Ich schwöre, daß ich nichts dergleichen zu Schah Abbas sagen werde und mich auch auf keine andere Art als wortbrüchig erweisen werde. Ich werde einfach behaupten, ich sei mit dem Schiff gereist und all mein Gut sei untergegangen. Du aber erbarme dich und mache meine Kinder nicht zu Waisen!« – »Nein«, sagte der Räuber. »Es gibt keine andere Möglichkeit: Ich muß dich töten.« – »Wenn dem nun so ist, daß du mich unbedingt töten mußt«, bat der Kaufmann, »so laß mich dir mein Vermächtnis mitteilen.« – »Sicher«, erwiderte der Räuber. »Daran soll dich nichts hindern. Was auch immer dein letzter Wille sei, ich werde ihn ausführen.« Also sprach der Kaufmann: »Wenn du nach Esfahan kommst, bemühe dich, wie auch immer zu meiner Frau zu gelangen. Sage ihr, daß sie nicht auf mich warten soll und daß sie die Namen unserer zwei Söhne ändern soll in ›Recht‹ und ›Unrecht‹.« Der Räuber erklärte sich hiermit einverstanden, dann schnitt er ihm den Kopf von einem Ohr zum anderen ab. Die Leiche zerstückelte er und vergrub sie.

Dann weckte er die Lastträger: »Steht auf, und beladet die Tiere!« Als sie fragten, wo denn der Kaufmann sei, gab er ihnen zur Antwort: »Er ist schon vorgeritten. Wir folgen ihm, bis wir ihn einholen.« So nahm der Räuber das ganze Handelsgut in Besitz und trieb damit sein Geschäft, bis er nach Esfahan gelangte. Dort verbrachte er zuerst drei Tage damit, alle Verwandten und Bekannten aufzusuchen. Nach drei Tagen begab er sich zum Haus des Kaufmannes. Auf sein Klopfen kam die Witwe des Kaufmannes an die Tür, sah, daß er es war, und fragte ihn, was er denn wolle. »Ich war verreist nach Ahwaz«, erzählte der Räuber, »wo ich eine Hochzeit besuchte. Auf dem Rückweg traf ich Euren Mann. Er war sehr krank, und es ging ihm so schlecht, daß er nicht mehr glaubte, sich wieder zu erholen. Also bat er mich, sein Vermächtnis an Euch weiterzugeben.« – »Und was für ein Vermächtnis ist das?« fragte die Frau. »Er trug mir auf, daß Ihr die Namen Eurer Söhne ändern solltet in ›Recht‹ und ›Unrecht‹.« – »War mein Mann denn sehr krank?« fragte die Frau noch einmal. – »Ja«, erwiderte der Räuber. »Und ich glaube nicht, daß er sich wieder erholt hat.« Also fand sich die Frau notgedrungen damit ab, daß ihr Mann nicht mehr da war, und getreu dem Vermächtnis änderte sie die Namen der Söhne. In jener Zeit hatte Schah Abbas die Angewohnheit, einmal in der Woche durch die Gassen und Winkel der Stadt zu spazieren. Eines Tages ging er gerade am Haus der Frau vorbei, als diese vom Dach ihre Kinder rief: »Recht! Unrecht! Kommt her!« Er blieb stehen, schaute, wer da nach Recht und Unrecht riefe, und sah die Frau, die vom Dach aus rief. Da ließ er sie vor sich bringen und fragte sie, warum sie so nach Recht und Unrecht rufe. Die arme Frau erwiderte: »Zu Diensten, Majestät! Es ist wirklich nichts Besonderes. Ich habe nur nach meinen Kindern gerufen.« – »Sind denn die richtigen Namen auf der Welt so rar geworden?« wunderte sich Schah Abbas. Die Frau aber erklärte ihm: »Zu Diensten, Majestät! Ursprünglich hießen meine Kinder nicht ›Recht‹ und ›Unrecht‹. Vielmehr waren ihre Namen Hasan und Hosein.« Dann erzählte sie dem Schah Abbas die ganze Geschichte: »Mein Mann war verreist. Später kam dieser Räuber und erzählte mir, daß es ihm schlechtgegangen sei und daß er als Vermächtnis hinterlassen habe, die Kinder in ›Recht‹ und ›Unrecht‹ umzubenennen.«

Da ließ Schah Abbas sich sogleich einen Stuhl bringen und befahl, den Reisegefährten des Mannes zu holen. Als dieser vor ihn gebracht wurde und ihn begrüßt hatte, fuhr Schah Abbas ihn barsch an: »Jetzt gesteh sofort, wo du den Vater dieser Kinder getötet hast und wo du ihn getroffen hast!« Zuerst versuchte der Räuber sich noch herauszureden: »Zu Diensten, Majestät! Ich habe ihn doch nicht getötet. Ich war auf dem Rückweg von Ahwaz, und er war krank. Warum hätte ich ihn denn töten sollen?« – »Wenn du gleich die Wahrheit sprichst oder auch lügst, töten lassen werde ich dich auf jeden Fall«, rief Schah Abbas. »Also erzähle uns die Wahrheit!« – »Da ich ja doch hingerichtet werde«, meinte nun der Räuber, »ob ich die Wahrheit erzähle oder nicht, so kann ich ja auch erzählen, wie es wirklich war.« Und so berichtete er vollständig, wie er den Kaufmann ermordet hatte. Da ließ Schah Abbas sogleich den Scharfrichter rufen, der in Anwesenheit der Waisen und der Witwe des Kaufmannes den Kopf vom Körper des Räubers schlug.

Wer muß dem Kälbchen Wasser geben?

Eine Frau und ihr Mann saßen einmal zusammen in ihrem Zimmer. Soviel die Frau auch redete, der Mann sagte kein Wort. So fragte sie ihn: »Warum sagst du denn nichts?« – »Du redest doch schon soviel«, erwiderte der Mann. Da wurde die Frau wütend und rief: »Gut! Dann soll jetzt derjenige von uns, der zuerst spricht, unser Kälbchen zum Wassertrinken bringen!« – »Einverstanden«, entgegnete der Mann.

Als die Frau sich wieder setzte, merkte sie bald, daß sie jetzt nichts mehr sagen konnte, denn der Mann sprach kein

Wort. Sie wurde ungeduldig, stand auf und ging zum Haus ihrer Nachbarin. Da betrat ein Dieb das Haus. Es sah, daß dort jemand saß, und begrüßte ihn. Der Mann aber gab keinerlei Antwort, sondern schaute einfach nur. So nahm der Dieb seinen Mantel und breitete ihn auf dem Boden aus. Dann tat er alles darauf, was er an Kleidern und Wertgegenständen fand, band den Mantel zusammen und hob ihn auf die Schulter. Als er nach draußen gehen wollte und sah, daß der Mann immer noch nichts sagte, legte er sein Bündel noch einmal nieder. Dann zog er ein Barbiermesser und rasierte dem Mann Bart und Schnurrbart ab. Hierauf schminkte er ihn und zog ihm Frauenkleider an. Dann hob er sein Bündel wieder auf und verließ das Haus. Als die Frau wieder nach Hause kam, sah sie, daß alles mögliche im Zimmer fehlte. Und wie sie merkte, daß der Mann geschminkt war und keinen Bart mehr hatte, da rief sie: »Welch eine Schande! Wer hat denn das mit dir gemacht! Und wo sind denn unsere ganzen Sachen?« Da klatschte der Mann in die Hände und rief: »Jetzt mußt du dem Kälbchen Wasser geben!« – »Gut, ich werde dem Kälbchen ja Wasser geben«, entgegnete die Frau. »Aber sag mir doch wenigstens, wer das mit dir gemacht hat. Warum hast du Dummer das denn zugelassen, daß man so etwas mit dir macht und alle unsere Sachen wegschleppt?« Aber der Mann erwiderte nur: »Hätte ich ewas gesagt, dann hätte ich ja dem Kälbchen Wasser geben müssen!«

Der Liebhaber als Schwester

Es war einmal eine Frau, die einen sehr eifersüchtigen Ehemann hatte. Diese Frau hatte einen Liebhaber. Nun sandte ihr der Liebhaber einmal eine Nachricht: »Man läßt dich doch nicht aus dem Haus, aber ich habe so große Sehnsucht nach dir! Kannst du nicht einen Plan aushecken, damit ich dich sehen kann?« – »Komm morgen abend hierher«, gab sie ihm zur Antwort, »dann werde ich dir zeigen, wie es geht.« Als der Liebhaber kam, nahm ihn die Frau mit ins Haus. Dort zog sie ihm Frauenkleider an und legte einen Schleier über seinen Kopf, mit dem sie das Gesicht bedeckte. Als ihr Mann nach Hause kam, fragte er: »Wer ist denn hier?« – »Meine Schwester«, antwortete sie. – »Sehr schön«, sagte er. »Herzlich willkommen! Schön, daß Ihr gekommen seid!«

Als es Schlafenszeit wurde, sprach er zu seiner Frau: »Du mußt deine Schwester nicht alleine schlafen lassen. Geh und schlafe mit ihr zusammen!« So ging die Frau und schlief dort. Am Morgen verließ der Mann schon früh das Haus. Der verkleidete Liebhaber zog die Frauenkleider aus und legte seine eigene Kleidung wieder an, um zu gehen. Zufällig nun hatte der Mann seine Tasche vergessen und kam, um sie abzuholen. Und gerade hinter der Tür stießen die beiden aufeinander. Da ergriff die Frau sogleich einen Koran und lief zu ihrem Mann. »Du kannst doch bei diesem Koran schwören«, rief sie, »daß heute nacht meine Schwester hier war?« – »Sicherlich«, entgegnete der Mann. Da wandte sie sich zu ihrem Liebhaber und sagte: »Siehst du, deine Frau war heute nacht hier!« Und ihr Mann fügte hinzu: »Sei ganz unbesorgt! Deine Frau war heute nacht hier in unserem Haus bei ihrer Schwester!«

Gänsesuppe mit Hindernissen

Es war einmal ein Bauer, der hatte schon seit langer Zeit zu seiner Frau gesagt, daß er unbedingt einmal eine Suppe mit Gänsefleisch essen wolle. Die Frau erwiderte nur: »Warum nicht? Kauf doch eine Gans, dann werde ich sie für dich kochen!« So ging der Mann auf den Markt, kaufte eine Gans und brachte sie zu seiner Frau.

Die Frau hatte aber einen Liebhaber. Dieser sagte zu ihr: »Kannst du nicht diese Gans mit mir zusammen essen und deinem Mann davon nichts abgeben?« Sie antwortete: »Das ist nicht weiter schwierig. Sei morgen zum Abendessen mein Gast bei dieser Gans.« – »Und was wirst du dann am Abend zu deinem Mann sagen?« fragte er. Sie aber erwiderte nur: »Du wirst soviel davon essen können, wie du willst.« Sie nahm die Gans aus, säuberte sie und brachte sie dann in den Keller, wo sie sie versteckte. Am Abend kam ihr Mann nach Hause. Er freute sich schon darauf, daß es jetzt Suppe mit Gänsefleisch gebe, und rief: »Frau, bring das Abendessen und laß uns speisen!« – »Was soll ich dir denn zu essen bringen?« rief sie. »Soll ich etwa Schlangengift bringen? Es ist doch nichts zu essen da!« Da rief er: »Ja, Frau! Was ist denn mit der Gans, die ich gestern abend gebracht habe, damit wir sie heute abend fertig zubereitet essen?« – »Ich habe dir schon tausendmal gesagt«, erwiderte sie, »daß du in dieser Küche ein Regal anbringen sollst, und das hast du noch nicht gemacht. Ich hatte die Gans schon gesäubert und in die Küche gelegt. Als ich dann hinausging, um Brennholz zu holen, kam die Katze, nahm die Gans und trug sie weg!« Dann sagte sie: »Und was sollen wir jetzt essen?« – »Was weiß ich denn«, rief er, »alles, was du bringst, werde ich schon essen!« Sie sagte: »Ich habe Zahnschmerzen und kann weder Brot noch Käse essen!« – »Dann steh auf, und koche etwas Gemüsesuppe!« – »Steh du zuerst auf, und kaufe Öl und Zwiebeln, damit ich es zubereiten kann.« Also ging der Mann, kaufte die Sachen und brachte sie zurück, worauf die Frau aufstand und die Gemüsesuppe zubereitete. Dann aßen sie zusammen zu Abend.

Als der Mann am nächsten Morgen zu seiner Arbeit gegangen war, bereitete die Frau die Gans zu und ging zu ihrem Liebhaber. Dort sagte sie: »Steh auf, und komm zum Mittagessen!« Als der Liebhaber zum Haus gekommen war, setzte sie ihm die Gans vor mit den Worten: »Schau hier! Ich setze dir die ganze Gans vor und habe meinem Mann gar nichts davon abgegeben!« – »Was hast du dem Armen dann zum Abendessen gegeben?« – »Ich habe ihm eine Gemüsesuppe zurechtgemacht.« – »Hat er denn nicht gefragt, wo die Gans geblieben sei?« – »Doch! Aber ich habe ihm erzählt, daß eine Katze die Gans weggeschleppt habe.« – »Bei Gott«, rief da der Liebhaber, »das ist ja ein selten dummer Mann, der dazu nichts weiter gesagt hat; und eine seltsame Katze, die eine ganze Gans einfach wegträgt!« Dann setzten sie sich zusammen hin und aßen. Darauf sagte der Liebhaber: »Wir wollen einmal sehen, ob er eine zweite Gans bringt. Meinst du, du könntest es fertigbringen, daß wir diese auch wieder zusammen essen?« – »Du wirst schon sehen!« rief die Frau. »Und wenn er zehn Gänse brächte, würde ich ihn nicht eine davon essen lassen!« – »Wir werden sehen und dann erst urteilen«, meinte der Liebhaber.

Als am Abend der Mann kam, brachte er eine zweite Gans mit und sagte zu der Frau: »Sei diesmal sehr vorsichtig, damit die Katze sie nicht wieder wegträgt! Ich würde so gerne einmal Suppe mit Gänsefleisch essen!« Die Frau aber wusch und säuberte die Gans am nächsten Morgen, kochte sie und rief dann ihren Liebhaber zu sich, mit dem sie zusammen die Gans aß. Der Liebhaber fragte: »Und was werden wir diesmal am Abend mit deinem armen Mann machen?« Sie sagte als Antwort: »Ich werde ihm Kopf,

Leber und Kropf geben, der Rest soll dir gehören! Nun guten Appetit!« Als am Abend der Mann wiederkam, rief er: »Frau, bring das Essen!« Sie entgegnete: »Ich werde dir gleich erzählen, was mit dem Essen los ist!« – »Gibt es denn keine Gans?« fragte er. Da erzählte sie ihm: »Ich hatte die Gans schon ausgenommen und saubergemacht, dann bin ich nach draußen zum Brunnen gegangen, um den Topf voll Wasser zu machen, da kam plötzlich ein Falke aus der Luft, packte die Gans und nahm sie mit sich in die Luft. Nur Kropf, Herz und Leber sind geblieben.« – »Na gut!« sagte der Mann, »wenigstens hat er das nicht auch mitgenommen. Ich werde jetzt ein wenig Käse kaufen, und du machst das Feuer an, damit wir das Fleisch braten können.« So holte er etwas Käse, und sie brieten das Fleisch.

So ging dieser Abend vorbei. Als der Mann am nächsten Abend wieder eine ganze Gans gebracht hatte, bereitete die Frau sie am folgenden Tag wiederum zu, rief dann ihren Liebhaber und verspeiste sie zusammen mit ihm. Die Frau sprach: »Das sind jetzt drei Gänse gewesen. Jetzt sollst du sehen, welche Ausrede ich diesmal anwende.« – »Wenn du es auch bei diesem dritten Mal schaffst, eine gute Antwort zu geben«, meinte der Liebhaber, »dann bist du wirklich sehr schlau!«

Als der Mann am Abend nach Hause kam, rief er wie immer: »Frau, bring das Essen!« Sie aber erwiderte: »Was hast du mir denn mitgebracht, daß ich es zubereite und dir als Abendessen vorsetze?« – »Hast du denn keine Gans zubereitet?« fragte er ganz erstaunt. »Eine Gans?« erwiderte sie. »Woher denn das?« Da rief er: »Bei Gott! Habe ich denn nicht gestern abend eine Gans mit nach Hause gebracht?« – »Ich habe keine gesehen«, meinte sie. »Entweder hast du dir das nur eingebildet, oder die Katze hat sie wieder weggetragen.« Wiederum stand der Mann auf, kaufte sich etwas zum Essen, aß und schlief.

Nachdem er am nächsten Tag bei seiner Arbeit gewesen war, kaufte er nochmals eine Gans und brachte sie abends nach Hause. Die Frau bereitete die Gans wiederum am nächsten Tag zu, rief ihren Liebhaber zu sich, und zusammen setzten sie sich und aßen. Am Abend kam der Mann nach Hause und rief wie gewöhnlich: »Frau, bring das Abendbrot, damit wir essen.« Sie erwiderte: »Was sollen wir denn essen? Du sagst abends immer, ich solle das Essen bringen, aber woher willst du denn, wenn du kein Fleisch mitgebracht hast, eine Fleischspeise essen?« – »Habe ich dir denn nicht gestern abend eine Gans mitgebracht?« fragte der Mann. Sie aber entgegnete: »Ich glaube wirklich, du träumst. Am Morgen sagst du dann immer, du hättest eine Gans mitgebracht. Hat dich denn irgend jemand eine Gans mitbringen sehen?« – »Nun gut«, sagte er. »Heute will ich ohne Abendessen schlafen gehen. Vielleicht werde ich ja morgen dann die Gans essen.«

Am nächsten Morgen ging der Mann nicht zur Arbeit. Vielmehr ging er auf den Markt und kaufte eine Gans. Ein, zwei Tuman gab er außerdem dem Schüler eines Musikanten. Dann lud er die Gans auf ein Tablett, und mit dem Musikanten voraus, der spielte, brachte er die Gans nach Hause. Der Liebhaber, der dies sah, sagte zu der Frau: »Diesmal wird er die Gans wohl essen.« Die Frau aber gab ihm zur Antwort: »Wenn ich sie ohne dich esse, ist es, als ob ich eine Eule äße.« So machte sie die Gans sauber und bereitete sie zu. Zufällig war es nun diesmal Freitag abend. So sagte die Frau zu ihrem Mann: »Diese Gans ist so groß, daß wir sie kaum alleine essen können, der Rest wird verkommen. Wenn du beim Gebet in der Moschee bist, dann lade doch denjenigen, der an deiner rechten Seite sitzt, ein, bei uns zu Abend zu essen.« Der Mann erklärte sich hiermit einverstanden und ging zur Moschee. Die Frau aber sagte sogleich zu ihrem Liebhaber: »Geh schnell, und setze dich an die rechte Seite meines Mannes. Dann wird er dich einladen und zu uns nach Hause bringen. Dann können wir die Gans zusammen essen.« – »Sehr gut«, erwiderte der Liebhaber. Als er aber in die Moschee kam, sah er, daß an der rechten Seite des Mannes kein Platz mehr frei war. Da setzte er sich an die linke Seite.

Als das Gebet zu Ende war, sagte der Mann zu demjenigen, der an seiner rechten Seite saß: »Heute abend müßt Ihr aber bei uns zu Hause essen!« Der Nachbar erwiderte: »Vielen herzlichen Dank! Aber in meinem eigenen Haus ist das Abendessen schon zubereitet.« – »Nein, das lasse ich nicht gelten«, bestand der Mann, »meine Frau hat darauf gedrängt, daß ich heute abend unbedingt einen Gast mitbringen solle, der mit uns esse.« So nahm er unter viel Drängen den Nachbarn mit. Als die Frau sah, daß ihr Mann nicht ihren Liebhaber, sondern einen fremden Mann mit nach Hause brachte, sagte sie zu ihm: »Nun gut! Jetzt hole uns noch etwas Brot!« Als der Mann gegangen war, um Brot zu holen, ging die Frau, nahm einen Stößel und etwas Fett. Damit schmierte sie den Stößel ein, wobei sie immer rief: »Du armer Gast!« Der Gast, der dies hörte, schaute nach draußen und sah die Frau, wie sie den Stößel einfettete und immer »Du armer Gast!« rief. Da fragte er sie: »Gute Frau! Warum macht Ihr denn das, und warum sagt Ihr immer: ›Du armer Gast!‹?« – »Mein Mann«, antwortete die Frau, »hat die Angewohnheit, daß er Freitag abends immer eine Gans kauft. Dann lädt er aus der Moschee einen Gast zu uns ein, fettet diesen Stößel ein und stößt ihn dem Gast in den Hintern.« Da rief der Gast erschrocken: »Ich beschwöre dich bei Gott! Erlaubt mir, daß ich mich entferne!« Sie sagte: »Geh nur! Aber wenn er dich sieht, dann sag ihm ja nicht, daß ich dir davon erzählt habe!« – »So wahr mir Gott helfe«, rief der Gast, »ich werde bestimmt nichts davon sagen!« Dann lief er fort.

Als der Mann zurückkam, sah er, wie seine Frau mißmutig vor sich hin brummelte. Er fragte sie: »Was ist denn mit dir?« – »Ich habe dir gesagt«, erwiderte sie, »du solltest einen armen und bedürftigen Mann mitbringen. Jetzt hattest du statt dessen einen unbekannten Fettwanst und satten Dieb mitgebracht. Gerade, als ich hinausging, um einen Essensnapf zu holen, hat er den Topf gepackt und ist damit weggelaufen.« Sogleich riß der Mann ein Stückchen Brot ab und lief hinter dem Gast her, wobei er rief: »Bleib stehen! Laß mich wenigstens das bißchen hier hineinstecken!« Der Gast, der meinte, daß sein Verfolger den Stößel in der Hand halte, rief: »Geh doch, und stecke es in deine Schwester! Ich laufe weg, bevor du es mir reinstecken kannst!«

So kam der Mann mit seinem Stück Brot nach Hause und sagte: »Nun gut, Frau! Diese Suppe mit Gänsefleisch wird mir wegen dem reichlichen Fett immer in Erinnerung bleiben. Die Gans hatte ich mit Musik gebracht, dann habe ich mir aber selbst das Essen verdorben; schließlich bleibt mir nur noch die Erinnerung an das Fett.« Am nächsten Tag zur Mittagszeit rief die Frau wieder ihren Geliebten, und zusammen setzten sie sich, um die Gans zu verspeisen. Schließlich sagte der Liebhaber zu der Frau: »Alles, was recht ist: Das ist wirklich ein schönes Leben! Aber eine Bitte habe ich doch an dich: Wenn dein Mann diesmal wieder eine Gans kauft, dann laß sie ihn doch selbst essen!«

Als der Mann am nächsten Tag auf dem Markt wieder eine Gans gekauft hatte, setzte er sich selbst hin und machte sie sauber. Dann rief er seine Frau und sagte: »Ich habe diese Gans selbst sauber gemacht und habe weder die Katze noch den Raben sie wegtragen lassen. Bring mir jetzt einen Napf, damit ich sie auch selbst zubereite.« Die Frau ging und brachte einen Topf, wobei sie sagte: »Den Napf hat gestern abend dein Gast mit der Gans mitgenommen.« Der Mann kochte die Gans, und am Abend setzte er sich zusammen

mit seiner Frau hin, und sie aßen. Der Mann seufzte: »Gott
sei Dank, daß mir von zehn Gänsen nun endlich eine zuteil
wird!« Und die Frau fügte leise hinzu: »Mach gleich noch
ein Stoßgebet, daß ich schließlich Mitleid mit dir hatte!«

Die dumme Diagnose

Es war einmal ein Arzt, der wurde zu einem Kranken
gerufen. Er schaute sich im ganzen Zimmer um und sah
dort viele Apfelschalen liegen. Er besah sich noch einmal
den Kranken und sagte dann zu dessen Verwandten:
»Warum habt ihr dem Kranken so viele Äpfel gegeben? Das
bekommt ihm nicht!« Die Verwandten entschuldigten sich:
»Verehrter Arzt! Wir haben ihm doch nicht soviel gegeben.
Nur ein ganz klein wenig haben wir ihm gegeben. Gerade
soviel, wie er wollte.« Da tadelte der Arzt sie nochmals und
sagte: »Gebt ihm nicht mehr soviel!«

Als er hinausging, fragte sein Sohn ihn: »Vater! Weißt du
denn um das, was verborgen ist?« – »Nein, mein Sohn«,
antwortete er, »ich weiß nicht um das Verborgene. Man
muß vielmehr vom Gesicht des Menschen verstehen können, was für eine Krankheit er hat. Ich habe in dem Zimmer
viele Apfelschalen gesehen. Sicherlich hatten die Verwandten des Kranken ihm Äpfel geschält, und der Kranke hatte
darum gebeten, ihm etwas davon zu essen zu geben. Jetzt
aber wollte ich sie nur ermahnen.«

Als der Vater starb, nahm der Sohn seinen Platz ein und
wurde oberster Arzt der Stadt. Eines Tages holte man ihn zu
einem Kranken. Der Arzt schaute hierhin und dorthin im
Zimmer und sah schließlich in einer Ecke einen Eselssattel
liegen. Da tadelte er die Verwandten des Kranken mit den
Worten: »Heute geht es eurem Kranken schlechter, weil ihr
ihm Eselsfleisch gegeben habt.« Die Verwandten aber ver-

teidigten sich: »Bei Gott, fürwahr, verehrter Oberarzt! Wir haben ihm ganz bestimmt kein Eselsfleisch gegeben. Warum sollten wir das auch tun, wo wir doch Hammelfleisch und Lammfleisch im Haus haben; wo es doch Rindfleisch, Hühner oder Tauben gibt – warum sollten wir ihm ausgerechnet Eselsfleisch geben?« Der Arzt aber ermahnte sie nochmals, erhob sich dann und ging fort.

Draußen fragte ihn sein Bruder: »Mein Bruder! Warum hast du denn gesagt, sie hätten ihm Eselsfleisch gegeben?« – »Mein Bruder!« antwortete er, »eines Tages war ich einmal mit unserem Vater bei einem Kranken. Der Vater tadelte die Verwandten des Kranken, warum sie ihm denn Äpfel zu essen gegeben hätten. Da beteuerten sie, daß sie ihm nichts, nur ein bißchen gegeben hätten, damit sein Herz nicht blute.« Da fragte der Bruder weiter: »Gut, und was hast du selbst heute gesehen?« – »In einer Ecke des Zimmers«, antwortete der dumme Arzt, »habe ich einen Eselssattel gesehen. Da habe ich ihnen gleich vorgehalten, daß sie dem Kranken Eselsfleisch zu essen gegeben hätten.« – »Wahrlich«, erwiderte sein Bruder, »du hast den Platz deines Vaters würdig übernommen! Das eine Mal waren es aber doch Äpfel, also Lebensmittel!«

Die drei Griesgräme

Drei Männer saßen beieinander. Alle drei waren Griesgräme, die anderen nichts gönnten. Sie unterhielten sich darüber, wie sehr sie anderen Leuten nichts gönnten. Der erste sagte: »Bei mir ist das so: Wenn ich den Tisch zum Essen gedeckt habe und esse und wenn dann jemand zur Tür hereinkommt, dann räume ich das Essen weg, damit ich ihn nicht einladen muß und er von meinem Essen auch nicht nur einen Bissen ißt.« Der nächste sagte: »Nein, daß ist doch keine echte Mißgunst. Das ist nur schlecht von dir. Du willst eben nicht, daß ein anderer ißt. Ich gönne den anderen viel weniger als du.« Der erste fragte: »Wieso gönnst du den anderen denn weniger als ich?« Jener erwiderte: »Weil ich, wenn ich irgendwo eingeladen bin und ein anderer Gast kommt dorthin, dann bringt es meine Mißgunst dazu, daß ich mich frage, warum der andere wohl dorthin gekommen ist.« Der dritte bemerkte: »Nein, auch das ist viel zuwenig. Du denkst doch nur: ›Jetzt ist der andere gekommen, und der Hausherr hat davon nichts gewußt, damit er für zwei, drei Personen mehr Essen vorbereitet hätte. Jetzt, wo der andere gekommen ist, werde ich nicht mehr satt.‹ Du gönnst dem anderen nichts, weil du selbst womöglich nicht satt wirst. Demnach gönne ich anderen Leuten noch viel weniger als ihr beide.«

Als er gefragt wurde, wieso er denn anderen Leuten noch weniger gönne, antwortete er: »Bei mir ist das so: Wenn mir einer sein Ding hinhält, dann frage ich mich aus lauter Mißgunst: ›Warum verschwendet jener sein Eigentum so und bietet es ausgerechnet mir an?‹«

Prinz Nicht-Existent

Es war einmal ein König, der hatte drei Söhne. Zwei waren blind, einer hatte überhaupt keine Augen. Sie gingen vor ihren Vater, bezeugten ihre Ehrerbietung und Ergebenheit und sagten: »Vater! Wir langweilen uns sehr. Wenn Ihr die Erlaubnis erteilt, dann wollen wir ein, zwei Tage auf die Jagd gehen.« Der König erlaubte es ihnen. Als sie die Erlaubnis erhalten hatten, gingen sie zum Vorsteher des Stalles und sagten: »Gib uns drei sehr gute Pferde, wir wollen auf die Jagd gehen!« Der Stallmeister sagte: »Zu Diensten! Begebt Euch in den ersten Stall, dort sind gute Pferde, sitzt auf!«

Sie kamen in den Stall, da sahen sie dort drei Fohlen angebunden. Zwei waren verkrüppelt, eins hatte überhaupt keine Beine. Sie kamen hinaus, gingen zum Vorratslager und sagten zum Vorratshalter: »Gib uns Gewehre, wir gehen auf die Jagd!« Der Vorratshalter erwiderte: »Tretet ein! Nehmt jedes Gewehr, das euch gefällt!« Sie kamen hinein, da waren dort drei gute englische Gewehre. Zwei waren zerbrochen, das dritte hatte überhaupt keinen Kolben. Sie nahmen die Gewehre, saßen auf und ritten durch das Tor ohne Tür in die Wüste ohne Weg.

Sie kamen zu einem Berg ohne Gipfel, dort fanden sie ein Gasthaus ohne Wände. Drinnen fanden sie drei Kessel. Zwei waren zerbrochen, einer hatte überhaupt keinen Boden. Wie sie weiterritten, fanden sie drei Bögen. Zwei waren zerbrochen, einer hatte überhaupt keine Sehne. Sie entdeckten drei Gazellen und schossen mit den Bögen auf sie. Als sie zu den drei Gazellen hingingen, waren zwei von ihnen gestorben, eine hatte überhaupt kein Leben. Sie nahmen sie auf die Schulter und brachten die Gazellen zu dem Gasthaus ohne Wände. Dann sammelten sie in der Wüste Äste, Sträucher und Holz und brachten es. Sie häuteten die Gazellen, schnitten sie in kleine Stücke und warfen sie in den Topf, unter dem sie Feuer machten. Die Knochen wurden gekocht, Fleisch war überhaupt keins da. Sie wurden durstig, standen auf und begaben sich auf die Suche nach Wasser. Sie fanden drei Quellen. Zwei waren ausgetrocknet, eine hatte überhaupt kein Wasser. Weil ihr Durst so stark war, beugten sie sich über die Quelle, die ein wenig feucht war und begannen, daran zu saugen. Zwei von ihnen platzten, einer war überhaupt nicht zufrieden. Man benachrichtigte den König davon, auf was für eine merkwürdige Jagd die drei

Brüder gegangen waren. Der König schalt den Wesir, warum er erlaubt habe, daß die Brüder alleine ausgeritten waren.

Wir gingen nach oben, dort war Mehl. Wir kamen nach unten, dort war Teig – das war unsere Geschichte gleich.

Das Meeresfohlen

Man erzählt, daß es in alten Zeiten einmal einen König gab, der hatte einen Sohn. Dieser Sohn hieß Prinz Ebrahim. Der Knabe hatte keine Mutter mehr. Der König aber, wenn er sich in seine Familiengemächer zurückzog, ging nie zu seinen Frauen, bevor er nicht mit seinem Sohn wenigstens eine Stunde gespielt hatte. Deswegen wurden die Frauen auf den Knaben eifersüchtig.

Eines Tages kam der Stallmeister zum König und sagte: »O Mittelpunkt der Welt! Man hat ein Meeresfohlen zu mir gebracht, das man verkaufen will!« Der König sprach: »Man bringe es zu mir, damit ich es sehe!« Als man es brachte, hängte sich Ebrahim sogleich an den Rockzipfel des Königs und bettelte: »Lieber Vater, kauf es doch für mich!« Der König erwiderte: »Nun gut, mein Kind. Wie teuer es auch sei, ich kaufe es für dich.« Für einhundert Tuman kaufte er das Fohlen für den Knaben. Der Knabe ließ nicht zu, daß man das Fohlen in den Stall brachte, sondern er ließ nahe bei den Frauengemächern einen Raum für das Fohlen errichten, und außerdem stellte er ihm einen Diener zur Verfügung, der sich um das Fohlen sorgen mußte.

Jedesmal, wenn Ebrahim von der Schule zurückkam, ging er zuerst zu dem Fohlen, spielte mit ihm und streichelte seine Schnauze und seine Ohren, erst dann kam er zum Haus. Einmal kam der Pferdeknecht zu dem Knaben und sagte: »Heute frißt das Fohlen nicht. Schon zwei, drei Tage hat es überhaupt nichts gefressen.« Der Knabe erhob sich und ging nahe zu dem Fohlen, liebkoste es und sagte: »Du liebes Tier! Warum frißt du heute nichts, warum willst du kein Futter fressen?« Er steckt die Hand in seine Hosentasche, in der er einige Süßigkeiten hatte, holte sie heraus und streckte sie dem Fohlen hin. Da sah er, wie das Fohlen zu fressen begann. Er schickte einen Diener zum Laden des Konditors und sagte: »Kaufe für das Fohlen ein Man Süßigkeiten!« Der Diener kaufte, brachte, legte sie vor das Tier, und das Tier begann zu fressen. Da rief der Knabe: »Gut! Damit ist klar, daß es das normale Fressen von Tieren nicht frißt.« Und weiter befahl er: »Beauftragt einen Konditor damit, daß er täglich ein Man allerbeste Süßigkeiten für das Fohlen zubereite!«

Nach und nach wurde der Junge dreizehn, vierzehn Jahre alt. Je älter er wurde, um so mehr kümmerte sich der König um ihn. Nach und nach kam es dazu, daß der König bis zum Abendessen bei Prinz Ebrahim blieb, erst dann ging er zu seinen Frauen. Dort aß man zusammen und schlief. Schließlich waren die Frauen so eifersüchtig, daß sie vor Neid bald platzten. So versammelten sie sich und machten den Plan, eine Grube im Zimmer von Prinz Ebrahim graben zu lassen, damit er, wenn er nach Hause komme, hineinfalle. Sie ließen den Brunnengräber benachrichtigten, daß er eine Grube graben solle. Der Brunnengräber kam, nahm den Auftrag an und grub eine Grube. Dann stellten die Frauen überall in der Grube Messer, Sägen und ähnliches auf, damit der Knabe, wenn er in die Grube falle, zerstückelt werde.

Am Nachmittag kam Ebrahim von der Schule und ging sogleich zu dem Fohlen. Das Fohlen aber wollte heute gar nicht mit ihm schmusen, sondern es weinte. Da liebkoste Ebrahim es und sprach: »Mein liebes Tier, was ist heute mit dir los? Was hat man heute mit dir gemacht, daß du dich so benimmst?« Das Fohlen antwortete: »Wie soll ich denn nicht weinen, wo man doch heute für dich eine Grube gegraben hat, um dich zu töten und mich herrenlos zu machen!« – »Wo hat man denn für mich eine Grube gegraben?« – »Am Eingang des Zimmers. Wenn du es prüfen willst, gehe nicht in das Zimmer hinein. Mache einen Sprung in die Mitte des Zimmers, dann zieh den Teppich weg und schau, was du sehen wirst.«

Ebrahim kam zum Zimmer und ging bis zum Vorhang. Er machte einen Sprung in die Mitte des Zimmers, schlug den Teppich zurück und sah, daß dort frisch ausgehobene Erde war. Er sprang zurück, verließ das Zimmer und geduldete sich, bis der König kam. Da verstellte er dem König den Weg und sprach: »Mein lieber Vater! Schau, was für eine Sache man heute für mich vorbereitet hat.« Der König befahl: »Schlagt den Teppich zurück!« Man schlug den Teppich zurück, da sahen alle, daß dort eine Grube war, voll mit Dolchen und Messern. Der König befahl sogleich, die Brunnengräber zu holen: »Wer hat diese Grube gegraben?« Einer der Brunnengräber sagte: »Ich habe sie gegraben.« – »Und wer«, fragte der König, »hat dir den Auftrag gegeben, diese Grube zu graben?« Der Brunnengräber antwortete folgendermaßen: »Möge es dem Mittelpunkt der Welt wohlergehen! Aus den Frauengemächern habe ich den Auftrag erhalten, einen Tag lang zu graben. Dafür habe ich tausend Tuman erhalten.« Der König erwiderte: »Also gut.« Dann ging er in die Frauengemächer und fragte: »Wer hat die Grube gegraben?« Eine der Frauen antwortete: »Ich weiß nicht.« Eine andere sagte: »Ich habe keine Ahnung.« Eine dritte leugnete gleichfalls. Da sagte der König: »Gut. Jetzt will ich es noch einmal gut sein lassen.«

Die Frauen überlegten, was sie denn jetzt tun könnten, da ihr Plan nicht aufgegangen war. Sie sagten: »Wir wollen den Koch holen und ihm Geld geben, damit er Gift in Ebrahims

Essen streut.« Sie holten den Koch, der war zuerst nicht einverstanden und sagte: »Wenn der König das herausfindet, dann wird er meine gesamte Familie vernichten!« Schließlich aber stellten sie ihn mit Geld zufrieden.

Als Ebrahim an jenem Tag nachmittags von der Schule kam und zu dem Fohlen ging, da sah er, daß das Fohlen schon wieder weinte und schluchzte. Wieder liebkoste er es und sprach: »Mein liebes Tier, was ist denn heute wieder mit dir los? Was ist mit dir geschehen?« Das Fohlen sagte: »Lieber Prinz, mit mir ist nichts geschehen. Ich weine wegen dir. Heute hat man Gift in dein Essen gestreut, man will dich töten.« Der Knabe sprach: »Du brauchst nicht zu weinen. Ich werde heute nacht nicht zu Abend essen. Nun, wie stelle ich fest, ob das Essen vergiftet ist?« Das Fohlen lehrte es ihn, indem es sagte: »Wenn man dir das Abendessen gebracht hat, dann gib ein Stückchen davon der Katze. Wenn die Katze es gefressen hat, dann achte darauf, was mit ihr geschieht.« Der Knabe war zufrieden und sagte: »Also gut!«

Als man das Abendessen gebracht hatte, rief der Knabe eine Katze zu sich und gab ihr sein Essen. Als die Katze gefressen hatte, furzte sie und starb. Der Knabe stellte die Katze mit der Essensschüssel beiseite und zeigte beides seinem Vater. Er sagte: »Lieber Vater. Das ist das Abendessen, das man für mich zubereitet hat.« Der König verlangte sogleich nach dem Hausverwalter. Der Hausverwalter kam und verlangte nach dem Koch, der Koch verlangte nach seinem Gehilfen. Der sagte: »Das müßt ihr selbst entscheiden.« Der König sprach: »Ihr Vermaledeiten! Ihr wolltet einen Menschen töten, ich werde euch alle töten lassen! Setzt euch, und eßt diese Mahlzeit!« Der Hausverwalter sagte: »Ist das etwa meine Schuld? Schuld hat der Koch.« Der Koch sagte: »Ich habe keine Schuld. Schuld hat der Gehilfe.« Der Gehilfe sagte: »Das ist nicht meine

Schuld. Die Schuld liegt in den Frauengemächern. Dort hat man uns befohlen, dies zu tun, und wir waren dazu gezwungen.«

Der König ging in die Frauengemächer, um die Frauen zu tadeln. Er sprach: »Ich werde euch alle hinauswerfen! Ihr wolltet meinen Sohn umbringen.« Eine Weile darauf zürnte er den Frauen und sagte: »Ich werde nicht in die Frauengemächer gehen.« Die Frauen aber machten sich darüber Gedanken, wie Prinz Ebrahim jedesmal ihren Plan herausfinde, wo er doch den ganzen Tag nicht da war. Eine von ihnen sagte: »Ich habe gesehen, wie der Knabe tagsüber zu dem Fohlen geht. Das Fohlen spricht mit ihm und teilt es ihm mit.« Das überlegten sie: »Was sollen wir tun? Wir werden dem Konditor Gift geben, um es in die Süßigkeiten des Fohlens zu streuen. Zuerst töten wir das Fohlen, dann den Prinzen!«

Als Ebrahim am Abend zu dem Fohlen kam, da sah er, wie das Fohlen schon wieder weinte und schluchzte. Er sagte: »Mein Liebling, mein Schatz, warum weinst du? Was ist wieder mit dir?« Das Fohlen sagte: »Nichts. Jetzt hat man mir Gift ins Essen gestreut, um mich zu töten. Danach wird man sich um dich kümmern.« – »Wie kannst du so etwas behaupten?« sagte der Knabe. »Wie kann ich prüfen, ob Gift in deinem Essen ist?« – »Laß ein Stück Fleisch herbeischaffen und einen Napf«, sagte das Fohlen. »Lasse das Fleisch zusammen mit einem Stück von meinen Süßigkeiten kochen. Dann gib es zusammen mit dem Fleisch einem Hund. Er wird sterben.«

Die Frauen merkten, daß dieser Plan auch nicht klappte. Nun hatte der König eine Lieblingsfrau, die er besonders gerne mochte. Diese Frau holten die anderen, zerrten sie förmlich nach vorne und redeten auf sie ein: »Du bist krank. Wenn man einen Arzt bringt, dann werden wir ihm auftragen, er solle sagen, das einzige Heilmittel sei das Blut von der Kehle eines Meeresfohlens.« So kamen sie überein. Die Lieblingsfrau stellte sich krank. Sie rieb ihr Gesicht mit Gelbwurz ein. Unter ihre Matratze legte sie einen Sack mit trockenem Brot. Als dann der König kam, wälzte sie sich hin und her, und als das trockene Brot knackte, sagte sie: »Hörst du, wie meine Rippen knacken?« Der König sprach: »Nun gut, wir haben ein Meeresfohlen. Morgen wollen wir es schlachten lassen und ihr das Blut zu trinken geben.« Aber zu seinem Wesir sprach er: »Was sollen wir nur zu Ebrahim sagen? Die Ärzte haben gesagt, das gehe sie nichts mehr an: Entweder das Blut des Meeresfohlens, oder die Frau stirbt.«

Als Ebrahim an diesem Abend von der Schule kam, sah er, wie das Fohlen wieder weinte. Er sagte: »Was ist wieder mit dir? Warum weinst du schon wieder? Was für einen Plan hat man jetzt wieder geschmiedet?« – »Nichts«, sagte das Fohlen, »jetzt haben sie geplant, mich morgen umzubringen.« – »Warum denn?« fragte Ebrahim. Das Fohlen entgegnete: »Die Lieblingsfrau des Königs hat sich krank gestellt, um an mein Blut zu gelangen.« Da erwiderte Ebrahim: »Was muß ich tun? Was kann ich tun? Fällt dir ein Weg, eine Lösung, irgend etwas ein, dann sag es, damit ich es tun kann.« Das Fohlen fragte: »Wirst du mit mir kommen und die Flucht wählen?« – »Ich bin bereit«, sprach der Knabe. »Ich werde mich selbst retten und mit dir kommen.« Das Fohlen sagte: »Also gut. Heute nacht packe alles an Juwelen zusammen, was leicht an Gewicht, aber teuer im Wert ist. Lege es zusammen mit einem Satz königlicher Kleidung in einen Tragesack, binde den Tragesack zu, und sei bereit. Morgen, wenn du in die Schule gehst, wird man dem Lehrer auftragen, dich nicht weggehen zu lassen. Wenn man mich aus dem Stall holen will, werde ich einmal wiehern. Wenn man mich zum Schlachter bringt, werde ich ein zweites Mal wiehern. Wenn man mir die Vorder- und die Hinterfüße binden will, werde ich ein drittes Mal wiehern. Wenn du dann zu mir kommst, dann ist es gut; wenn du nicht kommst, so wird man mich töten.« Der Knabe entgegnete: »Gut. Wie soll ich es erreichen, aus der Schule zu fliehen?« Das Fohlen sprach: »Fülle eine deiner Hosentaschen mit Staub, die andere mit Silbermünzen. Wenn ich wiehere und der Lehrer dich nicht gehen lassen will, dann stecke deine Hand in die Hosentasche und streue dem Lehrer den Staub in die Augen. Die Silbermünzen wirf den Kindern hin, und du selbst komm zu mir. Leg den Tragesack auf meine Kruppe, und bitte deinen Vater: ›Ich bin noch nie auf dem Fohlen geritten, erlaube es mir! Ich will dreimal um den Hof reiten, dann kannst du ihm den Kopf abschneiden.‹ Wenn du die Erlaubnis erhalten hast, sitz auf. Weiter brauchst du nichts zu tun.« Der Knabe war einverstanden. Am Abend bereitete er alles vor, packte die Juwelen in den Tragesack und legte alles für den nächsten Morgen bereit.

Als er am Morgen zur Schule ging, trug man dem Lehrer auf, heute Ebrahim nicht gehen zu lassen. Ebrahim saß in der Schule, als er das Wiehern des Pferdes hörte. Er sagte: »Herr Lehrer, ich muß pinkeln.« Der Lehrer entgegnete: »Setz dich!« Als das Pferd zum zweiten Mal wieherte, sagte er wieder: »Herr Lehrer, ich muß pinkeln.« Der Lehrer entgegnete: »Du Verdammter, setz dich!« Als das Pferd zum dritten Mal wieherte, steckte Ebrahim beide Hände in die Hosentaschen und holte eine Handvoll Staub und eine Handvoll Geld heraus. Den Staub warf er dem Lehrer in die Augen, das Geld warf er den Kindern hin, dann lief er weg.

Als er ankam, sah er, daß man dem Pferd schon die Hinterfüße gefesselt hatte. Gerade war man dabei, ihm die Vorderfüße zu fesseln, um es dann auf den Boden zu werfen. Ebrahim kam an und rief laut. Der König sah, daß Ebrahim gekommen war. Dann sagte er: »Lieber Vater! Warum wolltet ihr mein Fohlen töten?« Der König erwiderte: »Mein Kind. Die Lieblingsfrau ist krank, und die Ärzte haben gesagt, das Heilmittel ihrer Schmerzen sei das Blut dieses Fohlens. Es gibt viele andere Fohlen für dich, ich werde dir ein anderes kaufen.« Ebrahim bat: »Nun gut. Aber ich bin bis jetzt noch nicht auf dem Fohlen geritten. Erlaubt mir, drei Runden auf dem Fohlen zu drehen. Dann tötet es.« Der König war einverstanden und sprach: »Komm, mein Kind, sitz auf.« Ebrahim legte den Tragesack auf die Kruppe des Pferdes, setzte seinen Fuß in den Steigbügel und saß auf. Er drehte die erste Runde und rief: »Vater! Du hast nicht zugelassen, daß ich hierbleibe.« In der zweiten Runde rief er: »Vater! Wenn ich bleibe, wird man am Ende mich auch töten.« Als er die dritte Runde drehte, rief er: »Gott beschütze dich! Ich bin weg.«

Das Fohlen begann wie eine Taube zu fliegen und erhob sich in die Lüfte. Es fragte den Knaben: »Wie groß siehst du die Erde unter deinen Füßen?« Er antwortete: »So groß wie eine Schüssel.« Das Fohlen drehte noch einen Kreis und fragte: »Wie groß siehst du die Erde?« Er antwortete: »So groß wie ein Sieb.« Da flog das Fohlen hinunter, kam an und landete hinter einem Garten. Dort sagte es zu dem Knaben: »Jetzt setz dich hier an der Quelle hin, und ruh dich aus.« Ein Hirt mit seinen Schafen kam vorbei, den fragte der Knabe: »Diese Schafe: verkaufst du mir eines davon?« – »Selbstverständlich«, antwortete der Hirt. Da sagte der Knabe: »Gib mir ein kleines, ein noch nicht ausgewachsenes Lamm.« Der Knabe kaufte es und sagte: »Schneid ihm den Kopf ab.« Der Hirt schnitt dem Lamm den Kopf ab, zog das Fell ab und schnitt das Fleisch in kleine Stücke. Der Knabe gab dem Hirtenjungen die zwei Keulen, den Rest behielt er. Auch die Eingeweide hob er auf. Er sammelte kleine Holzstücke, machte ein Feuer an und begann, das Fleisch zu rösten. Ein wenig aß er selbst, ein wenig gab er seinem Pferd. Den Magen zog er über seinen Kopf. Das Pferd gab

dem Knaben etwas von seiner Mähne, der Knabe riß mit
seiner Hand einige Haare aus der Mähne. Dann sagte das
Fohlen zu dem Knaben: »Ich werde jetzt weggehen und
dafür sorgen, daß du in diesem Garten der Gehilfe des
Gärtners wirst. Wann du auch immer willst, verbrenne eins
von meinen Haaren, und ich werde kommen.« Der Knabe
war einverstanden. Er küßte das Gesicht des Fohlens, und
das Fohlen erhob sich wieder wie eine Taube in die Lüfte.

Der Knabe ging und setzte sich am Tor des Gartens hin. Als der Gärtner kam, um den Garten zu betreten, sagte der Knabe: »Mein Onkel, brauchst du keinen Gehilfen?« Der Gärtner schaute und sah einen Jüngling mit hübschem Gesicht, nur war er kahlköpfig. Er sagte: »Von wo kommst du? Du bist doch nicht aus dieser Stadt.« Der Knabe erwiderte: »Nein, ich bin ein Fremder. Mein Vater ist gestorben, und meine Mutter hat wieder geheiratet. Ihr Mann behandelt mich sehr schlecht, er verprügelt mich und ist immer wütend. Da bin ich weggelaufen. Lieber Onkel, mein Gott ist groß, laß mich auf irgendeine Weise Diener oder Gehilfe sein, damit ich ein Auskommen habe.« Der Gärtner sagte: »Nun, da du keinen Vater hast und ich auch keine Kinder habe, will ich dich als Kind bei mir behalten.« Der Knabe betrat den Garten und wurde dort der Gehilfe des Gärtners. Dort schnitt er jeden Tag einige Blumensträuße, die er den Töchtern des Königs brachte.

Die jüngste Tochter war sehr hübsch. Ein Pfeil mit durchbohrtem Schaft, mit federbesetzter Kerbe schnellte aus der Brust des Mädchens und ließ sich in der Brust des Jünglings nieder. Er sprach bei sich: »Du Unseliger, du hast dich verliebt. Schau deine Blumen an. Sie will die Blumen nicht aus deiner Hand nehmen. Was wirst du mit deiner Liebe anfangen? Tu etwas, um dich ihr zu zeigen.«

Eines Tages waren die Königstöchter zu einem Fest eingeladen. Die jüngste fühlte sich nicht wohl und ging nicht. Der Gärtner war auch nicht da, er war in die Stadt gegangen. Der Jüngling ging etwas beiseite und verbrannte ein Haar des Fohlens. Im selben Augenblick erschien das Fohlen und fragte: »Was willst du, was für eine Aufgabe hast du?« Der Jüngling sagte: »Ich will mich heute der Königstochter zeigen.« Das Fohlen erwiderte: »Nun gut. Das Mädchen hat sich gerade am Schloß auf einem Thron niedergelassen und betrachtet den Garten.« Der Jüngling zog sich aus, ging ins

Wasser, kam wieder heraus und zog die königlichen Kleider an, die er in dem Tragesack mitgebracht hatte. Er setzte sich eine mit Edelsteinen ausgelegte Krone auf den Kopf, die eines Königs würdig war, bestieg das Pferd, zückte das Schwert und stürzte sich auf die Bäume. Das Pferd lief immer im Kreis, und jeden Ast, den er traf, schlug er ab. Das Mädchen sah, wie hübsch und anmutig er war, wie herrlich der Jüngling umherritt, und wurde vor lauter Begeisterung ohnmächtig. Als sie wieder zu Sinnen kam, seufzte sie: »Ich schmore und verbrenne. Mit dir habe ich die Liebe kennengelernt. Ich war roh, jetzt bin ich gar gekocht. O du Schamloser, Ungerechter, ich verbrenne!« Der Jüngling entkleidete sich auf der Stelle, versteckte seine Kleidung in dem Tragesack und legte ihn dem Fohlen auf die Kruppe. Er küßte seine Stirn und sagte: »Geh!« Dann zog er den Schafsmagen wieder über den Kopf und legte sich am Fuße eines Baumes schlafen.

Als der Gärtner kam, sah er: Was ist das nur für ein Garten! Alle Bäume waren abgeschlagen, alle Blumen hatte ein Pferd zertreten. Er fesselte dem Jüngling die Füße und verprügelte ihn mit dem Stock, indem er rief: »Warum hast du das Tor des Gartens offengelassen, so daß Leute hereinkommen konnten und dies angerichtet haben?« Als die Prinzessin das Schreien des Jünglings hörte, kam sie zu ihm und sprach: »Was tust du? Warum schlägst du diesen Armen?« – »Er ist von einer so schlechten Mutter gekommen, daß er diesen Garten so zugerichtet hat. Jetzt hat er eine Ladung Prügel bezogen.« – »Du mußt ihn nicht weiter schlagen!«

Als der Jüngling am nächsten Tag aufstand und Blumen pflückte, um sie den Töchtern des Königs zu bringen, bedankte sich die jüngste ganz herzlich bei ihm. Er brachte den Prinzessinnen die Blumen, und als er der jüngsten die Blumen reichte, zeigte sie ihm nicht, daß sie ihn durchschaut hatte. Vielmehr nahm sie die Blumen und gab ihm eine kleine Münze als Belohnung. Dann setzten sich die Prinzessinnen zusammen und unterhielten sich. Sie sprachen: »Bis wann will unser Vater uns denn bei sich behalten?« Eine sagte: »Was sollen wir tun? Wie können wir es dem König zu verstehen geben?« Die jüngste sagte: »Kommt, nehmt drei Zuckermelonen. Eine soll verdorben sein, eine angefault und eine reif und süß. Wir wollen sie unserem Vater geben, damit er sie aufschneide. Ohne Zweifel wird er selbst die Bedeutung hiervon verstehen. Und wenn er sie nicht versteht, kann er seine Wesire fragen.« Die anderen bemerkten: »Das ist kein schlechter Vorschlag. Das ist wirklich klug!« Sie schickten den Gärtner, drei Melonen zu kaufen. Die taten sie auf ein Tablett, deckten sie zu und schickten sie mit aller Förmlichkeit zum König. Man meldete dem König: »Eure Töchter haben Euch Melonen geschickt!« Der König sprach: »Nun gut! Bringt sie her!« Man schnitt die Melone der ältesten Tochter auf, die war verdorben; man schnitt die der mittleren Tochter auf, die war angefault; man schnitt die der jüngsten Tochter auf, die war süß und reif und schön. Der Herrscher wandte sich zu seinem Wesir und fragte: »Was haben diese Melonen zu bedeuten?« Der Wesir erwiderte: »Möge ich Euer Sklave sein! Die älteste Tochter teilt mit, daß sie schon bald verdorben sei; wenn sie noch länger hierbleibe, wer wolle sie dann noch nehmen? Die mittlere teilt mit, daß sie schon fast angefault sei, und die jüngste sagte, daß sie jetzt im richtigen Alter für einen Mann sei.« Da sprach der König: »Also gut! Heute abend wollen wir einen Falken fliegen lassen. Auf wessen Kopf sich der Falke auch immer setzt, dem soll die Prinzessin gehören!«

Der Ausrufer rief in der Stadt aus, daß man Falken für die Töchter des Königs fliegen lassen wolle: Alle Männer sollten sich am Königshof versammeln. Die jungen Männer putzen sich alle heraus und kamen, damit die Prinzessinnen sie vielleicht erwählten. Am Nachmittag ließ man zuerst den Falken der ältesten Tochter fliegen. Der Falke erhob sich in die Lüfte, dann kam er in Kreisen herabgeflogen und ließ sich auf dem Kopf des Sohnes des Wesirs zur Rechten nieder. Man ließ den Falken der mittleren Tochter fliegen. Der Falke flog hoch hinauf, kam dann auch in Kreisen herabgeflogen und ließ sich auf dem Kopf des Sohnes des Wesirs zur Linken nieder. Man ließ den Falken der jüngsten Tochter fliegen. Der Falke flog überallhin, dann ließ er sich auf dem Kopf des Gärtnergehilfen nieder. Die Wesire bemerkten: »Mögen wir Euer Opfer sein! Der Falke hat sich geirrt!« Damit ließen sie den Jüngling aus der Versammlung hinauswerfen. Der Jüngling ging in eine Nische und setzte sich an der Tür des Badehauses hin. Zum zweiten Mal ließ man den Falken fliegen. Der Falke kam zum zweiten Mal in Kreisen herabgeflogen und ließ sich an der Tür des Badehauses auf dem Kopf des Jünglings nieder. Wieder riefen sie: »Er hat sich geirrt!« Zum dritten Mal ließ man ihn fliegen, der Jüngling aber hatte sich im Garten versteckt. Der Falke flog überallhin, kam schließlich in die Winkel des Gartens, fand den Jüngling und ließ sich auf seinem Kopf nieder. Als man dem König dies mitteilte, wurde er wütend und rief: »Zur Hölle! Soll sie doch den Gärtnergehilfen heiraten.«

Für die ersten beiden Töchter ließ man die Stadt sieben Tage und Nächte lang schmücken. Die jüngste aber verheiratete man einfach so und gab sie dem Gärtnerjüngling. Das Mädchen kam zu ihm, und sie lebten miteinander.

Einmal wurde der König krank, und die Ärzte beschlossen, daß er Wildbret essen solle. Sie sagten: »Nun gut! Seine Schwiegersöhne sollen für ihn auf die Jagd gehen.« Man schickte nach den zwei Schwiegersöhnen, die kamen, und man trug ihnen auf: »Geht für den König auf die Jagd! Findet Jagdbeute für ihn!« Auch die jüngste Tochter kam zum König und bat: »Lieber Vater! Gib doch auch meinem

Mann ein Pferd, damit er auf die Jagd geht!« Der König wurde zornig und rief: »Das geht nicht, das kommt nicht in Frage! Kann denn ein Gärtnergehilfe auf die Jagd gehen?« Dann aber sagte er: »Es ist schon gut. Geh, und hole dir auch ein Pferd!« Die Prinzessin ging, holte sich ein Pferd und gab es ihrem Mann. Der Jüngling saß auf, ritt aus dem Stadttor hinaus, verbrannte ein Haar des Fohlens, das Fohlen erschien und fragte: »Was willst du?« Der Jüngling sprach: »Ich will heute, daß du mir in dieser Einöde eine solche Pracht herrichtest, wie sie das Auge noch nie gesehen hat.« Das Fohlen erwiderte: »Nun gut. Setz dich, und ruh dich ein wenig aus, damit ich für dich dort unten alles herrichte!« Der Jüngling setzte sich einen Augenblick, dann kam das Fohlen schon wieder und sprach: »Steh auf, laß uns gehen!«

Als der Jüngling kam, sah er, daß dort ein Zelt aus grünem Satin aufgeschlagen war, und die Zeltspitze war mit Gold und Edelsteinen besetzt. Um das Zelt herum liefen alle möglichen Jagdtiere herum wie Wachposten. Im Zelt war alles ordentlich herbereitet, und Diener mit goldenen Gürteln standen bereit. Das Fohlen sprach: »Jetzt zieh deine eigene Kleidung an. Dann geh, und setz dich auf jenen mit Edelsteinen bedeckten Thron!« Der Jüngling ging und zog sich seine Kleider an, dann setzte er sich auf den Thron.

Jetzt höre etwas von den Schwiegersöhnen! Sie streiften vom Morgen bis zum Sonnenuntergang umher in Berg und Tal und Einöde, aber sie fanden noch nicht einmal einen Hasen. Nach einem langen Weg gelangten sie schließlich auf eine Anhöhe, da sahen sie, daß dort ein Zelt aufgeschlagen war, um das alle Jagdtiere herumliefen. Sie sprachen bei sich: »Ist das etwa Salomo, daß sich alle Tiere dort versammelt haben?« Sie nahmen Pfeil und Bogen in die Hand, um eine Gazelle zu schießen, da rief eine Stimme aus dem Zelt, sie sollten sich ja benehmen. Der eine von ihnen sagte zum anderen: »Mein Bruder! Wir haben keine andere Wahl, als daß wir in das Zelt gehen und von dem Besitzer eine Gazelle erbitten.« Der andere erklärte sich einverstanden, und zu zweit ritten sie zum Eingang des Zeltes. Sie grüßten und stiegen vom Pferd ab. Der Jüngling fragte sie: »Was wollt ihr?« Sie sagten: »Der König ist krank und verlangt nach Wildbret. Wir sind wegen Jagdbeute gekommen.« Der Jüngling entgegnete: »Nun gut! Wenn Ihr meine Sklaven werdet, dann werde ich jedem von euch beiden ein Jagdtier geben. Wenn nicht, dann habt ihr nicht die Macht, selbst die Hand zur Jagd zu erheben.«

Die beiden überlegten bei sich: »Wer soll schon in dieser Einöde sehen, daß wir seine Sklaven werden. Weder kennt er uns, noch kennen wir ihn.« Laut sagten sie: »Wir sind bereit!« Sogleich befahl der Jüngling seinen Dienern, jedem der beiden das Sklavensiegel aufzudrücken, und nacheinander brannten sie beiden Ebrahims Siegel auf den Hintern. Dann gab er seinen Dienern die Anordnung: »Schlachtet für die beiden zwei Gazellen! Gebt ihnen das Fleisch, aber behaltet die Köpfe!« Sogleich schlachteten die Diener zwei Gazellen und gaben sie nacheinander den beiden Schwiegersöhnen. Die Köpfe aber behielten sie. Ebrahim nahm die beiden Köpfe mit sich nach Hause. Das Zelt, die Ausrüstung, das Fohlen, alles verschwand.

Man brachte die Gazellen zum König und teilte ihm mit: »Die Schwiegersöhne haben jeder eine Gazelle erjagt!« Der König fragte: »Wo sind die Köpfe der Gazellen?« Die Schwiegersöhne erwiderten: »Bei Gott! Gestern sind wir vom Morgen bis zum Abend herumgeritten und haben doch kein Jagdwild gefunden, bis wir schließlich ein Zelt mit einer vollständigen Ausrüstung sahen. Die Leute dort haben die Gazellen geschlachtet und die Köpfe für sich behalten. Sie haben uns nur das Fleisch gegeben.« Da sprach der König: »Schade um das Essen. Die Ärzte haben mir nicht

Fleisch, sondern den Kopf verordnet. Wie dem auch sei, bereitet etwas von dem Fleisch zu, und bringt es mir!« Man brachte ihm einen Fleischspieß von der Gazelle des einen Schwiegersohnes und einen Fleischspieß von der Gazelle des anderen Schwiegersohnes.

Ebrahim brachte die Köpfe nach Hause. Die Prinzessin nahm sie, säuberte sie und bewahrte sie auf. Am Morgen legte sie einen vollständigen Kopf, die Augen, die Zunge, die Ohrspitzen und alles in ein Gefäß und brachte es zum König. Der König sprach mit Verwunderung: »Das Fleisch habe ich gegessen. Was soll es jetzt nützten, daß ich von dem Kopf esse.« Die Prinzessin sagte: »Lieber Vater, eßt nur. Der Kopf besitzt eine spezielle Eigenschaft. Ich verspreche Euch, daß sich Euer Zustand bald bessern wird.« Und der Wesir, der neben dem König saß, fügte hinzu: »O Mittelpunkt der Welt! Brecht Eurer Tochter nicht das Herz! Eßt ein wenig davon, damit Euer Zustand sich bessere.« Also sprach der König: »Bring es her!« Der König führte einen ersten Löffel zum Mund, schon beim zweiten Löffel öffnete er die Augen. Dann nahm er die ganze Suppenschüssel und leerte sie aus, da war es ihm plötzlich, als ob Wasser auf Feuer gegossen werde: Sein Zustand besserte sich, und seine Schmerzen verschwanden. Seit einigen Tagen bereits hatte der König nichts gegessen, jetzt rief er: »Man bringe Brot! Ich will es mit diesem Kopffleisch essen.« Und während der König aß, sagte die Prinzessin: »Lieber Vater! Jetzt sehr Ihr, daß Euer Schmerz durch mein Fleisch geheilt wurde!«

Zwei Tage vergingen, dann luden die Schwiegersöhne den König ein. Der Jüngling verbrannte ein Haar des Fohlens und sprach zu ihm: »Ich möchte, daß du neben dem Platz, den der König mir zugewiesen hat, einen königlichen Hof errichtest, denn ich will den König selbst einladen.« Das Fohlen entgegnete: »Gib mir drei Tage Frist!« Nach drei Tagen kam das Fohlen wieder und sagte: »Komm, und schau, wie der Hof geworden ist, das Haus, das du wolltest.« Als der Jüngling kam, sah er, daß ein Hof hergerichtet war, der noch viel besser war als der Golestan-Palast des Königs. Die Teppiche, die dort ausgebreitet waren, gab es selbst in den Frauengemächern des Königs nicht. Das Fohlen sagte: »Nun gut. Hier ist jetzt dein Heim. Wann immer du jetzt jemanden einladen willst, gib mir Nachricht, damit ich das Essen und die Mahlzeit für dich besorge.« Der Jüngling bedankte sich und schrieb dem König einen Brief, so eine Karte, wie man sie heute verteilt. Damit lud er den König und die Fürsten seines Staates ein.

Die Prinzessin nahm die Einladung und brachte sie zu ihrem Vater. Zuerst wollte der König die Einladung nicht annehmen und meinte: »Die verfallene Hütte, die ich dir gegeben habe, ist doch kein Platz, zu dem ich mit den Wesiren kommen kann.« Die Tochter aber erwiderte: »Nein, möge ich dein Opfer sein! Es ist nicht dort, sondern nebenan!« Da war der König einverstanden und sprach: »Sehr gut. Morgen zum Mittagessen werde ich dorthin kommen.«

Der Jüngling benachrichtigte das Fohlen, daß morgen der König dorthin komme. Der König kam, da standen dort überall Diener mit goldenen Gürteln herum, bereit, sie zu bedienen. Man führte den König herein. Jeder ließ sich auf einem Platz nieder und setzte sich. Der Jüngling selbst legte Schmuck und Zierrat an und stellte sich neben die Tür, um Anordnungen zu erteilen. Die anderen wußten nicht, daß er der Schwiegersohn des Königs war. Der König geriet in Verwunderung, von wem dieses Haus sei, wem dieses Haus wohl gehöre. Sein Schwiegersohn sei doch schließlich ein kahlköpfiger Gärtnergehilfe, wem gehöre dann wohl all dieser Besitz? Der Wesir wandte sich dem Jüngling zu und fragte: »Mein Herr! Wir sind hier zu Gast. Werden wir denn den Hausherrn nicht zu sehen bekommen?« Ebrahim gab zur Antwort, daß der Hausherr nach dem Essen zu Diensten des Königs eintreffen werde. Man trug das Essen auf, und der König sah, daß die zahlreichen köstlichen Speisen, die man jetzt für sie brachte, bisher noch von keinem seiner Köche für ihn zubereitet worden waren. Das Essen war vorbei, Kaffee und Wasserpfeife hatte man auch genossen, danach baten die Wesire: »Wir waren nicht bei der Hochzeit anwesend, um den Schwiegersohn des Königs zu treffen. Bittet doch wenigstens jetzt, daß er kommen möge, damit wir den Schwiegersohn des Königs kennen lernen.«

Ebrahim steckte seine Hand in die Hosentasche und holte seinen Siegelring hervor. Dann sprach er: »Der König muß sehr dankbar dafür sein, daß er mir seine Tochter gegeben hat. Die beiden anderen Töchter sind mit den Söhnen der Wesire verheiratet, aber sie ist die Frau eines Königssohns geworden. Jetzt aber zu den beiden anderen Schwiegersöhnen, die meine Sklaven sind. Befehlt, daß man ihnen die Hosen herunterziehe, damit ich sehe, ob mein Siegel auf ihrem Hintern ist.« Gezwungenermaßen sprach der König: »Zieht sie runter, damit wir es sehen.« Sie zogen die Hosen herunter, da sah der König: Ja, auf ihren Hintern war das Sklavensiegel. Danach sagte der Jüngling: »Ich habe die Hochzeit mit der Prinzessin noch nicht vollzogen. Wenn der König jetzt seiner Tochter die Hochzeit ausrichten möchte, mag er mir die Prinzessin geben.«

Dann schrieb er auch an seinen Vater einen Brief, indem er mitteilte: »Lieber Vater. Ich bin hier der Schwiegersohn des Königs geworden. Wenn mein Vorschlag angenommen wird, dann schreibe mir bitte, daß ich mit meiner Ehefrau zu dir gereist komme; wenn nicht, dann werde ich hier bleiben.« Der Vater des Jünglings schrieb zur Antwort: »Mein Kind. Sieben Jahre ist es her, daß du fortgegangen bist. Mein ganzer Hofstaat trägt Schwarz, und aus lauter Weinen Tag und Nacht haben sich meine Augen getrübt. Wenn ich dich

nicht bald wiedersehe, werde ich noch blind. Sicherlich
wünsche ich, meine Schwiegertochter zu sehen.« Der Jüngling nahm den Brief seines Vaters und brachte ihn zum Vater
der Prinzessin. Als jener König richtig verstanden hatte, daß
jener Schwiegersohn der Sohn eines Königs ist, ließ er die
Stadt sieben Tage und Nächte schmücken. Dann nahm er
die Hand seiner Tochter und gab sie dem Jüngling. Vierzig
Tage danach blieb der Jüngling noch beim König, danach

bat er um die Erlaubnis, entlassen zu werden und gehen zu dürfen. Der König sprach: »Mein Kind! Von hier bis zu jenem Königreich sind es sechs Monate Weg. Wie wollt Ihr reisen?« Der Jüngling erwiderte: »Möge ich Euer Opfer sein! Ich besitze ein Pferd, das ist ein Meeresfohlen. Ich sitze auf, setze die Prinzessin vor mich und reite los. Laßt Ihr danach unsere Sachen und Besitztümer bringen. Und dieses Haus, das mir gehört, sei ein Geschenk für Euch, o Mittelpunkt der Welt. Gebt nur Anordnung, daß meine Diener mit meinen Sachen nachreisen.« Der König sprach: »Also gut!« Am Abend verbrannte der Jüngling ein Haar des Fohlens, und das Fohlen fragte: »Welchen Auftrag habt Ihr?« Der Jüngling sagte: »Ich möchte zur Stadt meines Vaters reisen. Auf welche Weise wirst du mich dorthin bringen, auf welche Art hältst du es für zweckmäßig?« Das Fohlen sagte: »Gib mir zwei Tage Frist, damit ich dort, in der Stadt deines Vaters, ein Gebäude für dich errichte. Damals, als du noch nicht verheiratet warst, hattest du mindestens zehn Feinde. Jetzt, da ich nicht mehr auf dich achten muß, sorge ich mich doch um die Leute. Schreib einen Brief an deinen Vater, daß du an dem und dem Tag eintreffen wirst; wenn es ihm zusage, möge er dir einen Boten entgegenschicken.«

Der Brief gelangte zum König, der ließ durch Ausrufer bekanntgeben, daß jeder, der den König liebe, an dem und dem Tag seinem Sohn zum Empfang entgegenreiten möge. Der Jüngling setzte sich auf das Fohlen und noch zwei, drei Diener hinter sich. Die Prinzessin setzte der Jüngling vor sich, und in einem Tag brachte das Fohlen alle dorthin und setzte sie eine Wegstrecke außerhalb der Stadt ab. Die Prinzessin ließ er von den Dienern in die Frauengemächer bringen, den Jüngling selbst geleitete man, als die Wesire zum Empfang eintrafen, mit Pracht und Herrlichkeit in die Stadt hinein. Als der Blick des Königs auf seinen Sohn traf, küßte der Jüngling die Hand seines Vaters. Der König herzte seinen Sohn wie seine eigene Seele. Dann erzählte der Jüngling seinem Vater seine Erlebnisse, und der König fragte, ob er denn jetzt die Hochzeit vollzogen habe. Der Jüngling antwortete: »Nein.« Da ließ der König auch dort noch einmal die Stadt sieben Tage und Nächte schmücken, aus lauter Freude darüber, daß sein Sohn wieder da war. Er richtete die Hochzeit für seinen Sohn aus, nahm die Hand der Prinzessin und legte sie in die Hand seines Sohnes. So gelangte auch sie ans Ziel ihrer Liebe.

O Gott, mögen alle Freunde ihre Herzenswünsche erfüllt bekommen, möge ihr Bedürfnis erfüllt werden!

Eine Lektion in Sparsamkeit

Ein Mann aus Esfahan, zu dem sagte man: »Kennst du denn keine Sparsamkeit, daß du dich danach verhalten kannst?« Der Mann war ziemlich verschwenderisch, so sagte er: »Nein.« Der andere entgegnete: »Dann fahr nach Moskau. Dort gibt es eine Schule für Sparsamkeit. Dort lerne deine Lektion in Sparsamkeit!« Also reiste der Mann aus Esfahan nach Moskau, um dort die Sparsamkeit zu erlernen.

Als er in Moskau ankam, fragte er: »Wo ist die Schule der Sparsamkeit?« Man zeigte sie ihm, er ging, betrat die Schule und sah dort einen Mann hinter einem Tisch, der am Schreiben war. Er grüßte ihn, der andere erwiderte den Gruß, aber sein Blick blieb mit dem Schreiben beschäftigt. So sehr der Mann aus Esfahan auch nach seinem Befinden fragte und sich mit ihm unterhielt, der andere antwortete ganz rasch und schrieb gleichzeitig weiter. Da fragte der Mann aus Esfahan: »Warum reden und schreiben Sie eigentlich gleich-

zeitig?« Der Lehrer – denn ein solcher war es – erwiderte:
»Das ist schon die erste Lektion in Sparsamkeit: Beim Reden muß man nicht aufhören zu arbeiten.«

Später zog der Lehrer seinen Strumpf aus und kratzte sich an der Fußsohle, dann zog er den Strumpf wieder an. Der Mann aus Esfahan fragte: »Warum macht Ihr das denn so?« Der Lehrer antwortete: »Das ist auch eine Lektion in Sparsamkeit: Wenn der Fuß juckt und man ihn mit dem Fingernagel kratzt, dann wetzt der Strumpf dabei ab.«

Nachdem eine halbe Stunde vergangen war, stand der Mann aus Esfahan auf, zog seine Hose herunter und kratzte sich am Arschloch. Der Lehrer fragte: »Was tust du da? Warum hast du deine Hose heruntergelassen?« – »Mein Arschloch hat gejuckt«, erwiderte der Mann aus Esfahan. »Wenn ich es so kratze, dann wetzt meine Hose durch und wird bald abgetragen. Also habe ich sie heruntergelassen und mich gekratzt, damit sie nicht abgetragen wird.« Da sagte der Lehrer: »Du weißt besser Bescheid in Sparsamkeit als ich. Weiteren Unterricht brauchst du nicht, geh!«

Erbschen und Rosinchen

Es war einmal ein Kaufmann, der hatte eine Frau. Einmal ergriff er den Kragen seiner Frau, indem er sagte: »Beschaff mir eine andere Frau!« Die Frau ging zu ihrer nächsten Nachbarin und sagte: »Mein Mann will, daß ich für ihn eine andere Frau besorge.« Die Nachbarin meinte: »Das ist nicht weiter schwierig. Laß einen unterirdischen Gang von deinem Haus zu meinem Haus graben, dann sag deinem Mann, du hättest eine Frau gefunden, die genau wie du aussieht.« Die Nachbarin war eine sehr enge Freundin der Frau des Kaufmannes.

Dann sagte sie zu dem Kaufmann: »Sie will hundert Tuman Bargeld, fünfhundert Tuman Mitgift und noch drei vollständige Ausstattungen an Kleidern.« Der Kaufmann kam, und beim Hochzeitsfest sagte man (zum Beispiel): »Jetzt wollen wir die Hände von Braut und Bräutigam ineinanderlegen.« Als der Kaufmann die Braut ansah, meinte er, seine eigene Frau zu sehen. Da schützte er irgendeine Angelegenheit vor und sagte: »Ich gehe gerade zu meinem Haus und komme wieder zurück.« Die Frau aber zog rasch die Hochzeitskleider aus und begab sich durch den unterirdischen Gang in ihr eigenes Haus.

Als der Kaufmann kam, sah er, daß seine Frau im Haus war. Er fragte: »Was tust du hier?« Sie erwiderte: »Ich bin gekommen, um meinen Siegelring zu holen, damit ich einen Kaufvertrag siegeln kann.« Er meinte: »Na gut.« Als der Mann wieder ging, begab sich die Frau wieder durch den unterirdischen Gang in das andere Haus, zog die Hochzeitskleider an und ließ sich auf einem Kissen nieder.

Der Kaufmann traf ein und sah, daß die Braut auf ihrem Platz saß. Da war er davon überzeugt, daß seine Braut und seine Frau zwei verschiedene Personen seien. Man aß zu Abend, dann wurden die Betten zubereitet, und sie legten sich zum Schlafen nieder. Die Frau fragte: »Jetzt sag mir doch einmal: Bin ich besser oder deine Frau?« Der Mann entgegnete: »Eins von deinen stinkenden Haaren wiegt meine ganze Frau auf.« Sie sagte: »Lieber Mann! Ich muß pinkeln gehen. Alleine fürchte ich mich. Komm doch bitte mit mir.« Er ging mit ihr, und die Frau setzte sich und machte ihr Geschäft. Dabei fragte sie: »Lieber Mann! Kann ich besser pinkeln oder die andere Frau?« Er antwortete: »Ich lasse mich für dein Pinkeln hinrichten! Wenn diese Verfluchte pinkelt, dann macht sie ›Pisch, pisch, pisch…‹ Bei dir hingegen macht es: ›Erbschen und Rosinchen, Erbschen und Rosinchen, Erbschen und Rosinchen….‹.«

Da stand sie auf und schlug ihm eine kräftige Ohrfeige ins Gesicht, wobei sie rief: »Du Hahnrei! Ich bin doch dieselbe! Staub auf dein Haupt!«

Der Dornensammler als Hofastrolog

Einer war, einer war nicht – außer Gott gab es niemand. Es war einmal ein Mann, ein Dornensammler, der hatte eine Frau, die war sehr hübsch, anmutig und schön. Eines Tages saß sie im öffentlichen Badehaus, da sah sie, wie eine schwarze Dienerin das Badehaus betrat. Nachdem sie das Badehaus betreten hatte, wusch der Badewärter ihren Kopf und ihren Körper. Diese Dienerin hatte eine Wasserkelle wie die feinen Damen; als sie hinausging, sah die Frau, daß sie von Kopf bis Fuß in Samt gekleidet war, und an den Füßen hatte sie schicke Schuhe. Da fragte sie die Frau des Badewärters: »Wer war denn diese Dienerin?« Sie antwortete: »Das ist die Dienerin des Hofastrologen.« Da wunderte sie sich: »Wenn schon die Dienerin des Hofastrologen so aussieht, wie mag dann die Frau des Hofastrologen aussehen?«

Am Abend, als ihr Mann nach Hause kam, bedrängte sie ihn, er solle sich von ihr scheiden. Er erwiderte: »Warum? Weshalb? Aus welchem Grund soll ich mich von dir scheiden?« Sie antwortete: »Deswegen, weil ich heute die Dienerin des Hofastrologen gesehen habe, in einer solchen Pracht und Ausstattung, da fiel mir auf, daß ich mit meiner Schönheit und Anmutigkeit noch nicht einmal das Geld habe, damit der Badewärter mir den Kopf wäscht. Du mußt entweder die Kunst der Wahrsagerei erlernen oder dich von mir scheiden.« – »Aber Frau«, erwiderte er, »Gott möge deinen Vater selig haben: Der Astrolog hat doch die Fähigkeit, er hat das Wissen, und ich kann es nicht. Wie soll ich denn die Kunst der Wahrsagerei ausüben?« Sie entgegnete: »Davon habe ich auch keine Ahnung! Entweder erlernst du die Kunst der Wahrsagerei, oder du mußt dich von mir scheiden.« Wieder verzweifelte der Mann: »Ich habe ja noch nicht mal Wahrsagesteinchen, ich habe kein Buch, und ich habe kein Astrolabium.« Sie aber erwiderte: »Ich gehe und werde es für dich kaufen. Es wird schon werden, du wirst es lernen.« Und schließlich sagte er: »Na gut.«

Die Frau ging und kaufte für ihn Wahrsagesteinchen, ein Buch und ein Astrolabium und brachte ihm die Sachen. So war er am nächsten Tag dazu gezwungen. Er sagte zu sich: »Da ich keinen besonderen Platz kenne, werde ich mich an der Tür des Badehauses hinsetzen.« Nun lassen wir ihn hier und hören von der Tochter des Königs.

Die Königstochter wollte sich eines Tages vergnügen und besuchte das öffentliche Badehaus. Als sie das Badehaus betreten hatte, fiel ihr auf, daß sie ihren Ring am Finger hatte. Sie gab den Ring ihrer Dienerin, indem sie sagte: »Verstecke ihn irgendwo, bis wir wieder nach Hause gehen, damit das Wasser des Badehauses den Ring nicht beschädigt!« Die Dienerin überlegte, was sie mit dem Ring tun solle. Dann nahm sie einige Wollfäden, wickelte den Ring darin ein und legte ihn in eine Ritze in der Wand. Als sie das Bad verlassen hatten, sagte die Prinzessin zu Hause zu der Dienerin: »Gib mir den Ring.« Die Dienerin aber hatte vergessen, was sie mit dem Ring gemacht hatte, und konnte nur sagen: »Sogleich.« Vor lauter Schrecken lief sie dann zu dem Wahrsager hin und sagte: »Wie teuer ist deine Wahrsagekunst?« Er antwortete (zum Beispiel): »Ein Qeran.« – »Dann wahrsage einmal für mich«, erwiderte sie. Zufällig hatte die Dienerin, als sie das Haus verließ, keine Hose angezogen. Wie sie nun vor dem Wahrsager saß, wurde ihre besagte Stelle sichtbar. Der Wahrsager warf die Wahrsagesteinchen und sagte dann: »Ich sehe nichts außer einer wolligen Ritze.« Da fiel der Dienerin ein, daß sie den Ring in Wollfäden gepackt in die Ritze gelegt hatte. Sie freute sich, stand auf und sagte: »Habt vielen Dank, das stimmt. Ich habe den Ring in eine wollige Ritze gelegt.« Statt eines Qeran gab sie ihm einen Tuman zur Belohnung. Dann lief sie nach Hause, und dort schilderte die Dienerin ihrer Herrin, was für ein wunderbarer Wahrsager in der Stadt sei.

Nach diesen Vorfällen vergingen einige Tage, dann wurde der große Edelstein aus der Krone des Königs gestohlen. Alle Wahrsager bemühten sich vergeblich, die Diebe zu finden. Da ging die Dienerin zum König und sagte: »Ich kenne einen Wahrsager, der den Edelstein sicherlich wiederfindet.« Der König sprach: »Geh, und hol ihn!« Die Dienerin lief zu dem Wahrsager und rief: »Steh auf, und komm! Der König verlangt nach dir.«

Nun muß man wissen, daß sich die Geschichte von dem Ring der Prinzessin in den Frauengemächern bei allen Frauen verbreitet hatte. Als nun der Wahrsager vor den König trat, sprach dieser: »Wenn du meinen Edelstein wiederfindest, so werde ich dir eintausend Tuman geben und dir den Grad des Hofastrologen verleihen.« Der Wahrsager erwiderte: »Also gut. Gebt Befehl, daß alle Frauen aus den Frauengemächern – ob alt oder jung, ob ledig oder verheiratet, ob Jungfrau oder Braut oder Dienerin – eine nach der anderen kommen und vor mir vorbeigehen sollen.« Die Dienerin, die den Edelstein gestohlen hatte, befand sich unter diesen Frauen, sie war zufällig sogar die Lieblingsfrau des Königs. Bei sich dachte sie: »Wenn alle nacheinander an ihm vorbeigehen, will ich nichts sagen. Wenn er mir aber den Weg versperrt, dann werde ich nicht nur unter den Frauen beschämt, sondern auch der König wird auf mich zornig werden. So ist es also besser, wenn ich mich ihm heimlich zu erkennen gebe.«

Wie nun also die Frauen nacheinander kamen und an ihm vorbeigingen, da gab sie sich heimlich zu erkennen, ging vorbei, blieb an der Seite stehen und sagte zu dem Wahrsager: »Ich gebe dir fünfhundert Tuman, wenn du etwas tust, daß ich nicht beschämt werde.« Der Wahrsager erwiderte: »Nun gut. Morgen früh wirst du den Edelstein in etwas Teig tun. Siehst du dort die weiße Ente mit dem schwarzen Mal auf der Stirn? Den Teig gib jener Ente, damit sie ihn frißt!« Dann bemerkte der Wahrsager zum König: »Bei den Menschen war der Edelstein nicht. Morgen werde ich kommen und unter den Tieren suchen.« Der König sprach: »Nun gut.«

Am nächsten Tag kam der Wahrsager wieder und sagte: »Was es auch immer an Hühnern und Enten und Hähnen in den Frauengemächern des Königs gibt, soll kommen und vor mir vorbeigehen.« Als man die Vögel an ihm vorbeiführte, sagte er: »Ergreift jene Ente!« Zum König sprach er: »Der Edelstein ist in ihrem Bauch. Man soll sie schlachten und den Edelstein herausholen.« Zufällig nun hatte der König diese Ente sehr lieb, so erwiderte er: »Wo war denn der Ring, daß ihn ausgerechnet diese Ente gefressen hat?« Der Wahrsager aber erwiderte: »Wenn der Ring nicht in ihrem Magen ist, dann soll mein Kopf dem König gehören!« Man schlachtete die Ente, öffnete ihren Bauch, holte den Ring heraus und gab ihn dem König. Der König beglückwünschte ihn und verlieh ihm den Titel des Hofastrologen. Außerdem gab er ihm die tausend Tuman, die er ihm versprochen hatte. Und auch die Frau gab ihm die fünfhundert Tuman, die sie ihm versprochen hatte.

Der Wahrsager kam zu seiner Frau und sagte: »Gott habe deinen Vater selig. Komm, laß uns aus der Stadt fliehen, bevor wir noch hingerichtet werden.« Die Frau erwiderte: »Du hast auf einmal eintausendfünfhundert Tuman verdient. Jetzt willst du einfach aufhören?«

Nun gab es vierzig miteinander Verschworene, die gingen und stahlen den Schatz des Königs. Der König sandte nach dem Hofastrologen, der kam und schaute sich um. Dann sagte er: »Möge ich Euer Opfer sein! Gebt mir vierzig Tage Frist, um die Diebe zu finden.« Nun war einer von den Dieben dort, der hörte das, ging zu seinen Genossen und sagte: »Der Hofastrolog hat sich vierzig Tage Frist erbeten.«

Nun hört von dem Hofastrologen: Der ging und nahm ein Päckchen mit Datteln, von denen zählte er vierzig Stück ab, die legte er auf ein Regal. Am Abend kletterte einer der Diebe auf das Dach des Hauses, um zu sehen, was der Hofastrolog denn mache. Da sagt der Hofastrolog gerade zu seiner Frau: »Gib mir eine von den Datteln, die will ich essen!« Während er die Dattel in seinen Mund legte, sagte er: »Frau, zähl mit! Das ist Nummer eins!« Der Dieb dachte, der Wahrsager meine mit ›Nummer eins‹, daß der erste von den Dieben auf das Dach geklettert sei. Der Dieb kletterte hinunter, ging zu seinen Genossen und sagte: »Der Wahrsager ißt jeden Abend eine Dattel und sagt zu seiner Frau ›Zähl mit!‹« Auf diese Weise kamen die Diebe nacheinander jede Nacht, bis der Wahrsager am vierzigsten Tag sagte: »Frau, zähl mit! Heute ist die Vierzig vollständig.« Die Diebe sprachen bei sich: »Der Wahrsager meint uns. Morgen früh wird er befehlen, uns zu ergreifen. Lieber wollen wir jetzt zu ihm gehen und uns zu erkennen geben. Wir wollen ihm versprechen, wenn er uns nicht töten lasse, dann solle er den Schatz erhalten und ihn dem König zurückgeben.« Sie kletterten herunter und begrüßten den Hofastrologen. Der Hofastrolog verstand sogleich, daß jene durch Zufall gekommen waren. Sie gingen zu ihm und sprachen: »O Herr! Alles was ihr wollt, werden wir Euch geben, damit Ihr uns nicht hinrichten laßt!« Der Hofastrolog sagte: »Also gut. Geht morgen einen halben Farsach außerhalb der Stadt!« Dann bezeichnete er ihnen einen Platz und sagte: »Das Geld, das ihr gestohlen habt, tragt dorthin, und versteckt es. Weiter braucht euch nichts zu kümmern, ich werde euch sicher nicht verraten.« Die Diebe fragten: »Herr Hofastrolog! Woher habt Ihr gewußt, daß wir jede Nacht auf Euer Dach kamen?« Der Hofastrolog erwiderte: »Wenn ich es gewollt hätte, daß ihr hingerichtet werdet, dann hätte ich das schon in der ersten Nacht gekonnt. Dennoch habe ich mir gesagt, daß es sich nicht ziemt, daß ich vierzig junge Männer hinrichten lasse; vielleicht werden sie es ja bereuen. Dann sah ich mit meinen Wahrsagesteinchen und dem Astrolabium, daß ihr es bereuen werdet.« Sie sagten: »Nun gut. Wir sind sehr dankbar. Jetzt sagt bitte, wieviel Ihr verlangt, damit wir es Euch überreichen.« Der Hofastrolog erwiderte: »Wieviel ihr auch gebt, entscheidet selber.« Sie sagten: »Wir geben dir tausend Tuman.« Und er erwiderte: »Sehr gut.« Sie übergaben dem Hofastrologen die tausend Tuman, versteckten den Schatz an der zugesagten Stelle und gingen weg.

Am nächsten Morgen kamen vierzig Beamte zu dem Hofastrologen, ließen ihn aufsitzen und begleiteten ihn mit viel Prunk zum König. Vor dem König warf er sich auf die Erde und erwies ihm seine Ehrerbietung. Der König sprach: »Nun, Hofastrolog! Der Schatz ist gestohlen, hast du die Diebe gefunden?« – »Ja, möge ich Euer Opfer sein! Ich habe den Schatz gefunden. Das Geld habe ich gefunden, was gehen mich da die Diebe an?« Der König sprach: »Wo ist das Geld, das du gefunden hast?« Der Hofastrolog erwiderte: »Außerhalb der Stadt.« – »Bist du denn verrückt, Hofastrolog!« rief der König. »Das Geld ist aus der Schatzkammer gestohlen worden, und du hast es dort draußen gefunden?« Der Hofastrolog erwiderte: »Ja. Wann Ihr auch immer zu befehlen beliebt, dann befehlt, daß wir gehen und das Geld holen.« Der König sprach: »Also gut. Dem steht nichts entgegen.« Er rief seinen Wesir zu sich und sprach:

»Wir ziehen los zu einem Platz außerhalb der Stadt.« Der
Hofastrolog bemerkte noch: »Laßt auch vierzig Lastträger
mitkommen.« Sie kamen, der König saß auf, der Hofastrolog saß auf, und alle begaben sich aus der Stadt hinaus. Von
den Einwohnern der Stadt kamen einige hinter ihnen her,
die sehen wollten, wie der Hofastrolog das Verborgene
aufdecke.

Sie kamen zu dem Platz, den der Hofastrolog den Dieben
bedeutet hatte. Als sie dort ankamen, stieg der Hofastrolog
ab und bat den König, daß er auch absteigen möge. Der
König stieg ab, und zusammen kamen sie zu genau dem Ort,
an dem das Geld war. Der Hofastrolog schlug seinen Stock
auf den Boden und rief: »Grabt hier.« Die Arbeiter beeilten
sich und begannen zu graben, bis sie an das Geld gelangten.
Da sahen sie: Ja, man hat einen großen Krug vergraben, und
das Geld hat man hineingetan. Da freute sich der König

dermaßen, daß er den Hofastrologen zum Wesir zur Linken ernannte. Wie er nun Wesir geworden war, ritt er jeden Tag mit dem König aus.

Als er eines Tages auf diese Weise mit dem König umherritt, sah der König eine Heuschrecke auf seinem Knie sitzen. Der König fing sie in seiner Hand, näherte sich dem Hofastrologen und sprach: »Hofastrolog, was ist in meiner Hand?« Der Hofastrolog erinnerte sich – glücklicherweise – nur an das Sprichwort: »Einmal bist du gesprungen, Heuschrecke; zum zweiten Mal bist du gesprungen, Heuschrecke; beim dritten Mal bist du gefangen worden, Heuschrecke.« Der König wurde vor lauter Lachen bald bewußtlos und rief: »Richtig, richtig! Du kennst das Verborgene, ich kannte es nicht.« Und wieder ließ er ihm tausend Tuman als Geschenk überreichen.

Am Abend kam der Hofastrolog nach Hause und sagte zu seiner Frau: »Gott habe deinen Vater selig. Du hast mich in diese Lage gebracht, nun tu etwas, daß wir aus dieser Stadt fliehen können.« Die Frau entgegnete: »Du bist wirklich wenig zuversichtlich. Ich habe dich von einem Dornensammler zum Wesir des Königs gemacht. Da soll ich jetzt fliehen?« Der Mann erwiderte seiner Frau: »Du hast es nicht gemacht, Gott hat es gemacht. Aber der Eimer kommt nicht immer heil aus dem Brunnen heraus.« Sie entgegnete: »Dann werde ich dir jetzt also noch etwas beibringen: Wenn du nicht Wesir sein willst, dann tu so, als ob du verrückt geworden wärst.« Der Mann überlegte, dann sagte er: »Das ist kein schlechter Vorschlag.« Am nächsten Tag ging er ins Badehaus, begab sich in den Raum, in dem man sich die Körperhaare entfernt, und entfernte sich die Körperhaare. So wie er gerade war, lief er dann aus dem Badehaus hinaus und wie ein Verrückter zum Königshof.

Der König saß gerade auf seinem Thron, als er plötzlich hereinstürmte, den König an der Hand packte und ihn vom

Thron zog. Die Vorsehung half ihm hier, denn die Kuppel des Gebäudes stürzte ein. Der Hofastrolog verstand, daß ihn hier die Vorsehung unterstützt hatte. Der König und seine Wesire aber waren sehr verwundert, was das denn für ein Aufzug sei, in dem der Hofastrolog gekommen war. Der Hofastrolog sagte: »Möge es Euch als Mittelpunkt der Welt wohl ergehen. Als ich das Wasser über mich gießen wollte, um mich zu waschen, sah ich plötzlich, wie der König unter Trümmern begraben war. Da bin ich sogleich in diesem Zustand hinausgelaufen.« Der König wandte sich zu seinem Wesir und sprach: »Was hat er verdient? Was soll ich ihm geben?« Der Wesir antwortete: »Möge ich Euer Opfer sein! Alles was ich sage, ist zuwenig. Es waren mehr als hundert Leute in dem Gebäude, und als der König hinausging, sind wir auch gekommen. Er hat den König und auch uns gerettet.« Da sprach der König: »Gebt dem Hofastrologen tausend Tuman.« Der Hofastrolog nahm das Geld und ging weg.

Wie sehr er auch überlegte, auf welche Art er sich vor dem Zorn des Königs retten könne, er fand keinen Ausweg. Schließlich schrieb er an sich selbst einen Brief im Namen seiner Tochter aus einer fremden Stadt. Darin stand: »Ich bin krank, lieber Vater, komm bitte zu mir.« Diesen Brief nahm er und legte ihn dem König vor und bat den König, er möge ihn zwei Monate aus seinem Dienst entlassen. Zu seiner Frau sagte er: »Weißt du was? Wir müssen diese Stadt verlassen. Wenn du nicht willst, so scheide ich mich von dir und gehe alleine. Der Dienst beim König ist kein Kinderspiel, schon morgen kann ich hingerichtet werden. Gut, jetzt wollte ich mich verrückt stellen, da hat die Vorsehung geholfen. Ein weiteres Mal werde ich das nicht tun können.« Die Frau war einverstanden.

Sie packten alles, was sie hatten, an Besitz und Gut zusammen und verließen damit die Stadt, reisten zu einer anderen Stadt und eröffneten dort einen Kaufmannsladen. Der Mann änderte auch seinen Namen. Nach einem Monat schrieben sie dem König einen Brief mit Inhalt: »Möge Euer Leben Bestand haben! Der Hofastrolog ist verstorben. Sein Gehalt steht jetzt den Kindern zu.« Der König war sehr traurig über den Tod des Hofastrologen und sprach zu seinem Wesir: »Der Hofastrolog hat uns sehr gute Dienste geleistet. Überlaßt sein Gehalt seiner Tochter.«

Wenn der Esel singt, tanzt das Kamel

Es war einmal ein Kaufmann, der ging auf Reisen. Auf dem Weg verletzte sich eines der Kamele und blieb etwas zurück. Sie waren gerade in der Nähe einer kleinen Insel, so ließen sie das Kamel auf der Insel zurück und sagten: »Wenn wir es schlachten, dann ist niemand da, der all das Fleisch essen kann – so würde eine von Gott erlaubte Tat zu einer verbotenen Verschwendung. Also wollen wir es lebendig auf der Insel zurücklassen. Falls es gesundet, so ist das seine Bestimmung; falls es stirbt, so eben auch.«

Es verging eine Weile, da zog eine Karawane vorüber, bei der war ein Esel, der sich schwer verletzt hatte und keine Last mehr tragen konnte. Ihn ließ man auch auf der Insel zurück. Als der Esel auf die Insel kam, sah er, daß dort ein Kamel war. Das Kamel hatte mittlerweile gut gefressen und geweidet, und es war ein wenig dick geworden. Der Esel sagte zu dem Kamel: »Kamerad, was tust du hier?« – »Bei Gott, wir waren ein Weilchen krank«, antwortete das Kamel. »Man hat uns hiergelassen und ist weitergezogen. Und warum bist du hier?« Der Esel erwiderte: »Wir haben uns zufällig Sorge um dich gemacht, da hat man mich auch hier zurückgelassen und ist weitergezogen.« So blieb der Esel eine Weile dort, schlief und fraß und wurde gesund.

Eines Abends zog eine Karawane dort vorbei, und man hörte, wie die Glöckchen der Karawane läuteten. Der Esel begann zu iahen, das Kamel aber sagte zu ihm: »Kamerad, singe nicht, gleich werden sie deine Stimme hören, dann kommen sie und entdecken uns.« – »Kamerad, bei deiner Seele«, erwiderte der Esel. »Ich höre das Läuten der Glöckchen meiner Gefährten. Da muß ich singen.« – »Sing nicht«, warnte das Kamel, »sonst werde ich ein anderes Mal tanzen müssen.« Der Esel aber entgegnete: »Laß mich singen, bis du mit Tanzen an der Reihe bist.«

Der Lärm vom Iahen des Esels wurde gehört, und die Kinder des Karawanenführers gingen zu ihrem Vater und teilten ihm mit, daß man von der Insel einen Esel schreien höre. Der Karawanenführer sagte: »Schlagt das Lager auf. Wenn es am Morgen hell wird, werden wir hingehen.« Als sie am Morgen auf die Insel kamen, um den Esel zu suchen, sahen sie, daß dort auch ein Kamel im Wert von tausend Tuman war. Sie fingen das Kamel und den Esel ein und nahmen sie mit. Sie packten ihnen eine schwere und eine leichte Last auf, eine Last dem Kamel, eine Last dem Esel.

Wie sie nun weiterzogen, wurde der Esel müde und legte sich hin. Da sagten die Leute: »He nun, er kann nicht mehr tragen. Wir wollen seine Last dem Kamel aufpacken.« Als es bald Nachmittag wurde, kamen sie an einen Fluß. Der Esel blieb am Ufer des Flusses stehen, und was sie auch taten, so sehr sie ihn auch anbrüllten, er solle durch den Fluß gehen, er ging nicht. Da sagte der Karawanenführer: »Wir wollen etwas anderes machen: Hebt den Esel hoch, und ladet ihn auf das Kamel, damit wir so den Fluß durchqueren können!« Die anderen meinten: »Das ist kein schlechter Vorschlag.« Sie hoben den Esel an allen vier Füßen hoch und setzten ihn auf das Kamel. Als das Kamel an der Mitte des

Flusses ankam, begann es, mit den Beinen zu schlenkern. Der Esel fragte besorgt: »Kamerad, was machst du da?« – »Ich habe Lust zu tanzen«, erwiderte das Kamel. »Ich will tanzen.« – »Brüderchen«, rief der Esel, »hier mitten im Fluß ist doch kein Platz zum Tanzen!« Das Kamel aber erwiderte: »Damals, als ich zu dir gesagt habe, du solltest nicht singen, weil wir sonst eingefangen würden, da hast du gesagt: ›Ich muß jetzt singen!‹ Also muß ich jetzt tanzen.« Damit warf das Kamel den Esel in den Fluß, stieg aus dem Fluß und warf auch die Last ab, lief weg und rettete sich so vor dem Dienst bei den Menschen.

Die ängstliche Schlange

Die Überlieferer der Geschichten und die honigzungenen und süßsprechenden Papageien berichten, daß in alter Zeit einmal zwei Gärtner miteinander in einem Garten Dienst taten. Einer von ihnen kam vom Dorf, der andere war ein Stadtbewohner. Der, der aus der Stadt kam, hatte eine Frau, die war sehr griesgrämig und streitsüchtig.

Jeden Abend, wenn dieser arme Gärtner nach Hause kam, stritt sich die Frau mit ihm bis zum Morgen. Morgens dann verließ er weinend das Haus. Als er zu dem Garten kam, fragte der andere ihn: »Bruder, bist du auf jemanden zornig?« – »Nein«, erwiderte er. Der andere fragte weiter: »Und warum sind dann deine Augen voll Tränen? Hast du dich gestritten? Jeden Abend, wenn du nach Hause gehst, geht es dir gut. Wenn du morgens wiederkommst, bist du entweder wie ein Kranker im Todeskampf, oder du weinst, als ob du verprügelt worden wärst. Auf jeden Fall: Wir sind Arbeitsgenossen, wir sind Brüder! Erzähle mir deinen Schmerz, vielleicht kann ich ihn heilen.« – »Bei Gott, mein

Bruder«, erzählte er da. »Ich habe eine Frau, die ist so schlecht gelaunt, murrt immer, beklagt sich, sucht Streit und verflucht meinen verstorbenen Vater, daß ich morgens weinend das Haus verlasse. So gelange ich zu dir, mit verweinten Augen. Das ist mein Schmerz – jetzt heile ihn, wenn du es vermagst!« Der Genosse vom Dorf sagte: »Das ist nicht weiter schwierig! Noch heute werde ich deinen Schmerz heilen. Laß eine Grube unter diesem Maulbeerbaum graben. Geh zwei Nächte nicht nach Hause, dann geh in der dritten Nacht, und lade deine Frau ein, mit dir in den Garten zum Maulbeeressen zu kommen. Ich werde auf die Öffnung der Grube ein Tuch legen, dann steige ich auf den Maulbeerbaum und schüttele die Beeren hinunter. Sag dann zu deiner Frau: ›Komm Maulbeeren essen!‹ Sie wird auf das Tuch treten, um Maulbeeren aufzusammeln, und geradewegs in die Grube fallen. Darauf lasse sie einige Tage in der Grube, und gib ihr Brot und Wasser. So erhält sie ihre Strafe und wird bereuen. Dann hole sie wieder aus der Grube heraus!« Der Genosse aus der Stadt erwiderte: »Das ist kein schlechter Vorschlag!«

Er ging, um einen Brunnengräber zu holen, mit dem kam er zurück und ließ eine sieben Zar' tiefe Grube graben. Den Boden der Grube machten sie ein wenig geräumiger, damit die Frau, wenn sie schlafen oder sitzen wolle, genug Platz dazu habe. Zwei Nächte blieb der Mann im Garten und bereitete die Grube vor, nach zwei Nächten ging er nach Hause. Sosehr die Frau mit ihm auch schimpfte, wo er denn diese zwei Nächte gewesen sei, er ließ sich nicht darauf ein und sagte nur: »Ich war im Garten. Mein Herr hatte Gäste. Jetzt laß es gut sein, Frau! Komm morgen in den Garten zum Maulbeeressen, die Maulbeeren sind reif. Du mußt sie essen, um zu sehen, wie gut sie sind. Diese Maulbeeren schmecken wirklich vorzüglich!« Die Frau entgegnete: »Na gut!« Am Morgen sagte der Mann zu ihr: »Ich gehe jetzt.

Komm du am Mittag, dann ist die Luft noch nicht zu heiß, und der Platz ist angenehm kühl.« Die Frau erwiderte: »Also gut! Ich werde hier noch etwas aufräumen, dann komme ich.«

Der Mann kam in den Garten, und nach ihm kam auch die Frau. Da rief der Mann aus der Stadt nach seinem Gefährten vom Dorf und bat ihn: »Lieber Bruder! Willst du nicht kommen und den Maulbeerbaum ein wenig schütteln?« – »Natürlich«, erwiderte der andere, »hier sind die Maulbeeren ganz zart. Kommt hinten in den Garten, dort sind die Maulbeeren gut. Dort wollen wir essen.« Heimlich hatte er dort das Tuch ausgebreitet. Dann kletterte er auf den Baum und begann zu schütteln. Die arme Frau lief ahnungslos auf das Tuch, um die Maulbeeren aufzusammeln, da fiel sie zusammen mit dem Tuch in die Grube. Der Mann aber rief: »Na endlich, jetzt habe ich meine Ruhe!« Er sammelte einige Maulbeeren auf, tat sie in einen Krug, band den Krug in ein Tuch und ließ es an einem Strick hinab. Dabei rief er: »Nimm, liebe Frau! Iß diese Maulbeeren, damit du satt wirst.« Sie rief zurück: »Du Verfluchter! Du hast mich hereingelegt!« Der Mann erwiderte: »Zufällig kann ich jetzt über dich bestimmen. Sosehr du dort unten auch fluchst, du schadest nur dir selbst. Je eher du freundlich redest, um so eher wirst du gerettet. Und wenn nicht, bleibst du dort unten bis ans Ende deines Lebens!«

Am Morgen ließ er der Frau mit dem Strick das Mittagessen hinunter. So sehr sie auch schimpfte und um Hilfe schrie, er kümmerte sich nicht darum. Am Nachmittag ließ er ihr auch das Abendessen hinunter. Als die Frau einsah, daß sie in der Grube bleiben würde, wurden ihre Worte von Mal zu Mal sanfter. Auch der Mann bekam immer mehr Mitleid mit ihr. Nachdem sieben, acht Tage vergangen waren, sagte er bei sich: »Ich werde sie nach oben holen. Wenn sie verspricht, nicht mehr zu schimpfen, dann passiert weiter nichts; wenn sie es aber nicht verspricht, dann stoße ich sie wieder in die Grube zurück!« Sie besorgten eine große Schüssel, die bereiteten sie wie eine Waagschale vor, so daß die Frau sich in die Schüssel setzen und sie sie hochziehen könnten. Dann banden sie einen Strick an die Schüssel und ließen sie hinab. Als sie die Schüssel wieder hochziehen wollten, fanden sie sie sehr schwer. Sie sagten zu sich: »Statt daß die Frau dort unten gelegen hat und dünn geworden wäre, ist sie fett geworden.« Als sie aber den Strick ganz hochgezogen hatten, sahen sie eine Schlange, die war einen halben Zar' dick und hatte sich in der Schüssel zusammengerollt. Rasch wollten sie den Strick loslassen, bevor sie ganz oben sei, da hörten sie, wie die Schlange zu sprechen begann: »Werft mich nicht wieder in diese Grube, und Gott wird euch retten! Wenn ihr mich vor den Klauen dieser Frau rettet und mich herausholt, dann will ich euch einen großen Dienst leisten!« Da holte der Mann aus der Stadt die Schlange heraus und fragte sie: »Warum wolltest du vor dieser Frau gerettet werden? Was hat sie denn mit dir angestellt?« – »Mit mir hat sie gar nichts gemacht«, antwortete die Schlange, »aber wegen ihrem Schimpfen und Murren Tag und Nacht ist mir ganz elend geworden.« – »Nun gut«, sagte der Mann, »du hast versprochen, mir einen großen Dienst zu leisten. Was wirst du tun?« Die Schlange erwiderte: »Ich werde dich zum Schwiegersohn des Königs machen, unter der Bedingung, daß du die Frau nicht aus der Grube holst.« – »Selbstverständlich«, erwiderte der Mann. »Aber wie willst du mich zum Schwiegersohn des Königs machen?« Die Schlange erläuterte: »Ich werde mich um den Hals des Königs wickeln. Wen sie auch immer von den Schlangenbeschwörern schicken, ich werde mich von keinem beschwören lassen. Wenn dann alle gekommen sind und mich nicht wegschaffen konnten, dann komm du, und behaupte, du könnest mich vom Hals des Königs wegschaffen unter der Bedingung, daß er dir seine Tochter und die Hälfte seiner Besitztümer überlasse.« Der Mann erwiderte: »Ich bin einverstanden. So soll es sein.«

Die Schlange kam zum König und wickelte sich nachts um seinen Hals. Am Morgen gingen die Leute und holten alle Schlangenbeschwörer, die es gab, aber keinem von ihnen gelang es, die Schlange vom Hals des Königs wegzuschaffen. Nach all den anderen kam schließlich der Mann und behauptete: »Ich kann diese Schlange wegschaffen, unter der Bedingung, daß der König mir seine Tochter und die Hälfte seiner Besitztümer überläßt.« Der König sah ein, daß er keine andere Wahl hatte, und willigte ein. Der Mann forderte noch: »Der König soll mir das schriftlich geben!«, und der König gab ihm ein Schriftstück. Dann trat er vor, löste die Schlange vom Hals des Königs, wickelte sie um seine Hüfte und verließ den Thronsaal. Dort löste sich die Schlange von seiner Hüfte und sprach: »Schau, Kamerad! Ich werde dir etwas sagen. Unsere Freundschaft beschränkt sich auf diese eine Handlung. Du hast mich aus der Grube gerettet, und ich habe dich zum Schwiegersohn des Königs gemacht. Ich sage dir: Wenn ich in eine andere Stadt gehe und mich in einem anderen Land um den Hals eines Königs lege, dann komme nicht, und versuche, mich wegzuschaffen. Ich sage dir schon jetzt: Wenn du dann kommst, werde ich dich mit meinem Gift bespritzen. Also stelle dein Glück nicht auf die Probe dadurch, daß du mich wegzuschaffen versuchst!«

Nachdem eine Weile vergangen war, brachte man Nachricht, daß die Schlange sich in einem anderen Land um den Hals eines Königs gelegt hatte, der noch bedeutender als der erste König war. Auch dort hatte man alle Schlangenbeschwörer aus den Dörfern und Städten geholt, aber sie konnten die Schlange nicht wegschaffen. Einmal brachte man dem König die Nachricht, es gebe in der und der Stadt eine Person, die könne die Schlange wegschaffen; das sei der Schwiegersohn des Königs: »Nun müßt Ihr selbst entscheiden. Außer diesem Mann kennen wir niemand anderen mehr!« Der König sprach: »Nun gut! Das ist nicht weiter wichtig!« Damit ergriff er ein Blatt Papier und schrieb dem anderen König einen Brief: »Mir hat sich eine Schlange um den Hals gelegt, und so benötige ich dich heute. Schick mir deinen Schwiegersohn. Wenn er in Freundschaft zu mir kommt, dann ist es gut; und wenn nicht, dann werde ich mit dir Krieg führen.«

Der Brief gelangte zu dem anderen König. Der wurde sehr nachdenklich, verlangte nach seinem Schwiegersohn und sprach: »Mein Sohn! Heute bin ich für dich wie ein Vater. Du bist mein Schwiegersohn, du bist wie mein Sohn. Heute hat man mir einen Boten geschickt, der hat dieses Schreiben gebracht. Nun muß ich dich notgedrungen losschicken, damit du gehst und das Leben dieses Königs rettest.« Der Schwiegersohn erwiderte: »Wenn ich dieses Mal gehe, dann ist mein eigenes Leben in Gefahr. Denn die Formel, mit der ich damals beschwören konnte, habe ich vergessen. Wie soll ich denn der Schlange ohne Beschwörungsformel gegenübertreten?« Der König entgegnete: »Mein Sohn! Heute hast du keine Wahl! Wenn du nicht gehst, wird er Krieg mit mir führen. Du mußt daran denken, daß du als Märtyrer stirbst, wenn die Schlange dich beißt: Hunderttausende Menschen werden nicht sterben müssen, und jener König wird keinen Krieg mit mir führen! Dennoch hoffe ich, bei Gott, daß dir Erfolg beschieden ist. Geh du nur, und schaffe die Schlange weg. Wenn du gehst, so werde ich bei deinem Weggang ein Gebet sprechen – man sagt, wenn der Herrscher für seine Untertanen ein Gebet spreche, dann wird dies erhört.« So fügte sich der Mann und rief: »O Gott! Mit Hoffnung auf Dich gehen wir, um irgendeine List anzuwenden.«

Stück um Stück reiste er, bis er zu jener Stadt gelangte. Man benachrichtigte den König davon, daß er in der Stadt angekommen sei, und der König sprach: »Wir wollen ihn empfangen! Jeder, der mich liebt, soll ihm mit mir einen Empfang bereiten!« So gingen sie ihm entgegen und geleiteten ihn mit größtmöglicher Pracht in die Stadt. Dort sprach der König: »Ich bitte dich, löse diese Schlange von meinem Hals!« Der Jüngling erwiderte: »Also gut!« Dann stand er auf, näherte sich dem König und wandte seinen Kopf nahe zu der Schlange hin. Die Schlange fauchte ihn an: »Du Jüngling, was willst du hier? Habe ich dir nicht gesagt, du sollest nicht hierherkommen?« – »Doch«, entgegnete der Jüngling. »Aber ich bin nicht gekommen, um dich vom Hals des Königs zu lösen. Vielmehr bin ich geflohen. Ich bin hierhergekommen, um dir mitzuteilen, daß meine Frau aus der Grube herausgekommen ist. Wohin soll ich nur vor ihr fliehen?« Da rief die Schlange sogleich: »Ich werde mich unter der Erde verkriechen. Du aber geh, wohin du willst!« Und damit löste sie sich vom Hals des Königs und verschwand.

Auf der Stelle schlug man die Freudentrommeln, und der König setzte ein Schreiben auf: »Wenn ich sterbe, soll der Jüngling mein Nachfolger werden. Ich habe keine Tochter, die ich ihm geben könnte, also soll der Jüngling nach mir mein Nachfolger werden.« Nach einer Weile bereiteten sie sich zum Abschied vor, und mit vollendeter Pracht kehrte der Jüngling zurück und überreichte dem anderen König das Schreiben.

Wir kamen nach oben, dort war Mehl, wir kamen nach unten, da war Teig – das war unsere Geschichte gleich!

Wie man Freunde erprobt

Einer war, einer war nicht – außer Gott gab es niemand. Zu den kurzen Geschichten gehört, daß es einmal einen Kaufmann gab, der hatte einen Sohn. Jeden Tag hatte der Junge zehn Tuman in seiner Tasche. Eines Tages nun fragte der Vater ihn: »Mein Sohn! Was machst du mit dem Geld, das ich dir gebe? Was hast du damit gemacht? Was stellst du damit an?« Der Sohn antwortete: »Nichts Besonderes. Wir gehen mit den Kameraden ins Kino oder ins Kaffeehaus, oder wir gehen spazieren. Wir geben es eben aus.« – »Mein Sohn«, sagte der Vater. »Das, was du da tust, ist kein gutes Verhalten. Wenn ich nun morgen meinen Kopf niederlegen und sterben sollte, dann wirst du ein Bettler werden. Ich gebe dir dieses Geld, damit du mit ihm Handel treibst, damit du im Bazar kaufst und verkaufst und das Geld vermehrst. Du sollst lernen, wie man zu Geld kommt, und auch, wie man es ausgibt. Mein Sohn, diese Kameraden, die du dir gesucht hast, sind auch keine wirklichen Freunde, sie sind nur Kameraden für das Kino oder für das Kaffeehaus. Ich bin dein Vater. Hundert Jahre Leben habe ich von Gott erhalten, und noch habe ich keinen vollständigen Freund gefunden. Wie soll es sein, daß du – mein Sohn, von dessen Leben erst zwanzig Jahre vergangen sind – schon fünfzig Freunde gefunden hast?« – »Und wenn schon«, erwiderte der Sohn, »meine Kameraden leisten mir eben gute Gesellschaft.«

Da sagte der Vater: »Jetzt wollen wir das sein lassen und eine Prüfung anstellen. Ein Sprichwort sagt: ›Die Stadt Hamadan ist fern, aber Kardusch ist nah‹. Wir werden prüfen, ob deine zwanzig Kameraden wahre Freunde sind oder mein halber Freund. Gib zumindest einmal das Geld, das du sonst verschwendet hast, nicht für sie aus, sondern benutze es für dich selbst. Wenn du es einem Bettler gibst, so wird er wenigstens für dich ein Gebet an Gott richten, und Gott wird es dir vergelten. Aber diejenigen, denen du es bisher gegeben hast, verzehren es nur; und wenn du ihnen nichts gibst, werden sie dich schmähen.« – »Gut, lieber Vater«, erwiderte der Sohn, »stelle sie auf die Probe, damit wir sehen, was passiert.« – »So soll es sein, lieber Sohn. Noch heute abend werde ich sie prüfen.«

Als es am Abend dämmerte, nahm der Kaufmann seinen Sohn bei der Hand und verließ mit ihm das Haus. Er kaufte ein Schaf und ließ ihm vom Fleischer den Kopf abschlagen. Den Kadaver wickelte er in seinen Überwurf und sagte zu seinem Sohn: »Nimm dies auf deine Schulter! Dann geh nacheinander zu den Häusern deiner Freunde, und klopfe an die Tür. Wir wollen doch einmal sehen, wer dir Zuflucht gewährt!«

Der Sohn erwiderte: »Also gut!« Dann nahm er den Leichnam des Schafs auf seine Schulter und klopfte an die Tür eines seiner engsten Freunde. Man fragte: »Wer ist dort?« Er antwortete: »Richtet dem Herrn Hosein aus, daß Herr Hasan nach ihm verlangt!« Hosein kam voller Sorgen zur Tür gelaufen. Als er die Tür öffnete, sah er, daß Hasan ein Bündel auf der Schulter trug. Er fragte: »Mein Bruder, was ist es, wovor du Angst hast?« – »Bei Gott, mein Bruder«, erwiderte Hasan. »Du bist kein Fremder, du bist vielmehr wie ein Bruder für mich. Ich habe mich mit jemandem gestritten, und wir haben miteinander gekämpft. Da habe ich mein Messer in seinen Bauch gestochen, und wie ich das tat, starb er. Jetzt habe ich den Toten hierhergebracht. Laß mich heute abend hier, damit mein Vater nichts davon erfährt. Bis zum Morgen will ich mir etwas überlegen!« Der andere erwiderte: »Mein Bruder, möge ich dein Opfer sein! Ich habe mich heute abend mit meiner Mutter gestritten. Jetzt haben wir hier schlechte Stimmung. Bring den Leichnam zu jemand anderem.«

So ging er zum Haus eines anderen Freundes. Kurzum, jener kam und sagte: »Ich habe mich mit meiner Frau gestritten und kann dich leider nicht einlassen. Bitte habe Verständnis dafür, und bringe ihn zu jemand anderem.« Einer nach dem anderen ging er zu allen seinen Kameraden, alle gaben auf diese Weise Antwort. Nur der zwanzigste sagte zu ihm: »Bruder, ich werde dir einen Weg aufzeigen!« – »Was soll ich tun?« fragte er. »Wenn du weggehst, dann leg den Leichnam einfach so auf den Gehweg, und geh fort.« – »Das ist wirklich ein guter Gedanke«, rief Hasan. »Es ist ja mein eigener Überwurf, den alle Leute des Bazars kennen. Da hast du mir einen guten Weg aufgezeigt: Ich werde sicher schnell gefangengenommen werden!«

Sein Vater aber sagte zu ihm: »Nun gut. Du hast deine zwanzig Kameraden auf die Probe gestellt. Jetzt habe ich einen halben Freund. Laß uns gehen und den halben Freund prüfen.« Sie machten sich auf den Weg und klopften an der Tür. Ein Diener kam und fragte: »Wer ist da?« – »Richtet

Eurem Herrn aus, daß der Hadschi Abbas nach ihm verlangt!« Der Sohn sah, wie sich die Tür öffnete und ein verständiger Mann herauskam. Er grüßte den Vater und sprach: »Mein Herr, warum klopft Ihr an die Tür? Kommt doch, wenn es Euch beliebt, herein!« – »Nein«, sagte der Vater, »mir ist heute ein Unglück zugestoßen, deshalb komme ich nicht herein.« – »Was für ein Unglück denn?« – »Mein lieber Sohn hat jemanden umgebracht. Sie haben miteinander gestritten, da hat er dem anderen ein Messer in den Bauch gestoßen, und der andere ist auf der Stelle gestorben. Er hat ihn in seinen Überwurf gelegt und ist mit ihm weggelaufen.« – »Wo ist er?« fragte der Freund. Der Vater wandte sich zu seinem Sohn: »Bring den Leichnam her!« Der Hausherr packte den Überwurf an allen vier Ecken und zog ihn hinein, dann sprach er: »Tretet ein!«

Zunächst brachte er den Überwurf in den Keller und versteckte ihn dort. Da auf die Straße drei, vier Tropfen Blut gefallen waren, nahm er eine Wasserkanne und wusch sie weg. Dann kam er wieder zu dem Sohn und sagte: »Werter Herr! Dein Rock und deine Hose sind blutig geworden. Zieh sie aus!« Er half ihm beim Ausziehen, legte die Kleider dann in eine Schüssel und goß Wasser darüber. Zu seiner Frau sagte er: »Wasch sie!« Dann kam er selber wieder und unterhielt sich mit ihnen: »Nun, mein Bruder! Laß mich hören, wie es dir geht!« Der Vater entgegnete: »Mein Freund! Wie es mir geht, siehst du ja. Aber was wird nun wegen diesem dummen Knaben werden?« – »Schau einmal«, erwiderte der andere, »nun bist du nach so langer Zeit endlich einmal hierhergekommen. Da willst du jetzt niedergeschlagen hier sitzen und mir leeres Geschwätz vorhalten? Dazu habe ich keine Geduld: Dann steh lieber auf, und geh nach Hause!« – »Nun gut! Aber was wirst du mit dem Leichnam anfangen?« – »Was geht dich der Leichnam an? Wenn es Zeit dafür ist, werde ich den Leichnam zerstückeln und aufessen. Ich werde ihn auf keinen Fall aus dem Haus herausgeben! Wenn du nun hier sitzen bleiben willst, so unterhalte dich vernünftig mit mir! Sprich und lache! Wenn du nicht willst, dann steh auf, und geh nach Hause. Dann habe ich nichts mit dir zu schaffen!«

Da wandte der Vater sich seinem Sohn zu und sagte: »Lieber Sohn, siehst du nun?« – »Ja«, entgegnete der Sohn. Der Vater aber rief: »Na so etwas! Ich habe ihn nie für einen vollständigen Freund gehalten. Immer habe ich zu mir gesagt, er sei nur ein halber Freund.« Dann wandte er sich dem Freund zu und sagte: »Mein Bruder! Steh auf, und geh schauen! Heb den Leichnam auf, und bring ihn hierher, denn wir brauchen ihn hier.« – »Was wollt ihr denn mit dem Leichnam machen?« – »Steh auf, und bring ihn hierher! Ich möchte eine seiner Keulen braten und essen.« – »Ißt du denn auch Menschenfleisch?« – »Nun geh schon, hol ihn, und bring ihn her!«

Der Freund stand auf, packte den Überwurf an allen vier Ecken und holte ihn her. Dann öffnete er ihn und sah das Schaf. Sie häuteten es und begannen eine ausgiebige Mahlzeit. Dann fragte der Freund: »Mein Bruder! Warum hast du das getan?« Der Vater erwiderte: »Dieser Sohn von mir nimmt jeden Tag zehn Tuman und verpraßt sie mit seinen Kameraden. Ich wollte meinem Sohn mit einer Prüfung beweisen, daß es keine wirklichen Freunde sind, die er hat: Sie sind nur Freunde seines Geldbeutels.«

Nichts ist wie der Bruder

Es war einmal ein Kaufmann, der hatte eine Frau. Diese Frau hatte er sehr lieb, und auch die Frau liebte ihren Gatten. Sie gebar vier Söhne von ihrem Mann. Auch einen

Bruder hatte die Frau. Einer von ihren Söhnen aber hatte schlechte Manieren.

Eines Tages saß er im Laden des Kaufmanns, da kam ein Mann vorbei, der wollte etwas kaufen. Der Sohn des Kaufmanns sagte zu ihm: »Gib mir das Trinkgeld für den Gesellen!« Der Käufer erwiderte: »Ich habe den Stoff so teuer gekauft, da gebe ich kein Trinkgeld.« Der Sohn des Kaufmanns war ja eigentlich kein Geselle. Stolz, wie er war, entgegnete er: »Dann steck dir dein Trinkgeld in den Hintern!« Der Käufer wußte nicht, daß dies der Sohn des Kaufmanns war. Er dachte, es sei der Geselle, und so gab er ihm eine Ohrfeige, indem er rief: »Du Verfluchter! Wie sprichst du denn mit mir!«

Nun fingen beide an, miteinander zu ringen, und bald kam der Onkel dem Jungen zu Hilfe und verprügelte den Käufer mit einem Stock. Dann kam jemand anders dem Käufer zu Hilfe, und nun rangen diese zwei, drei Leute miteinander. Schließlich wurde auch der Kaufmann in das Handgemenge einbezogen. Alle zusammen wurden ergriffen. Als man sie zum Gericht brachte, da stellte sich heraus, daß der Käufer zur königlichen Familie gehörte. Nun, der Richter unterstützte nicht den Kaufmann, sondern er unterstützte die Familie des Königs. So ließ er den Käufer laufen und sperrte den Kaufmann, seinen Sohn und den Onkel ein. Einen ganzen Monat blieben sie im Gefängnis, bis der König Befehl gab, sie hinzurichten.

Da verfaßte die Frau des Kaufmanns ein Bittschreiben an den König, in dem sie bat, der König möge ihr das Leben von einer der drei Personen schenken. Der König sprach: »Es sei! Geht mit ihr, und jeder, dessen Hand die Frau ergreift, den packt, und bringt ihn zu mir!« Also ging man zu der Frau und teilte ihr mit: »Komm, und geh ins Gefängnis! Der König hat dir einen von ihnen geschenkt. Wen du auch willst, nimm ihn, und geh!« Sie begleiteten die Frau zum Gefängnis, öffneten das Tor des Gefängnisses, und die Frau trat ein. Der Mann sagte sich, daß sie sicher gekommen sei, um ihn mitzunehmen. Der Sohn dachte bei sich: »Sie ist meine Mutter. Sie ist gekommen, um mich abzuholen.« Und auch der Bruder fragte sich: »Ist meine liebe Schwester etwa gekommen, um mich abzuholen?«

Die Frau trat ein und ging zuerst zu ihrem Mann. Zu dem sagte sie: »Nun gut! Dieses unselige Feuer hat dein Sohn entzündet! Statt daß du es gelöscht hättest, hast du dich selber mit einbeziehen lassen. Nun gut, Gott möge dir Rettung schenken!« Dann ging sie zu ihrem Sohn und sagte: »Liebes Söhnchen! Hast du dich denn nicht geschämt, wegen einer kleinen Münze Trinkgeld für den Gesellen solch einen Aufruhr anzustiften? Du bringst damit dich selber zur Hinrichtung und auch zwei andere Menschen. Nun gut, möge Gott dich beschützen, mein Sohn!« Dann ging sie zu ihrem Bruder und sagte: »Du hast doch gesehen, daß dieser Nichtsnutz Streit suchte. Warum hast du dich da hineinziehen lassen? Jetzt steh auf. Ich nehme dich mit nach draußen. Dann wollen wir sehen, was Gott mit den beiden anderen vorhat!« Sie ergriff die Hand des Bruders und ging nach draußen. Als sie beide draußen waren, brachte man sie vor den König.

Als sie dort waren, fragte der König: »Wer ist das? Dein Sohn?« Die Frau antwortete: »Nein! Möge ich Euer Opfer sein!« – »Ist es dein Mann?« – »Nein! Möge ich Euer Opfer sein!« – »Wer ist es dann?« – »Es ist mein Bruder.« – »Wie kommt es denn«, fragte der König weiter, »daß du deinen Sohn gehen läßt und diesen hier herausholst?« Die Frau antwortete: »Möge ich Euer Opfer sein! Ich habe zwei, drei Kinder. Aber einen Bruder habe ich sonst nicht.« – »Nun gut. Und warum hast du deinen Ehemann nicht herausgeholt?« – »Möge ich Euer Opfer sein! Einen Ehemann kann man ersetzen. Aber ich habe keine Mutter und keinen Vater mehr, die mir einen Bruder machen könnten. Also habe ich zwangsläufig meinen Bruder herausgeholt, denn für ihn gibt es keinen Ersatz.« – »Nun gut«, bemerkte der König, »da du deinen Bruder so sehr liebst, daß du um seinetwillen sogar deinen Mann und deinen Sohn gehen ließest, so wollen wir deinem Bruder das Leben dieser beiden schenken!« Und damit ließ er sie frei.

Der Mann kam zu der Frau und wollte sie tadeln, aber die Frau erwiderte: »Ihr habt doch keinen Menschen getötet, ihr wart nur in einen Streit verwickelt, und mein Bruder stand auf der falschen Seite. Der König wußte nicht, daß ich ihn befreien würde, sonst hätte er mir nicht die Erlaubnis dazu gegeben. Andererseits wußte ich, daß er nicht unschuldig war. Ich habe ihn mitgenommen, da ich wußte, daß ihr beide ohne Schuld seid und der König euch deshalb freilassen wird. Also, was willst du dazu sagen? Habe ich schlecht gehandelt, daß ich euch befreit habe? Das habe ich doch nur getan, damit ihr beruhigt sein könnt!«

Wer vom Halwa nascht …

Es war einmal ein Dornensammler, der hatte drei Töchter. Eines Tages sagte er zu seiner Frau: »Frau, bereite mir heute abend etwas Halwa zu. Morgen werde ich draußen in der Einöde Gäste haben. Dort sind einige andere Dornensammler, die sind meine Gäste.« Die Frau bereitete das Halwa zu und füllte es in eine Schüssel, die sie in die Vorratskammer stellte.

Die jüngste Tochter war sehr schlau und verschlagen. Als alle zu Abend gegessen hatten und sie die Gefäße in die Küche trug, sah sie dort einen ungewaschenen Topf und fragte sich: »Was hat die Mutter wohl darin zubereitet, das wir nicht gegessen haben?« Sie hielt den Topf unter die Lampe und sah, daß darin Halwa war. Da ging sie und rief die älteste Schwester, und die älteste Schwester rief die mittlere. Dann sagten sie bei sich: »Wenn wir etwas anstellen, so müssen wir es zusammen machen, denn wenn wir alle drei etwas zusammen anstellen, dann werden uns die Eltern nichts tun.« Also aßen sie das Halwa zu dritt auf. Dann mischten sie etwas Erde mit Wasser und machten Schlamm daraus, den sie in die Schüssel füllten. Obendrauf füllten sie eine ganz dünne Schicht Halwa, denn ihre Mutter sollte nichts bemerken, wenn sie am Morgen die Schüssel einpacken würde.

Als der Mann am Morgen aufstand, sagte er zu seiner Frau: »Steh auf, und gib mir das Mittagessen, damit die schlafenden Kinder nichts merken!« Die Frau stand auf, legte Brot in ein Tuch, stellte die Schüssel mit Halwa dazu, band das Tuch zu und gab es dem Mann. Der Mann nahm alles mit und brach auf. Um die Mittagszeit lud er die anderen Dornensammler ein, zum Mittagessen zu kommen. Beim ersten Happen den sie nahmen, bekamen sie Halwa in den Mund, beim zweiten Erde. Da wandten sich die Gäste dem Dornensammler zu und sagten: »Zuerst hattest du nicht genug Geld, um Halwa zuzubereiten. Jetzt haben wir alle unseren Lohn zusammengelegt, damit du für uns das Halwa zubereiten läßt – da tust du einfach Erde in eine Schüssel und bringst uns das?« Der Mann verteidigte sich: »Gott ist mein Zeuge! Meine Frau hatte Halwa zubereitet, die Schüssel war voll davon! Vor meinen Augen hat sie sie gefüllt! Das müssen die Kinder gewesen sein. Ich werde sie in eurer Anwesenheit bestrafen!« So waren die Gäste gezwungen, trockenes Brot zu essen, und der Dornensammler war sehr beschämt, brach auf und ging zurück zur Stadt.

Er verkaufte sein Bündel Dornenäste, kam nach Hause, rief seine Frau, stellte die Schüssel vor sie hin und sagte:

»Was ist das, was du mir da gegeben hast?« Die Frau gab ihm zwei Ohrfeigen und rief: »Möge Gott mich sterben lassen, wenn deine Anschuldigung richtig ist! Hast du denn gestern abend nicht zugesehen, wie ich die Schüssel mit Halwa gefüllt habe?« Er erwiderte: »Mach nicht so einen Lärm! Mir ist mittags selbst eingefallen, wer das getan hat. Das hat nichts mit dir zu tun. Ich weiß nur noch nicht, wie diese verfluchten Töchter das Halwa gegessen haben, ohne daß wir es gemerkt haben.« Am Abend rief der Vater die Kinder zusammen: »Sagt die Wahrheit, jetzt da es vorbei ist: Wer von euch hat das Halwa gegessen?« Die jüngste Tochter antwortete: »Lieber Vater, wir haben es alle drei gegessen!« – »Gut«, erwiderte der Vater, »ich weiß selbst, daß einer alleine das ganze Halwa nicht aufessen kann. Aber wie habt ihr überhaupt davon erfahren?« Die mittlere Tochter anwortete: »Ich habe nichts davon gewußt. Die ältere Schwester hat mich gerufen. Sie sagte zu mir: ›Steh auf, Mama hat Halwa zubereitet!‹« Der Vater wandte sich der ältesten Schwester zu und fragte sie: »Woher hast du denn gewußt, daß deine Mutter Halwa zubereitet hatte?« – »Bei Gott«, erwiderte sie, »ich war am Schlafen. Da kam diese verschlagene Verfluchte und rief mich mit den Worten: ›Steh auf, Mama hat Halwa zubereitet!‹ Da bin ich aufgestanden und habe die andere Schwester auch gerufen. Zu dritt sind wir dann gegangen und haben es gefunden. Später habe ich gesagt, daß wir die Schüssel mit Schlamm füllen sollen, damit die Mutter es am Morgen nicht bemerkt. Nun, lieber Vater, wenn du uns bestrafen willst, mußt du schon alle drei bestrafen!« Der Vater entgegnete: »Ihr Lieben, jetzt will ich noch nichts tun. Wenn ich etwas vorhabe, werde ich alle drei mitnehmen!«

Die Nacht verging, am Morgen sagte der Vater zu den Töchtern: »Ich sehne mich sehr nach meiner Schwester. Wollt ihr alle mitkommen zum Haus eurer Tante?« – »Natürlich!« riefen alle. »Dann steht auf, und zieht euch frische Kleider an, wir gehen eure Tante besuchen!« Die Mädchen standen auf, wuschen sich freudig Hände und Gesicht, zogen sich frische Kleider an und machten sich hinter ihrem Vater auf den Weg, bis sie die Stadt verlassen hatten.

Ein, zwei Farsach außerhalb der Stadt war ein großer allein stehender Walnußbaum. Der Vater fragte die Mädchen: »Wollt ihr Walnüsse? Dann werde ich euch welche herunterschütteln.« Die Mädchen hatten schon angefangen, mit Steinen nach den Nüssen zu werfen, aber er sagte: »So geht das nicht! Ihr drei legt euch jetzt hin. Ich werde meinen Überwurf auf euch legen, und ihr schlaft ein wenig. Ich klettere derweil auf den Baum und werde ihn schütteln, damit die Walnüsse herunterfallen. Dann könnt ihr sie aufsammeln und als Geschenk für die Tante mitnehmen.« Die Mädchen antworteten: »In Ordnung.« Dann legten sich alle drei hin, er breitete seinen Überwurf über sie aus und kletterte auf den Baum, wobei er sagte: »Steht nicht auf, bis ich wieder vom Baum heruntergeklettert bin!« Drei-, viermal trat er gegen die Äste, dann hängte er sein Gewand zwischen die Zweige, kletterte vom Baum herunter und lief heimlich davon. Die Mädchen schauten verstohlen unter dem Überwurf hervor und sahen sein Gewand oben im Baum, da dachten sie, daß ihr Vater noch oben sei. Die jüngste aber rief: »Steht auf! Wie lange will denn unser Vater dort oben stillstehen? Es fallen doch gar keine Walnüsse mehr herunter!« Die älteste Tochter sagte: »Nein, bleibt liegen. Er ist doch noch oben. Wenn wir jetzt aufstehen, wird er kommen und uns verprügeln! Dann wird er seinen Ärger über das Halwa hier austoben, und unsere Mutter ist nicht da, daß sie uns helfen könnte!« Die jüngste aber meinte: »Ich stehe auf. Ich bin es leid.«

Es war schon Abend geworden. So stand sie auf und schaute sich an dem Baum um, dann rief sie: »Lieber Vater!

Warum schüttelst du keine Walnüsse mehr herunter?« Sie schaute genauer hin und rief zu den anderen: »Steht auf! Schande über euch! Der Vater hat uns allein gelassen und ist fortgegangen.« Also standen die anderen auch auf, schauten sich um und sahen, daß der Vater nicht mehr dort war. Da sagte die jüngste: »Nehmt den Wasserkrug, ich will hochklettern und Papas Gewand herunterholen.« Die anderen nahmen den Wasserkrug, das jüngste Mädchen kletterte in den Baum und holte das Gewand. Dann schlug die mittlere Tochter vor: »Steck doch mal die Hand in die Seitentasche, und schau, was dort drin ist.« Die jüngste steckte also die Hand hinein und fand zwei Brote, die der Vater hineingelegt hatte. Außerdem hatte er einen Brief geschrieben mit den Worten: »Meine Kinder! Ihr habt mich gestern so beschämt, daß ich meinen Gefährten versprochen habe, euch alle drei schwer zu bestrafen. Zuerst wollte ich euch zu Hause verprügeln, aber ich habe gemerkt, daß eure Mutter das nicht zulassen würde. Dann habe ich euch in die Wildnis hinausgeführt, wo ich euch töten wollte, aber ich merkte, daß ich dazu nicht die Kraft habe. Ich kann so etwas Schlimmes nicht tun, denn wenn ich euch töte, so muß ich es vor Gott verantworten. So räche ich mich also an euch mit dieser List. Jetzt bleibt ihr hier auf euch selbst gestellt und werdet sehen, was Gott mit euch vorhat. Diese zwei Brote werden mit den Walnüssen ein Mittag- und ein Abendessen für euch sein. Entweder werdet ihr von den wilden Tieren gefressen, oder jemand nimmt euch mit!«

Nachdem der Vater die Mädchen dort allein gelassen hatte, ging er zum Haus seiner Schwester. Das Haus der Schwester war sechs bis zehn Farsach weit entfernt. Im Haus der Schwester erzählte er ihr, was vorgefallen war, blieb zwei Nächte dort und ging dann zurück. An dem Tag, als der Mann abreiste, stand die Schwester auf. Ihr Mann fragte sie: »Wohin gehst du?« Sie erwiderte: »Ich gehe zu den Kindern. Dieser verrückte Mann hat die Kinder in der Wildnis alleine gelassen und ist weggegangen.« – »Nimm etwas Wegzehrung mit. Wenn du sie findest, werden sie hungrig sein, dann kannst du ihnen etwas zu essen geben. Nimm sie mit, und bring sie hierher!« – »Das ist kein schlechter Vorschlag«, erwiderte die Tante. Sie nahm etwas Brot und Butter mit und machte sich auf den Weg.

Laßt nun die Tante auf ihrem Weg gehen, und kommt mit zu den Mädchen! Die Mädchen nahmen die zwei Brote und sagten bei sich: »Wenn wir diese Brote an einem Tag aufessen, werden wir danach vor Hunger sterben. Es ist besser, daß wir uns zuerst mit den Walnüssen behelfen, dann wird das Brot zwei, drei Tage ausreichen!« So aßen sie zu Mittag nur ein wenig davon, auch am Abend aßen sie nur ein wenig. Als es dunkel wurde, hörten sie, wie die wilden Tiere zu brüllen begannen, und sagten bei sich: »Was sollen wir nur tun? Wir haben keine andere Wahl, als daß wir auf den Baum klettern.« Das älteste Mädchen sagte: »Nehmt ihr einmal den Wasserkrug, dann will ich hochklettern. Weil ich schwerer als ihr bin, kann mich niemand hochziehen.« Die anderen nahmen den Wasserkrug, und das älteste Mädchen kletterte hoch. Dann nahm die jüngste Tochter den Wasserkrug, und die mittlere kletterte hoch. Die jüngste aber blieb unten. Da rief sie der ältesten Schwester zu: »Jetzt nimm meine Hand, und zieh mich hoch!« Die älteste Schwester aber erwiderte: »Du bist an allem schuld! Jetzt bleib du dort unten, und laß dich von den wilden Tieren fressen!« Die jüngste entgegnete: »Du bist einmal meine ältere Schwester gewesen! Wenn du mir schaden wolltest, hättest du doch nicht zu sagen brauchen, daß wir alle das Halwa gegessen haben und daß du vorgeschlagen hast, Schlamm hineinzutun! Wenn ich auch hier unten bleibe, so will ich den Überwurf um mich wickeln und mich mit dem Gesicht nach unten hinlegen. Dann werden die wilden Tiere sicher meinen, ich sei ein Stein.«

Die mittlere Schwester bat die ältere: »Schwester! Wir wollen ihre Hand nehmen und sie hochziehen. Sie ist schließlich unsere Schwester! Wir haben das Halwa alle zusammen gegessen, so können wir doch nicht auf den Baum klettern und sie dort unten alleine lassen! Hätte sie den Wasserkrug nicht gehalten, hätten wir nicht hochklettern können.« – »Na gut«, erwiderte die älteste Schwester, »gib mir deine Hand!« Sie nahm die jüngste Schwester bei der Hand und zog sie nach oben. Die Nacht verbrachten sie, indem sie bis zum Morgen im Baum saßen. Erst als es Morgen wurde, kamen sie herunter. Dann breiteten sie das Gewand des Vaters als Matraze aus, zogen den Überwurf anstelle einer Decke über sich und schliefen.

Das jüngste Mädchen war halb am Schlafen, da bemerkte es, wie drei Tauben sich auf dem Baum niederließen. Die eine sagte zu der anderen: »Schwester! Der Überwurf, der dort unten liegt: Weißt du, was das ist?« – »Nein«, entgegnete die andere, »es ist wohl einfach ein heruntergefallener Überwurf.« – »Nein«, fuhr die erste fort, »das sind drei Schwestern, auf die ihr Vater, der Dornensammler, zornig war. Er hat sie hier ausgesetzt und ist weggegangen. Jetzt sucht ihre Tante sie ganz verzweifelt. Wäre doch eine von ihnen wach und könnte hören: Wenn sie den Weg nach rechts nehmen, kommen sie zum Dorf ihrer Tante. Dort wird noch etwas anderes mit ihnen passieren!« Das jüngste Mädchen stand von seinem Platz auf und weckte die Schwestern: »Steht auf! Ich weiß jetzt, wie wir zum Haus unserer Tante gelangen können!« Zusammen standen sie auf und riefen: »Gütiger Gott! Hilf uns, bis wir zum Haus unserer Tante gelangen, ein Auskommen zu finden, damit wir ihr nicht zur Last fallen müssen!« Damit erhoben sie sich und machten sich auf den Weg.

Genau zur selben Zeit war der König zur Jagd aufgebrochen. Die Mädchen wußten nichts davon, so gingen sie mitten durch das Jagdgebiet. Die Diener des Königs wollten sie verprügeln, sie aber begannen zu weinen und riefen, daß sie doch nichts davon gewußt hätten, daß sie nur zufällig hier vorbeigekommen wären. Der König sah von Ferne, wie sie weinten, schluchzten und jammerten. Da rief er: »Bringt sie zu mir!« Man brachte sie zum König, und er fragte: »Wer seid ihr? Was macht ihr hier in diesem Jagdgebiet?« Sie erzählten dem König ihre Geschichte, und der König sprach: »Sehr gut! Da ich älter als ihr bin, will ich euch einen Bräutigam beschaffen. Was habt ihr für gute Eigenschaften?«

Das älteste Mädchen sagte: »Ich werde einen Kessel mit fünf Sir Suppe kochen. Selbst wenn der König und alle seine Soldaten davon essen, wird noch etwas davon übrigbleiben.« – »Und was hast du für gute Eigenschaften?« fragte der König die mittlere Schwester. Die antwortete: »Ich werde einen Teppich weben, nur einen Zar' breit. Selbst wenn sich der König mit seinen ganzen Soldaten darauf niederläßt, wird noch etwas Platz übrigbleiben.« – »Gut«, sprach der König, »und was hast du für gute Eigenschaften?« Die jüngste Schwester erwiderte: »Wenn der König mich zur Frau nimmt, dann werde ich ihm einen Sohn mit goldenen Haaren und Perlenzähnen gebären, den ihm keine der anderen schenken kann.«

Der König schaute das jüngste Mädchen an und sah, daß es viel hübscher als die anderen war. Bei sich sprach er: »Sie wird eine gute Frau sein. Wenn sie, jung, wie sie ist, mich alten Mann als Ehegatten annimmt, dann ziemt es sich nicht, daß ich sie nicht nehme.« Laut sprach er: »Nun, ich werde euch alle drei mitnehmen und auf die Probe stellen!« Das jüngste Mädchen bat: »Möge ich Euer Opfer sein! Unsere Tante lebt ganz in der Nähe. Erlaubt uns, ihr mitzuteilen, daß wir fortgehen, damit sie nicht weiter nach uns sucht!« – »Nun gut«, erwiderte der König. In diesem Moment sahen sie, wie eine Frau in der Ferne vorbeiging. Das Mädchen lief zu ihr hin, holte sie zum König und sagte: »O Mittelpunkt der Welt! Ich habe unsere Tante geholt!« Der König sprach zu ihr: »Diese Mädchen sind die Kinder deines Bruders. Willst du sie mitnehmen, oder soll ich sie mitnehmen?« Die Tante erwiderte: »Selbstverständlich werden sie Euch, o Mittelpunkt der Welt, zu Diensten sein. Eure Dienerin bedankt sich.« Wieder sagte der König: »Nun gut!« Dann übergab er die drei Mädchen einer Dienerin und sprach: »Bringt sie in die Frauengemächer!«

Zwei, drei Tage blieb der König noch auf der Jagd, dann kam er zurück in die Stadt. Zuerst ging er zu der ältesten Schwester und forderte sie auf: »Diese Suppe, die du erwähnt hast, koche sie für uns!« Die älteste Schwester kochte fünf Sir Suppe, in die tat sie ein Man Salz. Daraus schöpfte sie eine Schale voll, und man brachte sie dem König. Der König kostete mit dem Löffel ein wenig, um zu sehen, wie es schmeckt, da war die Suppe so versalzen, daß es ihm bis zum Nabel im Bauch brannte. Er rief: »Die Würdenträger sollen kommen und kosten!« Sie kamen alle und kosteten, jeder einen Löffel, aber es blieb Suppe übrig. Da sprach er: »Gut, dieses Mädchen hat die Probe bestanden. Jetzt webe du deinen Teppich, auf den sich die ganzen Soldaten setzen können, und immer soll noch Platz übrigbleiben!«

Die mittlere Schwester verschloß ihre Werkstatt und sagte: »Meine Arbeit braucht einen Monat Zeit.« Bei jedem Einschuß, den sie webte, legte sie eine Nadel dazwischen, bis sie schließlich fertig gewebt hatte und der Teppich voll mit Nadeln war. Dann ließ sie den Teppich zum König tragen. Der König ließ ihn an einem Tag, an dem sich alle Leute des Lagers versammelt hatten, ausbreiten. Zuerst setzte er sich selbst darauf, dann kamen alle anderen auf Befehl des Königs und setzten sich – hei, da stachen sie die Nadeln. So standen sie wieder auf und gingen weg.

Der König wandte sich seinem Wesir zu und sprach: »Nun gut. Diese drei Mädchen habe ich hierhergeholt, damit sie die gestellten Aufgaben erfüllen. Jetzt ziemt es sich nicht, daß ich sie einfach so gehen lasse. Was soll ich deiner Meinung nach tun?« Der Wesir dachte bei sich: »Wenn ich eines der Mädchen vom König umsonst erhalte, was ist Schlimmes dabei?« Laut sagte er: »Möge ich Euer Opfer sein! Diese zwei haben ihre Aufgaben erfüllt. Gebt jede von ihnen einem Eurer Untertanen! Was die jüngste angeht, so hat sie gesagt: ›Wenn der König mich nimmt, dann werde ich ihm einen Sohn mit goldenen Haaren und Perlenzähnen gebären.‹ Nur Gott kann zeigen, ob sie die Wahrheit spricht. Vielleicht wird Gott ihr ein solches Kind schenken!« – »Das hast du nicht schlecht gesagt«, erwiderte der König. »Die älteste Schwester soll für dich sein. Ich schenke ihr als Mitgift das und das Dorf.« Die mittlere Schwester gab er jemand anderem, dann sprach er: »Und die jüngste ist für mich!« Auch der mittleren Schwester vermachte er ein Dorf, die jüngste aber heiratete er selbst.

Gottes Gerechtigkeit

Zwei Männer waren miteinander befreundet. Eines Tages, am Freitag, als beide frei hatten, sagte der eine von den beiden zum anderen: »Heute haben wir frei. Wohin wollen wir gehen? Was sollen wir tun?« Der andere erwiderte: »Laß uns ins öffentliche Badehaus gehen! Nach dem Bad wollen wir zum Gebet in die Moschee gehen. Danach wird es bald Abend sein, dann gehen wir nach Hause.« Der andere aber meinte: »Nein, laß uns vielmehr eine Flasche Schnaps besorgen, dann gehen wir zu einem Ort, wo wir uns mit Frauen vergnügen können!« Der eine entgegnete: »Nein. Ich komme nicht mit.«

Der eine ging zum Badehaus, nach dem Bad ging er in die Moschee. Als er aus der Moschee herauskam, fiel ein Ziegelstein vom Eingang der Moschee herab, traf ihn am Kopf und verletzte ihn. Der andere ging, kaufte eine Flasche Schnaps und vergnügte sich mit Frauen. Als er von dort wegging, fand er eine Geldbörse mit einhundert Tuman. Hundert Tuman fand er! Als die beiden bei Sonnenuntergang wieder zusammentrafen, sagte der eine: »Bruder, warum hast du dir den Kopf verbunden?« Der andere antwortete: »Als ich aus der Moschee kam, fiel mir ein Ziegelstein auf den Kopf und verletzte mich.« Der eine sagte: »Siehst du! Wenn du mit mir gekommen wärst und nicht dem Weg Gottes gefolgt wärst, dann hättest du dir nicht den Kopf verletzt. Ich bin von dort weggegangen und habe hundert Tuman gefunden.« Der andere meinte: »Laß uns den Emam fragen, ob dies der Lohn für jeden ist, der sich auf den Weg Gottes begibt.«

Sie gingen zum Emam. Als sie die Vorfälle dem Emam erzählt hatten, gab der Emam zur Antwort: »Dem einen war es heute eigentlich vorbestimmt, daß er unter einer großen Last durchgehe und von ihr erschlagen werde. Da er sich zur Moschee begab, hat der Gott der Welt sich erbarmt und ihm nur diesen Ziegelstein auf den Kopf fallen lassen. Und du anderer: Dir war es heute eigentlich vorbestimmt, tausend Tuman zu finden. Da du aber den Weg teuflischer Taten einschlugst, hast du neunhundert Tuman verloren. Als dein Geschenk blieben nur einhundert Tuman übrig.«

Der streitsüchtige Ali

Es war einmal ein Kaufmann, der war sehr angesehen. Er heiratete viele Frauen hintereinander, aber keine von ihnen behielt er länger als eine Woche. Immer beschwerte er sich bei seiner Frau. Zum Beispiel schalt er, wenn sie gerade das Zimmer gekehrt hatte: »Warum hast du gekehrt! Ich wollte nicht, daß du mein Zimmer kehrst!« Dann schied er sich von ihr und nahm eine andere. Die fragte er: »Was gibt es heute zum Abendessen?« Wenn sie sagte: »Reis mit Gemüse«, schimpfte er: »Warum hast du keine Fleischspeise zubereitet?« Dann schied er sich von ihr und nahm wieder eine andere. Nachdem etwa zehn Tage vergangen waren, beschwerte er sich: »Warum hast du dich abends nicht geschminkt?« Damit schied er sich von ihr und nahm eine andere. Nun hatten die Frauen sich untereinander verständigt, und so schminkte sich die nächste. Als er am Abend nach Hause kam, fing er an, sich zu beschweren, und schimpfte: »Wer hat dir gesagt, daß du dich schminken sollst? Geh weg! Ich will keine Frau, die sich ständig schminkt!«

Nun war da eine Frau aus Esfahan, die sagte: »Gebt mich dem streitsamen Ali als Frau.« Die Leute warnten sie: »Was willst du da tun? Er behält dich nicht länger als eine Woche bei sich, dann scheidet er sich von dir. So wird dir anhaften bleiben, daß du schon einmal verheiratet warst.« Sie aber erwiderte: »Gebt mich ihm nur, und laßt ihn sich von mir scheiden!« – »Gut«, entgegneten die anderen. Zu dem streitsüchtigen Ali, der einer Heiratsvermittlerin aufgetragen hatte, ihm eine Frau zu besorgen, sagte die Vermittlerin: »Ich habe eine gute Frau für dich gefunden.« – »In Ordnung«, meinte Ali. Dann verheiratete man beide, man gab ihm die Frau.

Die Frau aus Esfahan ließ drei Tage verstreichen, am vierten Tag kehrte sie das Zimmer. Aber sie kehrte nur eine

Hälfte, die andere Hälfte kehrte sie nicht. Ihr Gesicht schminkte sie nur an einer Seite, die andere Seite schminkte sie nicht. Als der streitsame Ali ankam, beschwerte er sich: »Du Verfluchte! Wer hat dir gesagt, daß du das Zimmer kehren sollst? Ich wollte es nicht gekehrt haben!« Sogleich erwiderte die Frau: »Du bist selber der Verfluchte, und deine Augen sind blind! Wenn du es nicht gekehrt haben willst: Die andere Hälfte des Zimmers ist nicht gekehrt. Setz dich dorthin! Ich werde mich hierhin setzen. Ich habe nur meinen Teil gekehrt, deinen Teil habe ich nicht gekehrt!« Wie er am nächsten Tag kam und schimpfte: »Warum hast du nicht gekehrt?« erwiderte sie: »Die Stelle dort oben habe ich gekehrt, die Stelle hier unten habe ich nicht gekehrt. Hier ist mein Platz, du setz dich auf den gekehrten Platz. Ich habe für mich nicht gekehrt!«

Außerdem hatte sie jeden Abend, wenn er Reis mit Zutaten essen wollte, zwei, drei verschiedene Gerichte zubereitet. Wenn er abends kam und fragte: »Was gibt es zum Abendessen?« und sie antwortete: »Reis mit Gemüse«, dann schimpfte er: »Du Verfluchte! Ich wollte Reis mit Fleisch haben!« Sie aber erwiderte: »Du bist selber der Verfluchte, und deine Augen sind blind! Ich habe auch Reis mit Fleisch zubereitet. Das Fleisch soll für dich sein, das Gemüse für mich!«

Jedes Mal wenn er sich bei ihr beschwerte, warum sie sich geschminkt habe, dann fragte sie: »Was hast du lieber: Ein geschminktes Gesicht oder ein nicht geschminktes?« Und wenn er antwortete: »Nein, ich mag ein nicht geschminktes Gesicht«, dann erwiderte sie: »Na gut, dann ist die nicht geschminkte Hälfte deine, und die geschminkte Hälfte ist meine.« Wenn er aber antwortete: »Die geschminkte Hälfte ist gut!«, dann erwiderte sie: »Die geschminkte Hälfte ist deine, und die nicht geschminkte Hälfte ist meine.«

Alle Leute wunderten sich, was denn mit dem streitsüchtigen Ali los sei, daß er schon sechs Monate mit seiner Frau verbringe. Aber der streitsüchtige Ali dachte bei sich: »Ich finde keine Möglichkeit, mich mit ihr zu streiten und sie von mir zu scheiden. Ich will eine Einladung geben und mich mit ihr streiten, dann kann ich mich scheiden.« So kam er und sagte zu der Frau: »Am Freitag sind die Kaufleute aus dem Bazar meine Gäste. Bereite das Mittagessen vor!« Die Frau erwiderte: »Sehr gut!« Und bei dieser Gelegenheit sagte sie noch zu ihrem Mann: »Ali, ich glaube, du bist schwanger!« – »Frau«, erwiderte Ali, »kann denn ein Mann schwanger werden?« – »Das liegt in der Macht Gottes! Wenn Er will, ist es möglich. War es denn nicht so mit der heiligen Maria, daß Gott wollte, daß sie ohne Ehemann schwanger werde?

Also: Wenn Gott will, dann kannst du mit Sicherheit auch schwanger werden.«

Am Tag der Einladung hatte die Frau alle möglichen Gerichte, die es auf der Welt gab, zubereitet. Sie hatte nichts ausgelassen, damit der streitsüchtige Ali nicht mit ihr schimpfen könne und sagen könne, warum sie dies und jenes nicht zubereitet hätte. Auch einen Löffel mit Exkrementen hielt sie bereit, den hatte sie mit einem Tuch verdeckt, und legte ihn an der Seite des Tischtuches auf den Boden. Als der streitsüchtige Ali nach Hause kam, rief er: »Ist das Essen fertig?« – »Ja«, erwiderte die Frau, »der Tisch ist gedeckt!« – »Gibt es Reis mit Gemüse?« – »Dort!« – »Fleisch?« – »Dort!« – »Fleisch mit Gemüse?« – »Dort!« – »Kürbis?« – »Dort!« – »Weißen Reis?« – »Dort!« Und so sagte sie bei allem, worüber er sich beschweren wollte: »Dort drüben auf dem Tisch ist es!« Schließlich wußte er sich nicht weiter gegen sie zu helfen und rief: »Du Verfluchte! Ich will keine Frau wie dich! Jetzt will ich einen Löffel mit Scheiße!« – »Du bist der Verfluchte«, erwiderte sie. »Heb das Tuch hoch, das darunter ist. Worüber willst du dich jetzt noch beschweren?« Als Ali das Tuch von dem Löffel hochhob, sah er ein, daß er sich über nichts mehr beschweren könne, so sagte er zu den Gästen: »Kommt zu Tisch!«

Die Frau hatte ein Freundin, die war wie eine Schwester für sie, und die war schwanger. Zu der sagte sie: »Schwester! Wenn deine Wehen anfangen und die Geburt beginnt, dann ruf mich! Ich gebe dir einhundert Tuman, wenn du mir das Baby mit allem Schleim und Blut einen Tag und eine Nacht überläßt. Der Mann der Freundin meinte auch: »Morgen oder übermorgen wirst du dein Kind bekommen. Deine neun Monate sind vorbei!« Schließlich benachrichtigte die Freundin die Frau, daß die Wehen begonnen hatten. Die Frau bereitete für Ali zum Mittagessen eine große Portion Zwetschgensuppe zu, und Herr Ali aß reichlich von der

Suppe, obwohl sie ziemlich sauer war. Nach ein, zwei Stunden sagte er: »Frau, mein Bauch tut weh!« – »Das sind die Wehen«, erwiderte sie, »du wirst gleich gebären. Sofort lasse ich die Hebamme holen!« Sie schickte nach der Hebamme und informierte die Hebamme, sie solle sagen, das seien die Wehen, er bekäme gleich ein Kind. Sie bereitete ein Lager vor, zu dem sie Ali führte. Hier plagte Ali sich mit seinen Schmerzen und wurde ohnmächtig, dort bekam die Freundin ihr Kind und gab es, so wie es gerade war, ihrer Nachbarin. Das Baby legten sie zwischen Alis Füße, und als Ali wieder zu sich kam, hörte er das Schreien und Plärren des Babys. Sogleich richtete die Frau Ali auf und rief: »Herzlichen Glückwunsch! Du hast einen gesunden Sohn geboren!« Sie legten Ali auf das Bett, das Baby wickelten sie und legten es zu Ali.

Die Nachricht davon, daß der streitsame Ali ein Kind bekommen habe, verbreitete sich im Bazar. Am nächsten Tag kam eine ganze Gruppe von Kaufleuten zu ihm ins Haus geströmt und machte sich lustig über ihn: »Ja, Mann! Schämst du dich denn gar nicht? Du liegst hier im Bett und bekommst ein Kind! Man sagt ja, daß eine Frau ohne Mann ein Kind bekommen könne, einfach von dem Staub im Badehaus – aber ein Mann mit einem Hoden, der ein halbes Man schwer ist, kann doch nicht schwanger werden! Mann, hast du denn jetzt noch die Stirn, dich in den Bazar zu setzen? Alle Kinder im Bazar werden sich über dich lustig machen!« Ali stand auf, zog seine Kleider an und setzte ein Schreiben auf, in dem er schrieb: »Alles, was ich habe und nicht habe, soll meiner Bevollmächtigten und Erbin gehören, der Verfluchten, die mich zum Tod in der Wildnis verdammt hat!« Dann steckte Ali eine Handvoll Geld in seine Tasche und lief fort.

Fünfzehn Jahre lang kam er nicht in jene Stadt. Nach fünfzehn Jahren sagte er bei sich: »Ich will doch mal sehen, ob es meine Frau noch gibt und ob die Verfluchte selbst schwanger geworden ist. Und ich will sehen, ob es mein Kind noch gibt, dieses Kind, von dem sie behauptet hat, ich habe es geboren.« Während er sich der Stadt näherte, sah er einige Kinder am Weg sitzen, die sich unterhielten und sich gegenseitig erzählten, wie alt sie seien. Eines von ihnen sagte: »Ich bin im selben Jahr geboren wie das Kind vom streitsüchtigen Ali. In dem Jahr, als der streitsüchtige Ali sein Kind bekam, gebar meine Mutter mich.« Da sagte Ali bei sich: »Nein. Die Leute reden immer noch über mich. Ich werde auf demselben Weg, auf dem ich kam, wieder gehen und zurückkehren! Ich verzichte auf all diese Güter, die Schätze und Besitztümer!« Und weiter rezitierte er die Zeilen: »Der trunk'nen Elefanten in der Welt sind viele; der Hände, die von andern nehmen, sind viele. – Ich habe all diese Frauen selbstsüchtig und ohne Grund vertrieben. Jetzt hat diese eine Frau die Rache an mir vollzogen und mich zugrunde gerichtet!«

Vollendeter Geiz

Zur Zeit Mohammeds, des Gesandten Gottes, kam einmal ein Mann zu ihm und sagte: »Ich verdiene weniger Geld, als ich zum Leben benötige.« Der Prophet fragte ihn, was er von Beruf sei, und der Mann antwortete: »Ich bin Hirte. Ich hatte eine einzige Kuh, aber diese Kuh ist gestorben. Jetzt bin ich ganz verzweifelt.« Der Prophet sagte: »Nun gut. Ich schenke dir eine Kuh. Geh, und bring sie zur Weide!«

In der Nähe saß ein geiziger Mann, der stand auf und beschwerte sich: »Du bist der Gesandte Gottes. Ich werde nicht zulassen, daß du dem da eine Kuh gibst und mir nicht!« Mohammed erwiderte: »Gut. Du hast schon eine Kuh. Mit der Kuh, die ich dir geben würde, hättest du dann zwei. Geh, und bring sie zur Weide! Jener dort ist arm. Ich habe ihm eine Kuh gegeben, damit er sie mit einer anderen zusammentut und ein bißchen sorglos leben und seinen Unterhalt verdienen kann.« Aus lauter Geiz sagte da der andere: »Das lasse ich nicht zu! Gib ihm auch keine Kuh, damit er so arm bleibt, wie er ist, und nicht sorglos leben kann. Ich will dann auch keine Kuh haben!«

Das ist das, was man vollendeten Geiz nennt.

Die Gabelbein-Wette

Einer war, einer war nicht – außer Gott gab es niemand. Es war einmal ein Kaufmann, der hatte eine sehr gut-aussehende Frau. Gegenüber von seinem Laden war ein anderer Kaufmann, der verliebte sich in die Frau. Was er auch immer versuchte, die Frau zu umgarnen, es nützte nichts. Die Frau hatte sich geschworen, ihren Mann nicht zu betrügen. Da sagte der Kaufmann zu ihr: »Nun gut! Wenn du also deinen Mann nicht betrügen willst, ich dich aber so sehr begehre, so schließe wenigstens mit mir einen Bund, daß wir wie Bruder und Schwester zueinander sind.« Die arme leichtgläubige Frau war einverstanden.

Der Kaufmann kam und holte die Frau ab, er brachte sie zu einem sehr bedeutenden Rechtsgelehrten. Dort sagte er: »Mein Herr! Ich möchte mit dieser Frau einen Bund als Schwester und Bruder schließen.« Die arme leichtgläubige Frau vertraute ihnen, aber der Kaufmann hatte dem Gelehrten etwas Geld gegeben, damit er den Bund auf neunund-neunzig Jahre schlösse. Dann nahm der Kaufmann das Schriftstück über den geschlossenen Bund, ging zu der Frau und sagte: »Aus Liebe zu dir ist mir weder Leben noch Besitz noch Ehre etwas wert. Wenn ich mir selbst nichts mehr wert bin, dann bist du mir auch nichts wert. Entweder kommst du zu mir und bist lieb zu mir, oder ich werde dieses Schriftstück zum Gericht bringen und fordern: ›Holt mir meine Frau!‹ Was wird dir dann anderes übrigbleiben? Schließlich hast du einen Mann und hast einen anderen geheiratet. Zweifelsohne wird deine Ehre verloren sein, dein Mann wird sich von dir scheiden, und du wirst von den Leuten mißachtet werden, von den Frauen und den Männern. Jeder, der dich sieht, wird vor dir ausspucken und sagen: ›Das ist diese Verfluchte, die zwei Ehemänner hatte!‹« Die Frau entgegnete: »Sehr gut. Gib mir eine Frist, damit ich es mir überlegen kann. Entweder werde ich dann zu dir kommen und lieb zu dir sein, oder ich werde, ohne vorher lieb zu dir zu sein, die Scheidung von meinem Mann erlangen und dann dich heiraten!«

Jetzt höre, wie es weitergeht: Der Kaufmann hatte mit seiner Frau bei Tisch die Gabelbein-Wette geschlossen, das heißt, sie hatten zusammen das Gabelbein eines Hühnchens gebrochen. Der Kaufmann hatte sich als Gewinn ausbedungen, daß er sich etwas wünschen könne; die Frau hatte sich ausbedungen, daß er sie mit auf die Pilgerfahrt nach Mekka nehmen solle. Schon seit einem Jahr lief das Spiel, und bisher hatte weder die Frau noch der Mann gewonnen.

Eines Tages kam der selbsternannte ›Bruder‹ zu der Frau und sagte: »Ich habe jetzt keine Geduld mehr! Heute mußt du mir endgültig sagen, wann du zu mir kommst.« Die Frau erwiderte: »Komm schnell rein, und stell dich hinter die Tür, damit dich niemand sieht und dies Anlaß für Gerede wird.« Gerade als der Mann das Haus betreten hatte, klopfte es an der Tür. Die Frau fragte: »Wer ist es?« Es war ihr Mann, der sagte nur: »Öffne!« Der andere Kaufmann erkannte an der Stimme, daß es der Kaufmann von gegenüber war, und war ganz verwirrt. Die Frau beruhigte ihn: »Sei nicht verwirrt! Steh auf, und steig in die Kiste!« Der Mann versteckte sich in der Kiste, und die Frau verschloß sie. Aber die Frau war auch etwas verwirrt und vergaß, die Schuhe des Mannes aufzuheben. Dann öffnete sie die Tür, und ihr Mann trat ein.

Der Ehemann der Frau sah ein Paar Männerschuhe im Vorraum des Hauses stehen, und so fragte er seine Frau: »Wem gehören diese Schuhe?« – »Soll ich die Wahrheit sagen«, erwiderte die Frau, »oder soll ich lügen?« – »Nein, sag die Wahrheit!« – »Ich habe einen neuen Liebhaber, aber bisher habe ich ihm noch keinen Kuß gegeben. Heute wollten wir zur Vereinigung gelangen, und er ist hierher gekommen.« – »Wo ist er«, schrie der Mann, »wo ist dieser Verfluchte?« – »In der Kiste!« sagte die Frau. Der Mann gab der Kiste einen Fußtritt, sie aber rief: »Tritt die Kiste nicht, sie geht kaputt! Komm her, hier ist der Schlüssel. Öffne den Deckel der Kiste!« Der Mann war so wütend, daß er den Schlüssel nahm. Kaum hatte er den Schlüssel genommen, da rief die Frau: »Ich habe an unsere Vereinbarung gedacht, aber du hast es vergessen!« Da warf der Mann den Schlüssel auf den Boden und sagte: »Ach, dein Vater sei verflucht! Was hast du da nur für eine Politik angewandt!« Damit ging er zur Tür hinaus.

Sogleich öffnete die Frau den Deckel der Kiste. Zu dem Kaufmann, der darin zitterte, sagte sie: »Gib mir dieses Schreiben, in dem wir den Bund als Bruder und Schwester schließen, damit ich dich fliehen lasse.« Der Kaufmann dachte aus lauter Furcht, daß womöglich der Mann und die Frau sich miteinander abgesprochen hatten, so sagte er: »Komm her! Nimm das Schriftstück!« Sie nahm das Schriftstück von ihm an, dann sagte sie zu ihm: »Steh auf, und geh!« Darauf ging sie zum Haus des Mollas, vor dem als Zeuge sie den Bund als Bruder und Schwester geschlossen hatten, und tadelte ihn: »Du Gelehrter, der du die Welt begehrst und das Jenseits verkaufst! Weil ich gesehen habe, wie sehr der Mann darauf drängte, habe ich mich bereit erklärt und gesagt: ›Gut, wir wollen einen Bund als Bruder und Schwester schließen! Du wirst mein Bruder, und ich werde deine Schwester.‹ Warum hast du für weltliches Gut einer verheirateten Frau einen zweiten Ehemann gegeben und den Bund auf neunundneunzig Jahre geschlossen? In deiner Anwesenheit zerreiße ich das Schriftstück. Du Gelehrter, jeder kleine Prediger wird deine Lehrbefugnis für nichtig erklären. So sehr Gott auch mit mir war: Es hätte nicht viel gefehlt, so hätte ich eine Sünde begangen. Aber nun läßt Gott mich zu seinem Haus reisen.«

Der Mann mußte sie jetzt nämlich mit nach Mekka nehmen.

Der Krähenfurzer

Einer war, einer war nicht – außer Gott gab es niemand. Es war einmal ein Mann, der war Dornensammler. Jeden Tag ging er zum Dornensammeln. Wenn er die dornigen Äste abgemacht hatte, band er sie zusammen, legte sie zur Seite und ruhte sich ein bißchen aus. An einem von diesen Tagen, als er gerade sein Bündel hochheben wollte, da brach sein Fuß im Boden ein. Er fragte sich: »Was soll das? Was ist los?« Er legte das Bündel wieder auf den Boden und begann hier und da zu suchen, da fand er einen Krug mit reinem Gold. Er sagte bei sich: »Den muß ich verstecken. Aber erst muß ich herausfinden, ob ich – mit der Frau, die ich habe – das Gold verkaufen kann oder ob sie mich verrät.« So vergrub er das Gold wieder an seinem Platz, streute Erde darüber und markierte die Stelle.

Am Abend kam er nach Hause und sagte zu seiner Frau: »Frau!« Die Frau antwortete: »Ja!« – »Heute ist mir etwas Merkwürdiges passiert. Wegen diesem Vorfall fühle ich mich ganz unwohl.« – »Gut, erzähl mir doch, was los ist. Schließlich bin ich doch deine Frau, deine Vertraute. Wenn ich es nicht verstehe, wer soll es sonst verstehen?« – »Frau«, erzählte der Mann, »heute ist mir, wie ich mich gebückt habe, um das Bündel aufzuheben, eine Krähe aus dem Hintern geflogen.« – »Was ist schon Schlimmes daran«, sagte die Frau, »das ist nicht weiter wichtig.« – »Nein, aber wenn die Leute das erfahren, dann ist es sehr schlimm.« – »Na gut.« – »Frau, das darfst du auf keinen Fall jemandem erzählen. Wenn du es jemandem erzählst, werde ich aus dieser Stadt fliehen müssen.« – »Nein, ich werde es niemandem erzählen.«

Sie legten sich zum Schlafen, und am Morgen stand der Mann auf und ging aus zum Dornensammeln. Die Frau stand auch auf und ging zum Hof der Nachbarin. Die fragte sie: »Schwester, warum bist du so in Gedanken?« Die Frau antwortete: »Schwester, ich weiß nicht! Gestern ist meinem Mann ein Unglück passiert, das ich nicht erzählen darf.« – »Schwester! Wie war das denn? Jetzt hast du mich selbst auch ganz besorgt gemacht.« – »Nein, ich darf es nicht erzählen. Er hat mir gesagt, mir aufgetragen, daß ich es nicht weitersage.« – »Schwester, bei Gott, erzähle es mir. Ich bin doch keine Fremde, daß ich es jemand anders weitererzählen würde!« So sagte die Frau: »Bei Gott! Gestern kam der Mann, mein Ehemann, und wollte sein Bündel hochheben, da sind ihm zwei Krähen aus dem Hintern geflogen!« Damit stand die Frau auf und ging.

Von dem Hof auf der anderen Seite der Nachbarin kam jemand zu ihr und fragte: »Schwester, was ist los? Worüber ging das Gespräch? Ich kam gerade herein, und ihr unterhieltet euch über etwas, da habt ihr das Gespräch abgebrochen.« – »Nichts weiter, Schwester! Die Nachbarin Sekkine war nur hierhergekommen, um mir zu erzählen, was ihrem Mann gestern abend passiert ist. Der Mann wollte gerade sein Bündel Dornenzweige aufheben, da sind ihm drei Krähen aus dem Hintern geflogen.« – »Na so etwas! Daß so etwas passieren kann! Können denn Krähen aus dem Hintern eines Menschen herausfliegen?« – »Dieser Mohammed Qoli ist unser direkter Nachbar, er lügt nicht!« – »Na gut, was weiß ich. Vielleicht!« Damit stand die Nachbarin auf, verabschiedete sich und ging zurück zu ihrem Haus.

Kaum war sie zu Hause, da rief sie: »Nachbarinnen! Kommt her, ich werde euch eine Neuigkeit berichten!« Die anderen fragten: »He, was gibt es denn? Was ist passiert?« – »Ich war gerade eben bei der Nachbarin«, erzählte die Frau, »da war auch die Frau von Mohammed Qoli. Als sie gegangen war, fragte ich, was sie erzählt und warum sie das Gespräch abgebrochen hatten. Da sagte mir die Nachbarin: ›Nichts weiter! Mohammed Qoli, der Dornensammler, wollte vorgestern abend sein Bündel Dornenzweige hochheben, da sind fünf Krähen aus seinem Hintern herausgeflogen.‹« Kurzum, eine Frau ging weiter zur nächsten, und bis zum Abend hatten sie aus einer Krähe vierzig Krähen gemacht.

Am Nachmittag kam der Dornensammler absichtlich etwas früher nach Hause, da merkte er, wie man vom Anfang der Gasse, in der er wohnte, mit dem Finger auf ihn zeigte. Anfangs hieß es: »Zwei Krähen sind aus seinem Hintern herausgeflogen.« Zwei Schritte weiter hörte er jemanden sagen: »Drei Krähen sind aus seinem Hintern herausgeflogen.« Wieder zwei Schritte weiter sah er jemand mit dem Finger auf sich zeigen und sagen: »Das ist der, dem fünf Krähen aus dem Hintern herausgeflogen sind.« Noch zwei Schritte weiter hörte er jemanden sagen: »Das ist der, dem acht Krähen aus dem Hintern herausgeflogen sind.« Kurzum, als er nahe bei seinem Haus ankam, hörte er, wie jemand sagte: »Das ist der, dem vierzig Krähen aus dem Hintern herausgeflogen sind.« Der Mann sagte gar nichts dazu. Er ging ins Haus und rief: »Frau!« Die Frau erwiderte: »Ja!« – »Steh auf, wir wollen uns voneinander scheiden!« – »Warum denn?« fragte die Frau. »Was habe ich denn getan? Worin habe ich dir zuwidergehandelt?« Der Mann entgegnete: »Gibt es ein größeres Vergehen als das? Vielleicht hättest du als meine Frau, wenn ich gestern jemanden ins Haus gebracht und ausgeraubt hätte, das genauso allen mitgeteilt! Man läßt mich jetzt abends kaum nach Hause kommen, schon auf der Straße richtet man mich förmlich hin! Du als meine Frau, wenn ich dir gestern gesagt habe, daß aus meinem Hintern eine Krähe herausgeflogen ist, hättest diese Worte besser zwei Tage lang in einer Kiste versteckt; statt dessen erzählst du es so herum, daß die Leute, wie ich nach Hause komme, mich umringen und sagen: ›Aus seinem Hintern sind vierzig Krähen herausgeflogen. Laß mich doch mal sehen! Wo aus dem Hintern sind sie denn herausgekommen?‹« Damit schied er sich von der Frau.

Am nächsten Tag ging er, holte das Geld aus dem Versteck und reiste nach Kashan. Dort wurde er der Vorsteher der Kaufmannsgilde. Auch warb er um die Tochter eines anderen Kaufmanns und heiratete sie. So wurde er Mohammed Qoli, der Kaufmann.

Der geizige Priester

Ein Priester hatte einmal einen Gast. Zum Essen ließ er Käse und Melone servieren, vorher sagte er zu seinem Diener: »Geh, nimm diese Melone, schäle sie, und bring sie wieder her!« Der Diener dachte bei sich: »Dieser Geizkra-

gen gibt mir nie etwas ab, wenn er Melone ißt. Also werde ich ihn heute vor seinem Gast beschämen, indem ich die Melone sehr dick schälen werde.« Am Tisch bemerkte der Priester, daß der Diener ihn hereinlegen wollte, da sagte er bei sich: »Du wolltest selber etwas essen, aber das lasse ich nicht zu! Ich werde es dir schon zeigen!« Nachdem sie gegessen hatten, wandte er sich dem Gast zu und sagte: »Habt Ihr nicht auch in einer Randglosse des Buches ›Große Sprichwörtersammlung‹ gelesen, daß das Abnagen von Melonenschalen zwei Eigenschaften fördert: Es macht die Zähne weiß und die Augen weit.« Um das Gesagte auszuprobieren, nahm der Gast die eine Hälfte, der Hausherr die andere. Der Diener stand dabei und schaute zu: »Verflixte ›Große Sprichwörtersammlung‹: Wenn ich gewußt hätte,

an welcher Ecke diese Glosse steht, hätte ich sie ausradiert!«
Schließlich nagten sie die Melonenschalen ganz ab, dann
sagten sie zu dem Diener: »Räum ab, und geh!«

Der geduldige Sklave

Es war einmal ein Kaufmann, der ging aus, um sich einen
Sklaven zu kaufen. Ein Sklave kostete (zum Beispiel)
einhundert Tuman, aber für den, den der Kaufmann wollte,
verlangte man fünfhundert Tuman. Der Kaufmann fragte:
»Warum das denn? Was für besondere Eigenschaften hat
dieser Sklave denn, daß ihr fünfhundert Tuman für ihn
verlangt?« Man gab ihm zur Antwort: »Dies ist ein Sklave
für die Reise. Wenn Ihr auf Räuber trefft, dann ist er soviel
wert wie vierzig Männer!« – »Dann ist er für mich gerade
richtig, denn ich bin ständig auf Reisen.« Er kaufte ihn,
nahm ihn mit und ging weg.

Nach einigen Tagen bereitete er sich zu einer Reise vor.
Unterwegs traf der Kaufmann zufällig auf vierzig Räuber.
Da rief der Kaufmann: »Bashir, komm schnell! Sie stehlen
unsere Waren! Bashir, sie bringen unsere Waren weg!« Der
Sklave erwiderte nur: »Laß sie doch!« Der Kaufmann sah,
daß die Räuber alles zusammenpackten und wegziehen
wollten, da ging er zu ihrem Anführer und sagte: »Tut mir
einen Gefallen! Wenn ihr schon alle meine Sachen fort-
schleppt, so sei euch das erlaubt, falls jeder von euch einmal
meinen Sklaven beschläft, damit ich an ihm meine Rache
habe!« Die Räuber erwiderten: »Dagegen ist nichts einzu-
wenden!« Sie kamen einer nach dem anderen und machten
sich an Bashir zu schaffen.

Neununddreißig Männer vögelten ihn, aber als der vierzigste kam, um es mit ihm zu treiben, verlor der Sklave die

Geduld. Er sprang auf, fesselte alle vierzig Räuber und zog sie nackend aus, nahm auch alle Waren zurück, und zusammen luden sie alles auf und zogen fort. Die Räuber ließen sie einfach so in der Wüste zurück und zogen weg. Dann führte der Kaufmann seine Reise zu Ende und verkaufte seine Waren.

Als er zu seiner eigenen Stadt zurückkehrte, ging er zu dem vorherigen Besitzer des Sklaven und sagte: »Ich habe von diesem Sklaven für die fünfhundert Tuman, die ich bezahlt habe, Gewinn gehabt. Jetzt schenke ich ihn Euch: Denn woher soll ich auf jeder Reise vierzig Räuber nehmen, damit er endlich die Geduld verliert. Vielleicht sind es nächstes Mal nur zwanzig oder dreißig!«

Wer ist mit seiner Frau zufrieden?

Es war einmal ein Prediger, der predigte eines Tages auf der Kanzel. Seine Predigt war für die Männer: »Warum sollt ihr euch gegenüber euren Frauen so benehmen, daß sie mit euch zufrieden sind? Die Frau ist ein armseliges Wesen, sie untersteht dem Mann. Der Mann muß mit seiner Frau zufrieden sein, und die Frau muß dem Mann gehorchen. Jetzt soll einmal jeder von euch Männern, der mit seiner Frau zufrieden ist, sitzen bleiben. Und jeder, der es nicht ist, soll aufstehen!«

Alle Männer standen auf einmal auf, nur einer unter ihnen blieb sitzen. Zu dem sagte der Prediger: »Ich glaube fast, daß dieser Herr mit seiner Frau sehr zufrieden ist, da er sitzen bleibt!« Aber der Mann antwortete gleich: »Nein, mein Herr! Ich bin nicht zufrieden! Ich habe mich vorgestern mit ihr gestritten. Sie nahm eine Kehrschaufel und warf sie nach mir, die traf mich an der Fußspitze. Jetzt sind meine Zehen gebrochen, und das Hinsetzen und Aufstehen fällt mir schwer. Deshalb bleibe ich sitzen.«

Jedem, was er verdient

Es waren einmal zwei Schwestern, die waren mit zwei Brüdern verheiratet. Die Brüder waren beide Schmiede und arbeiteten zusammen. Ob sie nun einen Tuman oder zehn Tuman an einem Tag verdienten, sie teilten das Geld gleichmäßig unter sich auf. Dabei war die Frau des einen sehr eitel, sie besaß hübsche Schuhe und Kleider, ihr Leben war wohlgeordnet. Die andere hingegen: Wenn sie Schuhe kaufte, dann hatte sie keinen Überwurf, und wenn sie einen Überwurf kaufte, dann hatte sie kein Hemd. So sagte sie zu ihrer Schwester: »Schwester! Unsere Männer arbeiten zusammen, und wir sind zwei Schwestern. Wie kommt es, daß ich mir kaum Schuhe und Hut leisten kann, du aber jede Woche einmal neue Schuhe und Kleider kaufst und jede Sorte guten Stoff, den es gibt, zuerst erwirbst?« Die Schwester entgegnete: »Liebe Schwester! Du bist nicht in der Lage dazu, dir das zu kaufen.« – »Wieso soll ich nicht die Fähigkeit dazu haben? Habe ich etwa sechs Finger an der Hand, oder habe ich keine Zunge? Bin ich etwa taub?« – »Liebe Schwester! Es hat nichts mit den Ohren oder der Zunge zu tun, ob man zu etwas fähig ist. Jetzt, wo du sagst, daß du die Fähigkeit dazu nicht besitzt, wollen wir etwas ausprobieren: Bereite morgen einen Mehlteig zu, koche eine Nudelsuppe, und iß sie, ohne daß dein Mann es merkt! Ich will sehen, ob du so etwas vermagst.« – »Na gut!«

Am nächsten Morgen stand die arme Schwester auf, bereitete etwas Mehlteig zu, kochte eine Nudelsuppe und aß sie. Dann wusch sie die Gefäße und stellte sie beiseite. Am

Nachmittag kam der Mann nach Hause. Als er seine Schuhe auszog, sah er, daß ein Schuh der Frau mit der Sohle nach oben lag und eine kleine Nudel daran klebte. Da der Mann sehr gerne Nudelsuppe aß, fragte er: »Frau, hast du heute zum Essen Nudelsuppe gekocht?« Sie erwiderte: »Nein.« – »Hat die Nachbarin Nudelsuppe gekocht?« – »Nein.« – »Hat deine Schwester für dich Nudelsuppe gekocht?« – »Nein.« – »Hast du das Haus verlassen?« – »Nein.« Da schalt er sie: »Du Nichtsnutzige! Woher kommt dann diese Nudel, die an deiner Sohle klebt?« Er griff einen Stock und verprügelte sie, wobei er rief: »Jetzt ist mir klar, daß du das Haus verläßt und es vor mir verbirgst.«

Die Nachbarn liefen zum Haus der Schwester und sagten, sie solle schnell kommen, sonst werde der Mann ihre Schwester noch töten. Da legte sich die Schwester rasch ihren Überwurf über und kam: »Was ist, lieber Herr Schwager? Warum verprügelt Ihr sie?« Der Mann erwiderte: »Frag deine Schwester, wie diese Nudel an ihre Schuhsohle kommt. Ich frage sie: ›Hast du gekocht?‹ Da sagt sie: ›Nein.‹ Frage ich: ›Hat die Nachbarin gekocht?‹ Sagt sie: ›Nein.‹ Frage ich: ›Hat deine Schwester für dich Suppe gebracht?‹ Sagt sie: ›Nein.‹ Frage ich: ›Hast du das Haus verlassen?‹ Sagt sie: ›Nein.‹ Also frage ich mich, woher diese Nudel dann kommt.« Da entgegnete die Schwester: »Lieber Herr Schwager! Möge es fern von Euch sein – aber mir geht es heute nicht gut. Ich bin stark erkältet. Da habe ich einen kleinen Napf voll Suppe gekocht und ihr davon ein Schüsselchen abgegeben. Da es sehr wenig war, hat sie nichts für Euch übriggelassen. Gleichzeitig hat sie sich geschämt zu sagen, daß man ihr nur ein Schüsselchen Suppe gebracht habe.« Da erwiderte der Mann: »Liebe Schwägerin! Die Prügel hat sie sich selber zuzuschreiben. Sicher, ich mag Nudelsuppe sehr gerne, aber ich hätte nicht mit ihr gescholten, weil sie mir nichts übriggelassen hat. Aber weil sie, wie ich sie auch fragte, immer mit ›Nein‹ antwortete, da habe ich gedacht, daß sie das Haus verläßt und tausend Sachen unternimmt, von denen ich nichts weiß.« Die Schwester meinte: »Nein, lieber Schwager, sei beruhigt. Die Frau, die du hast, vermag noch nicht mal ein Hühnerbeinchen zu stehlen.« Da stand der Mann auf und verließ das Haus.

Die Frau sagte zu ihrer Schwester: »Verstehst du jetzt, was ich meinte, als ich sagte: ›Du bist nicht fähig dazu‹ und du gesagt hast: ›Doch!‹ Siehst du, daß du noch nicht einmal eine Suppe verbergen konntest. Und wäre ich nicht eingetroffen, dann wäre es womöglich noch bis zur Scheidung gekommen. Nur ich konnte ihn mit meiner guten Ausrede täuschen.« Damit verließ sie das Haus.

Der Furz aus Varamin

Einer war, einer war nicht. Außer Gott gab es niemand. Es war einmal ein Mann, der war Bauer. Er hatte eine Frau, die hatte einen Liebhaber. Sosehr der arme Mann auch gutes Mehl nach Hause brachte, die Frau siebte es und gab es ihrem Geliebten. Nur aus dem groben Mehl backte sie Brot, das sie ihrem Mann gab. Wenn der Mann fragte: »Liebe Frau. Dieses Mehl, das ich bringe, ist so fein wie Pulver. Wieso wird das Brot davon so grob?«, dann antwortete sie: »Deine Schwester in Varamin hat gefurzt und das feine Mehl weggeblasen. So mußte ich notgedrungen aus dem groben Mehl Brot für dich backen.« Der Mann konnte nichts dagegenhalten, sagte aber: »Morgen fahre ich nach Varamin, um meine Schwester auszuschelten. Ich werde ihr sagen: ›Tochter eines Hundes! Zwölf Monate im Jahr rackere ich mich ab, um feines Brot zu essen, aber du läßt es nicht zu. Dreh dein Arschloch doch nach einer anderen Seite!‹«

Nun denn, der Mann kam nach Varamin. Die Schwester war sehr froh, freute sich und sagte: »Lieber Bruder, welche Freude! Wie schön, daß du gekommen bist!« Der Mann erwiderte: »Ich bin gekommen, um dich zu schelten.« – »Warum denn, lieber Bruder, was habe ich getan?« – »Was willst du denn noch tun? Zwölf Monate im Jahr furzt du und wehst das feine Mehl hinweg, so daß ich das grobe essen muß.« – »Lieber Bruder, bist du denn verrückt geworden, hat dein Verstand nachgelassen? Wenn deine Frau das sagt, wie kannst du dem Glauben schenken? Von Varamin bis zur Stadt sind es doch vier Farsach weit. Wenn ich hier furze, wie soll dann dort das feine Mehl wegwehen? Sag mir also, ist dein Verstand kaputt?« Und der Sohn der Schwester bat: »Lieber Onkel!« – »Ja.« – »Nimm mich mit in die Stadt, ich werde dich für das Furzen meiner Mutter entschädigen. Ich verspreche dir, daß nicht ein Grämmchen Mehl mehr weggeweht wird.« Der Onkel erwiderte: »Also gut.« Und er blieb die Nacht in Varamin.

Am nächsten Morgen machte er sich mit seinem Neffen Hasan auf den Weg. Als er ankam, sah die Frau, daß er den Sohn seiner Schwester mitgebracht hatte, und dachte bei sich: »Was ist das nur für ein Unheil?« Hasan blieb den ganzen Tag dort, und als sie den Teig zubereitete, konnte sie das Mehl nicht sieben und das feine aussortieren. Nun denn, als sie das Essen zubereitete und der Mann das Brot aß, da fiel ihm auf, daß das Brot diesmal gut war. Hasan bemerkte zu ihm: »Lieber Onkel! Merkst du, wie gut das Brot heute ist?« Der Onkel gab zur Antwort: »Lieber Neffe! Bei Gott, ein Jahr lang habe ich ein solches Brot nicht gegessen!«

Auch am nächsten Tag merkte die Frau, daß sie das feine Mehl nicht aussieben konnte, um es ihrem Geliebten zu geben. Da sagte sie bei sich: »Morgen werde ich für ihn Reis mit Hackfleisch kochen.« Hasan war oben auf dem Dach und schaute zu. Als die Frau gerade gegangen war, um ihren

Geliebten zum Essen zu holen, nahm er den Topf mit dem Reis, hob ihn auf den Kopf und lief davon. Die Frau sah von ferne, wie Hasan mit dem Topf auf dem Kopf weglief, und sprach bei sich: »Der Verfluchte. Woher wußte er von dem Topf? Bei meiner Seele, du sollst verrecken, Hasan!« Nun denn, sie konnte nichts tun. Als Hasan zurückkam, konnte die Frau ihrem Geliebten keinen Reis vorsetzen. Sie sagte: »Hasan! Ich hatte heute Fleisch gekauft und es für heute abend gekocht. Warum hast du es weggebracht?« Hasan aber erwiderte frech: »Liebe Tante! Laß die Fleischsuppe doch für abends. Mittags wollen wir lieber den Reis essen!«

Als der Liebhaber kam, sagte er zu der Frau: »Was wollen wir tun?« Die Frau erwiderte: »Nichts. Von dem Tag, an dem Hasan kam, können wir nicht mehr in Ruhe zusammensein!« Der Liebhaber fragte: »Was soll ich tun?« Und die Frau entgegnete: »Nichts Besonderes. Komm heute abend in die Küche, und hole einen Topf, einen Napf. Morgen werde ich mich an Hasan rächen.«

Wo war Hasan derweil? Er war oben auf dem Dach. Er hörte diese Worte, kam leise zu seinem Onkel und sagte: »Lieber Onkel. Heute nacht kommt ein Dieb ins Haus.« Der Onkel fragte: »Lieber Neffe. Woher weißt du das?« – »Ich weiß es einfach. Ich weiß um die verborgene Welt.« Weiter sagte Hasan: »Ich werde mich verstecken und dich benachrichtigen, wenn er kommt.« – »Also gut.«

Hasan setzte sich und schob Wache. Der Geliebte öffnete leise die Tür. Da stürzte Hasan in die Küche, stellte sich ihm in den Weg und schrie: »Onkel! Der Dieb!« Der Onkel lief herbei und packte den Dieb. Am nächsten Morgen brachten sie den Dieb vor den Bürgermeister, und der Bürgermeister sagte zu dem Mann: »Nun gut, warum bist du zu ihrem Haus gekommen? Um zu stehlen? Sag mir die Wahrheit: Wo hast du bis jetzt überall gestohlen?« Als der Geliebte einsah, daß er keine Chance hatte und daß man ihn hier für

einen Diebstahl verantwortlich machen würde, da schilderte er die ganzen Vorfälle. Der Bürgermeister sagte: »Nun gut«, und Hasan setzte sich neben seinen Onkel und sagte: »Lieber Onkel! Weder ist dieser Mann ein Dieb, noch furzt meine Mutter und weht damit das feine Mehl weg. Dies ist der Liebhaber deiner Frau. Deine Frau hat das feine Mehl verbacken und ihm gegeben, und dir gab sie nur die Kleie. Den Reis mit Hackfleisch hatte die Frau für ihren Liebhaber gekocht, aber ich habe ihn weggenommen. Jetzt gehört er dir, du weißt es selbst, du kannst ihn behalten. Mein Vater in Varamin ist alleine, und ich möchte abreisen. Ich bin diese

Tage bei dir geblieben, weil du so naiv warst, deiner Frau zu glauben, als sie sagte: ›Deine Schwester in Varamin furzt und weht das feine Mehl hinweg.‹ Jetzt hab herzlichen Dank.« Damit reiste Hasan ab. Der Liebhaber aber kam von jetzt an nicht mehr, und die Frau und der Mann vertrugen sich.

Lebendig begraben

Es war einmal ein Lastträger. Eines Tages, als er eine Last auf seinen Schultern trug, kam er zu einem Garten. Er setzte seine Last an der Gartenmauer ab und rief: »O Gott! Ich bin dein Untertan, und auch der Herr dieses Gartens ist dein Untertan.« Zufällig war der Herr des Gartens im oberen Stockwerk und saß oben über ihm. Er hörte den Stoßseufzer, streckte den Kopf zum Fenster heraus, sah den Lastträger und rief: »Herr Lastträger!« – »Ja!« – »Liefere deine Last ab, und komm dann wieder hierher. Ich habe eine Last für dich. Hier gebe ich dir auch einen Tuman umsonst, damit du es nicht vergißt und schnell wiederkommst.« Der Lastträger erwiderte: »Also gut.«

Er trug die Last fort und lud sie dort ab, wo er sie hinbringen sollte, dann kam er zurück. Als der Mann die Schritte des Lastträgers hörte, steckte er seinen Kopf zum Fenster hinaus und sagte: »Lastträger, komm herauf!« Der Lastträger ging die Treppe hinauf. Dort oben sah er ein reich ausgestattetes Zimmer mit Kissen aus Kaschmirtuch, und ein Mann saß dort, der sah prächtiger aus als der König. Er forderte ihn auf: »Setz dich, Lastträger.« Der Lastträger fragte: »Lieber Herr, wo ist Eure Last? Ich will Eure Last tragen!« Der Herr erwiderte: »Meine Last ist hier. Du kannst sie später tragen. Jetzt beruhige dich. Willst du Zigaretten, Pfeife oder Wasserpfeife rauchen? Was möchtest du, damit ich es dir bringen lasse?« Der Lastträger antwortete: »Ich rauche Wasserpfeife.« Da rief der Herr: »Los Kinder, bringt eine Wasserpfeife!« Sie holten eine Wasserpfeife und setzten sie vor den Lastträger, und wieder fragte der: »Wo ist Eure Last, daß ich sie wegtrage?« Der Herr erwiderte: »Hier ist keine Last. Wieviel beträgt dein Lohn bis zum Abend? Ich habe Gefallen an dir gefunden, und soviel dein Lohn heute beträgt, ich werde es dir geben. Sei heute mein Gast.« Der Lastträger erwiderte: »Na gut.« Darauf sprach der Herr: »Gut, Lastträger, nun höre zu. Ich will dir meine Lebensgeschichte erzählen:

Ich war der Sohn eines Kaufmanns. Mein Vater hat mir immer als Mahnung aufgetragen: ›Lieber Sohn! Freunde dich nicht mit diesen Herumtreibern an, und geh nicht mit ihnen, sonst wird man auch schlecht über dich reden und dich einen Herumtreiber nennen.‹ So hörte ich zwar, was die anderen untereinander redeten, befolgte aber den Rat meines Vaters, bis er starb und ich seinen Platz einnahm. Die Diener gehorchten nun mir, und ich arbeitete anstelle meines Vaters, bis seine Gefährten zu mir sagten: ›Ihr müßt wie Euer Vater Handel treiben, zu Kauf und Verkauf.‹ Wir waren einverstanden und begannen zu handeln. Das Geschäft lief so gut, daß immer zehn bis zwölf Schiffe für uns das Wasser überquerten, bis wir eines Tages auf einem der Schiffe saßen und ein ungünstiger Wind zu wehen begann. Der Kapitän rief: ›Leute, ich enthebe mich der Verantwortung für euch! Gleich wird das Schiff an einem Felsen zerschellen!‹ Ich glaubte schon zugrunde zu gehen und ergriff rasch meinen Schatzbeutel. Da plötzlich stieß das Schiff an den Felsen und wurde zertrümmert. Die Leute wurden im Meer verstreut, und alle Ware, die Teppiche und Handelsgüter, alles, was es gab, versank im Meer. Wer es konnte, hielt sich an einem abgerissenen Brett fest. Auch ich gehörte zu diesen Glücklichen.

Zwei Tage und eine Nacht trieb ich so, durstig und besorgt, auf dem Wasser, bis wir an eine Insel gelangten. Wir fünf, sechs Leute sprachen untereinander: ›Gefährten! Wir wollen auf dieser Insel suchen, bis wir Urwaldfrüchte oder etwas anderes finden, was wir essen können. Dann wollen wir sehen, wie es weitergeht.‹ Eine Woche verbrachten wir auf dieser Insel. Tagsüber gingen wir umher und aßen Urwaldfrüchte. Nachts schliefen wir aus Angst vor den wilden Tieren auf den Bäumen. Eines Tages machten wir einen Süßwasserbach mitten im Dschungel ausfindig, dessen Wasser zum Meer hin floß. Ich sagte bei mir: ›Ich will diesem Bachlauf folgen und schauen, wohin ich gelange.‹ So folgten wir dem Bach.

Nach einiger Zeit gelangten wir zu einem Stadttor, und ich betrat die Stadt. In der Stadt holte ich Geld aus meiner Tasche, um damit Brot und Wasser zu kaufen, da sagte man mir, daß dieses Geld hier nichts wert sei. Da ich meinen Schatzbeutel eingesteckt hatte, holte ich daraus einige Goldmünzen hervor. Da sagte man mir: ›Mein Herr! Dies müßt Ihr erst im Laden des Geldwechslers eintauschen.‹ Man brachte mich zum Laden des Geldwechslers, um es einzutauschen, da fragte der: ›Woher habt Ihr das?‹ Ich antwortete: ›Es gehört mir selbst.‹ Ich merkte aber, wie der Geldwechsler wegen des Goldes schlecht von mir dachte, und so erzählte ich ihm meine Geschichte von Anfang bis Ende. Ich sagte zu ihm: ›Ich bin ein Kaufmann, und das und das ist mir widerfahren.‹ Der Geldwechsler fand an mir Gefallen und sprach: ›Nun, da Ihr fremd in dieser Stadt seid, kommt mit in mein Haus. Nehmt kein Zimmer hier in der Karawanserei!‹ Darauf nahm er uns mit zu seinem Haus.

Nach zwei, drei Tagen, sah ich dort ein Mädchen im Hof umhergehen, das war sehr hübsch. Ich fragte den Geldwechsler, zu wem die junge Frau gehöre, und er sagte: ›Mein Bruder! Wenn du keine Frau hast, so biete ich sie dir an.‹

Dies sagte er, da er mein Gold gesehen hatte und wußte, daß ich reichlich Kapital besaß. Ich heiratete also das Mädchen, und er richtete neben seinem Laden einen Laden für mich ein. Dort ließ ich mich gleichfalls als Geldwechsler nieder.

Nach und nach kam ich in der Stadt in meinen Geschäftsangelegenheiten herum. Ich fand heraus, daß jedesmal, wenn in dieser Stadt eine Frau starb, die Frau beerdigt wurde, und den Ehemann ließ man mit einem Brot und einem Krug Wasser in eine Höhle hinab. Wenn der Mann starb, wurde er beerdigt, und man ließ die Frau in die Höhle hinab. Da sagte ich bei mir: ›Verflixt! Da sind wir wirklich in einer schlechten Gegend gelandet!‹ Bei Gelegenheit setzte ich mich zu meiner Frau und fragte sie: ›Wenn jemand hier heiratet: Kann er dann seine Frau mit in seine eigene Stadt nehmen?‹ Meine Frau antwortete: ›Nein‹. Ich fragte weiter: ›Ist in eurer Stadt die Scheidung üblich?‹ Sie erwiderte: ›Nein.‹ Und noch einmal fragte ich: ›Nun gut. Wenn eine Frau oder ein Mann aus dieser Stadt fliehen will: Ist das möglich?‹ Sie erwiderte: ›Ohne die Erlaubnis des Herrschers nicht. Denn wenn einer ohne staatliche Erlaubnis von hier fliehen will – wenn es eine Frau ist, dann wird man sagen: Ihr Mann ist gestorben; und wenn es ein Mann ist, dann wird man sagen: Seine Frau ist gestorben.‹ Da merkte ich, daß es in dieser Stadt auf keine Art Rettung gab.

Eines Abends kam ich nach Hause, da sah ich meine Frau auf dem Bett liegen. Sie schlief, weil sie sehr starke Kopfschmerzen hatte. Vier Tage war sie krank, dann starb sie. Die Leiche bahrte man drei Tage auf, damit die üblichen Riten vollzogen werden konnten, dann wurde sie beerdigt. Mir brachte man einen Laib Brot und einen Krug Wasser. So sehr ich auch um Hilfe rief: ›Ihr Leute, ich bin doch fremd in dieser Stadt‹, man antwortete nur: ›So muß es unbedingt sein. Komm! Selbst wenn du uns dein Geld, deinen Besitz, deine Juwelen, deine Schatztruhe anbieten solltest: Wir begehren deinen Besitz nicht.‹ Man band mir ein Seil um die Hüfte und ließ mich in die Höhle hinab. Dann ließ man auch das Brot und den Krug mit Wasser zu mir herunter.

Als ich auf dem Grund der Höhle ankam, sah ich, welch furchtbare Höhle dies war: Eintausend Zar' war sie breit, und sie war voll mit übereinanderliegenden Knochen. Das Brot und das Wasser, welches man mir gegeben hatte, sollte für drei Tage meine Nahrung sein. Ich dachte bei mir: ›Wenn ich dieses in drei Tagen aufesse, werde ich nachher Hungers sterben. Also ist es besser, daß ich wenig esse. Vielleicht werden sie jemand anders herunterlassen, mit dem ich mich verbünden kann.‹ Also erhob ich mich, ergriff einen von den großen Knochen und benutzte ihn als Besen. Ich kehrte die Knochen beiseite. Außerdem wurde ich eine Art Trödler: Die Leute, die man mit Kleidern heruntergeworfen hatte, deren Kleider sammelte ich auf einen Haufen.

Eines Tages war ich gerade derart beschäftigt, da sah ich, wie man wieder jemand herunterließ. Dieser Arme kam gerade bis zum Höhlenboden, da verschied er. In dem Moment, als er am Boden ankam, starb er. Kurzum, Lastträger, sieben Jahre verbrachte ich als Leichenfledderer am Boden der Höhle. Jedesmal, wenn man jemand herabließ, war es so: Wenn er starb, dann passierte nichts weiter. Wenn er nicht starb, dann erwürgte ich ihn, um sein Brot und Wasser zu verzehren.

Eines Tages schließlich ließ man einen jungen Mann herab. Einen Tag lang hatte ich weder Essen noch Wasser, ich war hungrig geblieben. Sogleich ergriff ich seinen Wasserkrug, um zu trinken, er aber packte mein Handgelenk und rief: ›Was tust du da? Wer bist du?‹ Ich erwiderte: ›Ich lebe hier.‹ Der andere entgegnete: ›Du täuschst dich. Jetzt lebe ich hier.‹ Ich sagte: ›Laß das, mein Lieber. Du bist gerade neu angekommen. Ich war auch einmal ein Jüngling, und mein Schnurrbart war noch nicht gewachsen. Jetzt reicht mein Bart bis zum Boden, und meine Haare sind lang wie die der Frauen. Da sagst du, daß du jetzt hier lebst?‹ Wir begannen, um das Brot und das Wasser zu ringen. Schließlich überwand ich ihn, warf ihn auf den Boden und erwürgte ihn. Dann setzte ich mich alleine hin und klagte vor Gott: ›O Gott! Was habe ich getan, daß mir dieses Unglück zugestoßen ist? Ich habe doch kein Vergehen und keine Sünde begannen, für die dies die Vergeltung ist.‹ Ich weinte heftig, dann streckte ich mich aus und schlief.

Auf einmal sah ich, wie vom anderen Ende der Höhle eine Katze ankam. Sie ging zu dem frischen Fleisch, fraß davon und ging wieder weg. Ich fragte mich, woher diese Katze wohl gekommen sei, und nahm mir vor, ihr zu folgen, wenn sie noch einmal käme. Am nächsten Tag sah ich, wie die Katze wiederkam. Sie fraß von dem Fleisch, und als sie fortging, folgte ich ihr. Als ich am Ende der Höhle angekommen war, bemerkte ich dort einen schmalen Gang. Weiter folgte ich der Katze, bis in den Gang hinein, wobei ich zu mir sprach: ›Gott steh mir bei! Alles, was sein soll, wird sein!‹ Da sah ich auf einmal einen Lichtschein. Ich ging zu der Stelle hin, von der die Helligkeit kam, da stand ich plötzlich am Ufer eines Meeres. Ich warf mich auf den Boden und verneigte mich im Gebet. Dann sagte ich bei mir: ›Es ist wohl das beste, wenn ich zurückgehe und die gesammelten Kleider hole.‹ So ging ich auf demselben Weg, den ich gekommen war, zurück durch den Gang. Alles, was in der Höhle an Kleidern, Schuhen und Hüten war, sammelte ich auf. Aus ein paar kleinen Stücken knotete ich ein großes Tuch zusammen und schüttete alle Kleider darauf. Dann nahm ich alles zusammen auf und ging durch den Gang nach draußen.

Zwei Tage und eine Nacht kampierte ich dort am Ufer des Meeres. Dann sah ich, wie sich auf dem Meer ein Boot zeigte, das näher kam. Ich stand auf, brach einen Ast ab und band ein Stück Stoff daran, damit winkte ich. Als das Schiff näher kam, sah ich, daß es eins von meinen eigenen Schiffen war, das auf dem Meer Handel trieb. So verkaufte ich noch die ganzen Kleider der Verstorbenen. Sieben Jahre war ich in der Höhle gewesen, zwei Jahre vorher war ich verheiratet, das sind neun Jahre. In diesen neun Jahren hatten meine Angestellten und Bediensteten den Verdienst gespart. Ich verkaufte all die Kleider, und erst vor fünfunfzwanzig Tagen habe ich diesen Garten erworben.

Du, Lastträger, stehst am Morgen auf, trägst bist zum Abendessen zwei, drei Lasten. Am Abend setzt du dich zu deiner Frau. Und doch hast du gesagst, als du deine Last abgesetzt hast: ›Ich bin dein Untertan, und auch der Herr dieses Gartens, der Zuhälter, ist dein Untertan. Ja, ziemt es sich denn, daß du mich schmähst, bei allem, was ich durchgemacht habe?‹«

Die rätselhafte Unterhaltung

Es war einmal ein Herrscher, der ging zur Jagd. Nachdem die Teilnehmer der Jagd aus dem Stadttor geritten waren, kamen sie nach einer Strecke Weges an einen See. Dort sah der Herrscher einen alten, buckligen Mann sitzen, der wusch Häute. Der König hielt sein Pferd an und fragte: »Alter, was tust du da?« Der alte Mann erhob seinen Kopf und sah, daß es der König war. Er antwortete: »Möge es dem Mittelpunkt der Welt wohl ergehen! Ich wasche Häute.« Der König sprach: »Würdest du statt acht lieber neun oder zehn schlagen, damit du dann nicht mehr Häute waschen müßtest?« Der Alte erwiderte: »Möge ich Euer Opfer sein! Ich schon, aber es reicht nicht!« – »Nun denn«, erwiderte der König, »verkaufe es nicht zu billig!« Und die

Wesire wunderten sich, was der König da mit dem alten Mann für eine merkwürdige Unterhaltung führe.

Als der König an dem Jagdgebiet ankam, waren acht Wesire bei ihm. Zu ihnen sprach er: »Bei meiner Ehre schwöre ich: Wenn ihr den Sinn dieser Unterhaltung nicht herausfindet, lasse ich euch aufhängen!« – »Möge ich Euer Opfer sein«, bemerkte der Wesir zur Rechten. »Gebt uns drei Tage Frist!« Als sie von der Jagd zurückkamen, dachten alle acht Wesire darüber nach, wo der alte Mann wohl wohne, damit sie die Bedeutung von ihm erfragen könnten. Der Wesir zur Linken sagte: »Ich werde mich morgen am See hinsetzen, und wenn der alte Mann kommt, werde ich ihn danach fragen.« – »Sehr gut«, erwiderte der Wesir zur Rechten. »Wenn er es dir nicht sagt, dann finde wenigstens heraus, wo er wohnt. Dann können wir ihn abends zu Hause aufsuchen.« – »Ja, gut.«

Am nächsten Tag stand der Wesir zur Linken auf und ging zu dem See. Er sah den alten Mann dort sitzen und Häute waschen. Er ging zu ihm hin, grüßte ihn und begann, sich freundlich mit ihm zu unterhalten, um ihm – wie man sagt – in den Bart zu lachen, das heißt: ihn zu überlisten. Dann fragte er: »Sprecht die Wahrheit: Was hat der König gestern zu euch gesagt?« Der alte Mann erwiderte: »Er ist der Herrscher, ich bin nur ein Untertan. Er hat mir eine Frage gestellt, und ich habe entsprechend der Frage geantwortet.« – »Nun gut, was war denn seine Erwiderung auf deine Antwort?« – »Nichts Besonderes! Er hat mich gefragt: ›Würdest du gerne schlagen?‹ Und ich habe geantwortet: ›Ich schon, aber es langt nicht.‹« Der Wesir fragte: »Nun gut. Und was soll das bedeuten?‹« Da rief der Alte: »Der König hat doch Wesire! Fragt die doch nach der Bedeutung. Ich werde nicht sagen, was es bedeutet!« – »Nun gut«, meinte der Wesir. »Weißt du die Bedeutung tatsächlich, oder gibst du nur an?« – »Sicher weiß jemand, der sich mit dem König unterhält, die Bedeutung seiner Rede«, erwiderte der Alte. »Jemand, der einen Gruß ausrichtet, weiß, was der Gruß bedeutet.« – »Ist es denn jetzt möglich, daß du einhundert Tuman von mir annimmst und mir die Bedeutung verrätst?« – »Nein, bei Gott«, erwiderte der Alte. »Wenn es jetzt ans Verkaufen geht: Was sollen mir da einhundert Tuman nützen?« Der Wesir bot immer mehr, bis sie bei eintausend Tuman angelangt waren. Er sagte: »Ich gebe dir eintausend Tuman, wenn du mir die Bedeutung der Unterhaltung verrätst.« Der Alte aber war empört: »Der König hat doch Wesire! Gib diese tausend Tuman den Wesiren, und frage sie danach!« Darauf ärgerte sich der Wesir: »Ich bin schließlich selbst ein Wesir des Königs!« – »Dann werde ich es nicht so billig verkaufen!« Der Wesir fragte ihn: »Wo wohnst du denn?« – »Komm in den Sa'adat-Bazar, und frag dort nach dem Haus von Ali dem Häutewäscher. Man wird es dir zeigen.« – »Also gut«, entgegnete der Wesir. »Heute abend werden wir zu dir kommen.«

Der Wesir zur Linken kam zurück und sprach zu dem Wesir zur Rechten: »Ich war bereit, ihm eintausend Tuman dafür zu zahlen, daß er mir die Bedeutung verkaufe; aber er hat es nicht verraten.« Da sagte der Wesir zur Rechten: »Dann wollen wir heute abend zu ihm gehen. Unsere drei Tage Frist sind zu Ende. Morgen ist der letzte Tag.« Zusammen machten sich der Wesir zur Rechten und der Wesir zur Linken auf den Weg und fragten: »Wo ist das Haus von Ali dem Häutewäscher?« Als sie mit dem Türklopfer anklopften, fragte der alte Mann: »Wer ist es, der dort an der Tür klopft?« – »Öffne«, rief der Wesir, »ich bin es, ich Armer!« Ali öffnete die Tür, sie traten ein, setzten sich und sagten: »Wir sind wegen der Bedeutung eurer Unterhaltung gekommen.« Ali fragte: »Der König hat acht Wesire. Welche von denen seid ihr?« Da erwiderte der eine von ihnen: »Ich bin der Wesir zur Rechten.« Und der andere sagte: »Und ich

bin der Wesir zur Linken.« – »So kommt ihr also stellvertre-
tend für die anderen Wesire«, sagte Ali, »und habt alle die
Bedeutung der Rede von mir altem Mann nicht verstanden.
Nun denn, wenn ihr jetzt die Bedeutung meiner Rede versteht – werdet ihr zwei Leute denn auch für die anderen
sechs eine Entschädigung geben? Denn wenn ihr es versteht,
werden sie es auch verstehen.« Der Wesir zur Rechten
entgegnete: »Wenn wir auch für die anderen eine Entschädigung geben, wieviel müssen wir dann zahlen?« – »Ihr seid
acht Wesire«, rechnete Ali. »Wenn jeder eintausend Tuman
gibt, dann macht das achttausend Tuman.« – »Na, mein
Lieber«, rief der Wesir zur Rechten, »du machst es uns aber
schwer!« – »Das ist überhaupt nicht schwer. Wollte ich
mich nach dem Befehl des Herrschers verhalten, so müßte
ich zweitausend Tuman von jedem nehmen. Eigentlich habe
ich Mitleid mit euch und verkaufe es billig.« Da wandte sich
der Wesir zur Rechten an den Wesir zur Linken und sprach:
»Was sollen wir tun? Sollen wir die achttausend Tuman
selbst geben? Oder wollen wir gehen und die andern holen
lassen?« Der Wesir zur Linken erwiderte: »Geben wir sie
ihm. Wir wollen sie ihm selbst geben und uns dann auch
selbst vor dem König auf den Boden werfen, damit er sieht,
daß wir dieses erreicht haben, und daß die anderen unfähig
sind.« So gaben sie dem alten Mann also achttausend
Tuman.

Darauf sagte der Alte: »Gut, jetzt will ich es euch erklären. Der König hat mich gefragt, ob ich die acht Monate von
Sommer, Frühling und Herbstanfang länger arbeiten wolle,
um wenigstens die zwei Wintermonate Ruhe zu haben, im
Haus zu sitzen und nicht in die Kälte zum Häutewaschen
gehen zu müssen. Ich habe dem König geantwortet, daß ich
schon wolle, aber daß es nicht reicht. Das heißt: Der Verdienst ist nicht so groß, daß ich davon etwas für den Winter
sparen kann. Und als der König mir entgegnete: ›Dann

verkauf es nicht billig!‹, da war die Absicht des Herrschers
die, mich vor der Kälte des Winters zu bewahren, und
schließlich habe ich es auch angemessen verkauft.« Da sagten die Wesire: »Also gut!« Dann verabschiedeten sie sich
von dem alten Mann.

Als der König sich am nächsten Tag auf dem Thron
niederließ, verlangte er nach den Wesiren und sprach: »Ihr
habt drei Tage Frist erbeten. Heute ist der dritte Tag, und
ich habe versprochen, jeden, der es nicht weiß, aufhängen zu
lassen.« Der Wesir zur Rechten meldete sich und sagte:
»Möge es dem Mittelpunkt der Welt wohlergehen! Ich habe
es teuer gekauft!« Dann meldete sich der Wesir zur Linken
und sagte: »Möge ich Euer Opfer sein! Ich habe es auch
gekauft. Von Euren anderen Wesiren weiß ich nichts.« Nun
wollte der König erfahren, zu welchem Preis die Rede verkauft worden war, so fragte er: »Nun ist also klar, daß ihr

beide die Käufer seid. Wie teuer habt ihr es gekauft?« Der Wesir zur Rechten antwortete: »Möge ich Euer Opfer sein. Wir beide haben es für achttausend Tuman gekauft.« Darauf wandte sich der König den anderen Wesiren zu und sprach: »Nun, wollt ihr die Angelegenheit denn kostenlos überstehen? Gebt sechstausend Tuman, jeder von euch eintausend! Dreitausend gebt diesem, dreitausend jenem. So könnt ihr sechs Leute jeder für eintausend Tuman Euer Leben erkaufen!« Weiter sagte er: »Das Geld ist dafür, daß ihr es nicht vermochtet und kein Gespür dafür hattet, entweder die Bedeutung der Unterhaltung zu verstehen oder sie herauszufinden. Diese beiden nun konnten die Bedeutung der Unterhaltung zwar nicht selbst verstehen, haben sie aber gekauft, um sie zu verstehen. Damit ihr jetzt die Bedeutung der Unterhaltung nicht versteht, sollen sie sie mir insgeheim mitteilen.« Da gaben die anderen zunächst die sechstausend Tuman.

Am Abend kamen sie zum Haus des Wesirs zur Rechten und baten: »Nun gut, jeder von uns hat eintausend Tuman bezahlt. Also sagt uns jetzt die Bedeutung der Unterhaltung, damit wir, wenn es dem König einfällt, auch sagen können, daß wir es wissen.« Der Wesir zur Rechten erwiderte: »Was für ein König wäre das, wenn er euch glaubte, daß ihr es selbst herausgefunden habt, selbst wenn ihr es ihm zehnmal sagtet. Wir haben es ihm schließlich insgeheim mitgeteilt. Es gab einen Verkäufer, und wir waren die Käufer. Hättet ihr euch auch wie wir angestrengt, dann hättet ihr die Bedeutung gekauft. Die tausend Tuman, die ihr gegeben habt, waren nur Lösegeld für euer Leben!« Die anderen fragten: »Nun gut, wo ist das Haus des Verkäufers? Dann wollen wir auch gehen und es von ihm kaufen.« Der Wesir aber entgegnete: »Bin ich denn euer Kindermädchen, daß ich es euch zeige? Oder ist der Käufer etwa zu mir gekommen? Es heißt doch schon bei dem Dichter Sa'di: ›Ohne

Mühe erlangt man keinen Schatz. Den Lohn erreicht nur der, der sich anstrengt.‹ Du willst es umsonst erkaufen.« – »Also gut, wenn du es nicht sagen willst«, resignierten die anderen schließlich und gingen fort.

Am Abend des nächsten Tages gingen sie zum Haus des Wesirs zur Linken. Der Wesir zur Linken sprach zu ihnen: »Wenn ihr wollt, daß ich es euch sage, dann muß jeder von euch mir eintausend Tuman geben, damit ich es euch sage.« Dazu waren sie bereit. Sie gaben jeder dem Wesir zur Linken eintausend Tuman und fragten ihn nach der Bedeutung der Unterhaltung.

Nach diesen Ereignissen vergingen einige Tage, da gab der König ein Gastmahl. Jene Wesire sagten während der Unterhaltung: »Wir haben die Rede des Königs auch gekauft.« Der König hörte das zufällig und fragte: »Wenn ihr es auch gekauft habt, warum habt ihr das dann an jenem Tag nicht gesagt?« – »Weil wir sahen, daß die Wesire zur Linken und zur Rechten es schon gekauft hatten, haben wir nichts mehr dazu gesagt.« Da wandte sich der König zum Wesir zur Rechten und sprach: »Laß jemanden schicken und jene Person herholen!« Der Wesir zur Rechten schickte einen Beamten, um Ali den Häutewäscher zu holen, der sollte sagen: »Komm! Der König verlangt nach dir!« Man brachte Ali vor den König, wo er ihm Hochachtung erwies, vor ihm auf die Erde fiel und den Boden küßte.« Der König fragte ihn: »Alter! Wie viele Käufer gab es?« Der alte Mann verstand, worauf er hinauswollte, und antwortete: »Möge es dem Mittelpunkt der Welt wohl ergehen! Es waren zwei Leute.« – »Nach diesen zwei Leuten ist keiner mehr als Käufer gekommen?« – »Nein, wirklich nicht!« – »Sag die Wahrheit!« – »Nein, ich schwöre es! Außer diesen beiden Leuten ist niemand gekommen!«

Darauf sprach der König: »Nun gut, Wesir zur Rechten! Das, was du gekauft hast: Hast du es jemand anderem verkauft? Sag die Wahrheit!« Der Wesir zur Rechten fiel vor ihm auf den Boden und antwortete: »Ich schwöre, daß ich es nicht verkauft habe! Ich hätte es nie getan, wenn sie auch hunderttausend Tuman gegeben hätten.« Da wandte sich der König dem Wesir zur Linken zu und sprach: »Du Verfluchter! Gehörst du etwa zu denjenigen, denen es nach dem Lebensunterhalt der Untertanen verlangt? Jetzt laß mich hören, wieviel du von ihnen genommen hast, damit du ihnen die Rede verkaufst? Und ihr, ihr anderen, wolltet wohl eure Befähigung hier unter den Gesandten zur Schau stellen? Jetzt ist es offenbar geworden, daß ihr sechs Leute nicht die Fähigkeit besitzt, selbst zu gehen und eine Angelegenheit zu erledigen; ihr benötigt jemand anders, der euch hilft. Und dieser Mensch da, bei ihm ist offenbar geworden, daß er ein Verräter ist, der sein Vaterland verkauft und den es nach dem Lebensunterhalt der Untertanen verlangt. Du hast sechstausend Tuman genommen, so gib sechstausend Tuman wieder her! Jetzt ist offenbar, daß sich nur einer meiner Wesire um die Untertanen sorgt – ihr anderen sorgt euch um euch selbst!« Die sechstausend Tuman übergab der König dem alten Mann und sprach: »Geh und ruh dich von diesem Häutewaschen in acht und vier aus!« Der Alte nahm das Geld an und erwiderte: »Möge es dem Mittelpunkt der Welt wohl ergehen und Eure Herrschaft beständig sein! Ihr seid zu gütig!«

Die Abenteuer des Hatem-e Ta'i

Einer war, einer war nicht – außer Gott gab es niemand. In alter Zeit war einmal ein Herrscher im Jemen, der hieß Hatem-e Ta'i. Er war auf die Jagd gegangen, und als er von der Jagd in der Steppe zurückkehrte, sah er dort, wie sich ein Jüngling – schön wie der volle Mond in der vierzehnten Nacht – am Boden wälzte und klagte. Er jammerte und weinte so sehr, daß Hatem Mitleid mit ihm hatte. Er stieg vom Pferd herab, stellte sich vor den Jüngling und fragte: »O Jüngling! Was ist mit dir?« Der junge Mann erhob seinen Kopf und fragte zurück: »Bruder, was willst du tun?« Hatem antwortete: »Nun gut, zunächst frage ich dich, was du für einen Schmerz hast, daß du so sehr jammerst.« Da entrang sich der Brust des Jünglings ein lauter Seufzer, er zerriß aus lauter Kummer seinen Kragen und schluchzte über seinen unheilbaren Schmerz, und Hatem mußte wegen seiner Verzweiflung und seinem Klagen selbst weinen. Er drängte: »Jüngling! Erzähl mir von deinem Schmerz, vielleicht kann ich ihn heilen!« Wieder schluchzte der Jüngling: »Bruder! Meinen Schmerz kann niemand außer Gott heilen!« Hatem erwiderte: »Mein Sohn! Es ist doch nichts Schlimmes dabei, wenn du es mir sagst! Erzähl es mir, vielleicht kann ich dir helfen!«

So erzählte der junge Mann: »Mein lieber Bruder! Ich bin, so wie du mich hier am Boden siehst, der Sohn des Herrschers von Syrien. Ich habe das Bild eines hübschen Mädchens gesehen, da habe ich mich in es verliebt. Ich habe die Krone der Herrschaft aufgegeben und bin auf Brautwerbung ausgezogen. Aber sie hat hunderttausende Bewerber wie mich, die vor ihr im Staub sitzen, und sie stellt so schwierige Fragen, daß niemand sie bisher bewältigt hat.« Hatem beruhigte ihn: »Jüngling, steh auf! Um Gottes Willen werde ich mir für dich den Gürtel der Dienerschaft umschnallen und mich für dich bemühen.« Damit hob er den Prinz Ahmad vom Boden auf und nahm ihn mit sich in die Stadt.

Drei Tage kümmerte er sich um den Jüngling, am dritten Tag warf sich Ahmad vor ihm auf den Boden und sprach: »Lieber Freund, der du dich um mich wie ein Vater kümmerst! Ich bin nicht hierhergekommen, um zu essen und zu trinken! Du hast mich mitgenommen, damit ich zu meinem Ziel gelange.« – »Ja«, erwiderte Hatem, »ich habe vor, daß wir zu einer guten Stunde für eine gute Angelegenheit aufbrechen. So Gott will, werden wir heute fortziehen.« Er übertrug die Regierungsgewalt seinem Kronprinzen und brach mit dem Jüngling auf. Der Stadt Jemen wandten sie den Rücken zu, das Gesicht der Stadt Shahabad.

Als sie in Shahabad ankamen, brachten sie die Diener der Prinzessin in das Gästehaus. Jeden, der in die Stadt kam, brachten die Diener der Prinzessin in das Gästehaus und gaben ihm nach dem Essen einen goldenen Löffel. Man führte sie ins Gästehaus, dann brachte man ihnen das Essen mit einem goldenen Löffel darin. Hatem sagte: »Nein, wir wollen kein Geld. Nein, wir wollen nichts essen!« Man benachrichtigte die Prinzessin davon, daß diese Reisenden weder Geld noch Essen wollten, worauf die Prinzessin befahl: »Bringt sie her!« Man holte sie, zog den Besuchsvorhang zu, und die Prinzessin stellte sich hinter den Vorhang. Dann sprach sie: »Ihr Reisenden! Warum eßt ihr nichts, und warum nehmt ihr das Gold nicht an?« Hatem antwortete: »Wir sind nicht arm. Es soll nicht verborgen bleiben, daß wir Brautwerber sind. Bevor Ihr uns nicht versprochen habt zu heiraten, werden wir an Eurem Tisch die Hand nicht zum Essen ausstrecken und Euer Salz nicht essen!« – »Nun gut«, erwiderte die Prinzessin, »ich habe eine Frage. Jeder, der meine Frage löst, dem gehöre ich!« Hatem entgegnete: »Sehr gut! Ich nehme die Verpflichtung auf mich, Eure Frage zu lösen. Ihr müßt Euch andererseits damit einverstanden erklären, daß ich Euch, wenn Ihr mir gehört, jedem geben kann, dem ich will.« Die Prinzessin war einverstanden und sprach: »Jetzt eßt Eure Mahlzeit, damit ich Euch anschließend die Frage mitteilen kann.« Hatem war einverstanden.

Man breitete das Tischtuch aus und brachte das Mittagessen. Hatem fragte: »Gut, was ist deine Frage?« Und das Mädchen sprach: »Es gibt einen Mann, der jeden Tag dreimal laut ruft: ›Ich habe es einmal gesehen. Ein weiteres Mal ist Hoffnung vergebens.‹« – »Wo ist das?« fragte Hatem. Sie erwiderte: »Wenn ich das wüßte, würde ich nicht fragen. Zieht aus, und fragt danach, findet heraus, was der erlebt hat, der sagt: ›Ich habe es einmal gesehen. Ein weiteres Mal ist Hoffnung vergebens.‹« – »Also gut«, sagte Hatem. »Dieser Jüngling hier ist Ahmad, der Sohn des Königs von Syrien. Er ist mir wie ein Bruder, und ich habe mir um Gottes Willen für ihn den Gürtel der Dienerschaft umgelegt. Ich vertraue ihn Eurer Obhut an, bis ich wiederkomme.« Das Mädchen erwiderte: »Selbstverständlich! Ich verspreche, daß er, solange er lebt, in meinem Gästehaus essen kann, und außerdem soll er jeden Tag fünf Ashrafi Geld für seine Ausgaben erhalten.« So ging Ahmad und mietete sich ein Zimmer in einer Karawanserei, zum Mittag- und zum Abendessen ging er ins Gästehaus, zum Schlafen ging er wieder in die Karawanserei.

Nun höre von Hatem! Hatem ritt aus dem Stadttor hinaus und rief: »O Gott, ich vertraue auf Dich! Beschäme mich nicht vor diesem Jüngling!« Er ritt einen Tag und eine Nacht, dann gelangte er an einen Platz, dort sah er, wie ein Wolf eine Gazelle jagte. Die Gazelle schluchzte: »Meine Kinder sind hungrig, erbarme dich meiner!« Da brüllte Hatem den Wolf an: »Fürchtest du dich denn nicht vor Gott, daß du diese Gazelle zerreißen willst? Ihre Kinder werden doch vor Hunger sterben!« Der Wolf entgegnete: »Wer bist du denn, daß du zwischen den Tieren Frieden stiften willst?« – »Ich bin Hatem-e Ta'i.« – »Wirst du«, gab der Wolf zur Antwort, »wenn ich sie laufen lasse, meinen Magen satt machen?« Hatem erwiderte: »Ja. Laß sie in Gottes Namen frei, dann will ich dich sättigen.« So ließ der

Wolf die Gazelle laufen und sprach: »Geh! Hatem hat sich für dich eingesetzt!« Nachdem die Gazelle gegangen war, rief der Wolf: »Jetzt bin ich aber hungrig.« Hatem fragte ihn, was er denn fresse, und der Wolf antwortete: »Ich fresse nur Fleisch.« Hatem erwiderte: »Leider habe ich jetzt kein Fleisch hier. Von welchem Teil meines Körpers soll ich etwas für dich zum Fressen abschneiden?« – »Vom weißen Fleisch deiner Schenkel!« Da zog Hatem sein Messer aus dem Gürtel und schnitt sich etwas Fleisch aus dem Schenkel, das warf er dem Wolf vor. Der fraß es und lief weg.

Vor lauter Schmerzen in seinem Bein wurde Hatem ohnmächtig und fiel hin. In diesem Augenblick kamen zwei Schakale daher, ein männlicher und ein weiblicher. Das Weibchen fragte das Männchen: »Wo war denn dieser Mensch, daß er hierhergekommen ist?« Das Männchen antwortete: »Ich glaube, daß ist Hatem-e Ta'i. Ich habe erzählen gehört, daß die Gazelle und der Wolf Dschinne waren. Sie sind in dieser Gestalt vor ihn gekommen, damit er sich mit seiner eigenen Hand in diesen Zustand bringt.« Das Weibchen fragte weiter: »Gibt es denn eine Heilung für diese Wunde?« Das Männchen antwortete: »In Mazanderan gibt es einen Pfau. Wenn man dem den Kopf aufschneidet, dann ist sein Hirn das Heilmittel für diese Wunde.« Da bat das Weibchen: »Gibst du mir deine Erlaubnis, daß ich laufe und es hole, damit Gott diesen Jüngling heilen kann?« Das Männchen erwiderte: »Du bist doch trächtig und kannst nicht schnell laufen. Aber vielleicht kannst du einen Tag lang auf ihn aufpassen, damit ich laufen und es holen kann.« – »Geh nur«, entgegnete das Weibchen, »wenn er durstig ist, werde ich Weintrauben über seinem Mund auspressen. Ich werde ihn nicht sterben lassen.« Das Männchen verabschiedete sich und lief fort.

Am Abend kam es in Mazanderan an und ging gleich zum Haus des Pfaus. Als es den Kopf des Pfaus mit dem Maul packte und abbeißen wollte, schrie der Pfau laut um Hilfe. Die Menschen schreckten wegen des Geschreis aus dem Schlaf, und als sie kamen, sahen sie, daß der Pfau weg war. Sosehr sie auch suchten, um herauszufinden, wer den Kopf des Pfaus durchgebissen habe, sie fanden niemand. Der Schakal lief fort, bis er am nächsten Morgen wieder zurückkam. Er sah, daß der Jüngling noch immer bewußtlos war. Zusammen holten sie das Hirn aus dem Kopf des Pfaus und trugen es auf die Wunde des Jünglings auf. Es verging eine Stunde, dann wurde er wach.

Er sah ein Paar Schakale, ein Männchen und ein Weibchen, an seinem Kopf sitzen und Schatten spenden, damit die Sonne ihn nicht traf. Da wandte er sich den Schakalen zu und sprach: »Was kann ich nur tun, daß ich meine Scham gegenüber euch wieder auslöschen kann, wo ihr euch doch so um mich bemüht habt!« Der männliche Schakal antwortete: »Ich habe es um Gottes willen getan! Wenn Ihr jetzt etwas für uns tun wollt: Hier in der Nähe gibt es einige Tauben. Jedesmal, wenn Gott uns Junge schenkt, dann fressen diese Nichtsnutzigen unsere Jungen spätestens nach drei Tagen auf.« Hatem erwiderte: »Also gut! Bringt mich zu ihnen! Vielleicht kann ich etwas tun, damit sie eure Jungen in Ruhe lassen!« Der männliche Schakal war einverstanden. Er lief vor, und Hatem ging hinterher, bis sie zum Hang eines Berges kamen. Dort gab es große Bäume, eine Quelle und einige Tauben.

Als die Tauben Hatem sahen, sagten sie zu ihm: »Du Mensch! Warum bist du hierhergekommen?« Hatem antwortete: »Ich bin hierhergekommen, um euch zu fragen, ob ihr euch nicht vor Gott fürchtet, daß ihr immer die Jungen dieser Schakale auffreßt. Warum tut ihr so etwas? Gott wird auf euch zornig sein.« Die Tauben erwiderten: »Jüngling, bist du etwa Hatem, der sich in dieser Welt für alles erbarmt?« – »Ja«, erwiderte Hatem, »ich will der Vermittler

sein. Ich bitte euch, daß ihr die Jungen dieser Schakale nicht mehr freßt!« – »Gut«, entgegneten die Tauben, »wenn du uns unsere Nahrung wegnimmst, was sollen wir dann tun?« Da hörte Hatem plötzlich, wie der männliche Schakal hinter ihm sagte: »Wir nehmen die Verpflichtung auf uns, sie mit soviel Nahrung zu versorgen, wie es vorher unsere Jungen waren. Wir werden sie zwei Monate lang mit Nahrung versorgen, damit sie unsere Jungen nicht fressen.« Die Tauben waren einverstanden. Dann fragte der Schakal Hatem: »Jüngling! Wohin willst du jetzt gehen?« Hatem antwortete: »Bei Gott! Ich habe mich bereit erklärt, für Prinz Ahmad das und das zu erledigen.« – »Sehr gut!« erwiderte der Schakal. »Hoffentlich wird Gott dir helfen.« Dann gab der Schakal Hatem das Abschiedsgeleit bis dorthin, wo ihr Gebiet aufhörte. Er ging hinter ihm, soweit er konnte. Dort verabschiedete er sich von Hatem.

Während Hatem in der Wildnis umherging und hungrig wurde, sah er, daß es dort weder Wasser noch grünes Gras gab. Er klagte sein Leid zu Gott und sprach: »O Gott, um Deinetwillen habe ich mich in diese mißliche Lage gebracht!« Da sah er einen alten Mann mit weißem Haar, der hatte ein Brot und einen Krug Wasser und sprach: »O Hatem, bist du denn verrückt geworden, daß du in dieser Einöde ohne Wasser und Verpflegung umhergehst?« Mit vollendeter Höflichkeit erwiderte Hatem: »Mein Vater! Ich bin für Gott unterwegs!« – »Sehr gut«, entgegnete der alte Mann. »Geh! Und Gott sei dein Beschützer. Iß dieses Brot, und trink das Wasser! Wenn du ein Stück weiter gehst, gabelt sich der Weg. Beide Wege führen zum Berg Qaf. Der rechte Weg ist kürzer, aber gefährlich, es sind viele Gefahren unterwegs. Der linke Weg ist lang, aber es gibt keine Gefahren.« Hatem sagte bei sich: »Gut, wir wollen den kurzen Weg nehmen. Wir werden uns an den Wundern der Welt satt sehen. Alles, was von Gott kommt, sei uns willkommen.«

So ging Hatem den Weg nach rechts, da wurde er plötzlich von einer Horde Bären umringt. Sie brachten Hatem zu ihrem König. Hatem schaute hin, da sah er einen Bären auf einem mit Edelsteinen besetzten Thron sitzen, und als der Bär Hatem sah, begrüßte er ihn und sprach: »Du Mensch! Ich habe von den Großen meines Reiches gehört, daß von den Menschen niemand außer Hatem-e Ta'i hierhergelangen wird. Bringt Essen für Hatem!« Man ging und brachte Hatem einige Birnen und Äpfel. Dann sagte der König der Bären zu ihm: »Hatem! Ich habe in den Frauengemächern eine Tochter, für die habe ich bisher noch keinen Mann ausgewählt, bisher schien mir niemand passend als Ehemann.« Hatem erwiderte: »Ich bin aber doch ein Mensch! Wie kann ich mich da mit den Bären einlassen?« Das erzürnte den König, und er rief: »Du willst dich meinen

Worten widersetzen? Werft diesen Jüngling in Ketten!« Die Bären umringten und fesselten ihn, dann brachten sie ihn in eine Höhle unten am Berg. In die warfen sie Hatem und rollten einen Felsbrocken vor die Öffnung. Tagsüber brachte man ihm einige Walnüsse, zwei Äpfel und zwei Birnen, damit er nicht vor Hunger sterbe. Dort blieb er eine Woche.

Nachdem eine Woche vergangen war, befahl der König: »Bringt ihn her!« Sie holten Hatem, der war so eingeschüchtert, daß er den König grüßte. Der König erwiderte: »Hatem! Du brauchst mich nicht zu grüßen, denn du bist ein bedeutender Mann. Was hältst du davon, wenn ich dir meine Tochter gebe? Geh doch einmal in die Frauengemächer, und schau dir meine Tochter an. Sie ist so hübsch! Selbst wenn die Sonne meine Tochter zur Frau wollte, würde ich sie ihr nicht geben!« Hatem ging in die Frauengemächer und schaute, da sah er – alles, was recht ist – wirklich ein wundersames Mädchen: Sie war behängt mit Perlen und Edelsteinen. Von der Hüfte aufwärts hatte sie die Gestalt eines Menschen, von der Hüfte abwärts die einer Bärin. Hatem ging zurück zum König und sagte: »Ich habe deine Tochter gesehen, und sie gefällt mir. Aber ich bin nicht hierhergekommen, um eine Frau zu nehmen und hier zu leben. Ich bin gekommen, um etwas zu erledigen. Diese Angelegenheit muß ich zu Ende bringen!« – »Nun gut«, erwiderte der Bärenkönig, »jetzt heirate du erst einmal. Dann werde ich dir einen Weg für deine Angelegenheit weisen.« Hatem sagte zu sich selbst: »Bursche! Nach deinem bisherigen Leben willst du dich jetzt mit einer Bärenfrau verheiraten?« Als er sich wieder nicht entschließen konnte, befahl der König: »Bringt ihn in das Gefängnis!« So brachten sie Hatem wieder dorthin und sperrten ihn ein.

Nachts sah Hatem den alten Mann im Traum, der sagte zu ihm: »Hatem! Habe ich dir nicht gesagt, daß der Weg zur rechten Seite voller Gefahren ist? Du hast nicht auf mich hören wollen, und jetzt hast du keine andere Wahl, als das Bärenmädchen zu heiraten. Danach kannst du dann mit mir weiter deine Angelegenheit verfolgen.« Dann wachte Hatem wieder auf.

Danach verging eine weitere Woche, bis der König befahl: »Bringt den Jüngling her!« Man brachte Hatem zum König, und der König sprach zu ihm: »Hatem! Ich habe, bei Gott, keinen anderen Ehemann als dich für meine Tochter ausgewählt. Denn du bist sowohl ein guter als auch ein barmherziger Mensch. Wenn du dies nicht willst, dann bleibst du bei mir in Gefangenschaft, solange du lebst.« Da erklärte sich Hatem gezwungenermaßen dazu bereit. Der König ließ dies bekanntmachen, die Bären versammelten sich, und dann feierten sie gemäß ihren Sitten die Hochzeit. Der König erhob sich, ergriff Hatems Hand, brachte ihn in die Frauengemächer und legte dort die Hand seiner Tochter in die Hand Hatems. Hatem erhielt von dem Mädchen auch einen Ehevertrag, und nach ihrem Gesetz vollzog man die Hochzeit. Nachts schlief Hatem mit dem Bärenmädchen, und er erlebte solche Wonnen mit ihr, wie er sie mit Menschenfrauen noch nie erlebt hatte.

Drei Tage vergingen, dann sagte er zu dem Bärenmädchen: »Euer Essen hier besteht immer nur aus frischen Früchten. Wir Menschen essen eher Trockenobst.« Das Bärenmädchen befahl, ihm Trockenobst zu bringen, und sagte: »Alles, was du willst, kannst du dir kochen und essen. Wir können nicht kochen.« Danach verging ein weiterer Monat, und langsam begann Hatem das Bärenmädchen zu bedrängen, er sei wegen einer bestimmten Angelegenheit gekommen und sie solle ihren Vater um die Erlaubnis zur Abreise bitten, damit er gehen und die Angelegenheit zu Ende bringen könne. Das Bärenmädchen sagte: »Versprich mir, wenn du fortgehst, daß du wiederkommst!« Hatem versprach es ihr, und das Mädchen ging zu seinem Vater und bat: »Vater! Gib Hatem die Erlaubnis, zu gehen und seine Angelegenheit zu Ende zu bringen.« Der König antwortete: »Mein Kind! Bist du denn damit einverstanden, daß dieser Mensch geht und wiederkommt?« – »Ja«, erwiderte das Mädchen, »er hat es mir versprochen und sein Wort gegeben, wenn er fortgeht, daß er wiederkommt.« – »Also gut«, sprach der König.

Das Mädchen nahm aus seinem Halsband eine Perle heraus, die gab es Hatem mit den Worten: »Hatem! Verbirg diese Perle im Fleisch deines Körpers, dann kann dir das Gift der Tiere nichts anhaben. Wenn du ins Feuer fällst und diese Perle ist bei dir, so wirst du nicht verbrennen. Wenn du ins Meer fällst und diese Perle ist bei dir, so wirst du nicht ertrinken.« Hatem war einverstanden und nahm die Perle in Empfang. Dann ging er und verabschiedete sich vom König. Der König gab ihm noch einen Stab, wobei er sagte: »Mein Kind! Solange du diesen Stab in der Hand hältst, wirst du nicht müde. Wenn du ins Meer fällst, setze dich auf ihn drauf, dann wird er dich wie ein Boot tragen. Behalte ihn als Andenken von mir, bis du wieder zu mir zurückkehrst!« Hatem nahm den Stab, verabschiedete sich vom König und machte sich auf den Weg. Der König befahl den anderen Bären noch, Hatem das Abschiedsgeleit zu geben und ihn so weit zu begleiten, wie es ihnen möglich sei. Als Hatem dorthin kam, wo das Gebiet der Bären aufhörte, sagten sie zu ihm: »Hatem! Wir können nicht weiter als bis hierher gehen. Hier ist die Grenze unsere Gebietes.« Hatem verabschiedete sich von ihnen, machte sich auf den Weg und ging bis zur Zeit des Abendessens. Als Abendessen hatte das Bärenmädchen ihm etwas Proviant zubereitet, den aß er. Nach dem Essen stattete er Gott seinen Dank ab, dann ruhte er sich auf einem Baum etwas aus.

Mitten in der Nacht, als der Mond zu scheinen begann und es vom Licht des Mondscheins etwas hell wurde, kletterte Hatem vom Baum herunter und ging weiter. Bis zum Mittag des nächsten Tages war er unterwegs. Gegen Mittag kam er zu einer Quelle, da sah er ein Kissen liegen. Auch ein Bett war dort ausgebreitet, aber niemand war da. Er rief: »O Gott! Wem gehört dieses Kissen und das Bett? Wäre doch nur etwas Essen hier. Ich bin hungrig und möchte essen!« Da plötzlich erschien ein Jüngling, der begrüßte Hatem, setzte sich neben ihn und sprach: »Sei willkommen, du Jüngling! Wer bist du, und wohin gehst du?« Hatem erklärte dem Jüngling seine Geschichte, und der Jüngling gab ihm zur Antwort: »Hatem! Hattest du denn keinen Freund, der dir gesagt hätte, daß du einen so gefährlichen Weg nicht gehen sollst?« Hatem erwiderte: »Mein Bruder! Ich bin für Gott unterwegs! Selbst wenn der Weg durch das Feuer ginge, so dürfte ich mich nicht fürchten!« Der Jüngling sagte: »Jetzt bist du hungrig. Setz dich, und iß!« Ein Diener kam, der hatte zwei Brote und zwei Schalen mit Reis in den Händen, und der Jüngling forderte Hatem auf: »Bitte!« Hatem setzte sich und begann zu essen. Er fand den Reis so zart, wie er noch nie etwas in seinem ganzen Leben gegessen hatte. Dann stand Hatem auf, um sich zu verabschieden, und der Jüngling sagte zu ihm: »Hatem! Wenn du von hier ein bißchen weitergehst, kommst du an eine Weggabelung. Der Weg nach rechts ist weit, aber ohne Feindseligkeit oder Verderbnis. Der Weg nach links führt durch ein Meer, und außerdem ist er gefährlich, aber er ist sehr kurz.«

Als Hatem zu der Weggabelung gelangte, sagte er zu sich: »Im Vertrauen auf Gott gehe ich den Weg nach links. Alles was sein wird, soll sein!« Als Hatem diesen Weg ein wenig gegangen war, sah er von Ferne die Flammen eines Feuers, da dachte er bei sich: »Wahrscheinlich sind es Kameltreiber, die das Feuer machen, um sich Essen zuzubereiten.« Während er näher kam, sah er, daß es ein Drache war, und das Feuer kam aus dem Maul des Drachen. Da bereute Hatem, daß er diesen Weg gegangen war und daß er auf die Warnung des Jünglings nicht gehört hatte. So sehr er sich auch anstrengte zurückzukehren, es wollte ihm nicht gelingen. Schließlich verschlang der Drache ihn. Wie Hatem im Bauch des Drachen umherging, da kam er zu einem weiträumigen Platz. Er dachte bei sich: »Gott sei Dank! Auch das war der Wille Gottes. Vielleicht habe ich eine Sünde begangen, daß ich in diese schlimme Lage gekommen bin und bis zum Ende meines Lebens im Bauch dieses Drachen bleiben muß.« Zwei volle Tage lief er im Bauch des Drachen umher, und der Drache wunderte sich schon, was er da gefressen habe, daß es in seinem Magen nicht verdaut werde. Vor lauter Umherlaufen im Inneren des Drachen hatte Hatem ihm die ganzen Eingeweide zerquetscht. Notgedrungen spuckte der Drache Hatem wieder aus und lief weg.

Als nächstes kam Hatem zum Rand eines Meeres. Er zog seine Kleider aus, um sie zu waschen. Da merkte er plötzlich, wie eine Hand aus dem Meer kam und ihn am Schopf packte, und eine andere Hand nahm seine Kleider. Dann zogen die Hände Hatem ins Wasser. Als er am Grund des Meeres ankam, sah Hatem, daß die Hand ihn zu einem Garten gebracht hatte, in dem ein hübsches Mädchen saß. Ihr Körper war zur Hälfte der eines Fisches, zur Hälfte der eines Menschen. Das Mädchen sprach ihn an: »Sei gegrüßt, Hatem! Ich habe schon seit einigen Tagen auf dich gewartet. Nach dem, was die Großen des Landes mir gesagt haben, bist du zwei Tage zu spät gekommen. Jetzt setz dich, und iß!« Man breitete das Tischtuch aus und stellte sehr ansprechende Speisen darauf, und Hatem aß sein Mittagessen. Das Mädchen sagte zu ihm: »Hatem! Gib mir die Erlaubnis, daß man mich mit dir verheiratet. Ich warte schon seit vielen Jahren auf dich!« Hatem erwiderte: »Habe ich denn Krone und Thron des Jemen verlassen, um hier auf dem Grunde des Meeres mit dir zu leben?« – »O Hatem«, drohte das Mädchen, »offenbar nimmst du mich nicht ganz ernst. Soll ich etwa ein Zeichen geben, daß man dich in kleine Stücke reißt?« – »Ich sehe es ein«, erwiderte Hatem. »Abgesehen von Gott bin ich völlig in deiner Macht.«

Drei Tage behielt das Mädchen Hatem bei sich, und währenddessen ließ sie ihn nicht einmal aufstehen. Schließlich sagte er: »Du Mädchen! Ich bin wegen einer bestimmten Angelegenheit gekommen. Also erlaube mir, daß ich gehe und meine Angelegenheit zu Ende bringe. Ich werde zurückkehren und wieder zu dir kommen.« Das Mädchen war einverstanden, forderte aber: »Versprich mir, daß du zurückkehrst und wieder zu mir kommst!« Hatem gab ihr das Versprechen, dann fragte sie ihn: »Gut, wohin willst du jetzt gehen? Willst du nach dieser Seite im Meer gehen oder nach jener Seite?« Hatem antwortete: »Ich möchte zum Berg Qaf gehen!« – »Also gut«, erwiderte sie, »dann lege deine Hände auf meinen Rücken, und schließe deine Augen, damit kein Wasser hineinkommt!« Hatem tat dies und setzte sich auf den Rücken des Mädchens. Als das Mädchen am anderen Ende des Meeres auftauchte, sagte es zu ihm: »Hatem! Wenn du diesen Weg gehst, gelangst du zum Berg Qaf.« Hatem verabschiedete sich von dem Mädchen. Er breitete seine Kleider zum Trocknen auf dem Sand aus, als das Mädchen noch einmal aus dem Wasser auftauchte und ihm ein zusammengeknotetes Tuch gab: »Nimm, dies ist deine Wegzehrung. Wenn du nichts zu essen findest, dann iß dies!« Als Hatems Kleider trocken waren, zog er sie wieder an, nahm das zusammengeknotete Tuch und machte sich auf den Weg.

Zwei volle Tage war er unterwegs und ernährte sich bescheiden von dem Proviant, den er dabeihatte. Das Essen war Brot und Räucherfisch. Als er am Fuß des Berges Qaf ankam, sah er dort eine Quelle, schöne grüne Bäume, und ein alter Derwisch saß dort. Hatem ging zu ihm hin und grüßte ihn. Der Derwisch erwiderte den Gruß und sprach: »Hatem! Mit welchem Mut und durch welche Kraft bist du hierhergelangt?« – »Im Vertrauen auf Gott und mit der Kraft, die Gott gegeben hat.« – »Wegen welcher Angelegenheit bist du hierhergekommen?« – »Mein Vater! Ich bin wegen der Stimme hier, die sagt: ›Ich habe es einmal gesehen. Ein weiteres Mal ist Hoffnung vergebens.‹« – »O weh! Fürchtest du denn nicht, dabei dein Leben zu verlieren?« – »So Gott will, werde ich mit der Macht dessen, der mich aus dem Bauch des Drachen errettet hat, auch von dort errettet werden.« – »Sehr gut!«

Auf einmal sah Hatem, wie aus dem Nichts ein Tischtuch ausgebreitet wurde und zwei Schüsseln mit Essen erschienen. Eine von ihnen setzte der alte Mann Hatem vor, und zusammen aßen sie. Diese Nacht schlief Hatem bei dem alten Mann, und als der Mond aufging, sah Hatem, daß die Quelle wirklich einen sehr hübschen Anblick bot. Am Morgen sagte der alte Mann zu ihm: »Hatem! Wenn du auf das hörst, was ich dir sage, und gehorchst, dann wirst du wohlbehalten herauskommen; wenn aber nicht, so wirst du ewig verwunschen bleiben.« Hatem erwiderte: »Sehr gut! Natürlich höre ich darauf.«

So erklärte der alte Mann: »Wenn du diesen Berg ein wenig hochgestiegen bist, dann wirst du einen Garten erblicken. Ein hübsches Mädchen wird nackt aus dem Wasser kommen, deine Hand ergreifen und dich in den Garten führen. Wenn du den Garten betreten hast, werden dich tausend Mädchen umringen, und jede von ihnen wird auf eine Art mit dir kokettieren. Unter der Bedingung, daß du keine von ihnen beachtest, wird vor deinen Augen ein Schloß erscheinen. Geh, und betritt das Schloß. Dort steht ein Thron aus Smaragd, und an der Wand hängen Bilder. Auf einem Bild ist ein Mädchen mit einer Krone aus rotem

Rubin auf dem Kopf. Wenn du deinen Fuß auf den Thron setzt, verwandelt sich das Bild zu einer lebendigen jungen Frau. Sie wird sich mit verschränkten Armen vor dich hinstellen, ihr Gesicht ist verschleiert. Selbst wenn du sie zehn Jahre lang nicht berührst, wird sie so stehenbleiben. Wenn du sie dann lange genug betrachtet hast, berühre sie an der Hand, dann wirst du zu dem Ort gelangen, an den du willst, und du wirst jene Person sehen. Wenn du es nicht tust oder irgend etwas anderes tust – wenn du irgendein anderes der hübschen Mädchen berührst, wirst du bis zum Jüngsten Tag verwunschen bleiben.« Hatem versprach, sich richtig zu verhalten, küßte dem alten Mann die Hände, verabschiedete sich und machte sich auf den Weg.

Er kam zu dem Garten, und wie er den Garten betrat, kam plötzlich ein Mädchen aus einem Wasserbecken heraus. Nackt, wie ihre Mutter sie geboren hatte, kam sie, nahm Hatem bei der Hand und führte ihn in den Garten hinein. Da sah Hatem auf einmal, wie er von tausend Mädchen umringt wurde, von denen eins hübscher als das andere war. Er sagte bei sich: »O Gott! Ist dies etwa das Paradies? Und die Mädchen, die mich umringen, sind das die Paradiesjungfrauen?« Hatem hatte seinen Verstand schon halb verloren, aber er erinnerte sich noch an die Warnung des Derwischs. Er ging überall im Garten umher, da sah er, wie das Schloß erschien, und darin war ein smaragdener Thron aufgestellt. An den Wänden hingen hübsche Bilder, aber ein Bild war unter ihnen, das war so schön wie der Mond in der vierzehnten Nacht. Hatem setzte seinen Fuß auf den Thron, da hörte er, wie der Thron knackte. Hatem rief: »Bei Gott! Ich bin doch nicht so schwer, daß der Thron zusammenbricht!« Er stieg hinunter, betrachtete den Thron von oben und von unten und sah, daß er tatsächlich nicht gebrochen war. Da stellte er seinen Fuß wieder auf den Thron und setzte sich darauf.

Als er sich gesetzt hatte, sah er, wie das Bild von dem
Mädchen mit der rubinroten Krone auf dem Kopf ein
Mensch wurde, der herabstieg. Hatem streckte seine Hand
aus und lüftete den Schleier, da sah er, daß selbst, wenn alle
Maler der Welt sich versammelten, sie noch nicht einmal die
Linien eines ihrer Augen zeichnen könnten. Drei Tage und
Nächte lang saß Hatem so auf dem Thron und betrachtete
sie. Nachts erschienen aus dem Nichts Lampen, und es
wurde hell. Hübsche Mädchen kamen zum Tanzen, aber
aus Furcht vor dem einen Mädchen schauten sie Hatem
nicht mehr an. Am dritten Tag sagte Hatem bei sich: »Nun
gut. Selbst wenn du dein ganzes Leben hier sitzen bleibst,
wirst du dich nicht satt sehen. Du sitzt hier und vergnügst
dich mit dem Betrachten der Mädchen, und den armen
Ahmad hast du ganz vergessen. Wie wirst du morgen vor

Gott Rechenschaft ablegen können? Wenn ich die Mädchen berühre, werde ich sicherlich zum Ziel gelangen.« Er streckte die Hand aus und ergriff das Mädchen am Handgelenk, da kam plötzlich eine Gestalt unter dem Thron hervor, gab Hatem einen Fußtritt und rief: »Du Tollkopf! Was machst du da?« Damit wurde Hatem ohnmächtig.

Als er nach einiger Zeit wieder zu sich kam, sah er, daß es Morgen war und daß er sich in einer Wüste befand, in der es weder Wasser noch grünes Gras gab, alles war Sand. Plötzlich hörte er, wie jene Stimme an sein Ohr drang, die immer sagt: »Ich habe es einmal gesehen. Ein weiteres Mal ist Hoffnung vergebens.« Während Hatem noch genau hinhörte, um herauszufinden, aus welcher Richtung die Stimme kam, da erklang sie zum zweiten Mal. Er merkte, daß die Stimme von rechts kam, und machte sich auf den Weg dorthin. Zwei volle Tage war er unterwegs, bis er endlich zu einem Platz gelangte, wo er einen alten Mann weinend an einer Quelle sitzen sah. Es war schon bald Nachmittag, und der Mann jammerte: »Ich habe es einmal gesehen. Ein weiteres Mal ist Hoffnung vergebens.« Hatem trat heran, näherte sich dem Alten und sprach: »Alter Mann! Was hast du gesehen, das du keine Hoffnung hast, es noch einmal zu sehen?« Da lief der alte Mann fort, während er rief: »Wer bist du, daß du meinen brennenden Schmerz erneuerst?« – »Ich bin ein Mensch wie du«, erwiderte Hatem. »Erzähle mir, was du erlebt hast.«

Der Alte beruhigte sich und erzählte: »Ich war in ein Mädchen verliebt, und dieses Mädchen verlangte von mir eine große Perle. Ich fragte es, wo diese Perle sei, damit ich sie suchen könne. Ich fragte: ›Wo ist sie?‹ Man sagte mir: ›Hinter dem Berg Qaf.‹ Also machte ich mich auf die Suche nach der Perle, bis ich zum Berg Qaf gelangte. Als ich zum Berg Qaf gelangte, zeigte man mir den Weg. Ich kam zu einem Garten, in den mich ein hübsches Mädchen führte.

Auf einmal sah ich, wie mich tausend und abertausend hübsche Mädchen umringten, da streckte ich die Hand aus nach einem der hübschen Mädchen, die mir zuzwinkerten und kokettierten. Plötzlich kam das Bild von der Wand, das die rubinrote Krone auf dem Kopf hatte, herunter, stellte sich mir in den Weg, gab mir eine Ohrfeige und rief: ›Verschwinde!‹ Sieben Jahre war ich bewußtlos. Als ich wieder zu Sinnen kam, war ich in dieser Wüste. So sehr ich auch umhergehe, ich gelange nirgendwohin.« Hatem fragte: »Nun gut. Woher bekommst du deine Nahrung, daß du etwas zu essen hast?« Der alte Mann erwiderte: »Zu den Essenszeiten erscheint ein Brot und ein Krug mit Wasser aus dem Nichts, und ich esse.« – »So bist du also verzaubert geblieben«, meinte Hatem. »Iß etwas, und geh nicht weg, dann werden sie dir wieder zu essen geben. Wirst du mir jetzt versprechen, die Mädchen nicht wieder zu berühren? Ich werde dich wieder dorthin bringen. Aber selbst wenn du hundert Jahre alt wirst: Bleib auf dem Thron sitzen, und berühre die Mädchen nicht! Dann wird das Mädchen immer so vor dir stehenbleiben, und die anderen Hübschen werden für dich tanzen!« Damit ergriff er seine Hand, nahm ihn mit und ging weg.

Zwei volle Tage lang gingen Hatem und der alte Mann, bis Hatem wieder das Tor des Gartens erblickte. Er sagte zu dem alten Mann: »Alter! Dies ist genau derselbe Garten, in dem das hübsche Mädchen aus dem Wasser kommt und den Ankömmling hineingeleitet!« Der alte Mann bedankte sich: »Jüngling! Solange ich lebe, werde ich für dich beten!« Hatem verabschiedete sich von dem alten Mann, stieg den Berg hinunter und gelangte zu der Quelle, an der der Derwisch war. Er grüßte ihn, und der Derwisch fragte: »Hatem! Hast du dein Ziel erreicht?« – »Durch die Macht Gottes und Eure gütige Hilfe: Ja!« – »Gut, so geh wohlbehalten von hier. Aber mach nicht noch einmal so etwas nur im Vertrauen auf Gott, und bringe dein Leben nicht wieder so in Gefahr! Geh! Denn wenn ich nicht gewesen wäre, wärst du ebenso wie dieser alte Mann dein Leben lang verwunschen geblieben.« Hatem verabschiedete sich von dem alten Mann und ging fort.

Als er zu dem Meer kam, sah er, wie das Fischmädchen am Strand saß. Sie sagte: »Hatem! Seit dem Tag, an dem du gegangen bist, sitze ich jeden Tag vom Morgen bis zum Sonnenuntergang hier, um zu sehen, wer vorbeikommt.« – »Gut«, entgegnete Hatem, »ich bin wegen einer Angelegenheit gekommen. Dieser arme Ahmad, der Syrer, wartet auf mich. Es ziemt sich nicht, daß alle Leute wegen des Vergnügens eines einzelnen warten müssen. Wenn ich meine Angelegenheit zu Ende gebracht habe und angekommen bin, dann werde ich dir mitteilen, wo ich bin. Wenn du dann auf dem Trockenen leben willst, komm zu mir.« – »Sehr gut«, erwiderte das Fischmädchen. Hatem verabschiedete sich und kam nach ihr zu dem jungen Derwisch, dorthin, wo das Bett ausgebreitet war. Er begrüßte den Derwisch und blieb auch bei ihm eine Nacht. Danach brach er auf und kam zu dem Bärenmädchen. Bei ihr blieb er einen Monat lang. Das Bärenmädchen teilte ihm mit: »Hatem! Ich bin schwanger.« – »In Ordnung«, erwiderte Hatem. »Wenn es jetzt ein Bärenkind wird, was machen wir dann?« Sie entgegnete: »Warum sollte es so werden? Es wird so werden wie ich. Meine Mutter gehörte zu den Menschen, mein Vater zu den Bären. Nun gut, was wird jetzt aus mir?« – »Ich habe dich sehr lieb«, erwiderte Hatem, »denn mit dir zu schlafen ist anders, als mit einer Menschenfrau zu schlafen.« Dann fuhr er fort: »Wenn du mit den Menschen leben willst, dann werde ich einen Boten zu dir schicken.« – Sehr gut«, meinte das Mädchen, »es macht mir nichts aus, bei den Menschen zu leben. Ich würde mit dir selbst in die Hölle gehen!« Dann fügte das Bärenmädchen noch hinzu: »Hatem! Hättest du meine Perle nicht bei dir gehabt, dann wärst du zu Staub geworden, als du im Maul des Drachen warst. Daß du heil aus den Gefahren hervorgegangen bist, lag immer nur an der Perle, die bei dir war.« Hatem sagte: »Sehr gut!« Dann verabschiedete er sich von dem Mädchen und ging fort.

Auf dem Weg kam er an den zwei Tauben vorbei, zu denen sagte er: »Meine Gefährten! Sagt mir, ob ihr euer Versprechen gehalten habt oder nicht?« Die Tauben antworteten: »Wir haben es gehalten. Aber sagt den Schakalen, daß sie uns zuwenig zu essen bringen.« Hatem entgegnete: »Nun gut!« Von dort kam er zu den Schakalen, bei denen blieb er extra eine Nacht, wobei er sagte: »Ich bleibe heute nacht extra bei euch. Denn ihr habt mir das Leben gerettet!« Als es Abend wurde, sah er, wie drei, vier kleine Schakale kamen. Da sagte Hatem: »Gott sei Dank! Die Tauben haben eure Jungen nicht wieder gefressen.« Die Schakalin trat vor und sprach: »Gott sei Dank! In den ganzen Jahren, seit ich Junge geworfen habe, ist dies das erste Mal, daß uns die Jungen erhalten blieben. Dies durch Eure Gunst!« Hatem erwiderte: »Ich vermag gar nichts! Das ist alles durch Gottes Gunst, und alles, was ich für euch getan habe, ist nichts gegen eure Wohltaten!« Als es Morgen wurde, verabschiedete er sich von den Schakalen und wandte sich der Stadt Shahabad zu.

Er gelangte nach Shahabad und ging zu der Karawanserei, in der Ahmad wohnte. Als Ahmads Blick auf Hatem fiel, sprang er von seinem Platz auf, umarmte Hatem und rief: »Lieber Herr! Eure Wohltat macht mich blind! Wie kann ich mich Euch erkenntlich zeigen?« Hatem fragte: »Bruder! Wie lange war ich abwesend?« – »Wäre ich doch gestorben und hätte diese Zeit nicht erleben müssen«, rief Ahmad. »Ein Jahr lang wart Ihr abwesend!« Hatem sagte nur: »Jetzt steh auf, und laß uns gehen!« Sie gingen zu der Prinzessin, und man benachrichtigte sie, daß Hatem wieder da sei. Sie

befahl: »Zieht den Vorhang zu, und heißt sie eintreten!«
Man zog den Vorhang zu, das Mädchen kam hinter den
Vorhang, Ahmad und Hatem standen auf der anderen Seite.
Dann sagte das Mädchen: »Hatem! Wisset und seid unter-
richtet, daß ich schon am ersten Tag gerne Eurem Befehl
gehorcht hätte. Aber wegen dem Gerede der Leute konnte
ich es nicht. Ich habe Euch dieses eine Jahr umsonst, nur
wegen dem Gerede der Leute, Mühen bereitet. Bei meinem
Gott hatte ich eigentlich geschworen, nie zu heiraten. Da
Ihr aber eine bedeutende Persönlichkeit seid und Euch ein
Jahr lang so bemüht habt, gehöre ich Euch.« Hatem erwiderte: »Ich bin einverstanden. Und jetzt schenke ich Euch
meinem Bruder Ahmad, dem Syrer.«

Sieben Tage und sieben Nächte lang schmückte man die
Stadt Shahabad wegen der Hochzeit mit Ahmad, dem Syrer. Man holte den Richter, und dieser schloß die Ehe.
Anstatt die Hand der Braut in die Hand des Bräutigams zu
legen, nahm Hatem Ahmads Hand und legte sie in die der
Braut. Dabei sagte er: »Ahmad! Zufällig hast du mir zwei
Frauen verschafft. Eine ist ein Bärenmädchen, die andere
ein Fischmädchen. Du mußt nach ihnen schicken, daß man
sie holt!«

Sieben Tage lang feierten sie Hochzeit, dann verabschiedete sich Hatem und reiste zurück nach dem Jemen.

Die schwarzen Erbsen

Einer war, einer war nicht – außer Gott gab es niemand.
Es war einmal ein Mann, der hatte eine Frau, und die
Frau hatte einen Liebhaber. Der Mann war ein Kaufmann,
sein Geschäft ging gut, und er hatte seine Frau sehr lieb. Die
Frau aber war in ihren Liebhaber verliebt.

Einmal sagte der Liebhaber: »Wenn du mich tatsächlich so sehr liebst, dann unternimm etwas, damit wir immer beieinander bleiben können. Was soll schon aus uns werden, wenn wir uns nur einmal in der Woche sehen?« Dann fuhr er fort: »Jetzt werde ich dir etwas zeigen, das du tun kannst.« Die Frau fragte: »Was soll ich tun?« – »Stell dich krank«, riet ihr der Liebhaber, »und sag dem Arzt, er solle deinem Mann sagen, wenn er schwarze Erbsen finde, würdest du geheilt. Dann schick deinen Mann auf die Suche nach schwarzen Erbsen.« – »Nun gut«, erwiderte die Frau.

Die Frau stellte sich krank, und der Mann ging einen Arzt holen. Die Frau hatte sich aber schon vorher mit dem Arzt verständigt. Als man den Arzt jetzt zu der Kranken brachte, wandte er sich dem Kaufmann zu und sagte: »Ihre Krankheit ist sehr schwer. Wenn Ihr schwarze Erbsen für sie besorgt, wird sie geheilt; und wenn nicht, dann stirbt sie.« Der Kaufmann fragte: »Wo gibt es denn schwarze Erbsen, daß ich sie von dort holen kann?« – »Vielleicht in Indien«, erwiderte der Arzt. Da beauftragte der Kaufmann jemanden damit, sich um die Frau zu kümmern, ließ ihr Geld zum Lebensunterhalt dort und begab sich nach Indien, um dort die schwarzen Erbsen zu finden. Die Frau aber ließ ihren Liebhaber jeden Abend zu sich kommen unter dem Vorwand, er sei der Sohn ihres Onkels, und beide saßen zusammen mit dem Aufpasser der Frau. Schließlich sagte sie: »Jetzt ist es schon Nacht geworden, was willst du jetzt tun? Schlaf doch heute nacht hier!«

Jetzt laß einmal die Frau dort bleiben und sich zusammen mit ihrem Liebhaber vergnügen, und begib dich zu dem Kaufmann: Der arme Kaufmann fragt Stadt um Stadt, Dorf um Dorf, Haus um Haus nach schwarzen Erbsen. Als er nach Indien kam, traf er einen befreundeten Kaufmann, der war zum Handel dorthin gereist. Sie begrüßten sich, und der andere Kaufmann nahm seinen Gefährten mit zu sich nach

Hause. Als sie am Abend zusammensaßen, fragte er ihn: »Bruder! Was bringt dich hierher? Ich sehe gar keine Handelsware bei dir.« Der andere entgegnete: »Bei Gott, wofür bin ich schon Stadt um Stadt umhergestreift und hierhergekommen! Ich fürchte nur, daß ich es hier auch nicht finde!« – »Weshalb bist du denn gekommen?« – »Wegen schwarzer Erbsen«. – »Und wofür brauchst du schwarze Erbsen?« – »Meine Frau ist krank, und der Arzt hat schwarze Erbsen verordnet.« Da lachte der Gefährte des Kaufmannes und klatschte in die Hände. Der Kaufmann fragte ihn: »Warum dieses Lachen und dieses Händeklatschen?« – »Bruder, du tust mir leid. Deine schamlose Frau läßt dich in der Wildnis umherirren und ist selbst mit Vergnügen beschäftigt.« Der Kaufmann fragte: »Wie kommst du dazu, so etwas zu sagen?« – »Wenn ich es sage, wird es dir dann auch nicht mißfallen, wirst du dann auch nicht enttäuscht sein?« – »Nein.« Da sagte der Freund: »Deine Frau hat einen Liebhaber, und dieser Liebhaber hat ihr geraten, sich so zu verhalten.« – »Das ist nicht möglich«, rief der Mann. »Meine Frau ist so rein wie die Sonne, auf die kein Schatten fällt.« – »Lassen wir es erst einmal dabei«, erwiderte der andere. »Jetzt bleib zehn Tage hier, bis ich meine Einkäufe abgeschlossen habe. Dann reisen wir zusammen, damit ich es dir zeige. Ich werde hier schwarze Erbsen für dich besorgen.« Der Kaufmann war es einverstanden.

Vom nächsten Tag an stürzten sich beide in den Bazar zum Einkauf, tätigten ihre Einkäufe und luden sie für den Rückweg nach Iran auf. Der andere Kaufmann fragte: »Wie lange hat deine Reise bis hierher gedauert?« – »Von dem Tag, an dem ich das Haus verlassen habe, bis jetzt sechs Monate«, entgegnete der Mann. Der Freund meinte nur: »Nun gut!« Als sie zu einer Zwischenstation kamen, sandte der Kaufmann ein Schreiben, daß er schwarze Erbsen gefunden habe. Der befreundete Kaufmann erläuterte ihm:

»Wenn du die Erbsen zum Arzt bringst, wird er dir sagen, daß diese schwarzen Erbsen zu spät zu der Kranken kommen, daß sie jetzt keinen Nutzen mehr hätten. Schau nur selbst, wie sie dich verwirren werden, und erzähle es mir.« So gelangten sie beide in die Stadt.

Der eine Kaufmann begab sich zu seinem Haus, der andere auch. Als die Frau vom Eintreffen des Mannes erfuhr, rieb sie Kopf und Gesicht mit etwas Gelbwurz ein, breitete ihre Matratze aus und stellte sich schlafend. Ihrem Aufpasser gab sie einhundert Tuman mit den Worten: »Diese hundert Tuman gebe ich dir, damit du, wenn der Hausherr kommt, sagst: ›Jetzt liegt sie schon sechs Monate so da, und Tag für Tag geht es ihr schlechter.‹« Als der Kaufmann das Haus betrat, hörte er das Klagen. Er rief: »Frau, ich habe das Heilmittel für dein Leiden gebracht!« Er schickte nach dem Arzt, der Arzt kam und begrüßte ihn mit vielen Höflichkeitsfloskeln. Der Mann legte dem Arzt die schwarzen Erbsen vor und sagte: »Was ratet Ihr jetzt? Alles, was Ihr sagt, wollen wir tun.« Der Arzt erwiderte: »Leider kommen diese Erbsen zu spät. Diese Erbsen hättet Ihr einen Monat früher bringen müssen. Heute nutzen ihr die Erbsen nichts mehr, sie können sie nicht mehr heilen. Seht nur, wie gelb sie geworden ist!«

Der Mann warf aus Verzweiflung seinen Hut auf den Boden und rief: »Doktor, ich flehe Euch an! Alles, was Ihr sagt, will ich bringen. Tut etwas, damit es ihr wieder bessergeht!« – »Wenn Ihr heute wollt, daß sie geheilt wird«, sagte der Arzt, »dann müßt Ihr für sie Gurken vom Berg Alwand finden.« – »Wo gibt es diese Gurken?« fragte der Mann. »Ich will mich gleich auf die Suche nach ihnen machen und sie ohne Zögern finden.« Der Arzt meinte: »Im Land Maghreb gibt es die Pflanzen dieser Gurken vom Alwand, man kann sie dort finden. Ich kann deine Frau nun noch weitere drei Monate erhalten; wenn es aber länger dauert, nicht mehr. Es darf nicht wie bei deinen schwarzen Erbsen sechs Monate lang dauern.« Und der Mann erwiderte: »Nun gut!«

Er kam zu seinem Freund und sagte: »Jetzt hat der Arzt mir geraten, ich solle nach dem Land Maghreb reisen und Gurken vom Alwand besorgen.« – »Gut«, meinte der andere. »Jetzt will ich mit dir um einhundert Man Safran wetten. Wenn ich gelogen habe, werde ich dir hundert Man Safran geben; wenn ich es aber beweisen kann, gibst du mir hundert Man Safran.« Der Mann war einverstanden. Sie formulierten ein Schreiben, in dem stand, wenn er es beweise, daß er dann einhundert Man Safran erhalte; und wenn er gelogen habe, dann müsse er dem anderen einhundert Man Safran geben. Dann sagte der Kaufmann: »Nun gut! Und was soll ich jetzt machen?« Der andere riet ihm: »Geh heute nacht nach Hause, und sag deiner Frau, sie solle sich um die Reisevorbereitungen kümmern, du wollest wegen der Gurken vom Alwand verreisen.« Die Frau blieb zwar wegen ihrer Krankheit im Bett liegen, gab aber von dort Anweisung, die Reisevorbereitungen zu treffen, ihm Reiseproviant vorzubereiten und seine Koffer zu packen. Sie kümmerte sich um alles, der Mann verabschiedete sich und verließ das Haus.

Er ging zum Laden seines Freundes und sagte: »Ich habe mich verabschiedet und das Haus verlassen. Was soll ich jetzt tun?« – »Komm jetzt in unser Haus«, lud ihn der andere ein. Drei Tag blieb der eine Kaufmann bei dem anderen, und der andere ging zu seinem Haus und horchte, ob dort Stimmen zu hören seien.

Als er am dritten Abend kam, hörte er das Lachen bis zur Tür. Er ging zurück nach Hause und sagte: »Mein Freund. Heute, da die dritte Nacht ist, sind sie zuversichtlich, daß du abgereist bist. Jetzt ist es an der Zeit, daß ich es dir beweise.« Er nahm einen groben Webteppich und gab ihn einem Filz-

näher, damit der daraus einen so großen Sack nähe, daß
darin ein Mann Platz habe. Als der Sack fertig war, füllte er
ihn reichlich mit Wolle, in der versteckte er den Mann, und
damit er atmen könne, machte er ein kleines Loch. Dann
steckte er den Mann hinein, nähte die Öffnung zu und
versiegelte sie mit Siegellack. Den Sack legte er auf eine
Tragevorrichtung und band sich selbst die Trageriemen um.

Zur zweiten Stunde der Nacht kam er zum Haus des
Mannes und klopfte an der Tür. Die Frau rief von drinnen:
»Wer ist dort?« – »Hier ist einer an der Tür«, erwiderte er.
Die Frau wurde ganz verlegen, kam an die Tür und fragte:
»Wer seid Ihr?« – »Lieber Hausbesitzer«, sagte der Kauf-
mann. »Ich bin ein Fremder. Ich bin heute nacht in dieser
Stadt eingetroffen und finde nirgendwo Unterkunft. Laßt
mich heute nacht in einer Ecke in Eurem Innenhof, einer

Ecke in Eurer Küche unterkommen. Wenn man zum Morgengebet ruft, werde ich wieder gehen.« In diesem Augenblick rief der Liebhaber: »Wer ist es denn? Was redest du? Was machst du da an der Tür?« – »Ein armer Fremdling ist aus der Wüste eingetroffen«, erwiderte sie. »Er sagt, daß er keine Unterkunft findet, und bittet um Platz in der Diele.« – »Sag ihm doch, er solle in die Karawanserei gehen!« Da sagte der Kaufmann: »Gute Frau. Ich bin nicht tagsüber in der Stadt eingetroffen, daß ich jetzt in der Stadt umherstreife und eine Karawanserei ausfindig mache. Wenn ich jetzt in der Nacht umhergehe, wird mich der Wächter ergreifen und ins Gefängnis stecken. Gott möge Euren Gatten schützen!« – »Wenn es so ist«, meinte die Frau, »dann kommt herein.« Sie führte ihn in eine Ecke des Hofes und wies ihm einen Platz neben der Küche zu. Dabei sah sie, daß er eine gewaltige Last trug, und als er sich in der Ecke des Hofes niedergelassen hatte, fragte sie ihn: »Was ist das für eine Traglast?« Er entgegnete: »Das haben mir andere zur Aufbewahrung anvertraut. Man hat es mir gegeben, damit ich es zu seinem Besitzer gelangen lasse.« – »Nun gut«, erwiderte die Frau. »Geh, und setz dich dort in die Ecke.« Der Mann ging und setzte sich in die Ecke, die beiden setzten sich auch und gaben sich weiter dem Trinken hin.

Als beide vom Weintrinken ein wenig benebelt waren, nahm der Mann die Laute und begann zu spielen. Die Frau tanzte dazu, und auch der Gast summte ein klein wenig mit. Als sie richtig in Stimmung gekommen waren, sagten sie: »Wir wollen den Gast zu uns holen, damit er mit uns tanzt.« So riefen sie ihn zu sich: »Fremder Onkel, kannst du denn überhaupt nicht tanzen?« – »Doch«, erwiderte der, »aber ich tanze auf die Art meiner Gegend.« – »Dann steh auf, und komm her!« Und weiter: »Trinkst du auch Wein? Sollen wir dir etwas geben?« – »Nein, ich bin schon von meiner Traglast ganz betrunken!« – » Setz doch deine Traglast auf dem

Boden ab, und tanze!« – »Ich kann mich nicht von meiner Traglast trennen! Aber wenn ihr wollt, dann steht auf, und ich tanze mit euch zusammen.« Da stand die Frau auf und begann, mit dem fremden Mann zu tanzen. Dabei sang sie: »Mein Mann ging, Gurken vom Alwand zu holen – O Gott: Hab seinen Tod befohlen!« Der fremde Mann schwang nach seiner Sitte die Traglast hoch und schwang sie runter und rief dabei: »Du Traglast! Schau der Frauen Listen! – Jetzt bring Safran in hundert Kisten!« So ging es bis zur fünften, sechsten Stunde. Dann ließ sich der Fremde entschuldigen und legte sich in einer Ecke der Küche schlafen. Als der Gebetsrufer das »Gott ist groß!« ausrief, stand er auf, weckte die Hausherrin und sagte: »Liebe Frau, öffnet die Tür, damit ich armer Fremder wieder gehen kann.« Die Frau holte den Schlüssel und öffnete die Tür, und der fremde Mann ging durch die Tür hinaus. Er ging, bis er zu seinem eigenen Haus kam. Dort setzte er die Traglast auf den Boden, öffnete den Sack, holte den Mann heraus und sagte: »Jetzt bring mir hundert Man Safran!«

Nun hatte der Kaufmann eine heiratsfähige Tochter in seinem Haus. Also sagte der Mann: »Was habe ich noch mit dieser Frau zu schaffen! Ich bin bereit, hundert Man Safran zu besorgen.« – »Heute nicht«, entgegnete der andere. »Heute wollen wir beide zur dritten Stunde der Nacht an die Tür klopfen. Wenn man dich fragt: ›Wer ist da?‹, so antworte: ›Der mit den Gurken vom Alwand.‹ Die Ärzte wissen nämlich gar nicht, wie man diese Gurken zubereiten muß. Zu dem Zeitpunkt werde ich dann dort zusammen mit dir etwas unternehmen.«

Sie gingen dorthin, klopften an die Tür, der Aufpasser öffnete die Tür, lief sogleich in den Innenhof und rief: »Herrin! Belohnt mich für die Freudennachricht: Der Hausherr beehrt uns wieder!« Die Frau konnte sich nicht wieder ins Bett legen und mit Gelbwurz einreiben, sie saß gerade neben den Schüsseln und Trinkgefäßen vom Vorabend. Der Mann ging ins Haus. Dort sah er einen fremden Mann sitzen und fragte: »Frau, wer ist das?« – »Das ist der Sohn meines Onkels«, erwiderte die Frau. »Er war auf Reisen und ist heute abend hier angekommen. Er hörte, daß ich krank bin, und so ist er hierhergekommen. Und Ihr: Wer ist dieser Herr, der mit Euch gekommen ist?« – »Das ist der mit den Gurken vom Alwand«, antwortete der Mann. Und er fuhr fort: »Gott sei dank benötigt Ihr die Gurken vom Alwand nicht mehr. Ich war verreist, und Ihr seid gesundet.« – »Ja«, erwiderte die Frau, »tatsächlich geht es mir ganz gut.« Weiter fragte der Mann, ob denn dieser Cousin jeden Abend käme, um sich nach ihrem Zustand zu erkundigen, oder nur an diesem Abend. Sie antwortete: »Er ist heute abend gekommen.« – »Nun denn«, erwiderte der Mann. »Wenn ich beweise, daß dieser Cousin jeden Abend hier war: Was soll ich dann mit dir anfangen?«

Er rief den Aufpasser, setzte ihm ein Messer auf die Brust und rief: »Ich kenne die Angelegenheit von Anfang bis Ende! Ich selbst habe bei ihrem Gelage mitgetanzt. Aber jetzt sag mir in ihrer Anwesenheit: Während der sechs Monate, in denen ich nicht hier war – war dieser Mensch hier oder nicht?« Der Aufpasser antwortete: »Gib mir doch einen Hinweis von dem Tanz, den du getanzt haben willst.« – »Das Lied zum Tanz«, sagte der Mann, »ging so: ›Mein Mann ging, Gurken vom Alwand zu holen – O Gott: Hab seinen Tod befohlen!‹ Währenddessen wurde ich hoch und runter geschwungen, wobei man sang: ›Du Traglast! Schau der Frauen Listen! – Jetzt bring Safran in hundert Kisten!‹« Da erwiderte der Aufpasser: »Jetzt, da Ihr diesen Hinweis gegeben habt, kann ich es ja sagen: In den sechs Monaten war immer so eine fröhliche Stimmung!« Der Mann wandte sich ›Dem mit den Gurken vom Alwand‹ zu und fragte: »Nun denn, was soll ich jetzt machen?« Und der andere antwortete: »Leg die Hand der Frau in die des Mannes, und wirf sie beide aus dem Haus. Wenn du eine andere Frau willst, so werde ich dir eine besorgen.«

Das Schicksal des Herrn Brotknauser

Einer war, einer war nicht. Außer Gott gab es niemand. Es war einmal ein Kaufmann, der war sehr reich, gleichzeitig aber auch sehr geizig. So sehr man ihn auch drängte, sich eine Frau zu nehmen, er sagte immer: »Wenn ich eine Frau nehme, dann werden meine Besitztümer verschwinden.« Und wenn man einwand: »Frauen halten doch den Besitz zusammen!«, dann erwiderte er: »Das stimmt überhaupt nicht: Frauen machen den Mann zum Bettler!«

Eines Tages hatte er eine Schüssel mitgenommen und eine große Portion Joghurt und ein Brot geholt, da rief ihn auf der Straße einer der Händler: »Verehrter Herr, bleibt stehen!« Er befürchtete, der andere werde herkommen und er müsse ihn zum Mitessen einladen. Nun war da ein Haus, dessen Tür stand offen, so stellte er den Joghurt und das Brot dort hinein und zog die Tür zu. Zufällig wohnte in dem Haus eine arme Witwe mit drei Töchtern, die rief: »Kinder, kommt! Gott hat etwas für euch geschickt! Wer hat nur diesen Joghurt und das Brot in die Diele gestellt? Kommt essen!« Die Kinder waren hungrig, und so eilten sie herbei und aßen das Brot und den Joghurt.

Die Unterhaltung des Kaufmanns mit dem anderen Händler dauerte eine ganze Stunde. Danach öffnete er die Tür wieder, um das Brot und den Joghurt mitzunehmen, da sah er, daß nichts mehr da war. Er klopfte an die Tür und rief: »Hausherr! Gebt mir meine Schüssel Joghurt und mein Brot wieder!« Die Frau kam hinter die Tür und erwiderte:

»Mein Herr, ich bitte um Verzeihung! Ich dachte, Ihr wüßtet, daß diese Waisenkinder gestern abend kein Abendessen hatten, und hättet deshalb den Joghurt und das Brot hinter die Tür gestellt. Die Kinder waren hungrig und haben alles aufgegessen.« Da beschwerte sich der Mann lautstark: »Was soll das heißen: ›Die Waisenkinder haben es gegessen‹? Ich will die Schüssel Joghurt und das Brot wieder!« Die Frau entgegnete: »Ich habe es nicht, daß ich es dir geben könnte. Willst du, daß ich dir statt dessen eine meiner Töchter gebe? Ist denn eine junge Frau nicht ein angemessener Gegenwert für ein Brot und eine Schüssel Joghurt?« Währenddessen hatten sich die Leute um sie versammelt und sagten zu dem Kaufmann: »Herr Brotknauser! Ein Brot und eine Schüssel Joghurt sind doch nicht so schrecklich wichtig. Also gut, willst du eine Frau etwa noch günstiger und billiger? Heirate sie, und nimm sie mit!« Schließlich war Herr Brotknauser einverstanden. Er ließ einen Geistlichen holen und heiratete sie. Dann nahm er sie mit, und für den Abend kaufte er als Festschmaus zwei kleine Stückchen Fleisch.

Am Morgen gab er der jungen Frau zwei Schahi und sagte: »Du gehst zum öffentlichen Badehaus. Zwei weitere Schahi erhältst du dort von der Frau des Badewärters, die tust du dazu. Du sagst einfach: ›Ich bin die Frau von Herrn Brotknauser‹.« Die Frau ging zum Badehaus und wusch Kopf und Körper. Als sie hinausging, gab sie der Frau des Badewärters die beiden Schahi und sagte: »Leg zwei Schahi dazu, und gib sie mir wieder, damit ich sie meinem Mann bringe. Ich bin die Frau von Herrn Brotknauser.« Die Frau des Badewärters entgegnete: »Bei dir und deinem Herrn Brotknauser im Kopf spukt wohl ein wild gewordener Hund herum? Du hast dich hier gewaschen und willst noch zwei Schahi dafür haben? Du mußt mir noch zwei Schahi geben!« Die Frau des Badewärters fing an, mit ihr zu streiten, aber sie rief: »Wenn ich jetzt so zu Herrn Brotknauser komme, dann wird er mit mir schimpfen!« Aber die Frau des Badewärters riet ihr nur: »Laß ihn besser jetzt mit dir schimpfen und dich aus dem Haus werfen! Wenn nicht, so wird dich der Hunger töten!« Wie auch immer, die junge Frau ging nach Hause.

Als Herr Brotknauser am Abend kam, fragte er: »Nun, Frau: Bist du im Bad gewesen, und hast du von der Frau des Badewärters noch zwei Schahi erhalten?« – »Lieber Mann«, erwiderte die Frau, »du forderst etwas Unmögliches! Ich war im Bad, und der Bader hat mich vollständig gewaschen. Und jetzt soll ich auch noch zwei Schahi dafür bringen? Wer hat das denn schon einmal geschafft, damit ich es wiederholen kann? Außerdem habe ich mich mit der Frau des Badewärters auch noch geprügelt.« Da sagte der Mann: »Steh auf! Eine derartige Frau nützt mir nichts! Steh auf, damit ich dich zu deiner Mutter zurückbringe!« Er nahm die Frau, brachte sie zu ihrem Haus zurück und sagte: »Nimm deine Tochter zurück, und gib mir mein Brot und meinen Joghurt wieder!« Die Mutter fing an zu weinen und zu klagen : »Du hast meine Tochter mitgenommen und verdorben, und jetzt kommst du und willst dein Brot und deinen Joghurt zurück?« – »Diese Frau taugt nichts«, erwiderte er. Da bat die jüngste Tochter ihre Mutter: »Schick mich mit ihm, damit ich ihn als Vergeltung für meine Schwester zugrunde richte!« – »Nein«, erwiderte die Mutter. »du bist ja noch ein Kind. Laß deine mittlere Schwester gehen.« Die jüngste aber meinte: »Sie ist nicht schlau genug. Verdirb sie nicht auch, laß mich lieber gehen!« So holte man den Geistlichen, verheiratete die jüngste Tochter mit ihm und vollzog die Scheidung der ältesten. Er nahm die jüngste mit und ging mit ihr nach Hause. Für den Abend kaufte er als Festschmaus wieder zwei kleine Stückchen Fleisch.

Am Morgen gab er ihr fünf Schahi und sagte: »Du gehst ins Bad, wäschst dir dort Kopf und Körper, läßt dir von der

Frau des Badewärters zusätzlich fünf Schahi geben und bringst sie mir!« – »Sehr gerne«, erwiderte sie. Herr Brotknauser verließ am Morgen das Haus, sie aber legte sich den Schleier über und ging zum Laden des Schlossers. Dort sagte sie: »Ich habe meinen Schlüsselbund verloren. Bring doch sieben, acht, zehn verschiedene Schlüssel mit und öffne die Tür meines Zimmers!« Der Schlosser kam und schloß ihr alle Zimmer auf, deren Türen verschlossen waren. Die fünf Schahi, die Herr Brotknauser ihr gegeben hatte, gab sie ihm für die Schlüssel. Dann ging sie, verschloß die Tür zur Straße und öffnete die Tür eines Zimmers, da sah sie, daß es vollgestopft war mit Stoffballen. Sie öffnete die Tür eines anderen Zimmers, da sah sie, daß überall verschiedenste Goldmünzen verstreut waren, und von jeder Sorte hob sie eine auf. Sie ging, öffnete die Tür eines weiteren Zimmers, das war voll mit Silbergeld. Sie öffnete die Tür des nächsten Zimmers, darin waren Reis, Öl, Trockenfrüchte – woran man nur denken könnte. Sie öffnete die Tür eines weiteren Zimmers und fand alle möglichen Gefäße darin. So durchsuchte sie alles sorgfältig, nahm dann einen Stoffballen, einen Beutel Geld, Reis, einen Krug mit Öl und ging zum Haus ihrer Mutter. Dort rief sie: »Steht auf, und bereitet das Mittagessen vor. Ich gehe inzwischen ins Badehaus, und dann komme ich wieder.« Zuerst ging sie ins Bad, dann zu ihrer Mutter zum Mittagessen, dann wieder nach Hause.

Am Abend kam Herr Brotknauser nach Hause und fragte: »Bist du ins Bad gegangen?« – »Ja.« – »Dann laß mich sehen: Hast du von der Frau des Badewärters fünf Schahi mitgebracht, oder hast du dich auch so dumm wie deine Schwester aufgeführt?« – »Nein! Ich habe der Frau des Badewärters überhaupt kein Geld in die Hand gegeben. Als ich aus dem Bad herausgegangen bin, habe ich zu ihr gesagt: ›Gib mir fünf Schahi!‹ Und dann habe ich sie genommen.« – »Bravo! Jetzt wird mir klar, daß du einige Fähigkeiten besitzt!« Dann nahm sie fünf Schahi von dem Geld des Herrn Brotknauser, legte sie zu den anderen und gab sie ihm. Darauf sagte er: »Also dann, komm jetzt zum Abendessen!« – »Nein«, entgegnete sie, »ich habe gestern abend zu Abend gegessen, deshalb esse ich heute tagsüber und abends nichts, erst morgen wieder. Es reicht mir, wenn ich das Essen, das ich heute abend essen sollte, erst morgen zu Mittag esse.« Da freute sich Herr Brotknauser, daß sie kein Abendessen wollte, und sagte: »Das gefällt mir wirklich, Frau, daß du in achtundvierzig Stunden nicht zweimal ißt!«

Als ihr Mann am nächsten Morgen wieder wegging, stand die Frau auf und brachte Reis und Öl und alles, was sie wollte, zum Haus ihrer Mutter. Sie packte so viel zusammen, daß es auch noch für ihr Abendessen reichte, nahm alles und brachte es dorthin. Bei Sonnenuntergang nahm sie das Abendessen zu sich, damit sie nicht essen müsse, wenn Herr Brotknauser nach Hause käme. Herr Brotknauser prahlte derweil im Basar, daß Gott ihm eine Frau geschenkt habe, die in achtundvierzig Stunden nur einmal esse. Da bedrängten die anderen Kaufleute Herrn Brotknauser, er müsse unbedingt ein Gastmahl ausrichten.

Am Abend kam Herr Brotknauser zu seiner Frau und sagte: »Es schadet nichts. Lade sie am Freitag ein zu kommen. Übermorgen haben wir Gäste.« Die Frau fragte: »Wieviel Leute sind es?« – »Es werden zehn bis zwanzig Leute sein.« Die junge Frau bereitete alles für die Mahlzeit vor, gab es ihrer Mutter und sagte: »Bereite doch Speisen für zwanzig Personen vor. Und wenn ich dich dann benachrichtige, das Essen aufzutragen, laß sie herbringen.« Auf der anderen Seite fragte Herr Brotknauser seine Frau: »Meine Frau! Was wirst du für Freitag vorbereiten?« Sie erwiderte: »Geh, und kauf einen Spatzen, bring ihn her!« Herr Brotknauser fragte erstaunt: »Was soll man denn mit einem einzigen Spatzen anfangen?« – »Meine Absicht ist die«, erwiderte die Frau, »daß unser Versprechen gehalten werden soll, daß wir ein Gastmahl für sie zubereiten: Ein Spatz ist schließlich eine Mahlzeit, ein Schaf ist auch eine.« – »Also gut«, bemerkte Herr Brotknauser. Er ging, kaufte einen Spatzen und forderte sie auf: »Schneide ihm den Kopf ab!« Sie entgegnete: »Du willst sicher nicht mehr Geld ausgeben für den Einkauf. So geh zum Gemüsehändler, und sage ihm, daß ich drei, vier Erbsen brauche, die soll er dir geben. Bring sie, und trag sie her.« Derweil hatte die Frau aber ihre Mutter beauftragt, Speisen für zwanzig Personen herzurichten. Sie selbst setzte einen großen Topf auf den Herd, füllte ihn mit Wasser und legte die drei, vier Erbsen hinein. Den Spatzen teilte sie in zwei Hälften, warf die größere Hälfte in den Topf und hängte die andere Hälfte an einem Haken im Zimmer auf.

Herr Brotknauser war fortgegangen und kam am frühen Nachmittag mit den Gästen zurück. Sogleich füllte die Frau ihm die Wasserpfeife und gab sie ihm, auch gab sie jedem Gast eine Tasse Tee. Herr Brotknauser rief seine Frau und fragte: »Ist dein Mittagessen fertig?« – »Ja«, erwiderte sie. »Ich bin zum Laden des Gemüsehändlers gegangen und habe dort Reste aufgesammelt, um nichts bezahlen zu müssen. Einen Löffel habe ich auch von dort mitgebracht.« Das gefiel dem Herrn Brotknauser sehr, und er rief: »Das machst du wirklich vorzüglich, Frau, wie du so geschickt und auf Redlichkeit bedacht bist.« Sie beauftragte ihn: »Gut, jetzt werde ich das Tischtuch ausbreiten. Geh du das Essen holen.« In dem Moment, als Herr Brotknauser in die Küche kam, stieß er mit dem Gesicht an den halben Spatzen. Sogleich rief er: »Liebe Frau! Hast du denn nicht den ganzen Spatzen zubereitet?« – »Nein«, entgegnete sie. »Die Gäste essen doch kleine Fleischstückchen. Da habe ich die andere Hälfte für dich zum Abendessen aufbewahrt. Wir

werden sie zu Hackfleisch verarbeiten, daß du es essen
kannst.« Da war Herr Brotknauser so von ihr begeistert,
daß er ausrief: »Weh mir!« und einen Schlaganfall erlitt.

Da versammelten sich die Gäste und erkundigten sich,
was denn mit Herrn Brotknauser los sei. Sie sagte: »Mein
Mann hat sich so über diesen halben Spatzen gefreut, daß er
einen Schlaganfall erlitten hat. Jetzt bitte ich euch, Euer
Mittagessen zu euch zu nehmen, danach könnt ihr den
Leichnam zum Friedhof tragen.« Rasch gab sie ihrer Mutter
Nachricht, das Mittagessen bringen zu lassen. Sie setzte den
Gästen die Speisen vor, und alle aßen mit völliger Recht-
schaffenheit. Als sie das Essen verzehrt hatten, hoben sie
den Leichnam des Herrn Brotknauser auf, und während sie
noch damit beschäftigt waren, den Leichnam zum Friedhof
zu tragen, ergänzte die junge Frau in ihrem Heiratsvertrag
den Satz: »Alles, was ich besitze, gehört auch meiner Frau.«
Andererseits behauptete sie, von Herrn Brotknauser

schwanger zu sein, damit niemand es wage, Hand an ihre Besitztümer zu legen. Sie hielt die Trauerfeierlichkeiten am dritten und siebten Tag nach dem Tod korrekt ab, dann ließ sie ihre Schwestern und ihre Mutter in das Haus ziehen. Ihrer ältesten Schwester gab sie einen Betrag in Höhe des Brautgeldes, damit sie Herrn Brotknauser verzeihe, schließlich sei sie ja auch nicht schlau genug gewesen.

Nach einer Weile starb ein zehn Tage altes Kind in einer armen Familie. Da sagte sie zu dessen Vater und Mutter: »Gebt es mir. Ich werde für den Sarg und die Beerdigung bezahlen.« Die Eltern dankten Gott dafür und gaben ihr das tote Kind. Sogleich nahm sie den Leichnam, brachte ihn zu sich nach Hause und wechselte seine Kleider. Dann holte sie einen Arzt zu dem Kind und sagte: »Dieses Kind ist schon drei, vier Tage nicht bei Bewußtsein. Wir haben ihm zwar ein Hausmittel gegeben, das wir hatten; aber jetzt haben wir nach Euch schicken lassen, damit wir erfahren, ob es gestorben ist oder noch atmet. Ich selbst bin ja nur eine Frau, und mein Verstand reicht dafür nicht aus.« Der Arzt wollte nur seinen Lohn haben, so sagte er: »Nein, gute Frau, das Kind ist verstorben.« Sogleich ließ sie die Nachricht zum Laden überbringen, denn alle Angestellten sollten erfahren, daß das Kind von Herrn Brotknauser verstorben ist.

Als später einem der Großkaufleute auffiel, daß Herr Brotknauser verstorben und all sein Besitz zu ihr gelangt war, hielt er um sie an. Sie aber erwiderte: »Ich werde nicht zuerst heiraten. Zuerst werde ich meine Schwester verheiraten, denn sie war vorher die Frau von Herrn Brotknauser. Jetzt, da das Kind verstorben ist, gehört sein ganzer Besitz mir. Ich kann ihr soviel geben, wie ich will, denn er hat sich meiner Schwester gegenüber schlecht verhalten.« Notgedrungen war der Kaufmann einverstanden und sagte: »Dagegen kann ich nichts einwenden, es ist gut. Wir sind auch zwei Brüder, so werde ich eine von euch heiraten, mein

Bruder die andere.« Man bereitete die Hochzeit vor, und beide junge Frauen heirateten an einem Abend. Die jüngere Schwester sagte zur älteren Schwester: »Liebe Schwester! Jetzt haben wir die Vergeltung bekommen, die ich bei der Heirat mit Herrn Brotknauser versprochen habe. Mit Musikanten und Musik nehmen wir jetzt Vergeltung.«

Am nächsten Tag teilte die Frau das Haus von Herrn Brotknauser in zwei Hälften auf und sagte: »Die eine Hälfte ist für dich, die andere für mich.« Außerdem gab sie ihrer Schwester eine gewisse Menge an Haushaltsgegenständen und Mitteln zum Lebensunterhalt. Und dann begannen beide ihr neues Leben.

Bohlul und die eisenfressenden Mäuse

Einer war, einer war nicht – außer Gott gab es niemand. Ein König saß einmal in alten Zeiten in seinem Thronsaal, da sah er, wie sich die Tür öffnete. Man kündigte ihm an: »Möge es dem König wohl ergehen! Aus den sieben Reichen des Westens ist ein Bote angekommen.« Der König fragte: »Weshalb ist der Bote gekommen?« Und man antwortete: »Wir wissen es nicht.« Da rief er: »Nun gut. Befehlt, daß man ihn hereinläßt.«

Der Bote trat ein, grüßte und erwies dem König die Gunstbezeugung. Man brachte ihm eine Sitzgelegenheit und er ließ sich nieder. Danach brachte man ihm alles, was damals üblich war, Tee oder Kaffee, und er trank. Schließlich fragte der König: »Nun gut! Was ist der Grund Eures Kommens in diese Stadt?« – »Unser König«, bemerkte der Bote, »hat mich geschickt, damit ich vier Fragen stelle. Wenn Ihr die Antwort gebt, dann passiert nichts; und wenn nicht, dann bereitet Euch auf Krieg vor, denn dann werde

ich die Erde dieser Stadt in einem Futterbeutel mitnehmen.«
– »Also gut«, sprach der König. »Sagt Eure Fragen, damit
ich sehe, was es ist.« – »Meine erste Frage ist die: Wo ist der
Mittelpunkt der Erde? Meine zweite Frage ist die: Gibt es
mehr Tote auf der Erde oder mehr Lebende?« – »Und die
dritte?« – »Die dritte ist die: Gibt es mehr verfallene oder
erhaltene Gebäude auf der Erde?« – »Sehr gut!« – »Und die
vierte ist die: Wieviel Sterne gibt es am Himmel?«

Der König wandte sich an den Wesir zur Rechten: »Was
sagst du?« Der Wesir zur Rechten wandte sich an den Wesir
zur Linken: »Was soll man ihm als Antwort sagen?« Der
Wesir zur Linken sprach: »Zunächst einmal bittet euch
vierzig Tage Frist von ihm aus.« Alle riefen: »Sehr gut!« So
ließ man sich von dem Boten vierzig Tage Frist geben, dann
werde man entweder die Antwort auf die Fragen geben oder
auf Krieg vorbereitet sein.

Am Abend bildete man eine Kommission, tagsüber hielt
man Rat ab, aber sosehr man auch nachdachte, was man ihm
antworten solle, man fand es nicht heraus. Schließlich, als
nur noch fünf von den vierzig Tagen verblieben, rief der
König alle Wesire zu sich und sprach: »Habt ihr die Antwort für ihn vorbereitet oder nicht? Wenn ihr die Antwort
für ihn nicht vorbereitet habt, ist das der Anfang des Krie-
ges. Dann werde ich zuerst euch alle köpfen lassen!« Ein
Lakai neben der Tür sagte: »Möge es dem König wohl
ergehen! Wenn Ihr mir die Erlaubnis zu sprechen erteilt: Es
gibt einen Mann in dieser Stadt, sein Name ist Bohlul. Er
besitzt zwar nur wenig Verstand, hat aber schon große
Aufgaben bewältigt.« – »Sehr gut«, sprach der König.
»Geht, und bringt ihn her!« Der Wesir zur Rechten bemerkte noch: »Ja, es gibt einen solchen Mann, aber da er
nicht zu unserer Stadt gehört, kommt er manchmal und geht
auch wieder.« Der König aber befahl: »Es gibt keinen Ausweg. Sucht nach ihm, und findet ihn!« Sie gingen und streif-

ten in der Stadt umher, bis sie Bohlul fanden. Der sagte: »Nun gut! Morgen werde ich zu Diensten des Königs kommen!«

Jetzt laß einmal diese Leute da, und höre weiter von Bohlul: Bohlul ging gerade zu seinem Haus, da sah er am Wegesrand einen alten weißbärtigen Mann sitzen, der klagte und weinte so sehr, daß die Tränen von den Spitzen seiner Barthaare tropften. Er tat Bohlul sehr leid, und so dachte er bei sich: »Was ist diesem Unglücklichen widerfahren?« Laut sagte er: »Du Alter, sei gegrüßt!« Der alte Mann erwiderte den Gruß, und Bohlul fragte ihn: »Alter, was ist dein Schmerz?« Der alte Mann antwortete: »Bist du etwa ein Arzt? Ich habe einen unheilbaren Schmerz.« – »Gut«, erwiderte Bohlul. »Läßt du mich denn einmal an deiner Wasserpfeife ziehen?« – »Ha«, rief der alte Mann, »also war dein Gruß und deine Frage wegen dieser Wasserpfeife. Ich hatte in meinem Leben einmal eine einzige Schahi-Münze, dafür habe ich Tabak gekauft und die Pfeife gestopft. Jetzt soll ich dich daran ziehen lassen? Also gut, komm, und zieh daran. Vielleicht bist du ja müde. Zieh, damit du dich erfrischen kannst.« Bohlul begann, an der Wasserpfeife zu ziehen, und sagte währenddessen zu dem alten Mann: »Nun gut, Alter, erzähle mir deinen Schmerz, damit ich verstehe, warum du weinst.« Der alte Mann erwiderte: »Nun, da du wiederum nach meinem Schmerz fragst:

Ich war ein Kaufmann, ein Eisenhändler; zuerst war ich Kaufmann, kaufte viel Eisen und lagerte es in einer Karawanserei. Als ich später dorthin ging, um es zum Verkauf abzuholen, sah ich keine Spur davon mehr. Ich fragte mich, wie das sein könne, aber der Wirt der Karawanserei meinte nur: ›Ich weiß es nicht. Sicherlich haben es die Mäuse gefressen.‹ Und wie ich erwiderte: ›Na hör mal! Sind denn sieben Speicher voll mit Eisen etwa Erbsen und Bohnen, daß die Mäuse es wegtragen können?‹, meinte er wieder: ›Ich weiß es nicht. Wie auch immer, sie haben es sicherlich fortgetragen.‹ Ich ging zum Haus des Richters und trug vor: ›Verehrter Herr Richter! Ich hatte sieben Speicher voll mit Eisen. Jetzt war ich dort, da sah ich, daß es nicht da ist. Spreche ich den Wirt der Karawanserei darauf an, so meint er: ›Ich weiß nicht. Sicherlich haben es die Mäuse fortgetragen.‹ Der Richter entgegnete: ›Geht, und holt den Wirt der Karawanserei.‹ Darauf holte man den Wirt der Karawanserei. Ich weiß nicht, was der Wirt zu dem Richter sagte, jedenfalls verteidigte der Richter ihn sogleich mit den Worten: ›Sicher, Onkelchen. Es war ja schließlich nichts Eßbares, daß der Wirt der Karawanserei es gegessen hätte. Sicherlich haben die Mäuse es fortgetragen.‹ Ich sah ein, wenn ich mich noch einmal dazu äußerte, würde der Richter mich prügeln lassen. So ist mein Schmerz also zwangsläufig unheilbar. Ich hatte noch eine Schahi-Münze. Die gab ich hin und stopfte dafür die Wasserpfeife. Jetzt rauche ich hier und weine über mein Schicksal.«

»Nun gut«, sagte Bohlul. »Hast du überhaupt keine Besitztümer? Was besitzt du sonst noch?« Der alte Mann entgegnete: »Ich habe einen Esel, der ist neben der Mauer angebunden.« Bohlul stand auf und betrachtete den Esel: Eins seiner Augen war blind, eins seiner Ohren war abgerissen, eins seiner Beine war verkrüppelt, und sein Arschloch war auch wund.« Da sagte Bohlul: »Nun gut. Alle guten Eigenschaften sind in diesem Stück vereint, alter Mann. Ich gehe jetzt. Wenn man zu dir kommt und diesen Esel von dir kaufen will, gib ihn nicht her für weniger als fünfhundert Tuman.« Der alte Mann lachte: »Onkelchen! Esel aus Ägypten kosten zwanzig Tuman, wie soll man da diesen hinkenden wunden Esel für fünfhundert Tuman kaufen?« – »Was geht dich das an?« erwiderte Bohlul. »Ich werde ein Bittgebet für dich beten. Wenn ein Käufer zu dir kommt, gib ihn nicht für weniger als fünfhundert Tuman her!«

Sogleich ließ Bohlul dem König eine Botschaft überbringen, kam zu ihm und fragte: »Nun gut, was für Fragen hat dieser Bote an Euch?« Der König sprach: »Nun, als erste Frage fragt er, wo der Mittelpunkt der Welt ist?« – »Gut, das ist nicht weiter schwer.« – »Die zweite Frage ist die, ob es mehr Tote oder mehr Lebende gibt.« – »Gut, das ist auch nicht weiter schwer.« – »Die dritte ist die, daß er fragt, ob es mehr verfallene oder erhaltene Gebäude gebe.« – »Und die vierte?« – »Er fragt, wie viele Sterne es am Himmel gibt.« – »Gut«, sagte Bohlul, »jetzt will ich, daß ihr etwas für mich holt, damit ich übermorgen dem Boten die Antworten geben kann.« – »Was soll es sein?«, fragte man ihn. Bohlul antwortete: »Findet mir einen Esel, dessen eines Auge soll blind sein, eins seiner Ohren soll abgerissen, eins seiner Beine verkrüppelt und sein Arschloch wund sein.« Der König fragte: »Könnt ihr einen solchen Esel finden?« Und man antwortete: »Wir müssen ihn finden.«

Der Wesir zur Rechten kam in die Stadt, ging umher und fragte: »Wo haben wir denn nur einen derartigen Esel?« Man sagte zu ihm: »Dort unten in den Stadt lebt ein alter Mann, der besitzt einen solchen Esel.« Sie kamen zu dem alten Mann, und der Wesir fragte: »Alter, verkaufst du deinen Esel?« – »Für siebenhundert Tuman«, entgegnete der alte Mann. – »Alter«, meinte der Wesir, »bist du denn verrückt geworden, ein Pferd kostet doch nur zweihundert Tuman, da sagst du, der Esel koste siebenhundert?« – »Er gehört mir, und ich kann darüber befinden. Ich verkaufe ihn nicht billiger als so. Wenn ihr wollt, kauft ihr ihn; wenn ihr wollt, könnt ihr auch gehen.« Der Makler schlug ihm vor: »Alter, verhandele besser mit mir. Mache es ein wenig billiger, damit wir den Esel von dir kaufen.« Da sagte der alte Mann: »Der Preis steht fest, ich werde auf keinen Fall einen anderen akzeptieren: Fünfhundert Tuman, wenn ihr ihn kaufen wollt; wenn nicht, dann geht!« So waren sie gezwungen, ihn für fünfhundert Tuman zu kaufen. Sie brachten den Esel zum Haus von Bohlul, und Bohlul sagte: »Bringt mir ein Gewand aus dem Besitz des Königs!« Die Bediensteten gingen zum König: »Er will ein Gewand.« Und der König sprach: »Holt eins, und gebt es ihm!« Bohlul zog sich das Gewand an, setzte sich auf den Esel und ritt fort, bis er zum Tor des königlichen Palastes kam. Er trieb den Esel an hineinzugehen, aber die Torwächter riefen: »Onkel, wohin willst du mit dem Esel?« Ein Höfling war bei Bohlul, der sagte: »Behindert ihn nicht. Er darf überall hingehen, wo er will.«

So gelangte Bohlul in den Innenhof des Palastes, aber weil der Esel auf einem Auge blind war, trampelte er überall umher: Im Dreck, im Blumenbeet, im Wasserbecken. Da liefen die Diener zum König und riefen: »Dieser Bursche ist verrückt. Gleich kommt er noch mit dem Esel ins Haus hinein!« Aber der König befahl: »Keiner soll ihn tadeln, wenn er kommt. Er kommt wegen mir, um mir heute zu helfen. Er darf alles tun, was er will, und wenn er keine Lösung weiß, dann ist heute der entscheidende Tag: Ich muß entweder die Antwort finden oder darauf vorbereitet sein, daß es Krieg gibt.«

Aus Angst vor dem König sagten die Leute nichts weiter, und Bohlul kam mit gesenktem Kopf auf dem Esel in den Thronsaal. Er ließ seinen Esel in einer Ecke des Raumes und rief: »Bringt mir einen Hammer!« Bohlul schaute sich überall im Zimmer um, und dann schlug er den Nagel zum Befestigen des Esels mitten ins Zentrum eines seidenen Teppichs. Man brachte ihm einen Stuhl, er setzte sich, wandte sich zum König und sagte: »Nun gut, wer ist der Bote? Jetzt will ich sehen, was er für Fragen hat!« Alle Minister und Berater waren versammelt und spitzten ihre Ohren, um mitzubekommen, wie Bohlul die Fragen des Boten beantworten würde.

Der Bote setzte sich Bohlul gegenüber, und Bohlul rief: »Frag, damit ich sehe, welche Fragen zu hast!« Der Bote erwiderte: »Ich habe vier Fragen. Wenn du sie nicht beantwortest, führen wir mit dem König Krieg.« – »Nun gut: Deine erste Frage?« Und der Bote fragte: »Wo ist der Mittelpunkt der Erde?« Bohlul antwortete: »Genau dort, wo ich den Nagel zum Befestigen meines Esels eingeschlagen habe.« – »Wie soll das sein?« – »Miß doch nach!« Da sah der Bote ein, daß er darauf nichts mehr erwidern konnte, und Bohlul fuhr fort: »Gut: Die zweite Frage?« Der Bote sagte: »Die zweite Frage: Gibt es mehr Tote oder mehr Lebende?« – »Mehr Tote!« – »Warum ist die Anzahl der Toten größer?« – »Die, die gestorben sind, sind tot; und die, die leben, werden auch sterben.« Wieder sah der Bote, daß er nichts weiter sagen konnte. Bohlul fuhr fort: »Frag deine dritte Frage!« – »Ich will wissen, ob es mehr verfallene oder mehr bewohnte Gebäude gibt.« – »Mehr Ruinen.« – »Warum, weshalb?« – »Nun gut: Die, die die verfallen sind, sind Ruinen; und die, die noch in gutem Zustand sind, werden auch zu Ruinen, wenn man sich nicht um sie kümmert.« Dann fuhr Bohlul fort: »Nun gut, frag deine vierte Frage!« Und der Bote sagte: »Die vierte Frage: Wie viele Sterne gibt es am Himmel?« Bohlul entgegnete: »Du willst die Anzahl der Sterne am Himmel wissen?« – »Ja!« – »Dann komm, und zähle alle Haare am Körper meines Esels. Und wenn du nicht willst, dann eben nicht.« Da sah der Bote ein, daß er endgültig nichts mehr erwidern konnte, und er verließ geschlagen den Raum.

Der König hatte vorher versprochen, daß er jedem, der die Antworten wisse, die Hälfte seines Reiches gebe. So sprach er nun: »Gut, Bohlul! Was möchtest du, daß ich dir an Ehrengewändern und Geschenken gebe?« Bohlul entgegnete: »Möge es dem Mittelpunkt der Welt wohl ergehen! Ich bedarf der weltlichen Güter nicht. Schreibt nur ein paar

Worte für mich auf, daß Bohlul der König der Mäuse ist.«
Der König fragte: »Was wollen denn die Mäuse mit einem
König anfangen?« Aber Bohlul erwiderte nur: »Was geht
Euch das an? Gebt mir eine Verordnung, daß Bohlul von
heute an der König der Mäuse ist!« Da sprach der König:
»Also gut! Schreibt, und gebt ihm das Schreiben, daß Bohlul
von heute an der König der Mäuse ist.« Man setzte das
Schreiben auf und gab es ihm.

Als Bohlul das Haus des Königs verlassen hatte, besorgte
er zwanzig Arbeiter, ging mit ihnen zum Haus des Richters
und gab den Arbeitern den Auftrag, rings um das Haus des
Richters zu graben. Man meldete dem Richter: »Sie heben
einen Graben um dein Haus herum aus. Gleich stürzt dein
Haus ein!« Sogleich lief der Richter nach draußen und fragte
die Arbeiter: »Weshalb grabt ihr hier?« Die Arbeiter antworteten: »Auf Anordnung dieses Herrn!« Da kam der
Richter zu Bohlul und sagte: »Bist du denn verrückt geworden, warum läßt du rings um das Haus graben?« Bohlul
erwiderte: »Ich bin seit dieser Stunde der König der Mäuse.
Die Mäuse haben das Eisen gefressen, also will ich graben,
um das Eisen und die Mäuse hervorzuholen.« Der Richter
entgegnete: »Das waren doch keine Erbsen und Bohnen.
Mäuse fressen weder Eisen, noch stehlen sie es.« – »Sie
fressen und sie stehlen nicht«, meinte Bohlul. »Schreib das
für mich auf!« Der Richter schrieb ihm auf, daß Mäuse kein
Eisen fressen und auch kein Eisen stehlen. Darauf rief Bohlul die Arbeiter zusammen, ging mit ihnen zur Karawanserei und forderte sie auf: »Grabt hier!«

Der Wirt der Karawanserei hörte die Geräusche von Spa-
ten und Hacke, kam heraus und sah, wie sie dort gruben. Er
wandte sich den Arbeitern zu und fragte: »Weshalb grabt
ihr?« Die Arbeiter antworteten: »Auf Anordnung dieses
Herrn!« Da ging der Wirt der Karawanserei zu Bohlul und
rief: »Bohlul! Bist du denn verrückt geworden, daß du hier

graben läßt?« Bohlul entgegnete: »Ich bin heute der König der Mäuse. Ich will graben, um die Mäuse zusammen mit dem Eisen hervorzuholen.« Der Wirt rief: »Ist Eisen denn etwa Erbsen oder Linsen, daß die Mäuse es wegtragen? Dein Verstand hat nachgelassen, Mäuse tragen doch kein Eisen fort!« – »Sie tragen es nicht fort?« – »Nein!« – »Schreib das auf, und gib es mir!« Da schrieb ihm der Wirt auf, daß Mäuse kein Eisen forttragen. Dann nahm Bohlul das Schreiben, legte es zu dem Schreiben des Richters und begab sich zum Statthalter. Auch schickte er nach dem alten Mann.

Dorthin brachte man auch den Richter und den Wirt der Karawanserei, zu denen man sagte: »Wenn Mäuse kein Eisen fressen, was ist dann mit diesen sieben Speichern voll Eisen passiert? Und wenn sie es tun, warum habt ihr dann diese Schreiben gegeben?« Da sie dem Statthalter nicht antworten konnten, befahl man dem alten Mann: »Geh, und hole dein Geschäftsbuch, in dem steht, wieviel Eisen du gekauft hattest!« Der alte Mann ging und holte das Buch. Man rechnete aus, wieviel Eisen er gekauft hatte, und der Statthalter befahl dem Richter und dem Wirt der Karawanserei, ihm das entsprechende Geld zu geben und dann wegzugehen. Da sagte der Richter zum Wirt der Karawanserei: »Du hast mir etwas gegeben, damit ich dich verteidige, damit hast du meinen Ruf ruiniert. Das, was du mir gegeben hast, gebe ich dir zurück, jetzt soll ich noch mehr dazutun?« Man nahm alles und gab es dem alten Mann. Dann gingen sie hinaus.

Bohlul hielt seinen Kopf nahe ans Ohr des alten Mannes und flüsterte: »Alter, das ist ein großer Erfolg. Deinen Esel im Wert von drei Schahi habe ich für fünfhundert Tuman verkauft. Hier hast du auch das Geld für dein Eisen. All dies kommt nur durch den einen Zug von deiner Wasserpfeife, den du mich hast rauchen lassen. Gott behüte dich, ich gehe jetzt!«

Salomo und der Simorgh

Zur Zeit des Salomo saßen einmal alle am Hof auf ihren Plätzen, da sprach Salomo zum Raben: »Steh auf, und geh, bring mir ein hübsches Junges von den Tieren!« Der Rabe flog überall umher, aber nach seiner eigenen Ansicht fand er keine Tierkinder, die schöner als seine eigenen waren. So nahm er sie und setzte sie vor Salomo ab. Da rief Salomo: »Weshalb hast du diese häßlichen Tiere gebracht?« Der Rabe erwiderte: »O Salomo! Bei Gott schwöre ich, daß ich die Kinder aller geflügelten Tiere gesehen habe. Für mich ist keins von ihnen schöner.« Und Salomo erwiderte: »Steh auf, und nimm deine Kinder wieder mit!«

Dann redeten die Anwesenden miteinander. Salomo sprach davon, daß jede Sache, die Gott gewollt habe, richtig sei. So habe Gott für jedes Lebewesen einen Partner erschaffen. Div und Div gehöre zusammen, Mensch und Mensch gehöre zusammen. Da warf der Simorgh ein: »Kann denn der Mensch in dieser Welt alles vollbringen, was er will?« Als Antwort erwiderte Salomo: »Im Westland gibt es ein Mädchen, das hat Gott einem König als Kind geschenkt. Im Ostland gibt es einen Königssohn, dem ist sie vom Schicksal vorherbestimmt.« Der Simorgh schlug vor: »Ich werde dieses Schicksal verhindern und die junge Frau einem Div geben.« Salomo erwiderte: »Versuche es. Wir wollen sehen, was du vermagst. Wenn du es nicht schaffst, was soll ich dann mit dir machen?« Und der Simorgh antwortete: »Bestrafe mich, auf welche Art auch immer du willst.«

Der Simorgh flog dorthin, raubte das Mädchen zusammen mit der Wiege und trug sie auf den Berg Qaf. Dort gab es eine Höhle, dahin trug er das Mädchen. Dann holte er einige Dive, von denen ließ er ein Gebäude am Fuße jenes Berges errichten. Auch brachte er eine Milchziege, aus deren Zitzen ließ er das Mädchen Milch trinken. Schließlich brachte er noch ein kleines Div-Mädchen zum Kuscheln. Das Mädchen wurde nach und nach groß, das Mädchen wurde neun Jahre alt.

Laß diese jetzt einmal dort, und höre etwas vom Ostland: Der Sohn, den Gott dem König geschenkt hatte, wurde vierzehn Jahre alt. Eines Tages war er auf die Jagd gegangen, verfolgte eine Gazelle und verirrte sich. Zwei Monate lang irrte er umher, bis er zu einer Stadt kam. Nachdem er in jener Stadt angekommen war, ließ er sich dort nieder. Er schrieb einen Brief an seinen Vater, er solle ihm Geld bringen lassen, damit er zurückkomme, und der König ließ gleich eine Überweisung an die Stadt ausstellen. Der junge Mann kam, nahm das Geld und sprach: »Nichts ist besser, als daß wir jetzt in der Welt umherreisen. Was soll ich bei meinem Vater schon anfangen? Wenn mein Pferd stirbt, dann sterbe eben auch ich.«

Der Jüngling reiste zwei Jahre lang umher, bis er an den Fuß des Berges Qaf gelangte. Dort fand er eine Höhle, in der sah er Wasser, grünes Gras, frische Luft und eine schöne Wiese. Da dachte er bei sich: »Es ist wohl besser, wenn wir einige Tage hierbleiben und uns erholen!«

Das Mädchen nun kam jeden Tag, setzte sich neben das Gebäude und betrachtete die Berge. Eines Tages hatte der Jüngling gerade an der Quelle gejagt und war dabei, das gebratene Fleisch zu essen. Da dachte das Mädchen bei sich: »O Gott! So ein Ding habe ich bis zu diesem Tag noch nicht gesehen. Was ist das?« Sie sah ihn an, dann sah sie sich an; sie betrachtete seine Hand, dann betrachtete sie ihre eigene Hand. Ihr fiel auf, daß der Jüngling kein Fell hatte, wo doch alle in ihrer Umgebung ein Fell hatten, er aber war wie sie. Da dachte sie bei sich: »Würde es mir doch gelingen, daß er zu mir käme, daß ich irgendwie mit ihm reden könnte.« Aber ihr fiel nichts ein. So sagte sie: »Ich will einen Stein nehmen und ihn zu ihm hinwerfen, damit er mich sieht. Vielleicht findet er einen Weg, zu mir zu gelangen.« So nahm sie einen Stein und warf ihn zu dem Jüngling an der Quelle. Der Jüngling hob seinen Kopf, und seine Augen erblickten das Mädchen. Ein Pfeil mit federbesetzter Kerbe schnellte aus der Brust des Mädchens und ließ sich in der Brust des Jünglings nieder. Er rief: »Du Hübsche! Was machst du hier?« Das Mädchen erwiderte: »Kannst du hochkommen?« Aber der Jüngling meinte: »Bin ich denn eine Taube, und ist dieser Berg denn ein Berg, den ein Mensch besteigen kann?« So begnügte er sich einen Monat lang damit, vom Fuße des Berges aus das Anlitz des Mädchens zu betrachten. Nachts versteckte er sich in der Höhle vor den wilden Tieren.

Nach drei Monaten sagte das Mädchen: »Davon haben wir nichts, daß ich von oben mit dir dort unten rede. Denk dir doch etwas aus, daß wir zusammengelangen können.«

Der Jüngling entgegnete: »Spring nach unten, dann nehme ich dich mit.« – »Das geht nicht«, meinte das Mädchen. »Zunächst einmal, weil der Simorgh meine Mutter ist. Er fliegt in der Luft umher, und an welchem Ort der Erde ich auch immer sein möge, er wird mich sehen und mitnehmen. Nicht, daß er dir dann Schaden zufügt. Also mache einen Plan, wie du nach oben kommen kannst.« – »Dann werde ich etwas anderes machen«, sagte der Jüngling. »Ich werde eine Gazelle töten und ihre Haut in einem Stück abziehen. Dann verstecke ich mich in der Gazellenhaut, und du sagst dem Simorgh, er solle dir die Gazelle zum Spielen holen.«

Am gleichen Tag erlegte der Jüngling eine Gazelle und schlachtete sie. Ihr Fleisch briet und aß er, dann versteckte er sich in ihrer Haut. Als der Simorgh zu dem Mädchen kam, sah er, daß sie ganz niedergeschlagen war. Er sprach: »Tochter, was ist mit dir, daß du so traurig hier sitzt? In diesen Tagen unterhielt ich mich mit Salomo, ich möchte dich nämlich verheiraten. Jetzt frage ich dich: Möchtest du lieber einen Gatten vom Geschlecht der Paris oder vom Geschlecht der Dschinn?« Das Mädchen erwiderte: »Mutter, ich will jetzt nicht heiraten.« – »Auch gut«, meinte der Simorgh, »aber warum bist du dann so bedrückt?« – »Es ist, weil ich tagsüber nichts zum Spielen habe«, entgegnete das Mädchen. – »Mein Kind«, rief der Simorgh, »sag mir, welchen von den Vögeln oder den Weidetieren du möchtest, dann werde ich es dir zum Spielen holen.« – »Jetzt sind es schon zwei Tage«, sagte das Mädchen, »daß eine Gazelle zur Quelle zum Fressen kommt, dann geht sie wieder weg. Es ist so eine schöne Gazelle!« – »Heute werde ich nicht weggehen«, sprach der Simorgh, »damit, wenn die Gazelle kommt, ich sie für dich fange.«

Wie geplant erschien der Jüngling am Tag in der Gestalt der Gazelle. Das Mädchen rief: »Da ist sie!« – »Sorge dich nicht, Tochter«, sprach der Simorgh. »Jetzt gleich werde ich sie für dich herbeiholen.« Er flog nach unten, packte die Gazelle am Kopf, hob sie hoch und setzte sie oben auf dem Berg bei dem Mädchen ab. »Gut«, freute sich das Mädchen. »Jetzt werde ich mich nie mehr langweilen, sondern mit dieser Gazelle spielen.« Und der Simorgh ließ sie dort und flog weg.

Der Jüngling kam aus der Gazellenhaut heraus und fragte das Mädchen: »Was tust du hier oben auf dem Berg?« Sie antwortete: »Von der Zeit an, da meine Augen geöffnet waren und ich mich selbst erkannte, habe ich immer den Simorgh und diese Dive gesehen. Und der Simorgh behauptet, ich sei seine Tochter.« – »Er lügt«, sagte der Jüngling. »Wenn du die Tochter des Simorgh wärst, dann müßtest du auch Flügel haben und in der Luft umherfliegen. Du gehörst zum Geschlecht der Menschen. Allerdings weiß nur Gott, wo der Simorgh dich geraubt hat. Auf jeden Fall gehörst du nicht zum Geschlecht der Tiere.« Nichts weiter. Nachdem er zwei, drei Tage dort war, hatte der Jüngling ihr nach und nach alle menschlichen Verhaltensweisen beigebracht. Dann schlug der Jüngling vor: »Ich kenne die notwendigen Formalitäten. Wenn du es erlaubst, so werde ich dich heiraten: Du wirst meine Frau, und ich werde dein Mann.« Das Mädchen erwiderte: »Ich befürchte, daß der Simorgh mir Schaden zufügen wird.« Aber der Jüngling beruhigte sie: »In meiner Gegenwart vermag er das nicht. Solange ich da bin, lasse ich das nicht zu!« – »Also gut«, meinte das Mädchen. Sie gab ihr Einverständnis, und der Jüngling heiratete das Mädchen.

Das Mädchen bekam bald darauf in jenem Gebäude eine Tochter und einen Sohn, aber der Simorgh wußte immer noch nichts von jenem Jüngling. Er fand einen Bräutigam für das Mädchen und erbat von Salomo die Erlaubnis, das Mädchen zu verheiraten. Da begann Salomo zu lachen: »Du willst sie verheiraten?« – »Ja sicher«, meinte der Simorgh.

Salomo sprach: »Geh nur, sie hat ihr vorherbestimmtes Schicksal gefunden. Und jetzt hat sie außerdem schon zwei Kinder.« Da wurde der Simorgh ärgerlich, aber Salomo warnte ihn: »Geh zu ihnen. Aber ich schwöre bei Gott, wenn du sie bestrafst oder belästigst, werde ich dir die Federn ausrupfen!« – »Ja, gut«, murrte der Simorgh.

Dann erhob sich der Simorgh und begab sich zu dem Gebäude. Als er ankam, sah er die zwei Kinder, eins im Arm des Vaters, eins im Arm der Mutter. Als er ankam, wurde das Mädchen ganz blaß. Vor lauter Angst ließ sie das Kind auf den Boden fallen und stand auf. Der Simorgh schrie sie an: »Du Verfluchte, was soll ich nur tun? Wäre ich nicht durch Salomos Anordnung gebunden, so würde ich dich in kleine Stücke zerreißen!« Und zu dem Jüngling gewandt: »Nun, wie kommst du denn hierher? Sag die Wahrheit!« Der Jüngling erzählte ihm seine Geschichte vollständig, bis er zu dem Zeitpunkt gelangte, als er sich in der Gazellenhaut versteckt hatte.

Der Simorgh packte sie alle zusammen und brachte sie zu Salomo, setzte sie nieder und sprach: »O Salomo, du hattest recht! Ich vermochte nicht, das Schicksal zu verhindern. Jetzt füge ich mich jeder Strafe, die du anordnest!« Salomo erwiderte: »Es gibt keine Strafe. Die Mutter des Mädchens richtet ihre Augen immer noch zum Himmel im stillen Gebet: ›Gott, was ist aus meinem Kind geworden, das man mit der Wiege geraubt hat?‹ Und der Vater des Jünglings wartet auch und hofft: ›Gott, was ist aus meinem Sohn geworden, der zur Jagd ritt? Wann wird er zurückkommen?‹« Dann sprach er zum Simorgh: »Zuerst werde ich einen Brief schreiben, den wirst du dem Vater des Jünglings bringen, mit dem Inhalt: ›Sei beruhigt, dein Sohn lebt.‹ Dann wirst du das Mädchen zusammen mit dem Jüngling, ihren Kindern und jener Wiege, in der du sie geholt hattest, hinbringen, ihren Eltern zeigen und ihnen alles erklären.«

Der Simorgh war einverstanden. Er ließ ein kleines Podest herrichten, setzte es einem der Dive auf die Schultern und begab sich nach dem Westland.

Als er dort angekommen war, setzte er sie auf den Boden. Ihre Kinder legte er in die Wiege und stellte sie in das Zimmer. Die Mutter des Mädchens freute sich: »O Gott! Ist das meine Wiege? An jenem Tag, als der Vogel sie forttrug, lag mein Kind darin. Wessen Kinder sind es jetzt?« Da brachte der Simorgh das Mädchen und den Jüngling herein, und Salomo hatte dem König des Westlandes außerdem geschrieben: »Wir hatten mit dem Simorgh eine Wette abgeschlossen, daß er versuchen wolle, das vorherbestimmte Los und Schicksal zu verhindern. Es gelang ihm nicht. Jetzt seht euch zunächst an euren Enkeln satt, dann schickt sie auf den Weg zum Vater des Jünglings!« Der König war sehr froh und glücklich und schrieb einen Brief an den Vater des Jünglings. Der Jüngling selbst verfaßte auch ein Schreiben mit seinen Erlebnissen, in dem er schloß: »Ich bin jetzt der Schwiegersohn des Königs des Westlandes. Wenn du mich zu sehen wünschst, dann bereite alles vor, damit ich zu dir komme! Und wenn nicht, dann werde ich hierbleiben.« Da schrieb der König seinem Sohn zur Antwort: »Mein größter Wunsch ist es, dich zu sehen.« So bereitete man alles für den Jüngling und das Mädchen vor, und nach einiger Zeit machten sich beide auf den Weg zur Stadt des Vaters.

Als sie sich der Stadt näherten, schrieb der Jüngling, man solle alles für ihren Empfang vorbereiten. Der König ließ verkünden: »Jeder, der meinen Sohn liebt, soll ihm zur Begrüßung entgegengehen!« Und die Stadt ließ er für seinen Sohn schmücken. So wie jene zur Vereinigung gelangten, so möge es auch allen Freunden ergehen!

Die scheintote Prinzessin

Einer war, einer war nicht – außer Gott gab es niemand. Es war einmal ein Dornensammler, der kam eines Tages zur Zeit des Nachmittagsgebets aus der Wildnis zurück, das Bündel mit den Dornenästen auf dem Rücken. Da sah er eine junge Frau aus dem Badehaus kommen, deren Gesicht strahlte wie die Sonne. Da fiel dieser Dornensammler vor lauter Liebe auf den Boden und wurde bewußtlos. Die Leute versammelten sich um ihn in der Meinung, er sei ein Epileptiker. Als er wieder zu sich kam, fragten sie ihn: »He, Mann! Was ist mit dir, daß du so hingefallen bist?« Der Dornensammler antwortete: »Bevor ich es euch sage, sagt ihr mir zuerst, wer diese junge Frau war, die aus dem Badehaus kam und auf ein Pferd aufsaß.« – »Diese junge Frau war die Tochter des Königs.« – »Also gut«, meinte der Dornensammler. »Das Feuer der Liebe zu ihr hat mein Inneres gepackt. Nur komme ich damit nicht zurecht: Ich bin ein armer Schlucker, und sie ist schließlich die Tochter des Königs.« Er stand auf, trug seine Last Äste zum Basar und verkaufte sie.

Als er nach Hause kam, um zu Abend zu essen, vermochte er es nicht. Als seine Frau mit ihm sprach, konnte er ihr nicht antworten. Wie ein Verrückter saß er nur da, vergoß Tränen und sprach: »Ich verbrenne, bin ich doch nur erschaffen zu lernen, wie ich dich lieben kann! Ich war roh, jetzt bin ich gar! O du Unmenschliche! Du schläfst in deinem Schloß, und ich verbrenne hier in Liebe zu dir!« So seufzte und schluchzte er bis zum Morgen.

Am Morgen versammelten sich die Nachbarn und Freunde um ihn herum und sprachen: »Freund, wenn du drei Tage so weitermachst, richtest du dich zugrunde!« Er erwiderte: »Was soll ich tun? Ich habe keine andere Wahl, als zugrunde zu gehen.« Einer der Anwesenden schlug als

Lösung vor: »Steh auf, geh ins öffentliche Bad, und leih dir Kaufmannskleider aus! Zieh sie an, und geh zum König zur Brautwerbung. Sag nicht, daß du ein Dornensammler bist, sondern sag, du seist ein Händler. Dann schau, ob er dir wegen deines ehrenwerten Alters seine Tochter gibt oder nicht.« – »Sehr gut«, meinte der Dornensammler. »Wenn der König meint, ich sei ein Händler, wird er mir seine Tochter geben; wenn er aber versteht, daß ich kein Händler bin, was soll ich dann tun?« Der andere erwiderte: »Da du seit gestern abend bis heute geweint hast, gehst du womöglich zugrunde. Ich verbürge mich für deinen Erfolg und werde dir helfen.« Der alte Mann war einverstanden, stand auf und ging ins Bad. Als er aus dem Badehaus herauskam, zog er Kaufmannskleider aus schwerem Stoff an und begab sich zur Brautwerbung.

Der König erwies ihm zunächst alle möglichen Höflichkeiten: Tee, Kaffee – alles, was zu jener Zeit üblich war, setzte er ihm vor. Bis zu dem Zeitpunkt, an dem er die Hand ausstreckte, um sich etwas zu nehmen, und der König seine Hand sah. Als der König seine Hand sah, erkannte er, daß diese Hand nicht die Hand eines Kaufmannes war. Da er dachte, der Dornensammler sei ein Spion, da rief er: »Packt ihn!« Man packte ihn und fesselte ihn, der Dornensammler aber fragte: »Was habe ich denn getan, daß ihr mich fesselt?« – »Du Verfluchter«, rief der König, »du bist kein Kaufmann! Deine Hände bezeugen es. Du bist ein Arbeiter oder Brunnengräber: Die Schwielen an deinen Händen verraten es!« Da begann der Dornensammler zu weinen: »Gott verfluche denjenigen, der mir geraten hat, mich so zu verhalten, und der mir gesagt hat, ich solle zur Brautwerbung gehen. Mein Schmerz war nicht groß, jetzt ist noch dieser Schmerz hinzugekommen, daß man mich der Spionage bezichtigt!«

Der König befahl, seine Fesseln zu lösen, ergriff seine Hand und ließ ihn neben sich sitzen. Er rief den Wesir zur

Rechten, dann wandte er sich zu dem alten Mann und sprach: »Alter, sag die Wahrheit, damit dir Gerechtigkeit widerfahre. Bist du aufrichtig, so wird der Schöpfer dir helfen!« – »Zu Diensten«, erwiderte der alte Mann. »Ich werde Euch genau erzählen, was sich zugetragen hat: Ich bin ein Dornensammler. Gestern kam ich wie immer mit meinem Bündel Dornenäste auf dem Rücken zurück, da sah ich eine junge Frau aus dem Badehaus kommen, die setzte sich auf ein Pferd. Als mein Blick auf sie fiel, schrie ich laut auf und verlor das Bewußtsein. Als ich wieder zu mir kam, sah ich, daß die Leute sich um mich versammelt hatten und mich fragten, was denn mit mir los sei, daß dies passiert wäre. Ich erwiderte: ›Sagt mir zunächst, wer diese junge Frau war, die aus dem Badehaus kam!‹ Sie antworteten: ›Das war die Tochter des Königs!‹ So ist seit gestern bis jetzt, da ich bei Euch, dem Mittelpunkt der Welt, sitze, vor lauter Kummer kein Bissen meine Kehle hinuntergegangen. Da sagte jemand zu mir: ›Wenn du noch drei Tage in diesem Zustand bleibst, gehst du zugrunde.‹ Er riet mir, diese Kleidung anzuziehen und wie ich mich weiter verhalten solle. Ich entgegnete: ›Wenn der König mir seine Tochter nicht geben will, was soll ich dann tun?‹ Jener erwiderte: ›Ich hafte dafür!‹« Da begannen der König und der Wesir zu lachen, und der König sprach: »Alter Mann! In meinen Familiengemächern ist ein junges Mädchen, das ist noch hübscher als meine eigene Tochter. Nimm sie, und heirate sie, dann ist es vollständig in Ordnung!« Aber der alte Mann fing an zu weinen und rief: »Möge es dem König wohlergehen! ›Ich sorge mich um Hoseins willen – und du willst mit Abbas die Sorge stillen!‹ Brennt denn in meiner Brust das Feuer der Liebe zu einer anderen, daß Ihr mir eine andere Frau geben wollt, sei sie auch schöner als Eure eigene Tochter?« Er sprang auf, zerriß aus Kummer seinen Kragen und rief: »O Gott, du bist mein Zeuge! Der Herrscher ist dein Sklave, ich bin auch dein Sklave – schau, was er mit mir gemacht hat!« So verließ er den Palast.

Der Herrscher hatte Mitleid mit ihm und sprach zu dem Wesir: »Stell dich ihm in den Weg, laß ihn nicht gehen!« – »Nein«, erwiderte der Wesir, »möge ich Euer Opfer sein! Laßt ihn gehen! Wenn Ihr wollt, daß ihm von Euch kein Leid widerfahre, dann müßt Ihr ihm Eure Tochter verheiraten und sie ihm sogleich geben!« – »Das weiß ich«, entgegnete der König. »Aber von dieser Unterhaltung und davon, wie er sich bei Gott beklagt hat, ist es, als ob mein Herz zerrissen wäre.« Aber der Wesir meinte nur: »Da hilft nichts!« Und der alte Mann ging durch die Tür hinaus.

Er ging zu demjenigen, der ihm die Kleider gegeben hatte und sagte: »Komm her, Kumpel, nimm deine Kleider. Deine Kleider haben mich fast ins Gefängnis gebracht. Gott segne deinen Vater!« Der andere fragte: »Wieso solltest du denn ins Gefängnis?« Der Dornensammler entgegnete: »Deshalb, weil der König, als ich meine Hand ausstreckte, um Kaffee zu nehmen, rief: ›Du bist kein Kaufmann! Diese Hand ist die Hand eines Arbeiters oder eines Brunnengräbers. Denn die Hand eines Kaufmanns hat keine Schwielen. Deine Hand aber ist voll von Schwielen. Also bist du ein Spion!‹ Man fesselte mich und wollte mich ins Gefängnis werfen, da habe ich dem König die Wahrheit erzählt. Der König hatte Mitleid mit mir und sprach: ›Ich habe in den Familiengemächern eine junge Frau, die will ich dir geben.‹ Ich wollte aber nicht und ging durch die Tür hinaus. Jetzt werde ich zum Haus Gottes gehen, um dort um sie als Braut zu werben.« Am Abend erhob er sich, warf sich einen schwarzen Umhang über und begann zu weinen: »Gott! Genauso, wie du mich ins Unglück gestürzt hast, wirst du einen Ausweg für mich wissen!«

Als er am dritten Tag wieder dorthin ging, fiel ihm auf, daß im Palast des Königs viel Gedränge war. Er fragte: »Was

ist los?« Man antwortete ihm: »Die Tochter des Königs ist
gestorben. Jetzt bringt man ihren Leichnam hinaus.« Da
blieb der Dornensammler an der Seite stehen, als man den
Leichnam hinaustrug und ging dem Leichenzug nach. Danach kehrte er zurück und begann, einige Schritte neben
dem Grab eine Grube zu graben. Als die Grube zwei Zar'
tief war, begann er, einen unterirdischen Gang zu graben.
Dabei sagte er: »Dein Vater hat dich mir lebend nicht gegeben. So werde ich dich tot holen.« Er grub den Gang, bis er
zu dem Leichnam gelangte, den nahm er mit nach Hause.
Dort legte er ihn nieder, lief rasch zurück und schüttete die
Grube und den Gang wieder zu.

Als er nach Hause zurückkam, wickelte er das Gesicht
des Leichnams aus und rief: »Du Hübsche! Bist du dieselbe,
die aus dem Badehaus herausgekommen ist?« Er schaute sie
an, da sah er, daß ihr Gesicht schmutzig war. Er rief seine
Frau, die kam und fragte: »Was verlangst du?« Er trug ihr
auf: »Bring Kleider!« Die Frau ging und holte Kleider,
worauf der Mann sagte: »Öffne das Leichentuch, und zieh
sie gerade so an, wie sie schläft! Dann leg sie ins Bett!« Die
Frau kleidete die Leiche an und bereitete das Bett. Dann
faßten beide sie am Kopf und an den Füßen und legten sie
ins Bett. Der Mann stand auf, setzte sich neben das Bett und
sagte zu seiner Frau: »Geh, und bring mir das Abendessen,
damit ich nach drei Tagen wieder etwas esse, denn meine
Geliebte schläft jetzt bei mir. Gott hat es so eingerichtet, daß
er sie mir gebe; so habe ich keinen Einwand mehr. Wenn
Gott will, wird er sie für mich wieder zum Leben erwek-
ken.« So saß er neben ihrem Kopf, bis am Morgen der
Gebetsrufer das »Gott ist groß!« rief.

Da plötzlich nieste die Tote und rief nach ihrer Dienerin.
Der Mann anwortete: »Ja!« Und sie sprach: »Ich möchte
Wasser haben.« Sogleich stand der Mann auf, füllte Wasser
in einen Krug und brachte ihn ihr. Das Mädchen nahm den

Krug und trank Wasser, da bemerkte sie, daß das Gefäß sich von den Gefäßen in ihrem eigenen Haus unterschied. Sie fragte: »Was ist das, worin das Wasser ist?« – »Liebe Frau«, erwiderte der Mann. »wenn Ihr durstig seid, trinkt zuerst. Dann will ich Euch erklären, was das ist.« Die junge Frau trank etwas Wasser, dann rieb sie ihre Augen, schaute hierhin und dorthin und bemerkte, daß das Zimmer nicht ihr Zimmer und ihre Wohnstatt war. Sie fragte: »Wo bin ich hier? Wer hat mich hierhergebracht?« Der Dornensammler anwortete: »Hier ist mein Haus. Ich habe dich von Gott erbeten, und Gott hat es so eingerichtet, dich mir zu geben.« Das Mädchen fürchtete sich: »Auf welche Art soll Gott mich dir denn gegeben haben?« – »Liebe Frau, wenn ich dir die Wahrheit erzähle, wirst du dich noch mehr fürchten.« – »Nein«, erwiderte sie, »sag mir die Wahrheit. Ich werde mich nicht noch mehr fürchten.« – »Versprich mir, daß du dieses Haus nicht verläßt, bis ich dir die Wahrheit erzählt habe.« – »Nun gut. Sicherlich habt ihr einige Versorgungsgegenstände zusammengesucht, als ich hierherkam. Ich verspreche dir also, das Haus nicht zu verlassen.«

Da schilderte der alte Mann dem Mädchen alles von Anfang bis Ende. Schließlich holte er das Leichentuch, zeigte es ihr und sagte: »Dies ist das Leichentuch, in das man dich eingewickelt hatte. Die Kleider, die du jetzt trägst, sind Kleider von meiner Frau, denn ich habe mir gedacht: ›Wenn sie in diesem Leichentuch wieder zum Leben erwacht, dann wird sie vor lauter Schreck erst recht sterben.‹ Wenn du mir nicht glaubst, dann laß uns zum Palast des Königs gehen, um zu sehen, ob dort Trauerfeierlichkeiten stattfinden oder nicht.« – »In Ordnung«, meinte die Königstochter, zog sich einen Schleier von der Frau des Dornensammlers über, und zusammen gingen sie zum Palast des Königs.

Dort sah das Mädchen: Ja, tatsächlich, alle Lakaien und Bediensteten hatten schwarze Trauerbinden angelegt. Sie trat vor und fragte einen von ihnen: »Warum tragt ihr schwarze Trauerbinden?« Man antwortete ihr: »Weil die Tochter des Königs gestorben ist.« Da ging das Mädchen wieder zurück zum Haus des Dornensammlers und sagte zu ihm: »Geh, und bring mir etwas Schreibpapier und einen Umschlag.« Der alte Mann ging, holte Papier und einen Umschlag und kam damit zurück. Das Mädchen schrieb die ganze Geschichte für ihren Vater auf und schloß mit den Worten: »Dieser Dornensammler war mit mir in totem Zustand zufrieden und hat meinen Leichnam deshalb durch einen unterirdischen Gang in sein Haus gebracht. Weil er mich von Gott erbeten hatte, schenkte Gott mir ein zweites Mal das Leben. Jetzt, lieber Vater, bin ich lebendig, wohlbehalten und gesund hier.« Den Brief gab sie dem Dornensammler und sprach: »Nimm diesen, und übergib ihn dem König!« Der Dornensammler nahm den Brief und kam zum Hof.

Weil die Türsteher ihn schon einmal bei Hof gesehen hatten, versperrten sie ihm nicht den Weg. Er trat ein und übergab dem König den Brief. Als der König den Brief las, erhob er sich vor Freude, setzte sich gleich wieder hin und rief: »Laßt in den Familiengemächern ausrichten, daß man alle Trauerfeierlichkeiten beenden und die schwarzen Kleider ablegen soll!« Alle wunderten sich, wie denn die Königstochter unter der Erde wieder lebendig geworden sein könne. Der König aber zeigte seinem Wesir das Schreiben seiner Tochter und sprach zu dem Dornensammler: »Geh, und hole meine Tochter hierher, damit ich mich beruhige!« Der Dornensammler erwiderte: »Wenn der König mit mir einen Vertrag abschließt, daß er mir seine Tochter geben wird, dann gehe ich und hole sie. Gott hat mir jetzt ihr Blut anvertraut. Wenn ich sie hole und Ihr sie mir nicht gebt, dann habe ich sie aus meiner Gewalt freigelassen!« Der König mußte über die Worte des alten Mannes lachen, sprach aber: »Gut, lieber Bruder! Was es auch sei, es ist immer noch besser, als daß sie tot ist!« Er schloß mit dem alten Mann einen Vertrag, daß er ihm seine Tochter geben werde. Der Alte ging und holte das Mädchen in denselben Kleidern, die es angezogen hatte, mit dem Schleier seiner Frau über dem Kopf. So brachte er sie, zusammen mit dem Leichentuch, vor den König.

Als der Blick des Königs auf seine Tochter fiel, wußte er vor Freude nicht, was er tun sollte. Er rief: »Geht, und holt die Ärzte, damit ich sie fragen kann, wie viele Menschen sie im Laufe eines Jahres auf diese Weise unter die Erde bringen!« Die Ärzte rechtfertigten sich: »O Mittelpunkt der Welt, das ist der Scheintod! Nun wollte Gott es so, daß sie wieder lebendig wird. Und wenn nicht, dann wäre die Scheintote tatsächlich gestorben.« Der König sprach: »Also gut! Bereitet rasch alles für die Hochzeit vor!« Er verheiratete seine Tochter an den Herrn Dornensammler. Seinen Wesir schickte er auf den Basar, um dort einen freien Laden für ihn zum Handel zu finden. Allen Kaufleuten gegenüber bestätigte er seine Vertrauenswürdigkeit, und dann verheiratete er ihn.

Ebenso wie diese beiden zur Erfüllung ihres Herzenswunsches gelangten, so möge es auch allen Freunden ergehen!

So Gott will!

Es war einmal ein Schneider, nach dem hatte der König schicken lassen. Er gab ihm eine Lage Stoff, um ihm einen Anzug davon zu nähen. Drei Tage lang arbeitete der Schneider daran. Nach drei Tagen und drei Nächten kam er abends nach Hause und sagte zu seiner Frau: »Frau, was haben wir denn zum Abendessen?« – »So Gott will«, antwortete die Frau, »gibt es ein wenig Linsen mit Reis.« – »Wenn das Essen gekocht ist, braucht man doch nicht ›So Gott will‹ zu sagen«, erwiderte der Mann.

Die Frau stand auf und holte das Essen, und beide ließen sich am Tisch nieder. Aber in dem Moment, als der Schneider gerade seine Hand ausgestreckt hatte und einen Bissen aufgenommen hatte, um ihn in den Mund zu stecken, da klopfte es an der Tür. Der Mann rief: »Wer ist da?« – »Öffnet!«, rief es zurück. Wie er die Tür öffnete, stand da ein Beamter des Königs, der packte ihn und schrie: »Du Verfluchter! Du hast also einen Anzug für den König genäht und eine Nadel darin gelassen, damit er sich daran steche!« So brachte man ihn vor den König, der befahl, ihn einzusperren. Vierzig Tage lang war er im Gefängnis, und erst nach vierzig Tagen baten die Berater des Königs, ihn doch freizulassen. So wurde er entlassen und kam abends wieder nach Hause.

Als er vor der Tür stand, klopfte er an. Und wie seine Frau rief: »Wer ist denn da?«, antwortete er: »Ich bin es, so Gott will! Der König hat mich freigelassen, so Gott will! Öffne die Tür, damit ich hereinkomme, so Gott will!« Da entgegnete die Frau: »Siehst du nun, Mann! Hättest du das eine Mal ›So Gott will‹ gesagt, dann bräuchtest du es jetzt nicht so häufig zu sagen, und dann hättest du nicht so leiden müssen!«

Anmerkungen

Zu den Illustrationen: Die Illustrationen sind sämtlich einer Reihe persischer Volksbüchlein entnommen, die seit den 5oer Jahren von den Teheraner Verlagen ʿElmi und Šerkat-e nesbi-ye kānun-e ketāb herausgegeben wurden. In Druck und Ausstattung schlicht gehalten – aus europäischer Sicht würden wir es wohl »Groschenhefte« nennen –, enthalten diese Büchlein traditionelle populäre Erzählungen, die zum Teil aus einer jahrhundertealten Überlieferung schöpfen: Abenteuergeschichten von Jünglingen auf der Suche nach ihren Geliebten, von listigen Frauen, starken Helden und gewaltigen Schlachten, in denen – natürlich – das Gute siegt. Die den Drucken beigefügten Bilder illustrieren nur in den Fällen, in denen sie eigens für die jeweiligen Büchlein angefertigt wurden, den Textstellen entsprechende Szenen. Meist hingegen handelt es sich um ursprünglich für Werke der klassischen persischen Literatur, so etwa das *Šāh-nāme* des Ferdousi oder die *Ḥamse* des Neẓāmi, entworfene Illustrationen, die lithographischen Ausgaben des 19. Jahrhunderts entnommen sind. Die dort enthaltenen Bilder, die oft stereotype Szenen darstellen, wie sie auch in den Volksbüchlein immer wieder enthalten sind, wurden von den Verlagen offenbar als eine Art »klassischer« Fundgrube betrachtet. Aus dem im wesentlichen gleichen Fundus von Illustrationen wurde in wechselnder Auswahl und Reihenfolge vielen Bändchen etwas beigegeben, so daß die hier nachgedruckten Bilder als eine repräsentative Auswahl von Illustrationen der persischen Volksbüchlein überhaupt gelten können. Ein erster kommentierter Katalog derartiger Volksbüchlein liegt vor mit: Marzolph, U. (ed.): *Qeṣṣehā-ye širin. Fünfzig persische Volksbüchlein aus der Mitte des Zwanzigsten Jahrhunderts.* Wiesbaden 1994 (Abhandlungen für die Kunde des Morgenlandes 50, 4).

Das Frontispiz ist mit verändertem Schriftzug entnommen aus: Narāqī, *Anīs al-muwaḥḥidīn.* Iran 1271 q/1853. Freundlicherweise zur Verfügung gestellt von der Schia-Bibliothek am Orientalischen Seminar der Universität zu Köln (Sign. 2 B 601).

Zu den Texten: Der vorliegende Band ist die erheblich erweiterte Neuausgabe eines Buches, das ursprünglich 1985 unter dem Titel »Persische Märchen Miniaturen« im Diederichs-Verlag, Köln, erschie-

nen ist. Es enthielt die Erzählungen Nr. 1-19 in identischer Reihenfolge; der hiesige Text Nr. 51 beschloß den Band als Nr. 20.

Die Übersetzung versucht, sich sowohl möglichst eng am Original-
wortlaut zu orientieren als auch lesbar zu sein. Die im mündlichen
Vortrag der Erzählerin ständig wiederkehrenden, hier nur gelegentlich
variierten Formeln und stereotyp benutzten Verben, besonders bei der
wörtlichen Rede, die generelle Schlichtheit des Ausdrucks, die formel-
len Zwischenbemerkungen oder auch gelegentliche Inkonsequenzen
in der Schilderung der Handlung mögen manchen Lesern ungewohnt
erscheinen; sie werden gebeten, Verständnis für den Spagat zwischen
ansprechender Lesbarkeit im Deutschen und dem Bemühen um größt-
mögliche Authentizität der Wiedergabe des Originals aufzubringen.
Andererseits werden fachlich interessierte Leser die Übersetzung
eventuell mit den publizierten Originaltexten vergleichen wollen;
diese werden gebeten, gewisse Freiheiten bei der Glättung des Ausdrucks zu tolerieren, die auch Straffungen, Ergänzungen, Emendatio-
nen und den limitierten Einsatz sprachlicher Varianz umfassen.

Dem interessierten Leser und vergleichenden Erzählforscher seien
abschließend einige knappe Hinweise zu Quellen und Sekundärlitera-
tur gegeben, anhand derer sich das weitere Umfeld der jeweiligen
Erzählungen erschließen läßt. Angeführt werden der Quellennachweis
sowie der Verweis auf die relevanten Handbücher, deren Apparat
Weiterführendes zu entnehmen ist. Als Abkürzungen dienen:

Mašdi Galin, Nr. = Handschriftliche Aufzeichnungen der Märchen
der Maschdi Galin Chanom, angefertigt von L.P. Elwell-Sutton in den
Jahren 1943-47, jetzt im Besitz des Herausgebers. Die originalsprachli-
chen Aufzeichnungen sind von U. Marzolph und A. Amirhosseini-
Nithammer mit einem deutschen und einem persischen Vorwort unter
dem zweisprachigen Titel *Die Erzählungen der Mašdi Galin Ḫānom/
Qeṣṣehā-ye Mašdi Galin Ḫānom*. Wiesbaden: Reichert Verlag, 1994
veröffentlicht. Für sprachwissenschaftlich Interessierte sowie zum
Einsatz im universitären Sprachunterricht ist hierzu ein Begleitheft mit
sprachlichen und inhaltlichen Kommentaren erschienen.

AaTh = Aarne, A.: *The Types of the Folktale*. A Classification and
Bibliography. Translated and Enlarged by Stith Thompson. 2nd Revi-
sion. Helsinki 1961, 3. Auflage 1973 (FF Communications 184).

Arabia ridens = Marzolph, U.: *Arabia ridens*. Die humoristische
Kurzprosa der frühen adab-Literatur im internationalen Traditionsge-
flecht 1-2. Frankfurt am Main 1992.

EM = *Enzyklopädie des Märchens* 1-7. Berlin/New York 1977-1993.

Motiv = Thompson, S.: *Motif-Index of Folk Literature* 1-6. Kopenhagen 1955-1958.

Persisch = Marzolph, U.: *Typologie des persischen Volksmärchens*. Beirut 1984

1 Die Suche nach dem stärksten Wesen: Mašdi Galin, Nr. 96. AaTh 2031, Persisch 2031. Vgl. auch Schimmel, A.: *Die orientalische Katze*. Neuausgabe München 1989, 79f.

2 Wunderbare Fügung: Mašdi Galin, Nr. 28. AaTh 745 A, Persisch 745 A (Beleg 1). van der Kooi, J.: Heckpfennig. In: EM 6 (1990) 640-645.

3 Der Engel des Todes: Mašdi Galin, Nr. 14. AaTh 934 B + 899, Persisch 934 B (Beleg 2) + 899 (Beleg 1). Megas, G. A.: Alkestis. In: EM 1 (1977) 315-319.

4 Der listige Sohn des Bruders: Mašdi Galin, Nr. 83. Persisch *1000.

5 Der Zauberlehrling: Mašdi Galin, Nr. 110. AaTh 570 + Persisch *857 + AaTh 325, Persisch 325. Dégh, L.: Hasenhirt. In: EM 6 (1990) 558-563.

6 Das Basilikummädchen: Mašdi Galin, Nr. 106. AaTh 879. Meraklis, M.: Basilikummädchen. In: EM 1 (1977) 1308-1311.

7 Die Schöne aus Kristall: Mašdi Galin, Nr. 12. AaTh 459, Persisch 459 (Beleg 1).

8 Prinz Dschamschids Abenteuer in der Unterwelt: Mašdi Galin, Nr. 82. AaTh 301, Persisch 301.

9 Die teuflischen Streiche des Kahlkopfes: Mašdi Galin, Nr. 17. AaTh 1535, Persisch 1535 (Beleg 3).

10 Die zweigeteilte Braut: Mašdi Galin, Nr. 8. AaTh 507 C, Persisch 507 C (Beleg 6-7). Gier, A.: Giftmädchen. In: EM 5 (1987) 1240-1243.

11 Unglaubliche Hochzeitsnacht: Mašdi Galin, Nr. 50. AaTh 976 + 976 A, Persisch 976 + 976 A. Schoenfeld, E.: Handlung: Die vornehmste H. In: EM 6 (1990) 459-464.

12 Wie einer gerecht zu teilen verstand: Mašdi Galin, Nr. 15. Persisch *1663 (Beleg 1) + AaTh 1533, Persisch 1533 (Beleg 1). Ältester arabischer Beleg in *al-Ḥayawān* von al-Ǧāḥiẓ (gest. 868), ältester persischer Beleg im Volksbüchlein *Dozd va qāżi-ye Baġdād* (Der Dieb und der Richter von Baghdad), ca. 1846, siehe Arabia ridens, Nr. 90.

13 Von den schlechten Freunden: Mašdi Galin, Nr. 92. AaTh 910 D, Persisch 910 D + Motiv H 1558.

14 Der dankbare Fisch: Mašdi Galin, Nr. 20. AaTh 480, Persisch 480 (Beleg 8) + Persisch *510 A (Beleg 2).

15 Das Lächeln der Schwester: Mašdi Galin, Nr. 84. Persisch *590. Offenbar eine Nacherzählung des Volksbüchleins *Ḫosrou-e divzād* (Der von einem Div gezeugte Ḫosrou), das in Persien seit der Mitte des 19. Jh.s in billigen Drucken verbreitet wurde.

16 Wer ist der größte Dummkopf? Mašdi Galin, Nr. 29. AaTh 1211, Persisch 1211 (Beleg 6) + Persisch 1384 (Beleg 7) + Persisch 330 (Beleg 1) + Persisch *1338 B* (Beleg 4).

17 Die Brüder »Recht« und »Unrecht«: Mašdi Galin, Nr. 102. AaTh 960, Persisch 1645 A II-IV, Anhang S. 264 (k). cf. auch Uther, H.-J.: Guntram. In: EM 6 (1990) 305-311.

18 Wer muß dem Kälbchen Wasser geben? Mašdi Galin, Nr. 32. AaTh 1351, Persisch 1351 (Beleg 1).

19 Der Liebhaber als Schwester: Mašdi Galin, Nr. 48. Persisch *1379 (Beleg 1). Eine ähnliche Geschichte über einen Mann, der die Nacht unerkannt in Frauenkleidern bei seiner Geliebten verbringt, steht schon in *Maṣāriʿ al-ʿuššāq* von Ibn as-Sarrāǧ (gest. 1106).

20 Gänsesuppe mit Hindernissen: Mašdi Galin, Nr. 36. AaTh 1741, Persisch 1741 (Beleg 6).

21 Die dumme Diagnose: Mašdi Galin, Nr. 101. Der weitläufige Schluß der Erzählung ist hier weggelassen. AaTh 1862 C, Persisch 1862 C. Moser-Rath, E.: Diagnose: Die einfältige D. In: EM 3 (1981) 573-575. Ältester Beleg in *Aḫbār al-Ḥamqā* des Ibn al-Ǧauzī (gest. 1201), siehe Arabia ridens, Nr. 1238.

22 Die drei Griesgräme: Mašdi Galin, Nr. 26. Motiv W 152. Die Anekdote findet sich in ähnlicher Staffelung in *Muḥāḍarāt al-udabāʾ*, einem arabischen Werk, dessen persischer Autor ar-Rāǧib al-Iṣfahānī im frühen 11. Jh. lebte (ed. Beirut 1961: 1/258/7).

23 Prinz Nicht-Existent: Mašdi Galin, Nr. 97. AaTh 1716* = AaTh 1965, Persisch 1716*. Boratav, P.N.: Gesellen: Die schadhaften G. In: EM 5 (1987) 1147-1151. Eine der frühesten Fassungen derartiger Unsinnserzählungen findet sich in dem mystischen Lehrgedicht *Maṣnavi-ye maʿnavi* des großen Dichters persischer Sprache, Ǧalāloddin Rumi (gest. 1273).

24 Das Meeresfohlen: Mašdi Galin, Nr. 1. AaTh 314, Persisch *314 (Beleg 1). Dammann, G.: Goldener. In: EM 5 (1987) 1372-1383.

25 Eine Lektion in Sparsamkeit: Mašdi Galin, Nr. 98. Schon Anfang

des 11. Jh.s wird in *Muḥāḍarāt al-udabā'* von ar-Rāġib al-Iṣfahānī (siehe Nr. 22) von dem Witzbold Ǧuhā berichtet, daß er sich die Hose herunterzog, bevor er sich setzte, um den Hosenboden nicht unnötig abzunutzen (ed. Beirut 1961: 2/602/12).

26 Erbschen und Rosinchen: Mašdi Galin, Nr. 47. Zum Motiv des unterirdischen Ganges siehe Zender, M.: Gang: Unterirdischer G. In: EM 7 (1987) 671-676.

27 Der Dornensammler als Hofastrolog: Mašdi Galin, Nr. 16. AaTh 1641 + 1646, Persisch 1641 (Beleg 7) + 1646 (Beleg 6). Das Motiv der zufällig einstürzenden Decke (Motiv N 688.1) erscheint erstmalig in *Muḥāḍarāt al-udabā'* von ar-Rāġib al-Iṣfahānī (siehe Nr. 22; ed. Beirut 1961: 1/146/-11; siehe Arabia ridens, Nr. 1049).

28 Wenn der Esel singt, tanzt das Kamel: Mašdi Galin, Nr. 30. AaTh 214A, Persisch 214 A (Beleg 3); Motiv J 2137.6 + J 2133.1. Auch diese fast ausschließlich im Orient verbreitete Tierfabel wird erstmalig in *Muḥāḍarāt al-udabā'* von ar-Rāġib al-Iṣfahānī (siehe Nr. 22) angeführt (ed. Beirut 1961: 4/708/18).

29 Die ängstliche Schlange: Mašdi Galin, Nr. 19. AaTh 1164 D, Persisch 1164 D (Beleg 3). Moser-Rath, E./Wolf, R.: Belfagor. In: EM 2 (1979) 80-86.

30 Wie man Freunde erprobt: Mašdi Galin, Nr. 90. AaTh 893. Schoenfeld, E.: Freundesprobe. In: EM 5 (1987) 287-293.

31 Nichts ist wie der Bruder: Mašdi Galin, Nr. 105. AaTh 985. Masing, U.: Bruder eher als Gatten oder Sohn gerettet. In: EM 2 (1979) 861-864. Die Erzählung, zuerst bei Herodot (3, 118) belegt, findet sich ebenfalls bereits in *Muḥāḍarāt al-udabā'* von ar-Rāġib al-Iṣfahānī (siehe Nr. 22; ed. Beirut 1961: 1/358/19).

32 Wer vom Halwa nascht ...: Mašdi Galin, Nr. 21. AaTh 327, Persisch 327 (Beleg 16) + AaTh 707, Persisch 707 (Beleg 4). Hier hat die Erzählerin die Eingangspassagen zweier ansonsten eigenständiger Märchen verknüpft. Bei Typ 327 schließt sich normalerweise die Auseinandersetzung mit einem Div an, bei Typ 707 folgt nach der Heirat die Verleumdung, Verstoßung und Rehabilitation der Frau.

33 Gottes Gerechtigkeit: Mašdi Galin, Nr. 33. AaTh 759, Persisch *759 (Beleg 1). Schwarzbaum, H.: Engel und Eremit. In: EM 3 (1981) 1438-1446.

34 Der streitsüchtige Ali: Mašdi Galin, Nr. 34. AaTh 1408B, Persisch 1408B (Beleg 1) + Motiv J 2321. Die Vorlage der Erzählerin war möglicherweise eine analoge Erzählung aus *Tausendundeiner Nacht*.

35 Die Abenteuer des Hatem-e Ta'i: Mašdi Galin, Nr. 22. Persisch
*461 B. Der Märchenroman von , dem ursprünglich für seine gren-
zenlose Selbstlosigkeit gerühmten vorislamischen arabischen
Stammesfürsten Ḥātim aṭ-Ṭā'ī, gehört zum Standardrepertoire der
persischen Volksromane, wie sie bis zum heutigen Tag in Volksbüchlein vertrieben werden. Eine ausführlichere Fassung liegt in
deutscher Übersetzung vor: *Die sieben Abenteuer des Prinzen
Hatem. Ein iranischer Märchenroman.* Herausgegeben und mit
einem Nachwort von Manfred Lorenz. Leipzig/Weimar 1990.

36 Vollendeter Geiz: Mašdi Galin, Nr. 79. Variation des Themas vom
»Neidischen und Habsüchtigen«; vgl. AaTh 1331. Arabia ridens,
Nr. 142 und 816.

37 Die Gabelbein-Wette: Mašdi Galin, Nr. 71. Persisch *1351 B. Die
Wette beruht darauf, daß jeder, der vom Wettpartner etwas erhält,
dabei sagen muß »Ich erinnere mich daran.« Tut er dies nicht, so
hat er das Spiel verloren. Der Schwank zu diesem Spiel, in Deutsch-
land als »Vielliebchen« bekannt, erscheint ganz ähnlich in zwei
arabischen Werken des 15. Jahrhunderts: dem erotischen Manual
ar-Rauḍ al-ʿāṭir von an-Nafzāwī und dem Fürstenspiegel *Fākihat
al-ḫulafāʾ* (Nr. 27) des Ibn ʿArabšāh (gest. 1450).

38 Der Krähenfurzer: Mašdi Galin, Nr. 42. AaTh 1381D, Persisch
1381 D (Beleg 1). Zum Thema siehe Bebermeyer, R.: Geschwätzig-
keit. In: EM 5 (1987) 1143-1147.

39 Der geizige Priester: Mašdi Galin, Nr. 25.

40 Der geduldige Sklave: Mašdi Galin, Nr. 31.

41 Wer ist mit seiner Frau zufrieden? Mašdi Galin, Nr. 39 a. Vgl. auch
Persisch *1375 A.

42 Jedem, was er verdient: Mašdi Galin, Nr. 103

43 Der Furz aus Varamin: Mašdi Galin, Nr. 55. AaTh 1380, Persisch
1380. Reinartz, M.: Blindfüttern. In: EM 2 (1979) 471-474.

44 Lebendig begraben: Mašdi Galin, Nr. 60. Dies ist Mašdi Galins
Nacherzählung des zentralen Abenteuers der vierten Reise Sind-
bad des Seefahrers aus den *Erzählungen aus Tausendundeiner
Nacht* (deutsche Übersetzung von Enno Littmann, Band 4, 143-
161).

45 Die rätselhafte Unterhaltung: Mašdi Galin, Nr. 95. AaTh 922 B,
Persisch *921. Eine weitere von Mašdi Galins Erzählungen, die
sich bereits in *Muḥāḍarāt al-udabāʾ* von ar-Rāġib al-Iṣfahānī (siehe
Nr. 22; ed. Beirut 1961: 3/200/-5) findet. Dömötör, Á.: König auf
der Münze. In: EM 8,1 (1994) (im Druck).

46 Die schwarzen Erbsen: Mašdi Galin, Nr. 77. AaTh 1360 C, Persisch 1360 C. Roth, K.: Hildebrand: Der alte H. In: EM 7 (1990) 1011-1017.

47 Das Schicksal des Herrn Brotknauser: Mašdi Galin, Nr. 109.

48 Bohlul und die eisenfressenden Mäuse: Mašdi Galin, Nr. 6. AaTh 922, Persisch 922 (Beleg 2) + AaTh 1592, Persisch *1592 (Beleg 2). Zu AaTh 922 siehe Nicolaisen, W.F.H.: Kaiser und Abt. In: EM 7 (1993) 845-852; zur Person des Bohlul siehe Marzolph, U.: Der Weise Narr Buhlūl. Wiesbaden 1983; id.: Der Weise Narr Buhlūl in den modernen Volksliteraturen der islamischen Länder. In: Fabula 28 (1987) 72-89.

49 Salomo und der Simorgh: Mašdi Galin, Nr. 80. Der Anfang ist AaTh 247. Schmitt, C.: Kinder: Die schönsten K. In: EM 7 (1993) 1258-1264.

50 Die scheintote Prinzessin: Mašdi Galin, Nr. 113. AaTh 885 A, Persisch 885 A.

51 So Gott will! Mašdi Galin, Nr. 99. AaTh 830 C. Masing, U.: Gottes Segen. In: EM 6 (1990) 12-16. Ältester arabischer Beleg in ʿUqalāʾ al-maǧānīn von an-Naisābūrī (gest. 1015), siehe Arabia ridens, Nr. 481.